DEINE WAHRHEIT IST DER TOD

Andrea A. Walter wurde 1980 in Melk geboren, lebte seitdem in Krems und in München. 2011 zog die ausgebildete Sozialpädagogin mit ihrer Familie zurück in die Wachau. Inspiriert von der Landschaft und den Menschen, schreibt sie regional angesiedelte Kriminalromane und Psychothriller.

ANDREA A. WALTER

DEINE WAHRHEIT IST DER TOD

THRILLER

emons:

Bibliografische Information der Deutschen Nationalbibliothek
Die Deutsche Nationalbibliothek verzeichnet diese Publikation
in der Deutschen Nationalbibliografie; detaillierte bibliografische
Daten sind im Internet über http://dnb.d-nb.de abrufbar.

© Emons Verlag GmbH
Alle Rechte vorbehalten
Umschlaggestaltung: Nina Schäfer, unter Verwendung der Motive
von shutterstock.com/grafxart, shutterstock.com/Bernulius
Gestaltung Innenteil: DÜDE Satz und Grafik, Odenthal
Lektorat: Julia Lorenzer
Druck und Bindung: CPI – Clausen & Bosse, Leck
Printed in Germany 2024
ISBN 978-3-7408-2223-1
Thriller
Aktualisierte Neuausgabe

Die Originalausgabe erschien 2022 unter dem Titel »In vino veritas –
Deine Wahrheit ist der Tod« bei Books on Demand.

Unser Newsletter informiert Sie
regelmäßig über Neues von emons:
Kostenlos bestellen unter
www.emons-verlag.de

In Wirklichkeit erkennen wir nichts,
denn die Wahrheit liegt in der Tiefe.

Demokrit

PROLOG

Das Meer tost in der Dunkelheit.

Ruhelos. Schäumend. Ein wütendes Rauschen aufgebäumter Wellen. Es flutet die Bucht und brandet gegen die Felsen.

Ich bin fast am Ufer angelangt und stelle den Motor des Dingi-Bootes aus. Ich lasse es darauf ankommen. Spiele das Roulette des Meeres. Ergebe mich seinen Regeln.

Hier in der Bucht hat sich der Sturm gelegt, aber die Wellen sind mächtig genug, um alles zu verschlingen, was es zu verschlingen gibt. Sie drücken sich gegen das Dingi, spielen mit ihm, spielen mit mir. Einmal devot und zärtlich, dann heftig und wild wie der Rhythmuswechsel im Liebesspiel. Ich verliere mich in den Schaukelbewegungen und rutsche weiter ins Boot.

Salzige Gischt dringt in meinen Mund und lässt meine Zunge taub werden. Ich schlucke, blicke zurück auf das Meer, diesen endlosen schwarzen Teppich.

Die Kälte ist tief unter meine Haut gekrochen, ist mit mir verwachsen. Eine lähmende Ruhe durchströmt meinen Körper, der kurz zuvor voller Adrenalin war. Flut und Ebbe in meiner Brust.

Ich habe das Bedürfnis, meinen Kopf anzulehnen, die Augen für einen Moment zu schließen. Ich möchte ausblenden, was war, viel mehr noch das, was sein wird. Es gibt nur mich, das Schaukeln des Bootes und den Schwindel, der alles dämpft und meine Ohren wattiert. Doch es gibt keine Zeit zum Ausruhen. Die Kleidung klebt an mir. Eng, nass. Ich werde mir den Tod holen, wenn ich nicht zusehe, dass ich ins warme Haus komme. Dort, wo das Leben weitergehen wird.

So oder so.

Jetzt, wo ich die Lichter von Paolos Haus erkenne, flackert ein kleiner Überlebenswille in mir auf. Ich strecke mich nach dem

Motor. Mit tauben Fingern öffne ich Benzinhahn und Luftzufuhr, ziehe den Choke und reiße die Anlasserschnur. Der Motor heult und bäumt das Rettungsboot gegen die Wucht des Ozeans auf.

Das Land will mich nicht mehr haben.

Bleib draußen, peitscht mir der Wind entgegen. *Du hast hier nichts zu suchen.*

Meine ersten Schritte versinken im Sand, werden überspült und unsichtbar. So als hätte es die letzten Stunden nicht gegeben, als gäbe es mich nicht. Ich wage einen Blick zurück. Die Schaumkronen glitzern unter dem Mondlicht, locken verheißungsvoll, flüstern meinen Namen, rufen mich zu sich.

In einem Moment des Widerstandes ducke ich mich unter den näher kommenden Lichtblitzen. Dann höre ich auf zu denken und renne in Richtung Paolos Haus, wo mich eine Gruppe von Menschen, die ich nie zuvor gesehen habe, mit Taschenlampen und Laternen in Empfang nimmt. Eine Frau zerrt an meiner Rettungsweste, eine andere befreit mich von den nassen Kleidern. Ich spüre eine kratzige Wolldecke auf meiner Haut. Fremde Hände. Fremde Stimmen. Überall Worte und Gesten der Zuversicht und des Trostes.

Ich stehe da, lasse die Dinge um mich herum passieren, spüre Paolos Blick. Ich meine, eine Träne in seinen Augen entdeckt zu haben, aber Männer wie Paolo weinen nicht.

Unsere Blicke treffen sich und verhaken sich ineinander, bis er mir zunickt und sich mit der Gruppe von Helfern auf den Weg macht.

Auf dem Grund der Meere liegen seit Jahrtausenden die Wracks der Schiffe, die aufgebrochen waren, um die Welt zu erobern, und die Knochen derer, die diese Schiffe einst steuerten. Das Meer ist in all seiner Schönheit Quelle des Lebens und riesiger Friedhof zugleich.

Heute Nacht hat es meine Eltern verschluckt, und es wird sie nicht mehr hergeben.

1

Ein Jahr später

Der Wind ist für diese Jahreszeit zu warm, bläst mir wie ein Föhn ins Gesicht und lässt meinen Pony senkrecht stehen. Die Sonne brennt auf meiner Stirn, und auf meiner Oberlippe bildet sich ein salziger Schweißfilm. In spätestens drei Tagen werde ich mir Hautfetzen im Gesicht abziehen können.

Meine Füße bewegen sich schwammig über den Krankenhausparkplatz.

Den Riemen der Tasche über der Brust zusammengezogen, wappne ich mich für den Fußmarsch. Zwei Kilometer muss ich zurücklegen, bis ich wieder in der Innenstadt bin. Ich kneife die Lider zusammen und taste den Inhalt meiner Tasche nach einer Sonnenbrille ab. Natürlich habe ich keine dabei. Stattdessen berühren meine Finger die Einzelteile eines Kugelschreibers, einen zwei Jahre alten Flyer, der die Neuerscheinung eines Buches ankündigt, das ich längst in einer Rezension zerrissen habe, und die klebrige Spitze eines offenen Lippenpflegestiftes.

Meine Armbanduhr zeigt an, dass der nächste Bus in zwei Minuten abfährt. Anstatt in Richtung Bahnhof loszurennen, zweige ich in die Fußgängerzone ab.

Mit der Melancholie eines Betrachters lasse ich die Eindrücke auf mich wirken. Ein brabbelndes Baby, Lachende, Verliebte, Flanierende, Gehetzte, die ihren Kaffee aus Pappe trinken, und Geschäftsinhaber, die sich quer über die Straße unterhalten, um sich die Zeit der Hitzeflaute zu vertreiben. Selbst hier zwischen den historischen Häusern mit den Stuckfassaden, in den Gassen mit Kleinsteinpflaster und schmiedeeisernen Schildern liegt der Gärgeruch von Wein. Jedes Geschehen mündet früher oder später in ihm. Ohne ihn würde alles stillstehen. Er ist die Ursprünglichkeit, das Leben, das Blut in den Venen der Stadt und der gesamten Region. Wenn man die Augen schließt, dann mischt sich ein weiterer Geruch dazu. Der Geruch der Donau. Zum einen der, der als moderiges Gedenken in den feuchten Wänden vieler Häuser sitzt und an die Unerbittlichkeit des Wassers erinnert. Zum anderen ihr lebendiger Duft, der sich im Sommer wie ein kühlender Schutzmantel über die Dächer legt und im Winter die Kälte abschirmt. Und da sind die Menschen, dieses gemischte, eigentümliche Volk aus Mittfünfzigern in Poloshirts und Studierenden.

Der Kremser Trubel ignoriert mich, umspült mich wie Wasser eine Flussinsel. Kurz überkommt mich Unbehagen, kriecht an mir hoch und legt sich kalt auf meine Kopfhaut. Mir ist, als liefe jemand mit der gleichen Geschwindigkeit durch die Gassen wie ich. Es ist die stille Gegenwart eines Schattens, der mich verfolgt.
Ich halte an, drehe mich langsam um. Alles bleibt in Bewegung. Eine alte Dame, die an der Leine ihres Terriers zerrt. Ein Mädchen mit Haaren bis zum Po, das aufgeregt auf ihrem Smartphone herumwischt. Eine Frau mit Zwillingskinderwagen. Ein Bursche, aus dessen Rucksack Technobeats dröhnen, zu denen er sich tänzelnd fortbewegt. Dutzende Menschen, die mit einem Eis oder mit Einkaufstaschen in unbeschwerter Ziellosigkeit herumlaufen. Doch etwas fehlt plötzlich. So als wäre dem Sternbild Orion der Riesenstern Beteigeuze abhandengekommen. Auf den ersten Blick scheint alles normal, aber etwas ist falsch. In die Rückblende meines Bewusstseins schiebt sich das Bild einer Kontur, die im Arkadengang neben mir verschwindet. Ich atme tief durch und reihe mich wieder in den Strom der Passanten ein.

Die Augen auf die Ampel gerichtet, warte ich am Zebrastreifen. Sie springt auf Grün, und zusammen mit einer Touristengruppe überquere ich die Straße. Ein Dunst aus Zwiebeln, Pizza und Teer umhüllt mich. Es folgt der Geruch eines Parfums, dessen Unternote an Mottenkugeln und Dachboden erinnert.

Ich schüttle den Kopf, als könnte ich meine Abneigung durch bloßes Verneinen vertreiben. Das ist eine Sache, die ich an der Stadt hasse. Diese permanente unaufgeforderte Nähe zu fremden Körpern und fremden Ausdünstungen. Eine meiner unzähligen Marotten, die in Summe das Psychogramm einer ausgewachsenen Sozialphobie darstellen, aber so genau will ich es gar nicht wissen.

Ich winde mich entlang der Fassaden, quetsche mich vorbei an Einkaufswütigen, Smartphone-Zombies und Touristen. Sämtliche Landessprachen dieser Welt verwickeln sich zum Sprachknäuel, bilden mit dem Gurren von Tauben und dem Motorenbrummen die städtische Geräuschkulisse.

Urlaub, Reisen. Wie lange ist es her? Zu lange. Fernweh verkeilt sich in meiner Brust. Verrückt, wenn man an einem der schönsten Orte der Welt lebt.

Ich sehe Bilder vor mir, gehe in Gedanken meine Liste der Orte durch, die zu besuchen ich mir vorgenommen habe. Venedig. Lake Taupō. Land's End. In wenigen Stunden könnte ich überall auf der Welt sein. Aber ich bin ein Mensch, der sich von kurzen Impulsen und aufflackernden Ideen nährt wie eine Gelse von menschlichem Blut.

Im Kaffeehaus am Bahnhofsplatz habe ich freie Platzwahl. Ein Glück für mich, dass die anderen Gäste den Garten bevorzugen. Ich entscheide mich für einen Tisch, von dem aus ich das Geschehen draußen gut im Blick habe. Mit von mir gestreckten Beinen fläze ich mich auf die Bank und unterdrücke wiederholt ein Gähnen. Mein Eistee kommt prompt. Die kalte Flüssigkeit ist eine Wohltat. In einem Zug ist das Glas geleert. Ich hebe meine Hand, um der Bedienung zu bedeuten, mir noch einen zu bringen, doch in diesem Moment weckt etwas meine Aufmerksamkeit.

Es ist ein dunkler Lockenkopf außerhalb der spiegelblanken Fensterfront, dessen Blick für den Bruchteil einer Sekunde zu mir schweift. Dann ist er weg. Ich ertappe mich dabei, in einer eingefrorenen Bewegung hinauszustarren, bis ich das Gefühl habe, eine psychedelische Scheibe vor mir zu haben.

Da ist er wieder. Haselnussbraune Augen, sportlicher Körperbau, ein breites Lächeln, das eine Reihe blitzweißer Zähne preisgibt. Ich schätze ihn auf Anfang, höchstens Mitte dreißig. Eine Papiertasche baumelt an seiner Armbeuge. Das Logo des Buchgeschäftes, das darauf zu erkennen ist, entgeht mir nicht. Früher habe ich dort oft eingekauft, bevor ich damit begonnen habe, alles online zu bestellen und bis ans Tor meines Anwesens liefern zu lassen.

Was liest ein Mann wie er?, frage ich mich unvermittelt. Ich tippe auf historische Romane mit einer Präferenz fürs Mittelalter. Vielleicht auch nur triviale Spiegel-Bestseller oder die Tageszeitung. »Welche Bücher liest er?« sei das »Wie groß ist wohl sein Penis?« der Sapiosexuellen, habe ich von einem Facebook-Meme gelernt.

Der Fremde zückt eine Kamera, richtet das Objektiv auf den Hund mit Wuschelfell, der vor dem Eingang liegt. Er bewegt sich so gedankenverloren, dass er rücklings in eine alte Dame stolpert. Seine Lippen formen das Wort »Sorry«, und er legt in einer entschuldigenden Geste seine Hand auf ihre Schulter.

Dann ist er zum zweiten Mal verschwunden, lässt mich zum zweiten Mal mit einem Gefühl zurück, das ich nicht auf Anhieb benennen kann.

Es ist ein uneingelöstes Versprechen, das über mir schwebt.

2

Der Bus rollt die mit Marillenblüten gesäumte Straße entlang. Anbauflächen auf Löwenzahnteppichen erstrecken sich bis an den Rand der Donau, wo Weiden mit Obstbäumen verschmelzen. An dieser Stelle verläuft die Straße als schmaleres graues Abbild im Gleichklang mit dem Fluss. Ich sehe hoch zu den Steilhängen. Trockenmauern schneiden das Grün in geometrische Formen.

Der Busfahrer nimmt mich im Rückspiegel ins Visier. Ich fische mein Smartphone aus der Tasche. Zu spät.

»Ganz schön voll heute«, schnaubt er und fährt sich mit der Handfläche über den feuchten Nacken.

Nickend bejahe ich und bekunde mit einem Augenrollen Solidarität. Ich bin kein Small Talker. Ich habe genug davon, habe dieses ganze Gewäsch hinter mir. Samstagmorgen-Brunches und Geschäftsausflüge mit mir Unbekannten. Nicken, lächeln, Banalitäten austauschen.

Ich dränge mich gegen die kühle Fensterscheibe und schaue in ein Gesicht, das mir zunehmend unangenehmer wird. Feine Linien an den Rändern meiner Augen, die kaum noch als Lachfältchen durchgehen, das brünette Haar nicht mehr so glänzend wie früher. Der Teint selbst in der Spiegelung der Scheibe fahl. Irgendwie verblüht. Wie ein in die Jahre gekommener, abgewetzter Schmöker, der mit dem Cover einer Neuauflage nicht konkurrieren kann. Ein Alterungsprozess, der mit siebenunddreißig zu früh eingesetzt hat.

Die menschliche Vergärung kommt so schleichend, so hinterlistig, dass es einen unerwartet trifft. Ich denke an Rotweine, die erst nach jahrelanger Lagerung im Eichenfass ihre perfekte Note erreichen. Aber wie bei uns Menschen gelingt das nur den Guten, den Hervorragenden. Schlechte Weine werden im Alter nicht besser. Sie werden – wie ihre Trinker – säuerlich, ausgezehrt und ausgetrocknet.

»Sie sind doch die Adam-Tochter. Lena, oder?«

»Klara«, entgegne ich knapp und widerstehe dem Impuls, ihm meinen Mittelfinger zu zeigen. Klara ist unbedeutend. Klara ist ein Fragment, ein Teilchen. Ich bin da, aber man sieht mich nicht. Man erinnert sich nicht an mich. Man erinnert sich an Adam-Weine und an meine Eltern – vor allem an meine Eltern. Sie sind das Maß, an dem andere mich messen. Ich bin tief begraben unter ihrem Vermächtnis, bekomme darunter kaum Luft.

»Termine?«

Ich nicke. »Ja.«

»Da haben Sie sich ja das perfekte Wetter ausgesucht.«

Es ist für mich nicht abschätzbar, ob seine Aussage ironisch gemeint ist. Er stöhnt erneut auf.

Eine Welle der Übelkeit überrumpelt mich. Die Worte »Während der Fahrt nicht mit dem Fahrer sprechen« verschwimmen zum Aquarell. Ich versuche, sie wegzuzwinkern.

»Meine Frau war vorige Woche in einer Ihrer Wein-Boutiquen. Endlich mal eine Shoppingtour, von der auch ich etwas habe, abgesehen vom Minus am Konto.«

Der Fahrer lacht, weist im nächsten Moment einige Schüler an, die Füße von den Sitzen zu nehmen, und ist dann wieder ganz bei mir. Allmählich habe ich den Eindruck, dass er seinen Blick zu sehr auf mich richtet. Hoffentlich fährt er uns nicht in den Graben.

»Haben Sie schon die Ausstellung ›Wein, Weib und Malerei‹ besucht? Das müsste doch was für Sie sein.«

Klingt sexistisch, will ich antworten. Zudem ist die Idee nicht neu. »Wein, Weib und Gesang«. Johann Strauss' Walzer von 1869. Ich hatte in den letzten Jahren viel Zeit zum Lesen, bin ein Sammelsurium an unnützem Wissen. Die perfekte Kandidatin für »Die Millionenshow«, wie meine Mutter gern herumerzählte.

»Noch nicht«, sage ich. »Aber wir haben die Ausstellung für das kommende Wochenende eingeplant.« Aus unerfindlichen Gründen erröte ich. Er kann nicht wissen, dass ich keine Ahnung vom Inhalt dieser Ausstellung habe. Er kann auch nicht wissen, dass sich meine Wochenendaktivitäten zumeist auf Sofa und Video-Streaming beschränken, wobei die eigentliche Beschränkung nur hinsichtlich der zu kleinen Auswahl an Filmen besteht. Er kann schon gar nicht wissen, dass es kein Wir in meinem Leben gibt.

Ich senke den Blick und richte die Augen auf meine im Schoß verschlungenen Hände. Der Busfahrer setzt an, noch etwas zu sagen, aber seine Worte verklingen im Refrain eines Lady-Gaga-Liedes, das einige Kinder in den hintersten Reihen anstimmen.

Meine Schritte knirschen auf dem Kies, als ich mich die Straße hochkämpfe. Die Temperatur ist noch einmal kräftig angestiegen. Ich fühle mich mit jeder Bewegung schwächer und würde mich am liebsten an Ort und Stelle hinsetzen. Auf meinem Shirt breiten sich nasse Schweißränder aus, und der Pony klebt platt an meiner Stirn. Seufzend betrachte ich den Weg vor mir. Eine schmale Zufahrtsstraße gräbt sich zwischen einer Allee aus Laubbäumen hindurch, windet sich zu meinem Anwesen hoch. Der Weg ist mit sandfarbenem Kies bedeckt und mündet hinter dem hohen Eisentor in Natursteinpflaster.

Mein Haus liegt eindrucksvoll über der Straße, gibt von unten den Blick auf einen Teil des Dachgiebels und auf die verglaste Galerie frei. Gerade so viel, um Begehrlichkeiten und Neugier bei Vorbeifahrenden zu wecken.

Meine Eltern haben dieses Grundstück vor vielen Jahren gekauft, samt architektonischem Betonhaus aus den frühen Neunzigern. Doch ihr Interesse galt nicht in erster Linie dem Haus. Es galt dem steilen Gelände, den Rebflächen. Das stahlgraue Hauptgebäude wurde zur Villa mit Mittelmeerflair umgebaut. Flach geneigtes Zeltdach mit rustikalen Mönch- und Nonnenziegeln, Arkadengang, warmer Kalkputz, dazwischen mediterrane Klinkerverblendung. Sogar die minimalistische Verglasung, das Relikt der ursprünglichen Bauweise, fügt sich stimmig ein, lässt das Innere des Hauses mit Lavendel, Schönmalven und Kletterrosen verschmelzen.

Das schmiedeeiserne Tor öffnet sich per Fingerscan. Mir fällt wieder ein, dass ich Lorenz daran erinnern muss, den Motor des Fußgängereinganges reparieren zu lassen.

Beim Durchschlüpfen ziehe ich ein kleines Paket mit Briefen aus dem Postkasten.

Hier drinnen kann ich durchatmen. Mein Zuhause ist wie der Schoß einer liebevollen Mutter, den ich nur ungern verlasse. Ich habe zur Beschaulichkeit gefunden, fühle mich als Außenseiterin der Gesellschaft gut aufgehoben in meinem Mikrokosmos. Dabei hatte ich nicht vor, dauerhaft in das Adam-Haus, wie man es hier nennt, zurückzukehren. Es ist ein Wendepunkt, ein neues Kapitel. Season drei, wenn mein Leben eine Netflix-Serie wäre.

Das erneute Aufeinandertreffen mit diesem Haus begann zaghaft. Wie eine alte Freundschaft aus Grundschulzeiten, die irgendwann unter der Last des Erwachsenwerdens Risse bekommen hatte, die es zu kitten galt, ehe wir uns wieder unvoreingenommen aufeinander einlassen konnten.

Ich verbrachte Stunden in jedem Winkel des Anwesens, lernte zum ersten Mal die Ruhe an diesem Ort kennen, der bis dahin als Schauplatz der feinen Gesellschaft fungiert hatte. Ich breitete meine Picknickdecke dort aus, wo einst Roben über den Kies geschliffen worden waren, wie man sie für gewöhnlich am Opernball sah. Wo kleine Stelldicheins zwischen Fremden so gesellschaftstauglich gewesen waren wie Champagner zum Frühstück oder das Anreisen eines Ehepaares im jeweils eigenen Bentley.

Die ersten Nächte waren von einer Stille durchzogen, die durchdringender war als jeglicher Stadtlärm. Ich fühlte mich umgeben von einem permanenten weißen Rauschen. Inzwischen ist mein Gehör für die leisen Spektakel um mich herum sensibilisiert. Ich vernehme Geräusche, die ich früher nie gehört habe. Igel, die nachts in ihren Laubhaufen wühlen, Äskulapnattern, die sich über feuchtes Gras schlängeln.

Die Pforten sind geschlossen. Abendempfänge und Dutzende

Gäste gibt es nicht mehr. Sperrstunde. Wenn die Flügel des Eingangstores hinter mir ins Schloss fallen, gibt es keinen Ort auf der Welt, an dem ich mich sicherer und beschützter fühle als hier.

Wie immer zieht es mich sofort auf die Terrasse. Ich streife die Sandalen ab, spüre den geschmeidigen Travertin unter meinen Zehen. Es riecht nach Lavendel und Fuchsien. Die mit Oleander bepflanzten Terrakottakübel sehen wie zufällig platziert aus, aber meine Mutter hat nie etwas dem Zufall überlassen. Alles hier trägt ihre Handschrift. Eine Illusion von Imperfektion mit akribisch aufwendiger Planung.

Mit einem Blick vergewissere ich mich, dass ich allein bin, dann entledige ich mich meines Shirts, streife den Rock über meine Hüften und nehme Anlauf auf das Schwimmbecken.

Das Wasser prickelt auf meiner erhitzten Haut. Ich tauche unter, tauche wieder auf, bewege mich wie ein ungestümes Kind.

Lorenz Almássy, der fleißige Hausgeist, wie ihn meine Mutter nannte, hat sich um die Reinigung des Pools und um die ideale Wassertemperatur gekümmert. Ich sehe ihn von hier aus als kleinen Punkt im hintersten Teil des Anwesens, kann das Heulen seiner elektrischen Heckenschere hören.

Die Wartung des Schwimmbeckens ist neben der Organisation der Gärtner und Handwerker sowie der Erledigung der anfallenden Reparaturen eine seiner Hauptaufgaben. Er und mein Haus sind ein eingespieltes Team.

Kühler Wind leckt an meiner Haut, als ich aus dem Wasser steige. Bibbernd schlinge ich die Arme um meinen Körper und sammle die Kleidungsstücke ein, während ich in großen Schritten in Richtung Haustür laufe. Im Strahl der Sonne halte ich noch einmal inne, recke ihr mein Gesicht entgegen und sauge die Wärme in mich auf. Mein Blick gleitet über die Weinkulisse, die mein Anwesen rahmt. Auf dem Gehölz liegt der erste grüne Hauch, und schon bald wird er zu üppigen herzförmigen Blättern heranwachsen. Darauf folgen die Blütenstände, die nicht nur bezaubernd aussehen, sondern auch einen großen Teil meines Vermögens generieren. Doch das ist nicht annähernd so einfach, wie es klingt. Die heißen Frühlinge häufen sich. Ebenso die dürren Sommer und die schneearmen Winter. Zur Dürre gesellen sich weitere Feinde wie Hagel, Pilzbefall und Schädlinge. Ohne den Einfallsreichtum und Arbeitseifer meiner Mitarbeiter stünde der Vegetationszyklus im Weingarten schon im frühesten Stadium still.

Und ich wäre irgendwann pleite.

Aber ich wäre frei.

Der plötzlich aufkommende Kopfschmerz ist so durchdringend, als rüttelte etwas an meinem Gehirn. Etwas stimmt nicht mit mir. Dieser leidige Zustand dauert schon eine Woche an und hat heute Morgen seinen Höhepunkt erreicht. In der einen Sekunde stand ich auf und wollte das Ladekabel für mein Handy holen, in der nächsten lag ich auf dem Küchenboden. Renate, meine Reinigungskraft, zog mich auf das Sofa und tätschelte meine Wangen. Ich konnte sie davon abbringen, die Rettung zu rufen, musste ihr aber versprechen, mich von Lorenz zum Hausarzt bringen zu lassen. Dr. Thomas Wagenknecht befindet sich allerdings auf den Malediven, so bin ich doch im Krankenhaus gelandet. Die ausstehenden Befunde der Untersuchungen werden mir hoffentlich bald Klarheit verschaffen.

Mit nassen Füßen schlittere ich durch die Eingangshalle hinüber ins Wohnzimmer. Ich schwanke zum Sofa, sinke in die Kissen und döse vor mich hin.

3

Die Nacht ist rußschwarz. Ich stehe am ersten Treppenabsatz, und mein Atem geht so flach, als hätte ich ein Wettrennen hinter mir. Unruhe pulsiert in meiner Brust, hat sich wie ein Stachel in mich gebohrt. Unsichtbare Hände ziehen mich die Stufen hinunter und hinaus ins Freie. Kälte unter meinen Füßen. Das Wasser eine Lacke, so schwarz wie das Nichts. Eine Bewegung an der Oberfläche. Eine Erschütterung des Fundaments. Eine Hand, spindeldürr und bleich, die aus dem Wasser schnellt. Spitze Finger, die meine Waden umfassen, sich in mein Fleisch drängen.

Ein Schrei quillt in mir auf. Ich muss hier weg. Zu spät. Ich werde hineingezerrt. Das Wasser wird zur Säure und verätzt meine Haut. Blondes Haar wickelt sich wie Seetang um mich, spinnt mich ein und zieht mich unerbittlich nach unten. In gedämpften Bewegungen schlage ich um mich, versuche, mich loszureißen.

Die Poolscheinwerfer springen an. Große, blutunterlaufene Augen schauen mich aus einem grauen Gesicht heraus an. Mutter. Entsetzt starre ich auf das klaffende Loch an ihrem Unterkiefer und die Abschürfung an ihrer Stirn. Ich schreie, schreie meine Panik auf den Grund des Pools. Wasser strömt in meinen Mund, lässt meine Lunge bersten.

Triefend nass und mit rasendem Puls fahre ich hoch. Die Bergspitzen sind zu schwarzen Hügeln im Zwielicht geworden. Mein Wohnzimmer liegt in fast völliger Dunkelheit. Ich bin orientierungslos, taste benommen nach dem Schalter der Stehlampe. Ich kann nicht ausmachen, welcher Tag ist, finde keinen Orientierungspunkt, der mir dabei hilft, diesen Moment irgendeiner Tageszeit zuzuordnen.

Nun erinnere ich mich. Oh Gott. Wie konnte ich nur den ganzen Tag verschlafen?

Das Smartphone blinkt auf dem Glastisch, erinnert mich vorwurfsvoll an die entgangenen Anrufe und Nachrichten. Ich hole tief Luft und reibe mit den Handflächen über mein Gesicht. Dann sehe ich ihn. Er liegt auf dem Stapel mit Reklame und ungeöffneter Post.

Die vertraute Handschrift. Die fehlende Briefmarke. Nichts als mein Vorname auf einem weißen Umschlag.

»Klara«.

Liebste Klara,

heute muss ich an jene Zeit zurückdenken, als ich Dich zum ersten Mal sah. Du warst wie ein Gemälde, von dem ich jeden Pinselstrich erfassen und verstehen wollte.

Als sich unsere Blicke eines Tages kreuzten, da bemerkte ich es. Da verstand ich, womit Du mich so sehr in deinen Bann gezogen hattest.

Hast Du schon einmal leuchtende Nachtwolken gesehen? Um Zeuge dieses Phänomens zu werden, bedarf es besonderer Umstände. Nur wenn die Sonne einen Stand zwischen 6 und 16 Grad unter dem Horizont erreicht hat und spezielle Temperaturanomalien herrschen, kann man dieses Naturspektakel beobachten.

Ich entdeckte die leuchtenden Nachtwolken in Deinen Augen. Ein Meer aus Farben, von Indigoblau bis Goldgelb. Hauchzarte Schleier, die auf Deiner Regenbogenhaut tanzten. Schimmernde Fasern und Bänder, zwischen denen sich Wellenmuster um Deine Pupillen aufspannten.

Doch das Leuchten verblasste mit den Jahren.

Sie haben Deine Zartheit gebrochen, haben Dich zur leeren Hülse gemacht, die sie nach ihren Vorstellungen mit Oberflächlichkeiten und Plattitüden befüllten.

Lange Zeit habe ich um Klara getrauert. Eines Tages jedoch hast Du mit deiner Staffelei am Wasser gesessen. Ich sah das kleine Funkeln in Deinen Augen und wusste, dass tief

im Verborgenen das Leuchten nicht erloschen war. Es war
noch da, doch es war tiefer und dunkler geworden.
Damals fragte ich mich, woran Du wohl dachtest.
Heute weiß ich es.

Auf bald,
Dein stiller Beobachter

Ich bin spät dran, habe die Morgenstunden am Smartphone vertrödelt und mich in Belanglosigkeiten verloren. Während einer schnellen Dusche habe ich die Uhrzeit fest im Blick. Um halb neun bin ich mit dem Makler im Gästehaus verabredet. Er soll sich um den Verkauf eines Ferienhauses in der Südsteiermark kümmern. Es liegt nahe an unserem steirischen Weingut, wo mein Vater die Produktion bis zuletzt selbst begleitete.

Faustgroße Hagelkörner haben den Wintergarten, den Pool und die Fassade im letzten Sommer stark beschädigt, aber die Immobilie hat genug Potenzial, um das Haus ohne Sanierung verkaufen zu können.

Mein Makler ist der Lebensgefährte der Steuerberaterin von Adam und erst kurz im Geschäft. Nachdem ich seine Website überflogen hatte, hatte ich ein gutes Gefühl dabei, ihm den Auftrag zu erteilen. Solide Vita, kompetenter Internetauftritt, einige Referenzen.

Ich schlüpfe in ein knielanges Chiffonkleid. Es ist jadegrün und von einer Leichtigkeit, an der es mir selbst fehlt. Vor dem Badezimmerspiegel versuche ich, meine Naturwelle und den widerspenstigen Pony mit kräftigen Bürstenstrichen zu bändigen. Es gelingt mir nicht, also fasse ich mein Haar am Hinterkopf zu einem lockeren Dutt zusammen. Den schiefen Pony stecke ich mit Haarnadeln aus meinem Gesicht. Der brünette Rahmen, der meine Züge weicher macht, fehlt nun. Ich sehe dünn und kränklich aus.

Aus der Schublade unter dem eckigen Doppelwaschbecken

fische ich silberne Creolen heraus. Ich ziehe sie durch meine Ohrlöcher und lasse den Blick aus dem Fenster gleiten. Noch kein Auto in Sicht, also greife ich zu einer Tube Make-up. Der Farbton ist zu dunkel für meine Haut. Ich trage es dennoch auf und fühle mich dabei wie früher, wenn ich mich heimlich über die Schminksachen meiner Mutter hergemacht habe.

Auf dem Weg zum Hauswirtschaftsraum stelle ich fest, dass die Tür zwischen Garage und Haupthaus offen steht. Ich lasse sie nicht aus den Augen, während ich Schmutzwäsche in die Waschmaschine werfe.

Mein Haus und mein gesamtes Anwesen sind sehr sicher. Hohe Tore halten Eindringlinge davon ab, meinen Grund und Boden zu betreten. Eine Alarmanlage und Videokameras sorgen zusätzlich für Schutz. Umso ärgerlicher ist es, dass ich etwas Selbstverständliches wie das Schließen einer Tür vergessen habe. Kurz luge ich zur Garage hinüber, dann versetze ich der Stahltür einen Stoß. Als das Smartphone in meiner Hand vibriert, schrecke ich zusammen.

»Adam.«

»Hallo, Klara. Haben Sie meine gestrige Nachricht nicht erhalten?« Es ist Peter Janek, der Makler, und ich habe nicht die geringste Ahnung, von welcher Nachricht er spricht.

Während ich den Anruf auf Lautsprecher stelle, scrolle ich durch das Menü meiner Posteingänge.

»Hallo, Peter. Doch, natürlich. Wie schaut es aktuell bei Ihnen aus?« Ich bemühe mich um einen souveränen Tonfall.

Auf Zehenspitzen laufe ich zurück nach oben in mein Büro. Die Uhrzeit irritiert mich. Müsste er nicht schon längst hier sein? Ich blättere durch meinen Kalender. In dem Meer aus eingetragenen Notizen und Vermerken in krakeliger Schrift finde ich nichts.

»Der Interessent hat den Termin verschoben, deshalb werde ich es heute nicht zu Ihnen schaffen. Er bietet zweieinhalb Millionen. Damit liegen wir marginal unter den Erwartungen.«

Ich nicke, obwohl er es nicht sehen kann. »Das ist in Ordnung. Ich habe Ihnen innerhalb des vereinbarten Spielraumes jegliche Entscheidungskraft eingeräumt.« Gelogen. Ich habe aus purer Bequemlichkeit und Antriebslosigkeit alle Entscheidungen auf ihn abgewälzt, weil ich mich derzeit gerade einmal dazu in der Lage fühle, meine Mahlzeiten zu organisieren.

Peter Janek atmet hörbar auf. »Eine gute Entscheidung. Die zunehmenden Hagelschäden in der Gegend drücken die Nachfrage nach Immobilien enorm.«

»Das sehe ich auch so. Setzen Sie den Vorverkaufsvertrag auf, und ich maile Ihnen in der Zwischenzeit eine Vollmacht, damit Sie alles zum Abschluss bringen können«, erwidere ich.

Ich drehe einen Kugelschreiber zwischen meinen Fingern hin und her. Hier in meinem Büro bin ich die Geschäftsfrau, die Chefin, die Arbeitgeberin. Mühevoll habe ich mich in diese Rolle eingelebt, habe geschafft, worauf meine Eltern mich nicht vorbereiten konnten. Ich war wie ein Kind, das beim ersten Sturz ins Wasser schwimmen lernen musste, um nicht zu ertrinken. Außerhalb des Pflichtzeitraumes verschwendete ich nie einen Gedanken an die Arbeit, habe in mir nie das lodernde Unternehmerherz gespürt. Mein BWL-Studium habe ich halbherzig abgeschlossen, um meinen Eltern einigermaßen hilfreich zur Seite zu stehen. Doch ich war nie mehr als eine Hilfskraft im Büro, die im stillen Aufbegehren Rechnungen abheftete, Termine bestätigte und Kostenrechnungen eintippte.

Was mich wirklich interessiert, sind nicht die Umsätze. Es ist auch nicht der Geschmack des Weines, den mein Unternehmen umsatzstark über die Landesgrenzen hinaus bis in die Überseeländer exportiert. Mich interessiert das wechselnde Farbenspiel, das die Jahreszeiten mit sich bringen. Regentropfen, die an manchen Tagen wie kleine Diamanten auf den Blättern sitzen. Die Vielfalt der Brauntöne in den kleinen Furchen an den Ästen. Wahrscheinlich hegen viele, die nichts mit unserer Branche zu tun haben, genau diese romantische Vorstellung. Sie schließen beim ersten süß-würzigen Schluck Beerenauslese die Augen, sehen die malerisch thronenden Hänge vor sich. Sehen die Winzerfamilie, die sich voller Ehrfurcht bei Sonnenuntergang der Fruchtstände erfreut. Wir sind die lila Milchkühe der Weinindustrie, doch ich bin nur das schwarze Schaf.

Meine Leidenschaft hat schon immer der Kunst gegolten. Ich habe unsere Reben so lange beobachtet, bis ich jeden Farbton, jede Blattader und die unterschiedlichen Rundungen der Trauben mühelos mit dem Pinsel auf meine Leinwände zaubern konnte.

Deine Pinselei bringt uns nicht weiter, Klärchen, schnaubte mein Vater, als er einmal nach Mitternacht in mein Zimmer kam und mich beim Malen ertappte. »Klärchen«, ja – so nannte er mich, auch wenn er mich maßregelte. *Ich brauche Hilfe, brauche jemanden, der die Buchhaltung nachkontrolliert, der die Lesehelfer organisiert. Das alles ist dein Job. Doch du träumst den ganzen Tag vor dich hin, dass du nachts vor lauter Ausgeruhtheit nicht einmal müde bist.*

Damals befand ich mich in der Pubertät. Während sich andere Mädchen meines Alters mit Akne und Menstruationsschmerzen herumplagten und ihre ersten Zungenkusserfahrungen machten, plagten mich Sorgen rund um Rebmilben, Reifegrade und vernünftige Erntemengen. Andere Mädchen, normale Mädchen begannen in dieser Zeit damit, sich von ihren Eltern abzunabeln, ihre Individualität in die Welt hinauszubrüllen. Aber ich verwuchs mehr und mehr mit dem Unternehmen und mit meinen Eltern. Ich wurde zum geflügelten Wort. Die Adam-Tochter. Unter dem ständigen Druck, Teil einer am Winzerhimmel aufsteigenden Gesellschaft zu sein, blieb kaum Zeit für die normalen Dinge des Lebens. Demnach war meine erste sexuelle Erfahrung die, als ich meine Eltern am frühen Nachmittag beim angetrunkenen Sex auf dem Schreibtisch meiner Mutter ertappte. Das war ihre eigene Art des Feierns, als sie nach jahrelangem Straucheln endlich anhaltend schwarze Zahlen schrieben. »Bilanzsex« nannte ich es später und wusste, zu welchen Zeiten es besser war, die Büros meiner Eltern zu meiden.

Der Betrieb wuchs, und die Arbeiten, die auf meine Mutter

und mich zurückfielen, wurden anspruchsloser. Man ließ die Dinge andere erledigen, denn man konnte es sich leisten. Das regelmäßige Posieren für die hiesige Klatschpresse war irgendwann unsere Hauptaufgabe. Sehen und gesehen werden. Small Talk mit Geschäftspartnern und Kunden. Empfänge in schicker Abendrobe. Weinverkostungen mit der österreichischen B-Prominenz und Provinzpolitikern, denen man an der Wahlurne besser nicht seine Stimme schenkte. Lächeln. Nicken. Sichtbar sein. Selbst der Bilanzsex war irgendwann nur eine Erinnerung an die Anfänge einer einst euphorischen Erfolgsgeschichte.

»Ich werde Sie am Laufenden halten, Klara.« Janek klingt überschwänglich. Kein Wunder, denn das Geschäft wird eine ordentliche Provision für ihn abwerfen – eine mehr als ordentliche Provision für einen Mann seines Alters.

»Ja, bitte. Tun Sie das.«

Ich drücke den Anruf weg und trinke einen Schluck des kalten Tees, der seit den frühen Morgenstunden neben meinem Computer steht. Eine Weile betrachte ich die kreisrunden Abdrücke der Tasse auf meiner Tischplatte. Dann rufe ich den Eventkalender im Webbrowser auf und beschließe, die Arbeit für heute liegen zu lassen.

4

Es gibt Dinge in diesem Haus, die nie vollständig mir gehören werden. Das Auto meines Vaters, in dem ich wie eine kleine Legofigur aussehe, ist eines davon. Ich sehe ihn vor mir, denke daran, wie erpicht er darauf war, dass der Lack des Audis nach jeder Fahrt wie neu wirkte. Amüsiert schmunzle ich über die Erinnerung, wie er still grantelte, wenn die Stöckelschuhe meiner Mutter kleine Kratzer an der polierten Einsteigleiste hinterließen.

Lorenz betrachtet mich genau, als ich aus der Garage rolle. Seit er mich am Vortag am Krankenhaus abgesetzt hat, steht ihm die Besorgnis ins Gesicht geschrieben.

Sein Motorroller folgt mir die Straße hinunter. Ich schaue in den Rückspiegel, sehe die Spitzen seiner schulterlangen grauen Haare unter dem Helm hervorblitzen.

Ich kenne Lorenz seit fast drei Jahrzehnten, erinnere mich gut an den einst drahtigen Mann mit dem schwarzen Pferdeschwanz und dem verschmitzten Grinsen, der schon damals so gut wie nie ohne seinen Hut unterwegs war. Seither sind wir sechsmal innerhalb der Region umgezogen. Lorenz ist dabei immer an unserer Seite geblieben. Zuerst als gelegentlicher Helfer, dann als fester Angestellter. Lorenz ist einer der wenigen Menschen, die ich in meinem Haus dulde. Über die Jahre hinweg ist er Teil der Familie geworden, zumindest für mich. Er buckelte nie vor uns, biederte sich nie an. Er pumpte Luft in die Reifen meines Fahrrades, schrubbte mit mir den Pool, fuhr mich ins Kino und rettete mich vor monströsen Winkelspinnen. Wenn ich Bauchweh hatte, gab Gabi, seine Frau, ihm Suppe für mich mit. Ich habe ihr fast jedes meiner heimlichen Aquarelle geschenkt, die neben den Acrylgemälden, die meine Eltern im Laufe der Jahre auf Vernissagen gekauft hatten, ohnehin nie einen Platz gefunden hätten.

Das Letzte, was ich von Gabi hörte, waren ihre erzürnten Schreie am Telefon, nachdem meine Mutter Lorenz samt Gipsarm auf das Dach geschickt hatte, weil ein Sturm mehrere Dachziegel auf die Terrasse katapultiert hatte. Lorenz lehnte diesen Arbeitsauftrag nicht aus Feigheit ab. Sein Verantwortungsbewusstsein ging weit über das eines Angestellten hinaus. Lorenz hatte eine weitere Fähigkeit. Er blickte nicht nur in die Abgründe unserer Abflussrohre, er blickte in die Abgründe in uns selbst. Er demaskierte uns. Meine Mutter hasste das, aber sie brauchte ihn zu sehr. Ihren Frust entlud sie an meinem Vater, wies ihn an, strenger mit Lorenz zu sein, ihm die flapsigen Sprüche und die frechen Blicke abzugewöhnen. Mein Vater sprach danach eine Oktave tiefer mit Lorenz, mit vibrierender, testosterongeladener Stimme. »Lorenz, entfernen Sie die Schlange aus unserem Poolhaus.« Lorenz kümmerte sich darum und lächelte sein typisches Lachen. Ich kam nicht umhin zu denken, dass er das alles für mich tat.

Seit dem Tod meiner Eltern hat sich vieles verändert. Ich spüre die Verbissenheit, mit der er seine Arbeiten erledigt. Ich spüre, wie mir unsere Freundschaft immer mehr entgleitet. Die Trauer um meine Eltern liegt wie eine Giftwolke über uns und regnet kontinuierlich auf uns herab. Lorenz arbeitet noch härter, mit noch mehr Ehrgeiz. Es ist eine unausgesprochene Schuld.

Lorenz war derjenige, der uns vor über zwanzig Jahren mit Paolo, seinem Bruder, bekannt gemacht hat. Paolo ist der Eigentümer des kleinen Yachthafens in Puerto Calero, dem Ort, an dem ich meine Eltern zuletzt lebendig gesehen habe.

Ein Hochgefühl überkommt mich, als ich die Kunsthalle erreiche. Früher war ich hier Stammgast, habe keine Ausstellung verpasst. Der Traum, hier irgendwann meine eigenen Bilder zu sehen, war stets ein Teil von mir.

Ich habe Glück, es rechtzeitig geschafft zu haben, denn heute ist einer der letzten Ausstellungstage. Trotzdem sind kaum Besucher da. Hier und da leises Geflüster, ein Hüsteln, das Quietschen von Gummisohlen auf den glatten Böden, das Klacken meiner eigenen Absätze.

Meine Augen sind darauf konditioniert, die gläsernen Weinregale mit den bunt bedruckten Flaschen zu bemerken. Unter jedem Gemälde steht ein Arrangement aus langhalsigen Weinflaschen, die das Gefühl des Bildes aufgreifen und alles zum stimmigen Gesamtkunstwerk zusammenfügen. Eine Idee, die meinen Eltern gefallen hätte.

In dieser Umgebung finden sich alle Farbtöne ausschließlich in den Bildern. Die Räume selbst nehmen sich mit ihren weißen Wänden und den hellen Böden zurück, überlassen die Bühne den expressionistischen Ölgemälden.

Ein zwei Meter großes quadratisches Werk fängt meinen Blick ein. Ein nackter Leib, der sich zu Gehölz formt. Feine Rot- und Gelbtöne des Laubes als Kontrast zu den groben Formen einer Dorfkulisse. Die Leidenschaft des Malers in jedem Pinselstrich greifbar. Es würde sich gut in der verglasten Galerie im Obergeschoss machen. Verstohlen ziehe ich das Smartphone aus meiner Umhängetasche und schieße ein Foto.

Ein Paar bleibt neben mir stehen. Glatt gebügelte Gesichter, beide weiße Saint-Laurent-Sneaker. Sie im Lacoste-Kurzarmpullover in Rosé, er im braunen Abbild. Designeroutlet im Doppelpack. Ihre Augen ruhen zuerst einige Sekunden auf mir, dann widmen sie sich dem Gemälde, in das ich mich soeben verliebt habe.

Leises Gemurmel und dumpfe Schritte kündigen eine größere Menschenmenge an. Als ich mich umdrehe, entert eine geführte Gruppe den Raum und bringt einen Schwall verschiedener Gerüche mit sich. Sonnencreme, Parfum, feine Nuancen von Schweiß und Lederschuhen.

Der Trubel ist mir zu viel. Ich trete die Flucht in die nächste Halle an. Zahlreiche Gemälde in ähnlichem Stil wie mein favorisiertes Bild wecken ein neuerliches Gefühlsfeuerwerk.

Eine Lust auf das Leben brodelt in mir. Da ist Sehnsucht.

Ich schließe die Augen, denke an ein kleines Cottage an der Küste Südenglands. Den Blick auf das Meer gerichtet, neben mir eine Staffelei und ein Farbkasten. Ja, ich könnte malen, könnte eine Provinzgalerie eröffnen und jungen Künstlern die Chance geben, sich ihren Traum vom Malen ebenso zu erfüllen.

»Dir steht die Welt offen«, verkündet eine verschnörkelte Schrift auf dem Kristallglas, das mir meine Eltern zum achtzehnten Geburtstag geschenkt haben. Aber welcher Teil der Welt stand mir jemals wirklich offen? Das Imperium meiner Eltern ist die goldene Fußfessel, die mir so viele Dinge ermöglicht und mir gleichermaßen so vieles nimmt. Beschämt stelle ich mir vor, wie mein Unternehmen den Bach hinuntergeht. Noch beschämter gestehe ich mir ein, dass sich ein Teil von mir genau das wünscht.

Es dauert nicht lange und *sie* ist da. Ich kann den Duft ihres perfekt frisierten Haares vernehmen, sehe die geschürzten Lippen und die hochgezogenen Augenbrauen. *Klara, was soll der Undank? Siehst du nicht, was dein Vater und ich leisten? Was denkst du, für wen wir das tun? Du kannst dich wirklich glücklich schätzen, dieses Leben zu führen, aber du ziehst ständig dieses trübselige Gesicht.*

Ich versuche, die Gedanken zu verjagen, aber sie sind wie Treibsand, in den ich umso tiefer sinke, je mehr ich dagegen ankämpfe.

Was tust du eigentlich hier? Du vergeudest deine Zeit mit irgendwelchem Blödsinn, während ich mir seit Wochen nicht einmal meine Maniküre gönne.

Meine Freude von vorhin verklingt unter der Erinnerung. Die Vorwürfe meiner Mutter haben sich so fest in mir eingenistet, dass sie selbst nach ihrem Tod mein Denken regieren.

Warum enttäuschst du mich immer wieder, Klara? Was tust du mir nur an?

Ich schlucke schwer, straffe die Schultern und gehe weiter.

Mein Blick bleibt unweigerlich an einem dreiteiligen Gemälde hängen. Der nackte Leib der Frau ist nur von einzelnen Blättern verhüllt, und ihre langen Arme ranken hoch zur Sonne. In der Sehnsucht in ihren Augen erkenne ich mich selbst. Es würde wunderbar neben dem Kamin in meinem Wohnzimmer aussehen. Dort, wo aktuell das kubistische Bild in kühlen Grautönen hängt, dessen Abgang ich schon beim Betreten der Ausstellung beschlossen habe.

In meiner Handtasche ertaste ich einen Notizblock und einen Kugelschreiber. Ich ziehe beides heraus und notiere die Namen der Werke, die in Gedanken bereits meine Wände zieren. Ich beschließe, mit dem Künstler Kontakt aufzunehmen, stehe da, ein Gefühl wie vor dem Sprung vom Fünfmeterbrett, ein – wie ich vermute – dummes Lachen mit offenem Mund. Ein Narr, der sich freut. Wann ist das Glück so armselig niederschwellig für mich geworden?

Kind, du musst an deiner Haltung arbeiten. Und wie kann es sein, dass man in deinem Alter noch immer Pickel im Gesicht bekommt?

Ich mahne mich zur Ruhe. Versuche, meine verkrampften Finger zu entspannen. Einatmen. Ausatmen. Einatmen. Ausatmen. Vor meinen Augen tanzen kleine Lichtpunkte. Farben und Leinwände verschwimmen vor mir. Nicht schon wieder ein Schwächeanfall. Ich spüre, wie mich Besucher streifen, vernehme knappe Entschuldigungen in diversen Sprachen, höre Gelächter. Das Geschehen um mich herum läuft im Zeitraffer. Das Gefühl von Panik und Beklemmung kriecht mir wie eine Winkelspinne die Beine hoch. Kalter Schweiß bildet sich auf meiner Stirn und zwischen meinen Brüsten. Blicke kleben an mir wie der Stoff meines Kleides. Ich muss hier raus.

Eine Welle von Übelkeit blockiert meinen Fluchtreflex. Die Vorstellung, dass ein Putztrupp anrückt, um mein halb verdautes Frühstück zu entfernen, macht meinen Zustand noch schlimmer.

Ich taste um mich und finde Halt. Es ist ein weiches, warmes Etwas, an dem ich mich festhalte.

Ein Arm.

5

»Es tut mir leid«, stammle ich und ziehe meine Finger in einem Ruck zurück, als hätte ich mich verbrannt. Der Lockenkopf grinst mich amüsiert an.

Ich taumle wieder, greife ungeachtet dessen, was er von mir halten wird, erneut nach seinem Arm. Diesmal fester, zunehmend näher an der Ohnmacht.

»Was ist denn mit dir los?«, fragt er. »Soll ich die Rettung rufen?« Seine Stimme ist tief und samtig, sein Sprachrhythmus so geschmeidig wie der eines Radiomoderators. »Hey«, sagt er dann und legt seine Hand auf meine Schulter.

Ich spiele mein Unwohlsein mit einer wegwerfenden Geste herunter. »Ist nur der Kreislauf.«

Er umfasst meine Handgelenke. Der leichte Druck seiner Finger löst mein Ohnmachtsgefühl langsam auf. Mein Blick schärft sich wieder.

Ich betrachte den Fremden vor mir. Dunkle, fast schwarze Augen, Dreitagebart, olivfarbener Teint, knielange Leinenhosen, die ihm etwas Jungenhaftes verleihen. Wahrscheinlich ist er ein Tourist. Einer, der nun ein Häkchen neben »Regionale Kunst« in seinen Reiseführer setzen kann. So wie er aussieht, wird seine Freundin jeden Moment hinter ihm hergelaufen kommen. Kurvig, zehn Jahre jünger, umwerfend. Er wird glücklich aussehen, wenn sie seine Hand ergreift und sie gemeinsam ihre Runden drehen, während sie nur den Wunsch verspüren, so rasch wie möglich ins Hotelzimmer zurückzukehren.

»Langsam kriegst du wieder Farbe.« Er lächelt das schönste Lächeln, das ich seit Langem gesehen habe. Der Rausch meiner Gefühle holt meinen Körper wie eine Wiederbelebungsmaßnahme zurück ins Leben. »Soll ich dich rüber ins Café bringen? Vielleicht würde dir ein kaltes Cola guttun.«

Ich atme den Duft seiner Haut ein. Vielleicht findet er mich attraktiv genug, um mich nicht nur im Café abzugeben wie eine Mutter ihr Kind in der Spielecke eines Möbelhauses. Ich will das Risiko nicht eingehen, möchte seine Gegenwart auskosten. »Es wäre schade, die Tickets verfallen zu lassen. Ich habe bisher kaum etwas von der Ausstellung gesehen. Willst du mich begleiten?« Ich befürchte, dass der Rhythmus meines Herzschlages an meiner Brust sichtbar ist, aber ich sehe lieber nicht nach.

»Na klar. Gern«, raunt er. Die Selbstverständlichkeit in seinem Tonfall verschlägt mir die Sprache. Als würde man einen alten Freund zum Kinoabend einladen. *Na klar. Gern.*

Ich zögere keine Sekunde, als er mir bedeutet, mich bei ihm einzuhaken.

Keine kurvige Schönheit, die auf ihn wartet. Zumindest nicht hier.

Der Fremde hat ein Auge für das Schöne, begeistert sich für dieselben Werke wie ich, aber er hat insgesamt wenig Ahnung von Kunst. Seine Unbefangenheit und die Art, wie er sich an den Gemälden erfreut, reißen mich geradewegs mit, auch wenn meine Blicke mehr an ihm hängen als an allem anderen.

Jede sich bietende Gelegenheit nutze ich, um ihn anzusehen, ihn zu studieren. Die einzelnen Augenbrauenhaare, die unkontrolliert abstehen. Den dunklen Bart, der seine eckige Kinnpartie betont. Die markante Nase mit dem leichten Bogen. Die sinnlich geformten Lippen, die Unterlippe etwas üppiger als die Oberlippe, ein kleines Muttermal am rechten äußeren Mundwinkel. Bestimmt ist er ein guter Küsser. Er ist ein schöner Mann, das kann ich nicht abstreiten. Ich verspüre den Drang, ihn nach draußen zu ziehen. Vielleicht in ein abgelegenes Café, vielleicht auch in meine Stadtwohnung. Verdammt, es ist so lange her.

»Wie wäre es jetzt mit einem Cola?«, bringe ich stotternd über die Lippen und rechne mit einer Abfuhr. Die Einladung sei sehr nett, aber er müsse dringend heim. Er müsse das Auto aus der Werkstatt holen. Seine Katze sei krank. Vielleicht ein anderes Mal. Vielleicht laufe man sich ja mal wieder über den Weg.

»Keine gute Idee«, bestätigt er meine Befürchtung, und ich spüre ein schmerzhaftes Brennen in der Brust. »Nach dieser Ausstellung ist mir viel mehr nach einem Glas Wein.«

Ein kräftiger, warmer Wind umhüllt uns, als wir die Kunsthalle verlassen. Er treibt die Wolken zügig voran und trocknet die Schweißränder an meinem Kleid. Wir spazieren in Richtung Donau und entscheiden uns für das Restaurant direkt am Fluss.

»Sollen wir es wagen?« Er deutet zum Himmel. »Es sieht nach Schlechtwetter aus.«

»Ich denke, es zieht vorbei.«

Wir wählen einen Tisch im Freien mit tiefen, gemütlichen Lounge-Stühlen. Unser Platz liegt etwas abseits vom Trubel und eröffnet einen direkten Blick auf das Wasser.

»Wie heißt du?«, fragt der Lockenkopf. Mir wird klar, dass ich mir diese selbstverständliche Frage in Bezug auf ihn bisher nicht gestellt habe.

»Ich heiße Klara. Klara mit K. Und du?« Ich möchte mir für meine Unbeholfenheit auf die Stirn schlagen. *Klara mit K.*

»Mein Name ist Jonas.« Er lächelt verschmitzt. »Jonas mit J.«

Wir lachen, und es stört mich nicht, dass diese Lacher auf meine Kosten gehen.

Ich bin nicht routiniert im Flirten. Mein letztes Date liegt mehr als ein Jahr zurück und endete in der Peinlichkeit, dass der Mann mir verriet, er habe einen Mikropenis. Das eigentlich Peinliche daran war, dass ich versuchte, so zu tun, als wäre ich daran gewöhnt, dass Männer mir zwischen Small Talk und einem Bier von ihren besten Stücken erzählten. Die Wahrheit war, dass ich zu diesem Zeitpunkt wahrscheinlich die einzige Frau auf der Welt war, der man noch nie ein Dickpic geschickt hatte, was sich bis heute nicht geändert hat. Mein erzwungener und zudem schlechter Witz über seinen Mikropenis und mein fehlendes Talent beim Karaokesingen trieben mir die Schamesröte ins Gesicht. Wahrscheinlich grinste ich dabei, wie ich es immer tue, wenn ich verlegen bin, doch so genau will ich mich gar nicht daran erinnern. Er stand auf, zog sich in einer übertrieben männlichen Geste den Gürtel stramm und ging, ohne sich noch einmal umzudrehen.

Meine letzte richtige Beziehung mit einem zwanzig Jahre älteren Hotelier ist auch nichts, woran ich gern denke. Und dann gab es vor knapp fünf Jahren diesen Barkeeper. Diesen sanften, dunkelhäutigen Liebhaber, der immer nach Zigarettenqualm roch, obwohl er nicht rauchte, mich verliebt ansah und mich postkoital »Baby« nannte. Wenn man mich fragt, weshalb es nach zwei Monaten wieder vorbei war, erzähle ich, ein Mädchen sei der Grund dafür gewesen. Das ist halb wahr und halb falsch.

Die Bedienung kommt mit einem nasalen »Grüß euch« an unseren Tisch.

Jonas' Blick schwenkt nur langsam von mir zu ihr. »Wir hätten gern zwei Gläser Wein«, wendet er sich an sie. Und dann an mich. »Oder wäre dir etwas anderes lieber?«

»Wein ist in Ordnung.«

Wir. Ich weiß nicht, was mich nervöser macht. Das selbstverständliche Wir oder die Tatsache, dass er seinen Blick bereits wieder auf mich gerichtet hat.

Die Kellnerin legt zwei Getränkekarten zwischen uns auf den Tisch.

»Bringen Sie uns irgendeinen. Wir lassen uns überraschen.«

»Trinken Sie gern einen roten oder lieber einen weißen?«, gibt die Kellnerin die Entscheidung an uns zurück. An der Art, wie sie mit den Fingern auf das Boniergerät trommelt, erkenne ich Ungeduld.

»Ganz egal, denn neben dieser Dame«, er schaut mich eindringlich an, »wird ohnehin alles andere zur Nebensache.«

Eine Röte überzieht meine Wangen. Ich hole Luft, versuche, die Nervosität zu überspielen, indem ich hastig durch die Getränkekarte blättere. »Wir hätten gern den Adam Zweigelt.« Mit dieser konkreten Ansage verschwindet die Bedienung.

Ich könnte Jonas aufklären. Könnte ihm gestehen, dass ich

jeden Wein auf der Karte kenne, denn ich kenne jeden Wein auf sämtlichen Weinkarten von hier bis ans andere Ende der Welt.

Eine Erinnerung kommt hoch. Ich sehe meine Eltern an einem der Tische an der Glasfront sitzen. Es war ein Besuch geschäftlicher Natur, was sonst. Ein lukrativer Handschlag zwischen Geschäker und Zuprosten. Hier, wie auch in jedem anderen In-Lokal im Bezirk, fanden unsere musikalischen Weinverkostungen statt, die meinen Vater zum Weinhelden emporhoben. Ein gutes Essen brauche den perfekt darauf abgestimmten Wein, und ein gutes Glas Wein benötige die perfekt darauf abgestimmte Musik, betonte mein Vater. Das Konzept ging auf. Oft verlangt ein Geistesblitz nicht mehr als geschicktes Marketing und Menschen, die auf den Zug aufspringen. Auf diese Weise wurde mein Vater der König Midas des Weines, und das kleine Weingut Adam, das seine Großeltern gegründet hatten, wuchs zum millionenschweren Imperium heran. Jede seiner Eventideen wurde zu Gold. Gemeinsam mit namhaften Musikern, Bands und unseren edelsten Weinsorten tourte er wie ein Popstar durch das Land. Die Medien fraßen uns auf. Die Konkurrenz verfluchte und umgarnte uns zugleich. Hundertzwanzig Hektar Weingärten, ein Weinmagazin, fünfzehn Weinboutiquen und Hunderte Donau-Weinkreuzfahrten später gab es niemanden mehr, der sich nicht darum riss, Teil unseres Unternehmens zu sein. Mein Vater brannte für seinen Job, er lebte dafür. Nun ist er weg, und es liegt an mir, sein Lebenswerk weiterzuführen.

Jonas' Blick wandert über mein Gesicht. Die endlos langen Beine der Kellnerin erregen seine Aufmerksamkeit keine Sekunde. »Entweder bist du Trinkerin, was deinen Zustand in der Ausstellung erklären würde, oder du bist vom Fach«, schlussfolgert er.

Ich kichere wie ein kleines Mädchen, anstatt darauf einzugehen. Ich werde ihm diese Frage irgendwann später beantworten, falls es »irgendwann später« geben wird.

»Was bringt dich dazu, deinen Nachmittag mit einer Trinkerin zu verbringen?«

»Wie hätte ich diesem offensiven Flirtversuch widerstehen sollen? Es passiert mir nicht täglich, dass sich mir eine Frau einfach so an den Hals wirft.«

»Lass mich kurz überlegen«, kontere ich mit gespielter Nachdenklichkeit. »In welcher Rolle fühle ich mich wohler? In der Rolle der verwirrten Säuferin oder in der der verzweifelten Frau, die Männern auflauert?«

Seine Augen funkeln mich an. So tief, dunkel, unergründlich und spannend.

»Probiere es einfach ohne Rolle, Klara mit K.« Seine Stimme ist sanft, und seine Worte klingen wie eine Verheißung, die in jede Faser meines Körpers dringt. Er flirtet mit mir. Wie oft habe ich derartige Szenen in meinen Tagträumen durchgespielt. Wie oft scheiterten solche Vorhaben daran, dass ich es den ganzen Tag lang nicht vom Schreibtisch nach draußen schaffte und abends voll bekleidet auf dem Sofa einschlief.

Mein Puls beschleunigt sich, und ich verberge meine nervösen Finger unter dem Tisch, bis der Wein serviert wird und wir uns zuprosten.

»Auf diesen besonderen Tag«, sage ich und bin mir der Dramatik dieser Worte erst bewusst, nachdem sie sich nicht mehr zurücknehmen lassen.

»Auf die besonderen Tage, die hoffentlich noch folgen werden«, ergänzt er kryptisch und weckt damit viele Fragen in mir.

Ich versuche, etwas in seinen Zügen zu finden, das mir verrät, wie dieser Tag weitergehen wird. Ich spüre Ungeduld, bin wie ein kleines Mädchen, das vor einem verpackten Geschenk sitzt und wissen möchte, ob sich unter dem bunten Papier die ersehnte Puppe oder doch der praktische Rollkragenpullover befindet.

Der Rotwein brennt süßlich-herb in meiner Kehle. Obwohl ich einer Winzerfamilie angehöre, trinke ich nur sehr selten Wein und hoffe, dass der Zweigelt mich nicht sofort betrunken macht. Ich lasse es darauf ankommen, nehme einen großen Schluck, denn ich fühle mich wie ausgedörrt.

»Der beste Wein, den ich je getrunken habe«, schwärmt Jonas und schwenkt das langstielige Glas in seinen Händen.

Die Geste erinnert mich an meinen Vater, wenn er nach einem harten Arbeitstag bei Jazzmusik am Küchentresen saß und einen edlen Tropfen zelebrierte. Die Wehmut des Geistes der Vergangenheit vermischt sich mit der Glückseligkeit, die der Geist der Gegenwart zutage fördert, und unter der raschen Wirkung des Weines werden alle Gefühle verstärkt.

Ich bin zunächst nicht sicher, ob auch das Bild der Gestalt auf der anderen Seite der Donaupromenade dem steigenden Alkoholpegel zuzuschreiben ist. Aber dort ist jemand, der sich hinter einen Werbeaufsteller duckt, als mein Blick in seine Richtung schwenkt. Jemand beobachtet uns. Jemand, der nicht dabei gesehen werden will. Angestrengt inspiziere ich die Tafel. Die Spitzen von schwarzen Turnschuhen lugen unter den Metallbeinen hervor. Jemand hockt dahinter. Vielleicht einer von der Presse, der eine Story wittert? »Eine neue Liebe für die Adam-Tochter?« Es gibt nicht oft Presseberichte über mich, aber wer weiß, was den hiesigen Zeitungen während des Sommerlochs einfällt. Das Interesse galt meinen Eltern, vor allem meiner Mutter, die es verstanden hatte, die Aufmerksamkeit auf sich zu ziehen. Ihr medialer Ruhm brachte ihr kurzfristig sogar eine eigene TV-Show, in der sie betagte Unternehmer mit heiratswilligen Frauen verkuppelte. Ein Quotenflop, zum Glück.

»Klara?«

Ich fahre zusammen. »Wie bitte?«, stammle ich und richte meine Aufmerksamkeit wieder auf Jonas.

»Ich habe gefragt, wo du wohnst.«

»Altstadtnähe. Bist du auch von hier?« Meine Augen huschen zurück zur Werbetafel. Ich überfliege die Worte darauf: »Immer wieder Deix. Karikaturmuseum Krems«.

Die Turnschuhe sind verschwunden.

»Ja«, erwidert Jonas. »Ich wohne im Industriegebiet. Nicht gerade die nobelste Gegend, ich weiß.«

Er hat recht, doch ich winke ab. »Es kommt sowieso nur auf

die Nachbarn an. Gemessen an ihnen ist mein Viertel auch gar nicht so nobel.«

»Darüber muss ich mit meinem Vermieter sprechen. Vielleicht lässt sich mit diesem Argument die Miete drücken.«

Ich werfe lachend den Kopf in den Nacken, spüre, wie der Wein meine Muskeln lockert und meine Nervosität vertreibt.

»Die Nachbarin über mir«, erzählt Jonas, »badet zweimal täglich. Dabei singt sie. Und wenn sie nicht singend badet, stänkert sie aus dem Fenster. *Knallen Sie die Eingangstür nicht so zu. Der Hund muss draußen bleiben. Ihre Kinder sind viel zu laut.*«

»Meine frühere Lieblingsnachbarin war dement«, erzähle ich. »Sie klopfte ständig an meine Tür, um bei mir zwei Semmeln zu kaufen. Irgendwann hatte ich immer welche für sie in der Brotlade.«

»Das ist eine gute Taktik, um sich das Einkaufen zu sparen. Nein, im Ernst. Das war sehr nett von dir.« Jonas legt den Kopf schräg. »Teilt dein Freund diese soziale Ader?« Er rollt mit den Augen und seufzt. »Wie peinlich. Sorry, das war plump.«

»Nein, das war es nicht. Ich habe keinen Freund.« Ich beobachte Jonas' Reaktion. »Der Fairness halber stelle ich die Gegenfrage. Wie findet deine Freundin die singende und stänkernde Nachbarin?«

Jonas streicht sich die Haare zurück. »Ich bin seit zwei Jahren Single. Keine gefunden, die mich aushält, ein Job, der mich zeitlich auffrisst – das Übliche.«

Bei einem zweiten Glas Wein und einem Teller Gemüsechips, den wir uns teilen, erfahre ich, dass Jonas IT-Spezialist auf dem Gebiet der Internetsicherheit ist, dass er gerade dreißig geworden ist und aus Ungarn stammt. Er mag Vintagemöbel, liebt Indie-Pop und Science-Fiction-Filme. Sein Popcorn isst er am liebsten süß, seit er zwei Jahre lang in Berlin gelebt hat, wo es in seinem Stammkino nur Karamellpopcorn gab. Er reagiert allergisch auf Katzenhaare, hasst blumiges Parfum – zum Glück trage ich keines – und träumt von einer Skandinavienreise. Er ekelt sich vor Käfern und Gorgonzola, und er wurde als Teenie von seiner Mutter zu einem Tanzkurs verpflichtet, wo er mit Anita tanzen musste. Anita, sechs Jahre älter, mit blumigem Parfum, einem ausgeprägten Überbiss und dem Charme eines IS-Terroristen, fiel eines Tages nach dem Walzer über ihn her, packte und küsste ihn.

Ich beneide Anita.

Ich greife nach einigen Rote-Rüben-Chips und dippe sie in die Soße. Jonas tut es mir gleich. Die Knöchel unserer Finger berühren sich dabei. Der Drang, mich bei ihm einzuladen, um unser gemeinsames Schicksal mit First-Date-Sex zu besiegeln, zuckt in mir. Pulsierende Gedanken, in die ich mit jedem Schluck Wein tiefer hineingezogen werde.

Die Gäste um uns kommen und gehen. Ich nehme sie nur beiläufig wahr. Dass das Wetter von bewölkt auf heiter umgeschlagen hat, bemerke ich erst, als die Sonne so tief steht, dass ich die Augen zusammenkneifen muss, um Jonas ansehen zu können. Längst sind unsere Gläser leer, wofür wir immer wieder Blicke vom Personal ernten, das unseren Platz gern an neue Gäste vergeben würde.

»Erzähl mir mehr von dir, Klara.« Die Art, wie er meinen Namen betont, gefällt mir. »Was machst du beruflich?«

»Ich arbeite für einen Winzerbetrieb. Also bin ich doch irgendwie vom Fach«, erzähle ich wahrheitsgemäß, aber gekürzt. »Eigentlich war die Kunst schon immer meine Leidenschaft. Aber es hat mir an Mut gefehlt, um beruflich etwas daraus zu machen.«

Jonas schiebt den Teller zwischen uns zur Seite und stützt sein Kinn auf die Hände. »Du malst?«

»Schon lange nicht mehr. Ich bin kein großes Genie, aber es fühlte sich gut an.«

»Dann solltest du malen.« Er betrachtet meine Hände, die unruhig an einer Serviette zupfen. Er macht mich nervös, und das weiß er. »Bei deinen schönen langen Fingern habe ich vermutet, du würdest Gitarre spielen.«

»Nein, ich spiele kein Instrument. Na ja, ich habe Erfahrung darin, die zweite Geige zu spielen.«

Jonas rückt näher an mich heran, ist ganz bei mir. »Das sollte ich dringend ändern«, flüstert er so leise, dass ich meine, mich verhört zu haben.

Schon lange hat mich keiner mehr auf diese Weise angesehen, auf diese Weise mit mir geredet.

»Warum sind wir uns noch nie begegnet? So groß ist die Stadt schließlich nicht.« Jonas kommt der Wahrheit gefährlich nahe, aber ich möchte ihm nichts von Adam erzählen. Heute möchte ich nur Klara sein.

»Meine Eltern sind letztes Jahr ums Leben gekommen. Seither verbringe ich viel Zeit in ihrem Haus am Land.« Ich schlucke schwer. »Ich genieße die Ruhe. Und ich bin es ihnen schuldig, ihr Haus nicht verwaisen zu lassen.«

Jonas' Hand liegt so plötzlich auf meiner, dass ich zusammenzucke. Eine Geste, die mir in den letzten Monaten sehr vertraut geworden ist. Viele verlieren ihre Eltern in meinem Alter. Ich war eine erwachsene Frau, als sie gestorben sind. Kein Kind, das man aus der Schule holte, um ihm mitzuteilen, dass Mama und Papa bei den Engeln seien. Aus irgendeinem Grund rufe ich jedoch genau diese Reaktion bei anderen hervor. Als ob es mir auf der Stirn geschrieben stünde. *Die, die sonst niemanden hat. Die, die sonst nichts kann, außer Tochter zu sein.*

»Gibt es jemanden, der Sie in Ihrem aktuellen Zustand ein wenig unterstützen kann?«, fragte die Ärztin gestern im Krankenhaus, während sie meine Anamnese in die Tastatur hämmerte.

»Nein«, flüsterte ich. »Niemanden, abgesehen von meinem Hausmeister und anderen Angestellten.«

Ich sah Betroffenheit in ihrem Blick aufflackern, als sie mir die Hand zur Verabschiedung reichte.

»Ein Autounfall?«, fragt Jonas, und ich spüre das Zögern in seiner Stimme, als wollte er die Worte zurückdrängen. »Es tut mir leid, ich wollte keine Wunden aufreißen.«

»Das tust du nicht«, sage ich rasch. Kurzes Schweigen. »Sie

hatten einen Bootsunfall auf den Kanarischen Inseln. Mein Vater war ein leidenschaftlicher Segler, aber an diesem Abend sind sie in ein Unwetter geraten ...« Ich unterbreche die Erzählung und trinke den letzten Tropfen des viel zu warmen Weines. »Meine Mutter wurde von Bord katapultiert. Mein Vater hatte einen Herzstillstand, als er ins Wasser gesprungen ist, um sie zu retten.« Jonas senkt seinen Kopf und blickt starr auf den Tisch.

Menschen tun sich schwer damit, sich die Tragödien anderer anzuhören. Müsste ich im Nachhinein beschreiben, welche die schwierigste Phase nach dem Tod meiner Eltern war, so waren es genau solche Momente. Wenn ich dabei zusehen musste, wie andere meine Trauer betrauerten, wie sie um die richtigen Worte rangen. Worte, die es nicht gab.

»Wir sind uns bereits einmal begegnet.«

Jonas zieht seine Augenbrauen hoch. »Daran könnte ich mich ganz bestimmt erinnern.« Seine Stimme legt sich wie ein flauschiges Tuch um mich.

»Es war am Bahnhof. Du bist in eine Frau gestolpert, als du mit deiner Kamera beschäftigt warst.«

Jonas' Hand entgleitet mir, als er sich nachdenklich zurücklehnt. Seine Stirn kräuselt sich, und er verschränkt die Arme hinter dem Kopf. »Noch ein Zusammenprall mit einer fremden Frau. Ich hoffe, das rückt mich jetzt nicht in ein schlechtes Licht«, murmelt er grinsend. »Du hast mich doch hoffentlich nicht verfolgt und gestalkt?«

»Dann haben wir wohl beide eine Masche und einen ziemlichen Schuss.« Ich lache, aber diesmal bleibt Jonas ernst.

»Es kann kein Zufall sein, dass wir uns heute getroffen haben.« Seine Stimme ist nicht mehr als ein Hauch. Der Lärm eines vorbeifahrenden Motorbootes schwillt an, aber mein Gehör filtert jedes seiner Worte heraus. »Es fühlt sich an, als hätte es so sein müssen.«

Mein Puls rast. Ich bin hypnotisiert von diesem Mann. Unsere Hände finden wie von selbst ineinander, die Finger umschlingen sich, spielen miteinander.

»Möchten Sie noch etwas bestellen?«, unterbricht die Kellnerin diesen Augenblick.

»Ich möchte gern zahlen.« Jonas zieht seinen Rucksack unter dem Tisch hervor und fischt eine Geldbörse heraus. Ich erhasche einen Blick auf den Bildband über Fotografie, der herausragt. Erst jetzt dämmert mir, wie unhöflich es ist, ihn die Rechnung begleichen zu lassen. Ich ziehe meine eigene Geldbörse aus der Tasche, aber Jonas zwinkert mir verschwörerisch zu. »Lass stecken. Die Malerei wird in den ersten Jahren ein brotloser Job sein. Da sollte dein Freund die Restaurantrechnungen bezahlen.«

Die Abendstunde entzieht dem Tag das Licht. Mit Jonas läuft die Zeit schneller, wohingegen sie in manchen Momenten gänzlich stillzustehen scheint. Ich kämpfe gegen die Müdigkeit an, während sich in meiner Bauchgegend ein krampfartiger Schmerz ausbreitet, den ich nicht genau lokalisieren oder beschreiben kann. Nein, nicht jetzt. Ich habe keine Zeit für so was. Ich möchte keine Sekunde vergeuden, will ganz bei Jonas sein.

Die Stimmung knistert, als er mich zu meinem Auto begleitet. Wir schlendern über den Parkplatz, sprechen dabei kein Wort miteinander. Es ist ein magisches Schweigen, ein magischer Moment. Ein Alles-oder-nichts-Moment, der entweder den Anfang einer Liebesgeschichte schreibt oder das Ende einläutet, ehe es einen Anfang gegeben hat.

Jonas' Pupillen sind im Dämmerlicht noch dunkler geworden, seine Halspartie wirkt angespannt. Meine Augen wandern über das Shirt, das sich um seinen straffen Bauch spannt. Der Wunsch, ihn zu berühren, ist so dringlich, dass es mich fast zerreißt. Ich kann jetzt nicht in mein Auto steigen und heimfahren, kann diesen Tag nicht wie ein Musikstück ausklingen lassen. Ich will mehr, wenn auch nur für diese eine Nacht. Mein Körper brennt und tobt vor dem Verlangen, angefasst zu werden.

Das Auto neben uns schiebt rückwärts aus der Parklücke. Ich mache einen Schritt zur Seite, stehe Jonas nun ganz knapp gegenüber, kann sein Aftershave riechen, kann seinen Atem auf meiner Haut spüren.

»Verdammt«, murmelt er, und sein Kopf kippt nach vorne. »Ich bin nicht gut in solchen Dingen.«

Ich schlucke mit trockenem Mund. »In welchen Dingen?«

Sekunden vergehen, bis er mich wieder ansieht. Seine Hände umfassen meine. »Meine Mutter sagte immer: Wenn dir eine Frau wichtig werden könnte, dann beende das erste Date vor Sonnenuntergang.« Jonas' Hände streichen zärtlich meine Unterarme hoch. Seine Fingerkuppen fühlen sich samtig an. »Ich denke, du könntest mir wichtig werden.«

Wäre das hier ein Film, würde ich genau an dieser Stelle abschalten. Es ist kein Genre, das mein Interesse weckt. Die großen Leinwand-Liebesgeschichten, »Titanic«, »Bodyguard«, »Dirty Dancing« – nicht mein Geschmack. Doch dieser Tag, dieses Treffen, dieser Mann katapultieren mich in meine eigene Lovestory, das spüre ich deutlich. Ich blicke auf die Spitzen unserer Schuhe hinunter, hoffe, dass Jonas etwas sagt, denn ich bin noch viel schlechter in solchen Dingen. Eine Sekunde lang schließe ich die Augen. Die Erkenntnis trifft mich mit enormer Wucht. Ich habe mich in ihn verliebt. Ich habe mich tatsächlich verliebt. Ich bin heute Morgen in einer grauen Welt aufgewacht, und jetzt stehe ich hier mit diesem Mann. Es ist, als wäre ich durch ein Wurmloch in ein Paralleluniversum befördert worden, das mit der Welt von heute Früh nichts mehr zu tun hat. Ich bin in einem Universum gelandet, das in bunten Farben leuchtet. Einladend. Verlockend.

»Meine Mutter sagte, dass ein Mann, der Kunst und Wein zu schätzen weiß, ein Mann zum Heiraten ist.« Ich weiß nicht, welcher Teufel mich geritten hat, das zu sagen, aber jetzt ist es zu spät. Außerdem ist es gelogen. *Wenn du einen mit schlechten Zähnen oder dreckigen Schuhen in unser Haus bringst, dann sollte er wenigstens ein fünfstelliges Monatsgehalt haben*, war einer der wenigen Beziehungstipps aus dem Mund meiner Mutter. Das beschreibt so ziemlich alles, was es über ihre zwischenmenschlichen Beziehungen zu wissen gab.

»Deine Mutter war eine kluge Frau. Aber vielleicht sollten wir zuerst noch zwei oder drei Dates abwarten.« Mit diesen Worten haucht er mir einen Kuss auf die Lippen. »Vielleicht auch nur ein einziges weiteres Date.«

Beim Nachhausekommen liegt mein Haus in Dunkelheit. Es ist eine Weile her, dass ich so lange aus war. Allein für die Heimfahrt habe ich über eine Stunde gebraucht, musste mehrmals anhalten, um immer wieder die Nachricht zu lesen, die ich bereits kurz nach Verlassen des Parkplatzes erhalten hatte.

Ich meine alles ernst. Ich will dich wiedersehen, Klara mit K. Was hast du nur mit mir gemacht? Jonas XOXO

Das Treffen mit Jonas scheint wie ein Traum. Seine Lippen auf meinen. Das Kribbeln seiner Barthaare an meinen Mundwinkeln. Die Wärme seiner Umarmung.

Seine Telefonnummer steht ganz altmodisch auf der Rückseite der Rechnung vom Café und lodert in meinen Händen. Ohne seine Nachricht, diesen greifbaren Beweis, würde ich an meinem Verstand zweifeln. Denn so etwas kann doch nicht mir passieren. Unmöglich. Völlig undenkbar. Dieser wunderbare Mann interessiert sich für mich. Für Klara. Nicht für die reiche Erbin. Nicht für die Adam-Tochter.

Dieser Zustand macht mich selig. Ich bin wie betrunken, befinde mich in einem schwindeligen Glücksrausch.

Das Lächeln gefriert auf meinen Lippen, als ich mein Haus durch den Seiteneingang betrete. Ich vernehme einen Duft, seltsam vertraut und so falsch. Ich kenne ihn, doch die Schublade der Erinnerung tut sich nur einen Spaltbreit auf.

Misstrauisch taste ich mich von Lichtschalter zu Lichtschalter, während ich mich durch das Haus bewege, alles in Augenschein nehme. Unweigerlich mache ich einen Bogen um das Sofa und um alle Schränke, als eine alte Angst mich in Kindheitstage zurückversetzt. Es ist die Angst vor der Hand mit den langen, spitzen Fingern, die hervorschnellt, meinen Knöchel packt und mich in ihr düsteres Reich hinabzieht.

Mein Atem steht still, als ich es plötzlich höre.

Peng. Peng. Peng.

Reflexartig fasse ich in meine Tasche. Der Pfefferspray liegt Sekunden später in meinen Händen, richtet sich zitternd auf das imaginäre Monster. Mit rasendem Puls streife ich meine Schuhe im Wohnzimmer ab und folge der Spur des Geräusches auf leisen Sohlen.

Peng. Peng. Peng.

Vor dem Gästebad halte ich inne, lege mein Ohr an die Tür, horche. Das Geräusch wird immer lauter, immer eindringlicher.

Peng. Peng. Peng.

Mit einer Wucht, die mir einen Schmerz in die Schulter jagt, reiße ich die Tür auf, brülle ein Fluchwort hinein, als ich das Schlamassel sehe. Der Wasserhahn tropft in das geschlossene Waschbecken. Es ist randvoll gefüllt. Ich drücke die Ablaufabdeckung und stelle dabei fest, dass es etwas anderes ist, was das Wasser am Abfließen hindert. Mit spitzen Fingern taste ich in das Ventil, spüre etwas Weiches und ziehe es heraus. Mit einem Blubbern entleert sich der Inhalt des Waschbeckens in den Siphon.

Ich starre auf das nasse Tuch in meinen Händen, das im ersten Moment aussieht wie ein Stück Segelleine. »Renate ... Verdammt noch mal, was hast du hier versenkt?«

Um ein Haar hätte sie mit ihrer Unachtsamkeit mein Haus überflutet. Die Angst weicht einer Wut, während ich zum Mistkübel laufe, um den Putzlappen zu entsorgen.

Das Entsetzen lähmt mich augenblicklich, als ich in die Küche trete.

Es ist ein kleiner Gegenstand, harmlos und eigentlich nichts, was mir Angst einflößen müsste. Eine Kerze am Küchentresen. Frisch erloschen. An ihrem Docht ein kleiner gelber Funke. Eine Rauchschwade steigt auf.

Bergamotte, der Lieblingsduft meiner Mutter, doch ich habe diese Kerze nicht angezündet, und ich habe sie auch nicht dorthin gestellt.

Der Ton meines Smartphones reißt mich aus dem Schlaf. Mein Körper ist schweißnass. Meine Zähne klappern. Es kostet mich Überwindung, einen Arm unter der Bettdecke hervorzuschieben, um nach dem Telefon auf der leeren Hälfte meines Bettes zu greifen. Der Windhauch, der durch das gekippte Fenster über meinen Arm und meine Schulter streift, fühlt sich eiskalt an. Nachdem sich meine Augen auf die Beleuchtung des Displays einstellen konnten, sehe ich mit Enttäuschung, dass die Nachricht nicht von Jonas stammt.

Meine Atmung steht still, als ich die Nummer des Absenders ausmachen kann. Die Worte brennen sich in meine Pupillen, strömen von dort aus in meine Brust, verästeln sich auf unangenehme Weise in meine Glieder.

Hey, Klara.
Ich komme in den nächsten Wochen nach Österreich und möchte dich gern besuchen. Es gibt ein paar Dinge, über die wir dringend sprechen sollten.
Marisa

In dieser Nacht ist an Schlaf nicht mehr zu denken. Der erste Grund ist der Unmut, den diese Nachricht in mir auslöst. Der zweite Grund ist die Hand zwischen meinen Schenkeln.

Während sich mein Körper erregt unter der Bettdecke aufbäumt, seufze ich immer wieder Jonas' Namen in die Dunkelheit. Halb sehnsüchtig, halb verzweifelt.

6

Einen Monat später

Johann Huber verbreitet mehr Enthusiasmus als jeder andere, den ich kenne. »Das Werbesujet für die Mittelmeerkreuzfahrten ist ein Erfolgsgarant! Genau das, was Adam braucht. Der neue Grafiker hat es voll und ganz auf den Punkt gebracht«, dröhnt die Stimme meines PR-Managers aus dem Smartphone. »Adam-Weinreise goes international. Wachau-Feeling auf der ›Queen Sophie‹.«

Ich verstehe nicht, warum Menschen eine Mittelmeerkreuzfahrt buchen, um dort den Wein zu trinken, den sie auch hier trinken könnten. Vielleicht aus denselben Gründen, aus denen sie in die Türkei fliegen, um dort Wiener Schnitzel vom Mittagsbüfett zu essen. Aber Huber ist von der Idee überzeugt, und er hat mich noch nie enttäuscht. Ich habe Glück, Menschen wie ihn in meinem Team zu haben. Ohne die Loyalität und den Eifer meiner Mitarbeiter könnte ich das Unternehmen meines Vaters längst an den Nagel hängen.

Ich spüle das Kratzen in meinem Hals mit dem letzten Rest Kurkuma-Tee in meiner Tasse hinunter. Er hat zu lange gezogen und hinterlässt ein pelziges Gefühl auf meiner Zunge.

»Du denkst, dass Conchita das richtige Gesicht für die Kampagne ist?«, frage ich, nachdem ich mich ausgiebig geräuspert habe.

»Absolut. Conchita verkörpert genau das, was hinter Adam steckt. Stil, Einzigartigkeit, Extravaganz, Aufgeschlossenheit. Denk an die ›Adam & Eve‹-Kampagne, Klara.«

Ich erinnere mich nur zu gut an die »Adam & Eve«-Kampagne: »Es gibt Weine, für die Eva gern in der Hölle landet. Weingut Adam«. Dazu unsere Plakate. Das rothaarige Adam-Model mit der Zunge im Flaschenhals. Dasselbe Model mit zwei weiteren Models, die ihre nackten Unterleiber mit Wein übergießen, als strömte ihnen Menstruationsblut die Beine hinab.

Alle fanden es beeindruckend, abgesehen von mir und der hiesigen Pfarrgemeinschaft, die – wie ich vermute – knapp davor war, die anrüchigen Plakate im Dorf mit Fackeln niederzubrennen.

»Das wird grandios!« Die Art, wie Johann Huber in Superlativen spricht, weckt Erinnerungen an meinen Vater.

Huber ist schon lange für Adam tätig. Ich weiß, dass er großen Respekt für meinen Vater hegte. Jemand wie er, der seinen Job nahezu als Hommage an seinen verstorbenen Chef erledigt, gibt mir die Sicherheit, die ich brauche, um beruhigt an der Spitze eines Unternehmens zu stehen, für das ich selbst zu wenig Herzblut aufbringe.

»In der kommenden ›Falstaff‹-Ausgabe kriegen wir das Cover. Parallel gehen wir mit TikTok online und werden mit den jungen Influencern eine komplett neue Zielgruppe für unsere Bio-Weine erreichen. Ich krieg feuchte Augen, wenn ich an die Auswertung der Digital Analytics in den kommenden Monaten denke.«

Wohl eher feuchte Träume, denke ich und lege eine Hand vor meinen Mund, um das Lachen nicht laut auszustoßen. »Wie steht es um ›Saveur‹?«, frage ich.

»Die Skype-Konferenz mit Miller lief ausgezeichnet. Auch dieses Cover ist uns sicher. Und wenn der USA-Export so läuft, wie ich es berechnet habe, sind wir Ende des Jahres das Rock-Me-Amadeus der Weinbranche.« Hubers Stimme wird vor Aufregung zwei Oktaven höher.

Schmunzelnd klicke ich ein paar eingehende Spams auf meinem Bildschirm weg. Meine Gedanken sind längst wieder zu Jonas abgedriftet. Zu den kleinen Grübchen an seinen Lenden, zu seinen Fingern, die immer irgendetwas zum Spielen brauchen, und zu den weichen dunklen Haaren auf seiner Brust.

»Was ist mit der ›Niederöstereicherin‹-Kolumne? Die Redakteurin hat gestern wieder bei mir angefragt. Machst du es?«

»Ich bin nicht sicher«, gebe ich kleinlaut zu und drehe mich in meinem Chefsessel hin und her. Es schmeichelt mir, dass eine so große Zeitschrift mich unter den zehn attraktivsten Top-Unternehmerinnen sieht und eine doppelseitige Homestory über mich bringen möchte. Sogar das Cover haben sie angeboten. Aber ich stehe nicht gern im Mittelpunkt, schon gar nicht jetzt. Huber weiß von meinem angeschlagenen Zustand. Der Zeitpunkt für die Interviewanfrage könnte kaum schlechter sein. Die Medien und ihre Konsumenten sind unerbittlich, wenn es darum geht, mir meine Unzulänglichkeiten um die Ohren zu hauen. Ich habe das alles hinter mir. Weiß, was mich auf den Social-Media-Seiten von Tageszeitungen und Magazinen erwartet. »Von Beruf Tochter, sonst nichts« oder »Stinkreich, aber lässt sich nicht die Segelohren anlegen« sind noch die nettesten Kommentare, die ich unter Fotos von mir zu lesen bekomme. Karin Krampach, meine Social-Media-Expertin, kommt auf Facebook kaum mit dem Löschen aller Häme und Beleidigungen hinterher. Die Leute mögen mich nicht, erwarten bei meinem Namen etwas anderes. Die Klara, die ich wirklich bin, und die, die ich nach außen verkörpern soll, sind zwei völlig unterschiedliche Personen. Es ist die Ambivalenz, von der die Menschen irritiert sind.

Schnell sind meine Gedanken wieder bei Jonas. Ich denke an seine Lippen auf meiner Haut, daran, wie er es schafft, alle Selbstzweifel wegzuküssen, mich aus meinem Kokon zu holen. Verlangen nach ihm nimmt meinen Körper in Besitz.

»Klara, ich bin an deiner Seite. Nicht nur beruflich …« Huber lässt den Rest des Satzes unausgesprochen. Ich hätte ihn auch nicht hören wollen.

Es war kurz nach der Beerdigung meiner Eltern, als er für den Augenblick eines hastigen Kusses mehr als ein Nachname in meinem Terminplaner war. Wir haben danach nie wieder darüber gesprochen. Ich habe es für mich als Trauerverarbeitung verbucht und seine Blicke und Andeutungen immer rechtzeitig abgeschmettert, ehe es erneut zu einer verfänglichen Situation kommen konnte. Einige Male habe ich mich gefragt, was dage-

genspricht, mich mit ihm einzulassen. Huber ist ein gut ausse-
hender Typ. Keine vierzig Jahre alt, seit drei Jahren geschieden
und seither Dauersingle. Er ist ein Mann, der gelegentlich beim
Feiern über die Stränge schlägt und nicht gerade mit intellektuellen Ergüssen in seiner Facebook-Timeline glänzt. Aber er
ist gewissenhaft und loyal.

Ich sehe Jonas' Lachgrübchen vor mir, und es erscheint mir
wie ein Naturgesetz, dass ich nie Interesse an Männern wie Huber hatte, solange es dort draußen meinen Jonas gab.

»Ich überlege mir das mit dem Interview«, lüge ich so meis-
terhaft, dass ich Johann Hubers anerkennendes Nicken durch
das Telefon spüren kann.

In meinem E-Mail-Postfach warten unüberschaubar viele Nachrichten. Ich arbeite eine nach der anderen ab, führe halbherzige
Telefonate und überprüfe die Bilanzen und unsere Website. Ich
bin nachlässig in meinem Job, kann nicht klar denken. Zum einen
liegt der Mangel an Konzentration daran, dass ich wegen Jonas
zum Opfer meiner romantischen Tagträumereien geworden bin,
zum anderen fühle ich mich körperlich am Limit. Tagsüber bin
ich benommen, appetitlos, und mein Körper schmerzt vor Träg-
heit. Nachts quäle ich mich mit einer Tablette in einen unruhigen,
schweißnassen Schlaf. Seit meiner Untersuchung im Krankenhaus hat sich dieser Zustand nicht gebessert, vielmehr hat er sich
verschlechtert. Ein Anruf hat jedoch bestätigt, dass körperlich
alles in Ordnung ist. Keine Auffälligkeiten. Keine todbringende
Krankheit. Vielleicht ein leichtes Burn-out oder die Quittung
für meine Fast-Food- oder Binge-Watching-Eskapaden.

Der melodische Gesang einer Heidelerche dringt ins Büro.
Über den Schreibtisch hinweg gleitet mein Blick nach draußen,
hinüber zu den wippenden Ästen der Magnolien. Mit dem Wind
werden sie bald ihre Blüten abwerfen und einen pinkfarbenen
Teppich auf dem Rasen bilden. Dann wird das zarte Gelb der
Kakis die farbliche Abgrenzung zum Weingarten schaffen. Und
wenn die Julisonne alles andere unter sich verbrennt, werden

ihr tiefrote Rosen die Blütenköpfe entgegenstrecken und ihrer Hitze trotzen.

Auf einer der höchstgelegenen Terrassen entdecke ich Lorenz zwischen den Reben. Er kümmert sich um Bodenproben und taucht mit seinem gelben Sonnenhut immer wieder als Farbklecks hinter den Blättern auf.

Beinahe zwanzig Uhr. Schlechtes Gewissen überkommt mich, als ich daran denke, wie hart er arbeitet. Sollte ich ihn zum Abendessen einladen? Ich habe eine große Schüssel Salat mit Fetakäse und Radieschen im Kühlschrank. Alles liebevoll geschnitten und mit frischen Kräutern aus dem Garten abgeschmeckt. Ich scrolle in meiner Anrufliste nach seiner Nummer, halte schließlich inne und verwerfe die Idee wieder. In den letzten Tagen wirkte er ziemlich abweisend. Ich möchte ihm keine verlegene Zusage abringen.

Ich trete vom Büro hinaus auf den Balkon, betrachte den Ring an meiner rechten Hand, der im diffusen Licht der Abenddämmerung schimmert.

7

Es waren genau drei Dates. Drei Dates, bis wir zum ersten Mal nebeneinander aufgewacht sind und beschlossen, nach Dänemark aufzubrechen. Am darauffolgenden Morgen fuhr ich in die Stadt, um ein rotes Kleid zu kaufen. Rot. Nicht weiß wie die Reinheit. Nicht blau wie die Sehnsucht. Es war rot wie die Liebe, wie das Blut, wie die Leidenschaft, wie der Wein, den wir bei unserem dritten Date getrunken hatten. Dieses Kleid war eines der wenigen Stücke, das ich neben Windjacke, Jeans und Schal in meinen Koffer packte.

Vier Tage später saßen Jonas und ich im Flieger, die Finger fest ineinander verschlungen. In Billund wartete ein Taxi, das uns zur Samsø Rederi brachte. Auf der Fähre standen wir da, blickten auf das Wasser. Ich drückte seine Hand, gab Jonas stumm zu verstehen, dass ich mir sicher war. So sicher.

Im Ferienhaus, nur hundert Meter vom Strand entfernt, liebten wir uns in jener Nacht drei Mal. Als die Sonne am nächsten Tag über der Ostsee aufging, ihr bordeauxfarbenes Licht auf die Wasseroberfläche streute, trieb es uns barfuß hinüber zum Steilufer. Rotes Kleid, weißer Anzug, nervöse Zehen im kühlen Sand, zwei Ringe aus Weißgold in Jonas' Brusttasche. Neben dem Vesborg-Fyr-Leuchtturm besiegelten wir unser Vorhaben mit einem intensiven Kuss, ergründeten uns gegenseitig nach Zweifeln, aber es gab keine. Keinen einzigen.

Ich spüre Lorenz' skeptische Blicke quer durch die Weingärten bis zu mir herüber. Natürlich war es verrückt, so schnell zu heiraten. Wir hätten es so angehen können wie die meisten anderen. Wir hätten warten können, hätten uns fünf Jahre später in einem Standesamt das Jawort geben können, um zwei Jahre danach vor dem Scheidungsrichter zu stehen. Es gibt keine Garantie. Für nichts, für niemanden. Aber im Moment fühlt es sich richtig an. Egal, was kommt. Egal, ob der Lauf der Zeit unsere wilde Leidenschaft zum monatlichen Ehesex verkommen lässt. Egal, wenn mit den Jahren unsere Bäuche schlaff und unsere Gesichter runzlig werden. Was zählt, ist das Hier und Jetzt. Ich habe in meinem Leben bereits zu viele Gelegenheiten verpasst. Habe Menschen verloren, ziehen lassen, vertrieben. Habe dabei zugesehen, wie andere nach ihrem Glück griffen, und blieb selbst untätig.

Der Wind schiebt eine Wolkenwand über den Himmel. Die letzten Spuren des Tageslichts werden von ihrem dunklen Grau verschluckt. Aus dem Hauch von vorhin wird allmählich ein kräftiger Sturm, der minütlich in seiner Intensität nachlegt. Die Sträucher verneigen sich tief, und Blätter jagen durch die Luft. Ich trete einen Schritt zurück in das Büro. Mein Blick tastet die Weingärten nach Lorenz ab. Ich sehe ihn, und ich sehe eine zweite Person. Seine Frau? Ich kneife die Augen zu Schlitzen zusammen, versuche, das Gesicht zu fokussieren. Dann ist die Person verschwunden. Ich schiebe die Glastür zu, bevor der Sturm Gelegenheit hat, meine Papiere vom Arbeitsplatz zu fegen.

Aus der Westentasche ertönt das Klingeln meines Smartphones. »Hey, Schatz«, melde ich mich. »Na, noch immer fleißig?«

»Fleißig ist gar kein Ausdruck. Ich verkneife mir seit zwei Stunden den Gang zur Toilette und bin auf Kaffeeentzug.«

Ich sehe Jonas vor mir, weiß, dass er sich mit beiden Händen den Dreitagebart reibt, wenn er überarbeitet ist.

»Armer Jonas«, necke ich ihn und kichere.

Im Hintergrund höre ich Männerstimmen und das Rattern eines Druckers, der Papier ausspuckt.

»Aber die größte Qual ist, dass ich noch einige Stunden beschäftigt sein werde. Kein Feierabend in Sicht.« Jonas stöhnt.

Ich schlucke meine Enttäuschung hinunter. Ich wünschte, er würde seinen Job, der nur so wenig Zeit für uns beide übrig lässt, gegen einen Büroplatz in meinem Haus eintauschen.

Ich traue mich nicht, ihm das vorzuschlagen. Noch nicht. Ich will Jonas nicht schon wieder überrumpeln. Das Unternehmen, mein Leben, das viele Geld – all das hat ihn nach unserer Hochzeit in eine Schockstarre versetzt, ihn völlig überfordert. So sehr, dass er nach der Rückkehr aus Dänemark zwei Tage für sich brauchte. Zwei Tage und zwei Nächte, in denen ich mit dem Ende unserer Beziehung rechnete. Was für eine Ironie. Vorstrafen, dubiose Ex-Partner oder sexuelle Eskapaden in der Jugend, das sind Dinge, die man gern geheim hält. Dass ich mein Weinimperium und mein Vermögen verschwiegen hatte, verschreckte ihn auf viel schlimmere Weise, als es ein exzessives Vorleben geschafft hätte. Man muss Jonas kennen, um das zu verstehen. Jonas ist ein Mann, der auf Science-Fiction steht und diese Leidenschaft mit einem Mr.-Spock-Poster an seinem Kühlschrank krönt. Ein Mann, der lieber mit dem Rucksack durch Österreich tourt, anstatt auf die Malediven zu fliegen. Er ist ein Mensch, der das Einfache schätzt, der zum Glücklichsein nichts Materielles braucht.

Ich klemme das Smartphone zwischen Ohr und Schulter und zerre meine Jeans nach unten. Halb ausgezogen gehe ich ins Bad. Es riecht nach Jonas' Duschgel. »Du fehlst mir«, seufze ich und atme den Duft tief ein.

»Es wird nicht immer so sein. Es ist eine Phase, ein beschissener Auftrag, der uns gerade auffrisst. Danach wird es besser.«

»Klar«, sage ich und verkneife mir zu erwähnen, dass der Salat welk und meine am Morgen rasierten Beine stoppelig sein werden, bis er heimkommt. Die Enttäuschung lässt meine Stimme schwach klingen. »Ich warte auf dich.«

Ich wünsche ihn mir herbei, mehr als an all den anderen Abenden, an denen er es nicht vor Mitternacht nach Hause geschafft hat. Der Übergang vom Single zur bedürftigen Ehefrau war fließend. In ein paar Tagen werde ich Rüschenkleider tragen und ihm vom Fenster aus zuwinken, wenn er die Straße hochgefahren kommt. »Die Frauen von Stepford« lassen grüßen.

»Genau deshalb werde ich mich beeilen.« Kurze Pause. »Ich

liebe dich, Klara.« Dann ruft jemand nach ihm, und wir verabschieden uns.

Überwältigt vom Nachhall seiner Worte taumle ich ins Schlafzimmer, lasse mich auf das weiche Bett fallen und hülle mich in den Kokon der Satinbettwäsche. Er hat es zum ersten Mal gesagt. *Ich liebe dich, Klara.* Worte, die ich bisher nicht oft in meinem Leben gehört habe. Nicht von den Männern, mit denen ich geschlafen habe, nicht von meinem Vater, dessen Liebe ich zwar spürte, die er aber nicht in Worten zum Ausdruck bringen konnte, und auf keinen Fall jemals von meiner Mutter.

Der letzte Lichtfleck am Himmel ist verschwunden, und der Regen klatscht hart an die Scheiben der Fenster. Das Wetter ist so vielseitig wie die Menschen, die hier leben, und ebenso undurchschaubar. In einem Moment lockt die Landschaft, lieblich und farbenfroh, im nächsten Moment wird das zarte Grün des Laubes zum raschelnden Ungestüm vor einer schwarzen Himmelskulisse.

Ich raffe mich auf, mache mich wieder auf den Weg ins Bad. Ich möchte meinen Mann duftend und anziehend begrüßen, gehe in Gedanken die Auswahl an Dessous durch, die ihm gefallen könnten. »Frauen von Stepford« hin oder her. Gegen eine kleine Portion Klischee habe ich nichts einzuwenden.

Inzwischen bin ich völlig entkleidet, bürste mein Haar und warte darauf, dass heißes Wasser die Badewanne füllt. Mit einer Peelingbürste reibe ich über mein Gesicht, versuche, den fahlen Teint, der wie eine Mehlschicht auf meiner Haut liegt, abzuschrubben. Ich blicke an mir hinunter. Beäuge die kleinen runden Brüste, den flachen Bauch und die schlanken Beine.

Jonas' Begehren und seine Leidenschaft für meinen Körper geben mir Selbstvertrauen. Er liebt mich, denke ich. Er liebt diesen Körper.

Der Spiegel beschlägt, und ich wische mit der Hand darüber.

Ein Knall. Erschrocken lasse ich die Gesichtsbürste fallen. Mit hängenden Armen verharre ich für einige Sekunden, bin umhüllt von Dampf und Anspannung. Ich drehe den Wasserhahn zu, werfe einen Blick auf den Flur hinaus, lausche.

»Lorenz?«

Ein Schritt vor die Tür und meine Finger erreichen den Lichtschalter. Das gleißende Licht der Kugelleuchten flutet den Gang und entblößt meinen Körper vor der Glasfront. Wer auch immer da draußen ist, kann mich jetzt sehen. Nackt, verwundbar und allein.

»Lorenz?«, rufe ich noch mal, doch ich weiß, dass ich keine Antwort erhalten werde. Lorenz hat für den Notfall einen Schlüssel, aber er würde ihn nie grundlos benutzen.

Mit einem schnellen Handgriff reiße ich Jonas' Bademantel vom Haken und werfe ihn mir über. Auf Zehenspitzen laufe ich an den Zimmern vorbei, die sich allesamt in Dunkelheit hüllen. Das Pfeifen des Windes erinnert mich daran, dass einige Fenster offen stehen, und ich mache mich mit dem nächsten Windstoß auf das Zuknallen einer weiteren Tür gefasst.

»Es ist nur ein Unwetter«, beruhige ich mich.

Ich renne zurück in mein Büro, trete nahe an die Scheibe. Zuerst sehe ich nur mein eigenes Spiegelbild. Mit Jonas' grauem Bademantel und der breiten Kapuze, die über meine Stirn fällt, sehe ich aus wie eine Figur in einem Krippenspiel.

Lorenz kommt den Weg heruntergelaufen, beide Hände am Kopf, um seinen Hut festzuhalten. Meine Entspannung ist von kurzer Dauer. Wieder ein Geräusch. Fremd. Nicht dazugehörig. Ein Kratzen. Ein Ächzen. Ich weiß nicht, wohin ich soll, weiß nicht, ob es zu früh ist, einen Notruf abzusetzen.

Ich folge meinen wirren Impulsen, renne raus auf den Gang und wieder zurück ins Büro, wie bei der Treibjagd. Mit zittrigen Händen sperre ich die Tür hinter mir zu.

»Verdammt«, fluche ich, als mir einfällt, dass mein Smartphone im Badezimmer liegt.

Lorenz. Die Tür fest im Blick, fahre ich herum zum Fenster. Er ist noch immer da, dieser gute Hausgeist, direkt unter dem Balkon. Ich werde ihn bitten, das ganze Haus nach Eindringlingen zu inspizieren, vorher werde ich dieses Zimmer nicht mehr verlassen.

Ich entriegle die Balkontür, rufe seinen Namen. Dann versteift sich mein Körper, und ich verstumme. Lorenz steht da, den Hut inzwischen wie einen nassen Lappen auf dem Kopf. Sein Blick pfeilgerade und regungslos auf mein Haus gerichtet. Bohrende Augen, geballte Fäuste und da ist noch etwas. Etwas, das ich noch nie an ihm gesehen habe. Wut? Entsetzen? Furcht? Hat er etwas Verdächtiges entdeckt?

Meine Zähne graben sich in das warme Fleisch meiner Wangen, als ich es höre. Zuerst ist es ein kaum wahrnehmbares Flüstern. *Klara.* Ich verkrampfe. Die Lautstärke schwillt an, dröhnt dann blechern durch die Lautsprecher der Musikanlage. *Klara.* Es ist die Stimme meiner Mutter. Ein Speichelfaden läuft mir aus dem Mund. Ich habe vergessen, dass er offen steht. Ich presse die Hände auf meine Ohren, wimmere bei jedem neuerlichen Einsetzen ihrer Stimme.

Dann Stille. Ich wage es nicht, mich von der Stelle zu bewegen, verbiete mir, mit den Augen zu zwinkern. Die Furcht vor der Hand, die aus dem Nichts kommt und nach mir greift, wenn ich auf mich aufmerksam mache, ist übermächtig. Es ist nur ein Traum. Nur ein böser, böser Traum. Nichts von alldem ist real. Solche Dinge passieren nicht im echten Leben. Vielleicht habe ich Halluzinationen, habe zu viel Wein getrunken, bin in der Badewanne ausgerutscht und habe mir ein Schädel-Hirn-Trauma zugezogen. Es muss eine logische Erklärung dafür geben. Für die Stimme meiner toten Mutter in meinem Büro und für das Grauen vor meinen Augen.

Jemand ist draußen im Flur.

Panisch hechle ich und starre wie gebannt auf die Klinke der abgesperrten Bürotür, die nach unten gedrückt wird.

»Klara, was ist denn los da drinnen?«

Jonas. Tränen der Erleichterung schießen mir in die Augen. Ich laufe zur Tür, drehe den Schlüssel und falle in die Arme meines Mannes.

»Meine Mutter. Ich habe meine Mutter gehört.«

»Das war nur der Wind«, tröstet er mich. In seiner Stimme liegt so viel Zärtlichkeit.

Alles, was ich dann brauche, sind Arme, die mich hochheben. Hände, die meinen Bademantel abstreifen, meinen Po fest umfassen. Lippen, die meinen Mund öffnen.

Jonas trägt mich ins Badezimmer, während ich meine Beine um seine Taille schlinge, ihn so nahe an mich heranziehe, dass ich die Erregung durch den Stoff seiner Jeans spüre.

»Ich dachte, ich komme doch etwas früher«, höre ich seine Stimme an meinem Ohr. Er setzt mich auf den Waschtisch, schiebt seine Hose bis zu den Knien runter, und die Welt um mich herum verschwimmt.

8

Auf dem Tisch stehen meine besten Teller und Swarovski-Weingläser, die ich seit dem Kauf kein einziges Mal benutzt habe. Die durchgängige Glasfront zur Terrasse ist vollständig geöffnet. Das Licht Dutzender Kerzen wiegt sich im Rhythmus des inzwischen abgeschwächten Windes.

Die Musikanlage durchflutet das Haus mit dumpfem Bass und einer weichen Frauenstimme. Jonas ist in der Küche zugange. Ich sehe ihn nicht, aber ich höre, wie er den Refrain summt und zwischendurch in leise Selbstgespräche verfällt. Ich fasse es nicht, wie belebt mein Haus wirkt. Wie sehr Jonas diese seelenlosen Mauern, die bisher nur schön und sonst nichts waren, zu meinem Zuhause macht. Zu *unserem* Zuhause.

Ich trete hinaus in die Nacht. Einzelne Regentropfen tanzen auf der beleuchteten Wasseroberfläche des Pools. Die Luft ist so warm, dass schon kurz nach der Dusche wieder Schweiß aus meinen Poren tritt. Im Dickicht der Sträucher vernehme ich ein hektisches Rascheln. Vermutlich ein Igel oder ein anderes nachtaktives Tier, das ich mit meinem Rundgang durch den Garten verscheucht habe. Es gibt immer rationale Erklärungen, für alles. Der Spuk, den man zu sehen glaubt, ist von Menschen verursacht. Das Rattern spätnachts ist der Motor des Kühlschrankes, nicht das Klappern eines Skelettes. Das leise Schlurfen vor den Fenstern ist niemals der Sensenmann, sondern ein Blatt, das vom Wind vorangetrieben wird. Die Stimme meiner Mutter, die ich zu hören glaubte, war eine Übersteuerung der Lautsprecher. Wenn man klar ist, verlieren die Dinge ihren Schrecken.

Parfumgeruch dringt in meine Nase, als ich zum Haus zurückkehre. Ich erkenne es sofort. »Chanel Coco Mademoiselle«. Das

Parfum meiner Mutter. Wie frischer Schweiß strömt sein Aroma aus den Poren der Wände.

Ich gehe ins Wohnzimmer. Keine Spur von Jonas. Der Parfumgeruch ist erdrückend. Vorsichtig nähere ich mich der Tür zum Hauswirtschaftsraum, die ein Stück offen steht. Der Duft hat sich inzwischen in meine Schleimhäute eingebrannt. Ich kann ihn schmecken.

Ruckartig reiße ich die Tür auf. »Was tust du da?«, rufe ich. »Woher hast du das?«

Jonas fährt hoch und zieht erschrocken Luft ein. In seinen Händen liegt ein eckiger Flakon.

»Wenn ich gewusst hätte, wie schnell du im Bad fertig bist, hätte ich schon das Essen angerichtet.« Jonas entgeht nicht, dass mein Interesse nur dem Gegenstand in seiner Hand gilt. Er betrachtet das Parfum auf eine Weise, als wäre ihm entfallen, wie es dorthin gelangt ist. »Oh«, stammelt er, und ich sehe ein nervöses Zucken in seinen Augen. »Ich bin heute versehentlich in Hundedreck gestiegen. Vor der Heimfahrt habe ich alles entfernt, aber dieser elende Gestank ist nicht wegzukriegen ...«

Jonas unterbricht sich selbst. Fast synchron blicken wir zu den dunkelblauen Halbschuhen, die in der Garderobe stehen und die wir benutzen, wenn wir das Haus durch die Garage betreten.

»Verschwende ich gerade dein sauteures Lieblingsparfum, um den Scheißegeruch zu überdecken?« Jonas macht ein schuldbewusstes Gesicht.

»Es hat meiner Mutter gehört.« Diesmal erwidert Jonas nichts. »Wo hast du es gefunden?« Ich bemühe mich um einen ruhigen Tonfall, doch in mir tobt ein Sturm. Ich weiß genau, dass ich alle Parfums meiner Mutter weggegeben habe. Die wenigen Gegenstände, die ihr gehörten und die ich weiterhin im Haus erdulde, kann ich genau aufzählen.

»Ich glaube, es hat auf der Kommode in der Eingangshalle gestanden. Entschuldige. Hätte ich gewusst, dass es ein Andenken an deine Mutter ist, hätte ich es natürlich nicht genommen.«

Kurz sehe ich meine Mutter vor mir, wie sie dieses Parfum an so ziemlich jedem ihrer Geburtstage auspackte. Es war neben einem Gutschein für ihr aktuell favorisiertes Kosmetikstudio das obligatorische Geschenk meines Vaters. Dazu gab es immer eine aufwendige Hagmann-Torte, mit der meine Mutter für Fotos posierte. Selbstverständlich aß sie davon kein Stück. Zu viele Kohlenhydrate, zu viel Zucker, zu viel Fett.

Ich schüttle den Kopf. »Es kann nicht auf der Kommode gestanden haben.«

Jonas schluckt. »Ich habe nicht in deinen Sachen herumgeschnüffelt, falls du das andeuten willst.«

Schuldbewusstsein befällt mich, als ich erkenne, wie sich Jonas von mir in die Mangel genommen fühlt. »Erstens denke ich das nicht, und zweitens ist das jetzt *unser* Zuhause. Es gibt keine geheimen Schubladen oder Türen«, sage ich, während ich alle Möglichkeiten durchgehe, wie dieses Parfum in Jonas' Hände gelangen konnte.

Ich bin mir sicher, dass ich jeden einzelnen Flakon entfernt habe. Nichts weckt in mir so starke Erinnerungen wie Gerüche, deshalb hätte ich es nicht ertragen, es zu behalten und Gefahr zu laufen, von seinem Sprühnebel in die Vergangenheit katapultiert zu werden. Allerdings besaß meine Mutter so viel Kram. Es ist nicht völlig undenkbar, dass diese kleine Flasche meiner Aufmerksamkeit entgangen ist. Nicht in einem Haus von dieser Größe. Es hat schon so vieles verschluckt und wieder ausgespuckt. Vielleicht hat Renate es gefunden und auf das Tablett mit den Duftkerzen und den getrockneten Rosen gestellt. Es passiert gelegentlich, dass sie sich an der Deko zu schaffen macht, was ich bisher als liebevolle Geste empfand. Nun erscheint mir ihr Verhalten übergriffig und unangenehm. Ich muss dringend mit ihr darüber sprechen.

»Manchmal ist es so, als wäre sie noch hier«, murmle ich gedankenverloren.

Jonas zieht aufmerksam seine Augenbrauen hoch. Bestimmt hält er mich für geisteskrank.

»Es gibt Momente, da kann ich sie hören oder sogar sehen.«

»Oder riechen«, ergänzt Jonas.

Er versteht mich, das sehe ich in seinem Blick. Natürlich versteht er mich.

»Ich habe das auch alles durch«, murmelt Jonas. »Nach dem Unfall meiner Eltern konnte ich keinen Baum anschauen, ohne daneben ein zerstörtes Auto zu sehen.«

Eine Weile schweigen wir. Dann lacht Jonas und löst mit diesem Lachen die Gedanken, in die ich mich verbissen habe.

»Wir sind schon ein schräges Paar, hm?« Er legt seinen Arm um meine Schultern, und wir gehen zurück ins Wohnzimmer. »Du musst mehr essen, Klara. Du wirst von Tag zu Tag dünner. Ich habe dir Artischocken-Pasta von deinem Lieblingsitaliener mitgebracht. Sie wird perfekt zu deinem selbst gemachten Salat passen und deinen Appetit wecken.«

»Du weckst meinen Appetit«, erwidere ich mit einem Augenzwinkern und folge seiner Einladung, mich an den Tisch zu setzen.

Jonas grinst mich frech an, während er eine zu große Portion auf meinen Teller schaufelt. Mir graut davor, das alles essen zu müssen. Mein Magen rebelliert vor Hunger, aber mein Hals zieht sich bei all den Gerüchen zusammen.

»Wie war dein Tag?«, möchte er wissen.

Ich höre seine Frage, verliere mich dann aber in dem Bild der Weinflasche, die mit einem dumpfen Ploppen von ihm entkorkt wird.

»Schatz?« Jonas füllt unsere Weingläser randvoll. Rot für mich, Weiß für ihn. Ich werde heute betrunken ins Bett gehen.

»Oh, sorry«, stammle ich. »Mein Tag war nicht sehr aufregend. Johann hat ein paar sehr innovative Ideen für den Launch der neuen Bio-Weine. Und wir haben einen Deal mit ›Saveur‹.« Ich wickle einige Nudeln um die Gabel und schiebe sie hastig in den Mund. Als Beweis dafür, dass ich auf einem guten Weg bin. Keine Ohnmacht, kein Magenweh, keine Mitleidstour.

»Dieses amerikanische Gourmet-Magazin?«

Ich nicke und habe mit der breiigen Masse in meinem Mund zu kämpfen. Mit einen großen Schluck Wein spüle ich alles hinunter.

»Das heißt, du wirst bald in die Staaten fliegen?«, fragt Jonas. Ich kann nicht einschätzen, ob seine Frage tatsächlich so beiläufig gemeint ist, wie sie klingt. »Nicht zwingend. Eigentlich habe ich überhaupt keine Lust auf eine lange Reise, ganz egal, wohin.«

Jonas wischt sich mit der Serviette Salatdressing vom Kinn. »Würde ich dich zu einer Geschäftsreise motivieren, dann wäre das gelogen«, gibt er zu. »Ich würde mir Sorgen um dich machen, und ich würde dich viel zu sehr vermissen.«

»Du kannst bei mir einziehen«, platzt es aus mir heraus, ohne dass ich den Gedankensprung zurückverfolgen kann.

»Bin ich nicht schon bei dir eingezogen?«

»Ich meinte, so richtig, mit all deinen Möbeln. Es ist so wenig Jonas hier im Haus. Ich dachte, du möchtest unser Zuhause vielleicht ein wenig mehr nach dir aussehen lassen.«

Jonas mustert mich. »Mit meinem Singlebett und der Kolonie an Holzwürmern, die in meinen Flohmarktmöbeln wohnen?« Er streift Brösel vom Schoß und steht auf. »Nicht zu vergessen die alten Langspielplatten und der Commodore 64. Der würde sich gut machen neben deinem 77-Zoll-4K-UHD-Fernseher.«

Ich sehe, wie er in die Küche läuft, und nutze die Gelegenheit, um ein Stück Artischocke in die Serviette zu spucken. Ich bekomme das Essen einfach nicht hinunter.

»Genau diese Dinge meine ich!«, rufe ich ihm hinterher. »Und was du sonst noch so aus dem vorigen Jahrhundert hortest.«

Von hier aus kann ich Jonas nicht mehr sehen. Ich höre, wie Schubladen geöffnet werden, vernehme das Rascheln von Papier. Schließlich taucht er am Absatz zwischen Küche und Esszimmer auf und bedeutet mir mit einer Armbewegung, zu ihm zu kommen.

»Wenn du das hier an deinem Designerkühlschrank aushalten

kannst, dann hole ich gleich noch meinen gefilzten Wandteppich aus der Wohnung.«

Mr. Spock blickt mich mit hochgezogenen Augenbrauen und verschränkten Armen an. Ich lache. Jonas legt das Klebeband, mit dem er das Poster befestigt hat, zurück in die Schublade und zieht mich an sich heran. Sein Kuss schmeckt nach Wein und Rosmarin und treibt kleine Stromschläge durch meinen Unterleib.

»Spock ist super. Ich liebe ihn, aber über den Wandteppich sollten wir vielleicht noch mal reden ...«

Die Türglocke lässt uns zusammenfahren.

Lorenz ist durchnässt, seine Augen sind müde.

»Komm, iss etwas mit uns oder gönn dir ein Glas Wein«, lade ich ihn ein und spüre, wie mir die Verlegenheit rote Wangen ins Gesicht malt. Lorenz war immer so etwas wie eine Vaterfigur für mich. Jetzt stehen sich die beiden wichtigsten Männer in meinem Leben gegenüber, und ich spüre ihre gegenseitige Ablehnung.

Jonas tritt von hinten an mich heran, legt seine Arme in besitzergreifender Geste um mich. »Ja, kommen Sie herein. Wir haben mehr zu essen, als wir zu zweit schaffen.«

Zögerlich betritt Lorenz mein Haus und zieht die Tür hinter sich zu. Die Spannung zwischen Jonas und Lorenz ist greifbar, liegt wie eine Barrikade zwischen ihnen. Lorenz hält unsere Hochzeit für überstürzt. Am Tag unserer Rückkehr von Dänemark benötigte er nur vier Worte, um all seine Zweifel zum Ausdruck zu bringen: »Das war ein Fehler.« Vier Worte, die prophezeiten, dass es in absehbarer Zeit kein gemeinsames Abendessen geben würde.

Ich denke an meinen Vater. Frage mich, wie er auf Jonas reagiert hätte. Und was hätte meine Mutter gesagt? Immerhin hätte es weder an seinen Zähnen noch an seinen Schuhen etwas auszusetzen gegeben. Gemocht hätte sie ihn trotzdem nicht. Erstens, weil er nicht ihr gehört hätte. Zweitens, weil ich nun ebenfalls nicht mehr ihr gehört hätte.

Lorenz lehnt unsere Einladung mit einem Kopfschütteln ab. Etwas anderes war nicht zu erwarten. »Ich wollte dir nur kurz mitteilen, dass der Sturm die Markise am Gästehaus beschädigt hat. Der Mechanismus des Windsensors ist wahrscheinlich defekt. Alles andere ist sturmsicher. Heute Nacht wird noch einiges auf uns zukommen.« Er deutet hoch zum Himmel, wo Lichtblitze und Donnergrollen die zweite Welle des Unwetters ankündigen.

Lorenz sieht nicht nur müde aus, er klingt auch so. Seine Stimme ist leise und resigniert. Ich sorge mich um ihn. Zu oft im Leben habe ich verloren, was mir bedeutsam war, als dass ich seinem Altwerden gelassen entgegenblicken könnte.

»Ich werde die Markise notdürftig abmontieren, damit sie dir nicht in die Fenster kracht.«

»Nein, Lorenz. Fahr nach Hause, es ist spät. Du bist komplett nass. Außerdem ist es viel zu gefährlich, jetzt auf einer Leiter herumzuklettern.«

»Ich schaue mir das morgen an«, geht Jonas zu meinem Missfallen dazwischen. »Die Markise ist doch halb eingefahren. Sie wird das aushalten.«

Zwei Hähne, die um ihren Rang kämpfen, denke ich. Die beiden Männer kennen sich nicht, misstrauen einander. Doch das wird sich ändern. Irgendwann. Hoffentlich.

Lorenz zuckt mit den Schultern.

»Geh zurück an den Tisch, Klara. Deine Pasta wird kalt.«

Zum ersten Mal während seines Besuches schaut Lorenz meinen Mann an. Jonas' Befehlston macht mich ebenso perplex wie ihn. Ist er auf Lorenz eifersüchtig? Lorenz könnte mein Vater sein.

»Du hast recht, Klara. Ich fahre besser heim.« Lorenz hält seinen Blick starr auf Jonas gerichtet.

Jonas öffnet die Haustür und dirigiert ihn mit einer Handbewegung hinaus in den strömenden Regen. Ich möchte etwas sagen, stehe aber nur da, starre auf den Rücken des alten Mannes und höre die schmatzenden Geräusche seiner Gummistiefel.

»Komm essen! Mist, die Terrassentür steht noch offen. Er kann mich nicht ausstehen«, ruft Jonas unzusammenhängende Sätze in einem einzigen Wortschwall und hastet ins Wohnzimmer. Mühsam sortiere ich das Gehörte auseinander und sehe dabei zur Glasfront, wo er am Bedienteil herumfingert, unsicher, welche Taste er zum Schließen drücken muss.

Ich habe das Bedürfnis, meinen Frust über Jonas' trotziges Verhalten an der Tür auszulassen, sie mit einem ordentlichen Stoß zuzuschlagen. Doch mein Blick segelt wie ein abstürzender Papierflieger langsam hinunter. Da liegt es. Ein kleines Etwas, das mich den Atem anhalten lässt. Ein blaues Segelboot, darin ein zusammengerolltes Stück Papier. Ich hebe es auf, verberge es unter meiner Weste vor Jonas' Blick, während ich in die Küche hetze, das Boot samt Nachricht in einem Küchenschrank verschwinden lasse und mich würgend in die Spüle übergebe.

9

Mit rasendem Puls fahre ich hoch, sitze kerzengerade im Bett. Mein Magen schmerzt, als würde mir eine unsichtbare Hand die Eingeweide auswringen. Durch den Schleier aus Schlaftrunkenheit nehme ich hämmernde Geräusche von draußen wahr. Es ist früh am Morgen, wie ein Blick auf meine Armbanduhr bestätigt. Jonas' eingedrücktes Kissen liegt wie ein Fossil neben mir und erinnert mich vage an den letzten Abend, an dem wir schweigsam nebeneinander ins Bett gestiegen sind.

Mit etwas Abstand empfinde ich Lorenz' Besuch und Jonas' Art, sich wie ein eifersüchtiger Hahn aufzuspielen, belanglos. Alles ist belanglos verglichen mit den Schmerzen in meinem Bauch.

Ich denke daran, wie ich mich vor einigen Stunden übergeben habe. Ich begreife nicht, was mit mir los ist. Um mir ein Virus eingefangen zu haben, fehlen mir die sozialen Kontakte. Für eine schlimme Krankheit bin ich laut Untersuchungsergebnissen zu gesund. Aber wesentlicher ist, dass ich mit Jonas zu glücklich bin, um einen Grund dafür zu haben, mich immer schlechter zu fühlen.

Auf wackeligen Beinen steige ich die Treppe runter in Richtung Küche. Als ich zum Wasserkocher greife, fällt mein Blick auf den Klebezettel auf der Arbeitsplatte.

Habe dein Handy auf Flugmodus geschaltet. Bitte gönn dir heute eine Auszeit von allen Verpflichtungen.
Ich vermisse dich schon jetzt.
Kuss, Jonas

Ich liebe diese handschriftlichen Nachrichten, die Jonas mir täglich hinterlässt, liebe die fehlende lineare Gleichmäßigkeit. Jeder seiner Buchstaben fängt eine Emotion ein, verbleibt in einer

Endgültigkeit, die sich nicht mit einem einzigen Tastendruck löschen lässt.

Jonas hat recht. Ich werde mir einen Tag ganz für mich allein gönnen, mir alle Anrufe vom Hals halten und meinen Gedanken nachhängen. Es trifft sich gut, denn heute sollen die bestellten Gemälde des Künstlers, auf den ich in der Kunsthalle aufmerksam geworden bin, geliefert werden. Zudem möchte ich die kahlen Wände meines Hauses mit Hochzeitsfotos bestücken. Aber vorher muss ich eine Sache hinter mich bringen.

Liebste Klara,

ich hoffe, mein Geschenk gefällt Dir.
Du hast früher gern Boote gefaltet und sie ins Wasser gesetzt, konntest Dich mit solcher Hingabe und Andacht mit diesen kleinen Dingen beschäftigen, hast die schnelllebige Zeit um Dich herum ausgebremst.
Du warst so anders als all die anderen.
Du warst das versonnene Mädchen auf der Blumenwiese, eine Romantisierung. Deine Züge melancholisch, den Blick auf das Buch in Deinem Schoß gerichtet.
Ich habe mein Lieblingsgemälde von Monet in diesem Anblick wiedergefunden. Monet hat das Mädchen in der Blumenwiese ohne jegliche Süße und Verklärung gemalt. Gänseblümchen und Grashalme in starken, groben Strichen. Keine milden, sondern düstere, schmutzige Farbtöne. Ein Mädchen, das sich mit der Wiese vermischt, als wollte es auf diese Weise unsichtbar für seine Umgebung werden. Du warst dieses Mädchen, jedoch Nuancen dunkler.
Deine Finger haben nach Blumen gegriffen. Das Bild eines Mädchens, das seiner Mutter mit einem mitgebrachten Strauß Freude bereiten wollte. Doch da war eine Träne, die Dich verraten hat. Eine stumme Träne. Du hast Deine Sonnenbrille von der Stirn auf die Nase geschoben, damit die vorbeilaufenden Leute sie nicht sehen konnten.

Als Du wieder allein warst, hast Du die Blumen zwischen
den Fingern verrieben und die Reste von Blattgrün und
Blütenstaub an Deinem sorgfältig gebügelten weißen Kleid
abgewischt.
Die Wut in Dir war unser erstes Geheimnis.

Auf bald,
Dein stiller Beobachter

Aus meiner Teetasse steigen kleine Dampfwolken in die Morgenluft. Es hat die ganze Nacht über geregnet, und die Landschaft
wirkt wie frisch gewaschen. Ich nehme ein paar kräftige Atemzüge, spüre, wie die Kühle mir etwas Leben einhaucht.
Mit angezogenen Beinen habe ich es mir auf einem Liegestuhl bequem gemacht. Ich hatte bisher keine Lust, meinen
Schlafanzug gegen Tageskleidung zu tauschen. Genieße es, nach
Jonas' Anweisung offiziell nichts zu tun. Mein Magen gibt ein
lautes Knurren von sich, rebelliert gegen den Nahrungsentzug.
Schließlich gebe ich mich geschlagen, kehre zurück ins Haus
und krame in den Lebensmittelschränken herum. Obwohl mir
nicht danach ist, schmiere ich etwas Nusspesto auf eine Scheibe
Brot und schneide einen Pfirsich in mundgerechte Stücke. Ich
knabbere daran herum, schaffe es ausnahmsweise sogar, alles
aufzuessen.
Das Fenster in der Küche eröffnet den Blick auf meinen Ro-
sengarten, wo Amseln mit ihren Köpfen in einem Beet wühlen,
um Regenwürmer aus der feuchten Erde zu picken. Daneben
ein Salamander im Lichtstreif der Sonne. Wie schade, dass ich
meine Kamera nicht zur Hand habe, um diese Morgenstimmung
einzufangen. Anders als die meisten Menschen knipse ich nur
selten Bilder mit dem Handy, habe keinen überfüllten Speicher
mit Tausenden Schnappschüssen, denen ich später nie wieder
Aufmerksamkeit schenke. Die Fotografie war ein Hobby, das
ich früher mit meinem Vater teilte. Stundenlang wanderten wir
durch die Wälder um die Aggsteiner Burgruine, harrten auf

Felsen aus, um den Sonnenaufgang über der Donau in seiner gesamten Schönheit einzufangen. »Edelsteinmomente« nannten wir diese Augenblicke. So intensiv, so unbezahlbar und nun unwiederbringlich.

Ich schalte das Radio mit einem Sprachbefehl ein.

Nachrichten. Die Stimme des Moderators dröhnt über die Haus-Soundanlage durch alle Räume. Eine typisch österreichische politische Peinlichkeit, Fußballergebnisse, der Wetterbericht, als Abschluss ein flacher Witz, dann ein Ohrwurm aus den Neunzigern.

Ich erschrecke vor meinem eigenen Spiegelbild, als ich mir im Badezimmer die Hände wasche. Dunkle Ringe wie schlecht abgewaschener Kajal um meine Augen. Das Haar wie zu lang gekochte Spaghetti auf meinen Schultern. Meine Wangen so hohl, als hätte man ihnen die Luft ausgelassen. Oh Gott. Das kann doch nicht ich sein. Entsetzt gehe ich näher an den Spiegel heran. Der Lichteinfall der Sonne deckt schonungslos alles wie ein übles Geheimnis auf, lässt keinen Makel verborgen. Ich reibe mit der Hand über meine Wangen, dann über meinen Haaransatz, als könnte ich mein Äußeres wie eine unliebsame Maske abstreifen. Minutenlang lasse ich mir kaltes Wasser über das Gesicht laufen, drehe den Hahn erst zu, als sich die Ärmel meines Pyjamas mit Nässe vollsaugen. Feuchtigkeitscreme, Make-up, Abdeckstift, nichts von alldem hilft mir, um besser auszusehen. In einer Welle aus Frust schrubbe ich das ganze Zeug wieder von meiner Haut ab und widme mich stattdessen einem weniger aussichtslosen Unterfangen.

Im eingebauten Wandschrank meines Büros liegt ein Umschlag mit Hochzeitsfotos. Ich ziehe eines nach dem anderen heraus, lächle.

Jonas im weißen Anzug, barfuß. Ich in dem knielangen roten Kleid, ebenfalls ohne Schuhe. Ein kleines Büschel mit weißen Rosen in den Händen und ein Strahlen auf unseren Gesichtern. Auf einigen Fotos grinsen wir breit. Auf anderen laufen Tränen der Ergriffenheit über unsere Wangen. Auf einem küsst Jonas mich nach dem Jawort. Momente tiefster Innigkeit.

Ich erinnere mich daran, wie er vor Aufregung zitterte, wie sich seine Zehen in den kühlen Sand bohrten. Wie schön Jonas ist. Diese dunklen Augen unter den glänzenden Haarsträhnen, die Unergründlichkeit in seinem Blick, die selbst das Meer hinter ihm nichtig erscheinen lässt.

Aus einem anderen Schrank hole ich ein Paket mit Glasrahmen und passenden Passepartouts, nehme alles mit ins Wohnzimmer, breite eine Decke auf dem Boden aus und lege sie mit der Glasseite nach unten darauf. Vorsichtig löse ich die Verschlüsse und rahme ein Foto nach dem anderen ein. Der Gedanke, dass Jonas abends nach Hause kommen und die Bilder erblicken wird, macht mich selig.

Mit Hammer, Nägeln und Wasserwaage mache ich mich auf den Weg durch das Haus, bestücke die weißen Wände mit dem glücklichsten Moment meines Lebens. Die schönsten Fotos prangen zwischen Wohnzimmer und Esszimmer. Dort, wo ich sie immer sehen kann. Der Rest verteilt sich im Flur, in unserem Schlafzimmer und in den Büros. Ein kleiner Schnappschuss, den Jonas mit seinem Handy geknipst hat, findet seinen Platz auf dem Küchentresen.

»Was sagen Sie dazu, Mr. Spock?«, frage ich in Richtung Kühlschrank. »Faszinierend, hm?«

Am Rand meines Sichtfeldes sehe ich Lorenz am Küchenfenster vorbeilaufen. Ich renne nach draußen, registriere, wie er zum Müllhaus wackelt, um die Tonnen, die heute geleert werden, herauszurollen.

Es ist diese Sekunde des Stillstands, die fehlende Herzlichkeit, die mir verrät, dass etwas nicht in Ordnung ist. Etwas hat sich verändert.

»Guten Morgen, Klara«, bringt er zögernd hervor und schenkt mir ein Lächeln, das nur die Hälfte seines Gesichtes erreicht.

»Guten Morgen.« Ich gehe auf ihn zu.

»Du siehst aus, als hättest du eine lange Nacht hinter dir.« Lorenz mustert mich eindringlich.

»Ich bin eine Mimose geworden. Ich vertrage keinen Wein mehr.«

Ich lache ein aufgesetztes, lautes Lachen und schäme mich dafür. So war es nie zwischen Lorenz und mir, und so sollte es auch nicht sein. Unsere Freundschaft war bisher von Vertrauen und Aufrichtigkeit geprägt. Er war mein Fels, mein zweiter Vater, wenn mein eigener zu sehr mit der Arbeit beschäftigt war.

Auf Lorenz' Stirn zeichnen sich Furchen ab. »Aha«, tut er meine Worte ab und bückt sich, um eine leere Kaffeepackung aufzuheben, die neben einer der Plastikmülltonnen liegt.

»Hör mal«, setze ich an, und Lorenz hält abrupt inne, als hätte er darauf gewartet, dass ich noch etwas sage. Etwas, das nicht vor Unaufrichtigkeit und Oberflächlichkeit trieft. »Ich möchte mich für gestern Abend entschuldigen. Und nicht nur für gestern.«

»Ich habe keine Ahnung, wofür du dich entschuldigen solltest.« Nun ist es an ihm, unaufrichtig zu sein.

Ich ringe um die passenden Worte, wippe dabei auf den Fußballen vor und zurück. »Jonas hat sich wie ein Idiot verhalten. Aber so ist er eigentlich gar nicht. Er ist unsicher, muss sich erst an das Leben mit uns gewöhnen.«

Lorenz nickt. Sein Lächeln wirkt nun ehrlicher und gelöster. »Klara, das ist in Ordnung.«

»Nein, ist es nicht. Es ist nicht in Ordnung, dass er dich wie einen Fremden abgewimmelt hat. Und es ist schon gar nicht in Ordnung, dass ich danebengestanden habe, ohne etwas dazu zu sagen.«

Lorenz nickt wieder nur.

Jetzt sprudeln die Worte wie eine Flut aus mir heraus. »Es tut mir auch leid, dass wir geheiratet haben, ohne dir etwas von unseren Plänen zu erzählen. Wahrscheinlich hatte ich Angst, dass du versuchen würdest, mir die Hochzeit auszureden.«

Lorenz' Blick trifft mich pfeilgerade. Ich erkenne Sorgen und stumme Vorwürfe in seinen Zügen.

»Du bist mir keine Erklärung schuldig. Was du tust, geht mich nichts an. Ich bin dein Angestellter, nicht dein Vater.«

»Okay«, sage ich, und meine Stimme bricht unter der Kälte seiner Worte zusammen. *Ich bin dein Angestellter, nicht dein Vater.*

»Aber du hast recht«, räumt er ein. »Ich hätte versucht, dich davon abzuhalten. Warum so schnell, Klara?«

»Warum denn nicht so schnell?« Ich höre mich an wie ein trotziges Teenager-Mädchen, das beim Rauchen erwischt worden ist.

Die Haut um Lorenz' Kinn spannt sich an. Er zieht scharf Luft ein, als müsste er sich auf das vorbereiten, was er als Nächstes sagt. »Aus heiterem Himmel kommt ein Mann in dein Leben, der es nicht erwarten kann, dich zu heiraten. Da ist doch etwas faul, und das weißt du.«

Ich denke an den Anblick meines Spiegelbildes und balle dabei so fest die Fäuste, dass sich die Fingernägel schmerzhaft in meine Handflächen bohren. Lorenz zweifelt daran, dass ein attraktiver Mann wie Jonas etwas anderes als eine Sugarmommy in mir sieht. So jämmerlich wie ich jetzt vor ihm stehe, kann ich ihm diesen Gedanken nicht verübeln. Aber Lorenz irrt sich. Jonas wusste nichts von alldem hier. Er hat sich in mich verliebt, hat sich für *mich* entschieden, nicht für ein Leben in Reichtum.

Das alles behalte ich für mich. »Das ist Unsinn. Ich denke, du schaust zu viele Seifenopern«, sage ich stattdessen und beiße mir danach auf die Lippen, dass es schmerzt.

Lorenz zuckt unbeeindruckt mit den Schultern. »Das musst du wissen. Mich geht das nichts an.«

Das Poltern der Mülltonne, die er nun wieder hinter sich herzieht, beendet unser Gespräch.

Ich flüchte zurück ins Haus, wo ich auf den Boden sacke und weine. Ich kann nicht sagen, was ich betraure. Mein derzeitiges Ich, das angeschlagene Verhältnis zu Lorenz oder die unterschwelligen Zweifel, die er in mir weckt. Ich schluchze und schniefe, bis das Gefühl völliger Leere mich überwältigt, ich zum Telefon greife und Jonas' Nummer wähle. Im Klang seiner Stimme richte ich mich wieder auf, erblühe wie eine Blume nach einem Sommerregen.

Jonas. Mein Mann, mein Leben.

10

Die Spedition soll in knapp einer Stunde eintreffen. Ich schiebe eine impertinent große Plastik zur Seite und rolle den Läufer ein, um Platz für das Montageteam zu schaffen. Unter den Stellen, die ich für die neuen Gemälde vorgesehen habe, lege ich zum Schutz der Böden Folie aus. Die alten grauen Bilder mit ihren nichtssagenden Quadraten und Rechtecken verstaue ich im Keller. Danach fühle ich mich körperlich erschöpft, aber mental bin ich in Höchstform, schlüpfe in einen gestreiften Rock, ein marineblaues Top, mache mein Haar zurecht und versuche es noch mal mit dezentem Make-up.

Als ich durch das Haus streife, stelle ich fest, dass ich nichts mit mir anzufangen weiß. Normalerweise verbringe ich die Tage am Schreibtisch, beantworte Mails, führe Telefonate, segne Verträge mit meiner Unterschrift ab. Leidenschaftslose Büroarbeit.

Da bis zum Eintreffen des Montageteams noch Zeit bleibt, bringe ich eine Ladung Schmutzwäsche in den Hauswirtschaftsraum und rücke den Fingerabdrücken auf dem Spiegel in der Eingangshalle zu Leibe.

Ich könnte Renate darum bitten, aber ich habe mir vorgenommen, mich häufiger selbst um solche Dinge zu kümmern. Man wird träge, wenn man Menschen um sich hat, die einem alles abnehmen. Das ist mir bewusst geworden, als Jonas nach unserem ersten gemeinsamen Kochabend anfing, den Küchenboden zu wischen. Sollten wir eines Tages Kinder haben, möchte ich, dass sie so normal wie möglich aufwachsen. Ich fasse mir an den Bauch, denke an ein kleines Mädchen in meinen Armen und presse die Lippen aufeinander. Mit Jonas wird alles anders. Mit Jonas werde ich das Leben haben, das ich verdient habe. Mit ihm wird alles gut.

Die Glasfront im Wohnzimmer gibt den Blick auf Lorenz frei, der verblühte Rosenköpfe abschneidet und mit dem Laubrechen Blätter zusammenharkt. Eine Person taucht neben ihm auf. Dunkel und leger gekleidet, mit grauen Locken, die unter einer beigefarbenen Baskenmütze hervorblitzen. Ich erkenne Paolo in dem Fremden.

Es klingelt. Ich haste zur Sprechanlage. Auf dem Bildschirm sehe ich einen Kastenwagen, der in meiner Auffahrt steht. Mit einem Fingerscan öffne ich das Tor, und das Fahrzeug rollt langsam die Auffahrt hoch.

In Sandalen eile ich hinaus. Lorenz kommt mit einem Laubsack und Gartenwerkzeugen angetrottet, dicht gefolgt von seinem Bruder.

»Klara, Liebes! Ich freue mich so, dich zu sehen!« Paolo strahlt mich an.

»Hallo, Paolo. Wie lange bist du denn schon in Österreich?«

»Zu lange. Schön langsam wird es eng im Haus«, antwortet Lorenz für Paolo und stellt den Laubsack mit unnötiger Wucht auf dem Pflaster ab. »Mein Bruder bringt mich heim. Gabi hat das Auto gebraucht, um Kerstin vom Kindergarten abzuholen. Mit dem Roller bekomme ich den Grünschnitt nicht transportiert.« Mit dem Handrücken wischt er sich ein paar Schweißperlen von der Stirn. Seine Miene ist ausdruckslos.

Paolo flitzt an Lorenz vorbei auf mich zu, schüttelt meine Hand. »Ignorier den alten Stänkerer.« Er lacht auf. »Meine Liebe, wie geht es dir?«

Seine Stimme ist hoch und feminin für einen so großen, stämmigen Mann. Er hat sich kaum verändert, seit ich ihn das letzte Mal gesehen habe. Der Faltenkranz um die Augen etwas tiefer, das Haar länger, die Wangen nicht mehr ganz so füllig. Paolo ist ein Weltenbummler, hat in Italien und Frankreich gelebt, ist aber immer wieder in seine Wahlheimat Puerto Calero zurückgekehrt. Einmal im Jahr stattet er Lorenz einen mehrwöchigen Besuch ab.

»Mir geht es super«, lüge ich und bin mit einem Auge bei

den Männern, die aus dem Transporter steigen. »Ich würde dich gern auf ein Glas Wein einladen, aber ich bekomme gerade eine Lieferung und fürchte, dass es laut wird im Haus.« Insgeheim bin ich froh darüber, diese Ausrede parat zu haben.

Paolo, der eigentlich Pál heißt und seit vielen Jahren die italienische Form seines Namens bevorzugt, ist das Gegenstück zu Lorenz. Er hat trotz seiner auffällig höflichen Art etwas Einschüchterndes an sich. Es ist ein dumpfes Gefühl, das ich nicht benennen kann und das in jeder Begegnung mit ihm mitschwingt.

Lorenz' Blick durchbohrt Paolo, während er den Laubsack schultert und ihm damit zu verstehen gibt, dass er nicht hier herumstehen will. »Mir ist heiß, ich habe Hunger, und wenn ich nicht bald daheim bin, lässt Gabi mich heute auf der Couch schlafen«, stöhnt er und rückt sich den Hut zurecht. »Aber Moment, die nimmst ja seit Tagen du in Beschlag.«

So kenne ich die beiden. Es ist, als würden sie nebeneinander aufblühen. Paolo in seiner Rolle als Charmeur. Lorenz in seiner Rolle als Griesgram.

Mir fällt etwas ein. »Warte«, sage ich. »Ich habe Kerstin eine Zaubermaltafel vom Einkaufen mitgebracht. Ich hole sie schnell.«

Ich mag seine kleine Enkelin. Sie ist fünf, ausgesprochen frech und absolut entzückend. Mir geht das Herz auf, wenn ich sie sehe. Ich kann nicht anders, als an sie zu denken, wenn mir Spielsachen oder Süßigkeiten in die Hände fallen. Irgendwann wird auch mein Zuhause voller Kinder sein. Dieser Lebensplan überrascht mich, aber seit ich Jonas kenne, gedeiht der Wunsch nach einer eigenen Familie so stark in mir, dass ich beim verspäteten Einsetzen der Periode Enttäuschung verspürte. Natürlich ist es zu früh für diesen Gedanken, aber mit fast vierzig tickt meine biologische Uhr.

»Ein anderes Mal. Ich habe daheim noch viel zu erledigen. Gabi hat sich dieses Hochbeet in den Kopf gesetzt. Das bedeutet, dass ich erst wieder Ruhe haben werde, wenn die Petersilie sprießt.«

Er verdreht die Augen, und für einen Moment ist wieder alles gut zwischen uns. Wir sind wieder das eingeschworene Team, das wir immer waren. Als ich Lorenz den Joint abnahm, als meine Mutter ihn beinahe im Geräteschuppen beim Rauchen erwischt hätte. Als er mich deckte, nachdem ich mit einem selbst gebauten Katapult das Küchenfenster eingeschossen hatte.

Paolo küsst meine Hand zum Abschied. Ich zucke unter dem Stechen seiner Bartstoppeln zusammen. Erst dann sehe ich das fremde Auto in meiner Auffahrt. Vermutlich Paolos Leihwagen. Kantig und dunkel wie er selbst. Die beiden verschwinden darin, dann öffnet sich das Tor, und sie rasen umhüllt von einer Staubwolke die Straße hinunter.

Zwanzig Minuten später machen sich zwei Männer auf Leitern an meinen Wänden zu schaffen. Der Lärm dröhnt durch das ganze Haus, als die Bohrmaschine tief in das Mauerwerk vordringt. Vorsichtig hieven sie die ersten Bilder an ihre Plätze, kontrollieren mit kritischem Blick und Wasserwaage, ob sie gerade hängen.

Als die beiden im Obergeschoss beschäftigt sind, kann ich meine Freude kaum im Zaum halten. Ich zücke mein Smartphone und schieße einige Fotos, die ich sofort an Jonas schicke.

Die Erinnerung an unser erstes Date. XOXO.

Andere begnügen sich mit Lebkuchenherzen vom Rummelplatz. LOL.

Wir sind eben anders.

Stimmt. Unser erstes Date hat mit einem Eheversprechen geendet.

Die meisten ersten Dates enden mit Ghosting. LOL.

Da hatte ich Glück. Grins. Sieht wunderschön aus.

Ich habe noch eine weitere Überraschung für dich.

Ich bin gespannt, aber übernimm dich nicht, Schatz. Und jetzt schalt dein Handy wieder auf Flugmodus und genieße den Nachmittag am Pool. Ich liebe dich. Bis später.

Ich tippe auf das Flugzeugsymbol und werfe mein Telefon auf die Couch.

Heute ist ein guter Tag, das spüre ich genau. Adrenalin und positive Erwartungen fluten meinen Körper, und ich fühle mich leicht und frei.

»Darf ich Ihnen ein Glas Wasser anbieten?«, rufe ich nach oben, als die Bohrmaschine verstummt.

»Ja, bitte«, erwidern beide gleichzeitig.

Ich hole Gläser aus einem Hängeschrank in der Küche, kippe frische Eiswürfel hinein, fülle sie mit Mineralwasser und gehe damit nach oben.

Der Anblick des mehrteiligen Gemäldes, das in meiner Galerie prangt, versetzt mich zurück an jenen Tag, an dem ich mit Jonas davorstand. Ich hätte dem Künstler auch das Fünffache dafür bezahlt. *Mit Geld geht alles,* sagte meine Mutter. Damit hatte sie ausnahmsweise recht.

»Wunderschön«, strahle ich und reiche den Männern die Wassergläser.

»Wie für Ihr Haus gemacht«, sagt der kleinere der beiden, der aussieht wie Johnny Depp in jüngeren Jahren. Seine Aussprache ist nahezu akzentfrei und verrät nichts über seine Herkunft, doch hinter den dunklen Augen und seinem verschmitzten Lächeln vermute ich südländisches Temperament.

»Ja, die Bilder sind ein Traum.«

Ich lasse die Farben auf mich wirken, betrachte die Hand, die sich zum Himmel reckt. Sie greift nach der Sonne, hält sie fest. Es ist, als hätte der Maler meine Geschichte auf diese Leinwand geschrieben. Jonas, meine Sonne. Eine Woge der Freude umfängt mich.

»Wir haben die alten Bohrlöcher grob verspachtelt. Wenn Sie wollen, kann ich Ihnen die Telefonnummer von einem Maler geben. Der könnte das machen«, sagt der Monteur mit dem blonden Stoppelhaar und trinkt einen Schluck Wasser. Seine übergroßen Hände mit den langen, dünnen Fingern umschließen das Glas mühelos.

»Die neuen Gemälde verdecken doch alles. Mein Mann und ich werden uns selbst darum kümmern.«

Mein Mann und ich. Noch immer muss ich schmunzeln, wenn ich diesen Satz sage. Es tut so gut, jeden Morgen aufzuwachen und zu wissen, dass es ihn in meinem Leben gibt. Er ist mein Hafen, den ich nach langem Treiben auf dem offenen Meer erreicht habe. Kein Suchen mehr, kein Hoffen.

Ich sehe, wie die Blicke der Männer fast synchron zu den Hochzeitsfotos im Flur wandern.

»Gut, dann ist alles erledigt«, sagt der Dunkelhaarige.

Während der eine das Werkzeug verlädt, hält mir der andere einen Lieferschein zum Unterschreiben entgegen.

Zum Abschluss drücke ich jedem zwanzig Euro in die Hand und bedanke mich dafür, dass sie die ausgelegte Folie einrollen und sowohl die Plastik als auch den Teppich an ihre Plätze zurückbringen.

Mit der zusammengeknüllten Folie unter dem Arm begleite ich die Männer hinaus.

»Die entsorgen wir für Sie«, sagt der Blonde und stellt den Werkzeugkoffer in den Laderaum des Wagens.

»Nochmals vielen Dank für alles.« Ich reiche ihm das Plastikknäuel.

Die Rollenführung der Schiebetür rattert über die Scharniere, bevor sie dumpf einrastet und sich schließt. Die beiden verabschieden sich und steigen in die Fahrerkabine. Dann fährt der Transporter rückwärts die Einfahrt hinunter, während ich bis zum Tor neben ihm herlaufe. Auf der Zufahrtsstraße wird der weiße Kasten mit wenigen Lenkmanövern in Fahrtrichtung gebracht.

Das beigefarbene Taxi taucht unvermittelt hinter dem Transporter auf, steht da, als wäre es lautlos aus dem Boden gewachsen. Ich meine zu träumen, als sich die hintere Tür des Mercedes öffnet.

Unangekündigter Besuch verheißt meistens nichts Gutes. Diese These bestätigt sich, als ein schwarzer Haarschopf auftaucht und samt Tasche, deren Größe auf einen längeren Aufenthalt hindeutet, auf mich zugestakst kommt.

11

Der Ballast der Vergangenheit lässt sich nicht in Kartons auf dem Dachboden verstauen. Er löst sich nicht auf wie die Vorliebe für Take That oder die Farbe Pink. Mit einer Halbschwester, die man sich nicht ausgesucht hat, funktioniert das ebenso wenig.

Sie windet sich durch das Tor, das dabei ist, sich zu schließen, und ruft meinen Namen in die drückende Nachmittagshitze. Die Tasche an ihrer Schulter zieht ihren Körper auf unnatürliche Weise zur Seite. Sie stolpert auf mich zu. Ein schiefer Zaunpfahl, der jeden Moment umzufallen droht.

Ich erstarre, während sich ihre Arme wie ein Lasso um meine Schultern legen und ich eine Mischung aus süßem Parfum und noch süßerem Haarshampoo einatme. Wie kann sie sich hierhertrauen? Könnte ich ausreichend Mut aufbringen, würde ich sie von meinem Grundstück jagen.

»Hey«, sage ich stattdessen, als sie mich aus ihrer Umarmung entlässt und mich mit einem übertrieben frohen Lachen mustert.

»Du siehst gut aus«, flötet sie, »abgesehen davon, dass du mich anstarrst, als würdest du einen Geist sehen.«

Ich sehe einen Geist. Den Geist der Vergangenheit.

»Danke. Du auch«, stammle ich verdattert. »Ich habe nicht mit deinem Besuch gerechnet.«

Sie schaut mich fragend an. »Ich habe dir doch schon vor Wochen geschrieben, dass ich vorbeikommen werde. Und ich habe heute den ganzen Tag versucht, dich anzurufen.«

Verdammt. Mir fällt ein, dass mein Smartphone größtenteils ausgeschaltet war und sie gar keine Chance hatte, mich zu erreichen. Und ich hatte somit keine Chance, sie rechtzeitig abzuwimmeln.

Marisa hakt sich bei mir unter und zieht mich in Richtung Tür, als wäre sie die Hausherrin und ich die Besucherin. Die Art, wie sie es schafft, andere zu überrumpeln, hat sie von ihrem

Vater. Von unserem *gemeinsamen* Vater. Einem Vater, der, wie er meiner Mutter jahrelang immer wieder beteuerte, nur dieses eine Mal schwach geworden war. Es war eine Dienstreise nach Rom mit zu viel Wein, zu viel Überschwänglichkeit und zu schönen, willigen Frauen gewesen. Ihr Name war Sarah Peterson, eine Angestellte im Hotel, in dem mein Vater untergebracht war. Halb Engländerin, halb Wienerin. Unbedarft, unkompliziert, temperamentvoll und offensichtlich sehr verschossen in meinen Vater. Das komplette Gegenteil von meiner Mutter.

»Wann bist du angekommen?«

»Schon vor ein paar Tagen. Aber ich war noch in Wien und habe Bekannte besucht.«

Ich bin froh, es vom Schlafanzug in ein ordentliches Outfit geschafft zu haben, aber sogar mit farbigem Stoff und roséfarbenen Lippen fühle ich mich neben Marisa blass und grau. Mit ihrem Temperament, ihrer Art, sich zu bewegen, und ihren funkelnden Augen scheint sie ihrer Umgebung die Farbe zu entziehen.

Mit einem Widerwillen, der sich bis in die Beine ausbreitet, lasse ich mich von ihr zur Terrasse bugsieren, während aus ihrem Mund Sätze wie »Ich freue mich so, hier zu sein!« und »Es ist so toll, dich endlich mal wiederzusehen!« sprudeln.

Ich nehme das nur am Rand wahr. Mein Verstand arbeitet auf Hochtouren an einer Strategie, sie möglichst bald wieder loszuwerden.

»Ich hoffe, mein Besuch überrumpelt dich nicht. Bestimmt hast du viel Arbeit.« Eine Sekunde zieht sie ihre bemalten Augenbrauen hoch. Danach entspannt sich ihre Miene wieder, und sie wirft ihre Tasche auf einen der Liegestühle vor dem Pool. »Krieg ich einen Kaffee?«, fragt sie. Aus ihrem Mund klingt das so kokett, als hätte sie mir sexuelle Avancen gemacht.

Ihre blauen Augen, die so sehr jenen meines Vaters gleichen, wandern umher, tasten die Umgebung ab. Geschmeidig wie eine Katze bewegt sie sich zwischen Pool und Terrasse, streicht mit den Fingerspitzen über Pflanzen, Töpfe und Stühle, als markierte sie ihr Revier.

Ich habe es eilig, in die Küche zu kommen. Dorthin, wo sie nicht ist. Mit geschlossenen Augen lehne ich mich an die Wand und versuche, mich zu sammeln. Ich frage mich, was sie hier will, was zum Teufel sie hier zu suchen hat. Mühsam probiere ich, meinen Atem zu kontrollieren. Ein. Aus. Ein. Aus.

Mit Marisas Ankunft ist mein Unwohlsein zurückgekehrt. In meinen Schläfen pocht ein Schmerz, und das Ziehen in meinen Muskeln macht jeden Schritt zur Herausforderung. Rasch hole ich eine Packung Schmerzmittel aus einem Schrank unter der Kochinsel. Ich drücke zwei Tabletten aus dem Blister und spüle sie mit Wasser, das ich direkt aus dem Hahn sauge, hinunter.

Das Mahlwerk der Kaffeemaschine dröhnt wie ein Presslufthammer in meinem Schädel, während sie die dampfende Brühe in die Tasse spuckt. Ich lege die Hand auf meine Brust, mahne mich zu einer gemäßigten Atmung.

Mit der Tasse Kaffee kehre ich zurück auf die Terrasse und halte nach Marisa Ausschau. Nichts. Sie ist weg. Als ich mich umdrehe, entdecke ich sie. Sie ist in meinem Wohnzimmer, ist in mein Refugium eingedrungen.

»Sag, dass das ein Wedding Filter ist!« Marisas Worten folgt ein kehliges Lachen. Sie steht vor dem Archipel gerahmter Hochzeitsfotos und kichert belustigt vor sich hin.

Der Widerwille, über Jonas zu sprechen, bäumt sich in mir auf. Hier in meinem Haus möchte ich die Kontrolle behalten.

Ich erinnere mich an Marisas frühere Besuche bei uns. Meine Mutter war es, die Marisa zu uns einlud. Immer wieder. Lange Zeit verstand ich nicht, warum sie das tat. Dann dämmerte es mir. Es ging weder um Gastfreundschaft noch darum, dass Marisa ebenso ein Teil meines Vaters war wie ich. Auch wenn sie es gründlich danach aussehen ließ. Meine Mutter verstand es, ihren Gästen einen herrschaftlichen Empfang zu bieten. Sie baute ein Podest um sich herum, hob die Menschen darauf, um Spott und Häme auf sie zu streuen, sobald sie sich wertgeschätzt wähnten.

Marisa war ein zäher Brocken, an dem sie zu nagen hatte. Vielleicht der zähste von allen. Sie forderte meine Mutter heraus, trieb sie damit zur Höchstleistung an. Es war eine Schlacht, die es zu gewinnen galt, bevor sie Marisa unter ihrer Gleichgültigkeit begraben konnte. Doch Marisas Unbeirrtheit, ihr Lächeln und ihre spitzen Bemerkungen waren wie Schläge ins Gesicht meiner Mutter. An ihr verzweifelte sie, auch wenn sie es nie zugegeben hätte.

Es war ein Schauspiel, an dem ich Gefallen fand. Insgeheim beklatschte ich Marisa dafür, wie mühelos sie meiner Mutter die Stirn bot. Ich geriet damals nur selten in Marisas Schusslinie. Mein Vater und ich waren nichts als Nebendarsteller. Doch seither haben sich die Dinge geändert. Alles hat sich geändert.

Als sie sich unvermittelt zu mir umdreht, ist ihr Gesicht so nahe an meinem, dass ich jede ihrer Poren sehen kann. Ich weiche zurück, versuche, gelassen zu wirken.

»Ja, wie du siehst, habe ich geheiratet.« Ich bemühe mich um einen beiläufigen Tonfall und setze mich auf die Lehne meines Sofas. Ich spüre, wie die Tabletten in meine Blutbahn gelangen und dem stechenden Schmerz in meinen Beinen die Schärfe, mir aber ebenso die Angriffslust nehmen.

Marisa bewegt sich mit einer Selbstverständlichkeit durch mein Haus, die mich wütend macht und zugleich fasziniert. Sie ist jung, gerade mal fünfundzwanzig, und strotzt vor Selbstbewusstsein. Kaum zu glauben, dass diese Person aus dem gleichen Samen entstanden ist wie ich.

Wie ein Tier liege ich auf der Lauer, beobachte jede ihrer Bewegungen, jede noch so kleine Geste.

Auf den ersten Blick ist sie dünn und drahtig wie ein Persischer Windhund. Alles an ihr ist optisch unausgeglichen. An einer Stelle zu viel, an einer anderen zu wenig. Als hätte ihr Erschaffer die Rezeptur gewürfelt. Übertrieben dicke Wimpern, dünnes Flatterhaar. Üppige Brüste auf einem knochigen Brustkorb. Große Augen über einer winzigen Stupsnase. Die schmalsten Handgelenke, die ich jemals an einer Frau gesehen habe, die größten Füße, die ich je an einer Frau gesehen habe. Sie ist eigenwillig schön, und sie ist scharfzüngig und furchtlos.

»Ein echter Hottie, dein Toyboy. Hätte ich dir gar nicht zugetraut«, lacht sie mit unverhohlener Dreistigkeit. »Das große Los für Klara. Das noch größere Los für den Toyboy.«

Sie lässt sich auf das Sofa fallen, streift die Schnürboots ab und zieht ihre Beine zum Schneidersitz an. Das Quietschen ihrer billigen Lederimitat-Hose jagt mir Gänsehaut über den Rücken. So verdreht, wie sie nun dasitzt, sieht es aus, als schlänge sich eine Python um ihren Unterleib.

»Und was hättest du mir zugetraut?«, zische ich sie an und präsentiere ihr damit meine Selbstzweifel auf einem imaginären Silbertablett.

Marisa verschränkt trotzig die Arme. »Oh dear! Ist doch wahr. Ihr habt beide einen Lottogewinn gemacht. Er mit alldem hier«, mit einer ausholenden Geste deutet sie um sich, als müsste sie mich an mein sorgloses Leben erinnern, »und du mit alldem, was ich im schlechtesten Fall nie zu Gesicht bekommen werde.« Sie lacht anzüglich.

»Bist du extra aus London hergekommen, um mich zu provozieren? Das alte Spiel von früher, nur dass nun ich herhalten muss anstelle meiner Mutter?«

»What's wrong with you? Sei nicht gleich eingeschnappt. Ich bin hier, um dich besser kennenzulernen. Wir sind Schwestern.« Kopfschüttelnd stützt sie ihr Kinn auf die Hände. Mit ihrem schwarzen Haar, dem strengen Pony und dem abschätzigen Blick erinnert sie mich an das Filmcover von »Pulp Fiction«.

»Wir sind uns nichts schuldig, auch wenn wir gewissermaßen blutsverwandt sind.«

»Gewissermaßen blutsverwandt«, äfft sie mich nach. »Du klingst wie Nadja.«

Mein Körper prickelt vor Angespanntheit. Ich fahre hoch. »Lass meine Mutter aus dem Spiel. Ihre hattet eure Fehde, aber die ist nun vorbei, wie du ja weißt.«

»Fehde? Kannst du bitte normales Deutsch mit mir sprechen?

Oder ist dir das nicht vornehm genug?« Auch Marisa erhebt sich, allerdings langsam und gelassen, während sie ihr selbstgefälliges Lächeln zeigt, von dem ich bereits bei ihrer Ankunft die Schnauze voll hatte. »Du weißt besser als ich, dass Dad sie sofort verlassen hätte, wenn er nicht so ein verdammter Feigling gewesen wäre. Und Nadja wusste das auch.«

Ich hebe drohend die Hand, richte meinen Zeigefinger auf ihr Gesicht. »Du weißt gar nichts über meinen Vater. Und ich habe keine Lust, das alte Thema wieder durchzukauen. Lass dir mal was Neues einfallen.«

Marisa ignoriert meine Worte. Ihre Augen richten sich nach oben, und ihr Blick wandert dort suchend hin und her, als läse sie die Worte von der Zimmerdecke ab. »Ich weiß, dass er Mom geliebt hat. Das Unternehmen mit Nadja hat ihn davon abgehalten, mit meiner Mom zusammen zu sein. Ihr gemeinsames Konto war mehr wert als die ganze Gefühlsscheiße.«

»Das ist über zwanzig Jahre her. In dieser Zeit hattest du ja offensichtlich nie ein Problem damit, von dem Geld dieses Kontos zu leben.«

Mehr als zwanzig Jahre, trotzdem kann ich die eisige Kälte, nachdem meine Mutter von der Affäre erfahren hatte, noch immer spüren.

Eine Sekunde lang sieht Marisa so aus, als hätten sie meine Worte getroffen. Als hätte ich tatsächlich einen wunden Punkt aufgespürt und ihre grenzenlose Kühnheit zerschlagen.

»Daddy's Girl hat ja leicht reden. Wenn man mit dem goldenen Löffel im Mund aufgewachsen ist, lässt es sich leicht über Menschen wie Mom und mich urteilen.« Nun wirkt Marisa aufgebracht. Ihre Kinnpartie zuckt, und ihre Finger sind ruhelos.

Ich atme hörbar ein und wieder aus, dann blicke ich pfeilgerade in ihr Gesicht. »Worum geht es dir wirklich? Was willst du? Eine Sofortüberweisung? Die kannst du haben. Aber dann hau ab und lass dich hier nie wieder blicken.« Die letzten Worte spucke ich ihr entgegen. Kleine Speicheltropfen wirbeln durch die Luft. Wir starren einander an, verharren in unserer Haltung. Jede von uns wartet auf die Reaktion der anderen.

Eine Minute vergeht. Der Schrei eines Kuckucks zerreißt die Stille.

Marisa schluckt. Zwischen ihren Augenbrauen haben sich zwei Falten eingegraben. Sie wendet den Blick zuerst ab. Als sie sich wieder hinsetzt, wirkt sie kleiner als zuvor. Ihr Körper scheint in sich zusammengestürzt zu sein. Während sie ihre Haare hinter die Ohren streicht, holt sie tief Luft.

Ich bin nicht sicher, was da in ihren Augen glänzt. Tränen oder funkelnder Zorn?

»Das ist dumm gelaufen. Was für ein beschissener Anfang. Es tut mir leid. Ich möchte dich einfach nur kennenlernen, das ist alles.« Marisa hält ein paar Sekunden inne, dann spricht sie stockend weiter. »Mom ist kurz nach Silvester gestorben. Der verdammte Krebs. Ich habe niemanden, mit dem ich über sie sprechen kann. Alistair ist ein wunderbarer Mensch, aber er verdrängt alles, was mit ihr zu tun hat, auch mich. Doch es gibt immerhin jemanden, mit dem ich über meinen Vater sprechen kann.«

Marisas Bitterkeit trifft mich wie eine Pfeilspitze. Oh Gott. Ich wusste das nicht. Ich wusste nicht einmal, dass Sarah krank gewesen war. Ich würge, fühle mich schuldig.

Es ist schlimm, mit der Trauer um seine Eltern allein zu sein. Aber es ist schlimmer, mit allen Erinnerungen für immer allein zu bleiben. Wenn die Eltern nur noch im eigenen Kopf existieren, wenn alles Erlebte am seidenen Faden des eigenen Gedächtnisses hängt. Der erste Schultag, die gemeinsamen Urlaube, die väterliche Hand am verstauchten Knöchel. All diese Erinnerungen verblassen schneller, wenn es niemanden gibt, der sie mit einem teilt.

»Die Wahrheit ist, dass ich in London niemanden habe. Okay, es gibt den einen oder anderen Typen, mit dem ich regelmäßig bumse. Allesamt Dreckskerle. Und Alistair ist so in seiner Trauer versunken, dass er zum totalen Weirdo geworden ist.«

Es scheint so, als redete Marisa mehr mit sich selbst als mit mir. Ihre Worte lassen schemenhafte Bilder in meinem Kopf entstehen. Ich erinnere mich dumpf daran, den Namen Alistair schon einmal aus ihrem Mund gehört zu haben. Dazu eine Vielzahl kleiner Anekdoten, so bedeutungslos und fremd, dass ich sie sofort wieder vergessen habe.

»Ich möchte mich irgendwo zu Hause fühlen, möchte die alte Marisa hinter mir lassen. Damn, ich möchte nicht irgendwann sterben und ein Fotoalbum von mir hinterlassen, bei dem sich jeder fragt, wer die Person auf den Bildern ist. Genau deswegen bin ich hier.« Ihre Worte hängen bedeutungsschwer in der Luft. Wie der Schlussgesang einer Oper. Dann setzt sie fort: »Gut, das war jetzt vielleicht etwas zu theatralisch. Vielleicht bin ich auch nur aus Neugier hergekommen oder aus Langeweile. Ich weiß es selbst nicht, aber lass es mich herausfinden, okay?«

Ich weiß nicht, ob ich ihr glauben oder gar trauen kann. Ich bin zu müde, um nachzubohren, bin so unendlich erschöpft, dass ich Angst habe, meine Augen könnten jeden Moment zuklappen. Ich möchte auf das Sofa sinken, mich mit irgendeinem Film von den Relikten meines Schmerzes, der hinter dem Nebel von Tabletten wabert, ablenken. Tausend Gedanken schießen wie Pfeile durch meinen Kopf, verfehlen ihr Ziel und bleiben unausgesprochen. Diese verdammte Lethargie.

»Dann lernen wir uns eben kennen«, sage ich. In diesem Moment hätte ich alles gesagt, um endlich die Ruhe zu bekommen, nach der mein Körper drängt.

Angestrengt werfe ich einen Blick auf meine Armbanduhr, versuche, die tanzenden Zahlen auf dem Zifferblatt zu deuten und die Lichtstimmung der tief stehenden Sonne mit dieser Information abzugleichen. Ab irgendeinem Zeitpunkt ist der Tag mir entglitten, ist wie Sand durch meine Finger geronnen.

Während ich immer mehr in mich zusammenfalle, scheint Marisa einen Energieschub zu erleben. Sie sieht überschwänglich aus, läuft tänzelnd durch das Untergeschoss. »Das wird super,

Schwesterherz. Ich werde dich in deinem riesigen Spießerhaus bespaßen. Es ist Zeit, dass dir jemand zeigt, dass das Leben nicht nur aus Arbeit besteht. Jemand muss dir den Stock aus dem Po ziehen!«

Sie wirbelt um mich herum. Mir wird davon ganz schwindelig. Ich rutsche tiefer in das Sofa, fixiere einen Punkt an der Wand gegenüber, um daran Halt zu finden.

»Bekomme ich mein altes Zimmer?« Der Klang ihrer Stimme lullt mich ein wie ein Sedativum. Dann wird mir bewusst, dass Jonas bald nach Hause kommen wird. Bei dem Gedanken fängt mein Magen zu flattern an. Marisa und Jonas. Die Vorstellung der beiden im selben Raum gefällt mir nicht.

»Jonas und ich haben gern etwas Ruhe und Zweisamkeit, ich hoffe, du verstehst das. Das Gästehaus kann ich dir leider auch nicht anbieten, denn Lorenz plant einige Renovierungsarbeiten.« Die Renovierungsarbeiten sind erfunden, aber in Anbetracht der Umstände stufe ich diese Lüge als notwendig ein. »Feig« würde meine Mutter mich nennen, wenn sie noch da wäre. »Du kannst solange in meiner Stadtwohnung bleiben.«

Ich nehme unterschwellige Anzeichen von Enttäuschung in ihrem Gesicht wahr. Dann strahlt sie sofort wieder. »Hey, das ist großartig!«

»Wie lange wirst du in Österreich bleiben?« Ich versuche, die Frage beiläufig klingen zu lassen, hoffe aber, dass ihr Besuch nur von kurzer Dauer sein wird.

»Mal sehen«, erwidert sie achselzuckend. »Mich hält nichts mehr in London. Vielleicht schlage ich hier Wurzeln. Ein Job findet sich überall.«

Das Entsetzen, das normalerweise über mich hereinbrechen würde, entfaltet sich nicht einmal zur Hälfte, denn sogar dafür bin ich zu müde. Sie drängt nicht darauf, hier in meinem Haus zu bleiben, das ist vorerst das Wichtigste. Der Gedanke, sie nachts in meiner Nähe zu haben, lässt mich schaudern. Ich fühle mich ihr intellektuell überlegen, und ich habe allein wegen meines Namens den besseren Stand. Auch körperlich bin ich ihr gewachsen, würde wohl als Gewinnerin aus einem schwesterlichen Gerangel hervorgehen, aber das ist es nicht. Was mir Angst macht, ist das Gefühl von Freiheit, das sie ausstrahlt. Marisa hält sich nicht an Normen, lässt sich nicht in ein soziales Korsett zwängen und lebt das Leben nach ihren eigenen Regeln, die an einem Tag gelten und am darauffolgenden Tag wieder verworfen werden. Ich fürchte sie für die Eigenschaften, um die ich sie beneide.

Mein Hals ist wie ausgetrocknet. Ich fahre mit der Zunge über die Innenseiten meiner Wangen, um den Speichelfluss anzuregen. Als ich aufstehe, wird alles dumpf um mich herum. Marisas Hände umfassen meine Schultern. Für einen Moment denke ich, sie würde mich angreifen, sich auf mich stürzen und mich zu Boden ringen. Aber es sind meine Beine, die von selbst nachgeben. Und es sind ihre Hände, die mich vor dem Sturz bewahren.

12

Mühsam wuchtet sie mich auf die Couch, zieht die Sandalen von meinen Füßen und platziert meine Beine auf der Sofalehne.

»Kratz mir bloß nicht ab. Am Ende heißt es, ich hätte dich auf dem Gewissen.« Sie lacht, doch diesmal ist es ein nervöses Lachen. Dann hastet sie in die Küche, um Sekunden später mit einem Wasser zurückzukehren. Dankend nehme ich es an, und sie stützt meinen Kopf, während ich das Glas an den Mund führe.

Warum muss ich mich ausgerechnet jetzt von meiner verwundbarsten und schwächsten Seite zeigen? Alles läuft falsch. Ich habe die Kontrolle verloren.

»Danke«, flüstere ich. »Ich habe manchmal Kreislaufprobleme.«

In Marisas Gesicht zuckt Neugier. »Bist du schwanger?«

Ein Bild flackert vor mir auf. Jonas' Hand auf meinem prallen Bauch, Stolz in seinen Augen. Ein Gefühl von Sehnsucht durchströmt mich. Ich stelle es mir schön vor, ein Baby zu haben, ein kleines Lebewesen, das aus unserer Liebe entstanden ist und mit seinem Lachen das Haus erfüllt. Noch vor wenigen Wochen war der Gedanke, ein Kind zu bekommen, völlig abstrakt, völlig bizarr. Noch bizarrer als an jenem Morgen, an dem ich den positiven Schwangerschaftstest in Händen hielt und ihn verstohlen hinter dem Rücken meiner Mutter zwischen Eierschalen und Fetzen von Küchenrolle in den Müll steckte.

Nun pulsiert der Wunsch nach einem Baby so stark in mir, dass er mich in manchen Momenten völlig für sich einnimmt. Fast habe ich vergessen, was alles schiefgehen kann, wenn man sich auf etwas freut, sich nach etwas sehnt.

Ich schüttle den Kopf. »Eher nicht.« Ich richte meinen Körper auf. Wieder wird mir schwarz vor Augen.

»Hast du heute schon etwas gegessen? Du bist richtig mager

geworden, seit ich dich das letzte Mal gesehen habe.« Marisa zwickt mich in die Seite. »Da ist kein einziger Fettkringel. Hast du was absaugen lassen?«

»Es war stressig in letzter Zeit.«

»Ich kann uns etwas kochen. Ich weiß zwar nicht, was du dahast, aber ich bin eine gute Köchin, ob du es glaubst oder nicht.«

Bevor ich alle Einwände, die mir in den Sinn kommen, zu Worten formen kann, ist Marisa in meiner Küche verschwunden. Ich höre, wie sich Schubladen und Schranktüren öffnen und schließen, nehme das Geräusch von einem Keramikmesser auf einem Schneidebrett wahr. Von da aus, wo ich liege, kann ich sie im Auge behalten. Sie trägt das Haar nun zurückgebunden und wirkt konzentriert. Dass sie in meiner Küche steht, hat etwas Befremdliches und Unwirkliches.

»Du solltest deine Lebensmittel dringend mal aussortieren.«

Ich sehe, wie sie ein paar halb leere Packungen Käse, einen schrumpeligen Apfel und einen angebrochenen Becher Joghurt aus dem Kühlschrank holt und alles angewidert in den Mistkübel wirft.

Mein Inneres sträubt sich, aber mein Körper ist wie betäubt. Ich lasse die Dinge geschehen, liege da und beobachte, wie Marisa rote Linsen wäscht, Gemüse schneidet und frisches Basilikum abzupft.

»Du weißt ja, dass ich schon mein ganzes Leben lang Vegetarierin bin. Und dann hat mir mein Ex doch tatsächlich den Schinken auf der Pizza als geräucherten Tofu verkauft. Ich habe halb gekotzt, was er extrem lustig fand. Also habe ich noch mal gründlich das Klo mit seiner Zahnbürste geputzt, bevor ich ihn rausgeworfen habe.« Marisa empört sich in einem endlosen Wortschwall über die verschiedensten Begebenheiten und Menschen in ihrem Leben. Irgendwann wird ihre Stimme vom gleichmäßigen Rauschen der Dunstabzugsmulde begleitet.

Während ich einschlummere, nehme ich den Geruch von angebratenem Knoblauch wahr. Erst als ich eine Bewegung neben mir spüre, werde ich wach. Es braucht ein paar Sekunden, bis die einzelnen Bilder zu einem schlüssigen Ganzen werden. Marisa unmittelbar neben mir. In ihren Händen zwei tiefe Teller mit einem Linsengericht. Ein fragender Blick auf ihrem Gesicht.

»Klara? Sag mal, wie lange hast du nicht mehr geschlafen? Dein Toyboy muss ja magische Teile haben, so fertig, wie du bist.«

Ich bringe meinen Oberkörper in eine aufrechte Position und nehme den Teller entgegen.

»Darf ich?«, fragt Marisa und kippt den Rest einer angebrochenen Flasche Rotwein, die Jonas am Vorabend für mich entkorkt hat, in ein Saftglas. Ein Adam-Wein. Ich nicke, verkneife mir einen Kommentar dazu. Ich will nicht kleinlich sein. Kurz haftet mein Blick auf dem Weinetikett mit der Malerei eines namhaften österreichischen Malers. Die limitierte Todsünden-Sonderedition sorgte neben der »Adam & Eve«-Kampagne für Furore und brachte den Skandal, den es braucht, um in den Köpfen der Menschen unsterblich zu werden. Dieser Wein, den Marisa wie Cola vom Imbissstand schlürft, ist ein preisgekrönter Erfolgswein. Könnte meine Mutter diesen Fauxpas sehen, würde sie die Hände über dem Kopf zusammenschlagen. Ich schmunzle.

»Ich hoffe, es verstößt nicht gegen deine guten Umgangsformen, wenn wir hier essen.« Marisa lässt sich auf das andere Ende des Sofas fallen, umfasst meine Knöchel und platziert meine Füße auf ihren Oberschenkeln.

Es ist kaum zu glauben, in welcher Geschwindigkeit Marisas kleiner Körper diesen Essensberg in sich aufnimmt. Sie schlingt und schmatzt. Auch darüber wäre meine Mutter empört.

Dann geschieht das, womit ich niemals gerechnet hätte. Wir plaudern. Unbeschwert und mit einer mädchenhaften Leichtigkeit. Wir sprechen über die Konzerte, die wir in den letzten Jahren besucht haben, wobei meine Liste wesentlich überschaubarer ist als ihre. Wir sprechen über Filme, die wir mögen, über die Männer in unserem Leben, über Jonas, über unseren Vater.

Wir könnten nicht unterschiedlicher sein, trotzdem spüre ich eine seltsame Verbindung. Einen hauchdünnen Faden zwischen uns und unseren konträr verlaufenden Leben.

Mit Jonas kommt ein Schwall kühler Luft ins Haus. Kaum ist die Tür zugeschlagen, steht er vor uns im Wohnzimmer. Exakt fünf tiefe Furchen lassen seine Stirn wie ein Notenblatt aussehen. Seine Augen wandern zwischen Marisa und mir hin und her, als müsste sein Gehirn die Bilder verarbeiten. Er versucht zu verstehen, wer diese Fremde neben mir ist. Und da ist auch noch etwas anderes, das ich nicht deuten kann.

»Schatz, du bist ja schon da.« Ich möchte mir nichts von der körperlichen Schwäche anmerken lassen, stehe auf, um meinen Mann mit einer Umarmung zu begrüßen.

Sein Körper versteift sich, und seine Hände schieben mich eine Armlänge von sich weg. Er mustert mich abschätzig, blickt zu mir, dann über mich hinweg in Richtung Marisa. »Du hast Besuch«, stellt er fest.

»Das ist Marisa. Sie ist ganz überraschend vorbeigekommen. Sie ist …«, ich zögere, »meine Halbschwester.«

Die Verwirrung steht Jonas ins Gesicht geschrieben.

Von Marisa hört er gerade zum ersten Mal. Nicht dass ich ihm etwas verheimlichen wollte, aber wir sind erst so kurz ein Paar, dass keine Zeit war, ihm von ihr zu erzählen. Um ehrlich zu sein, erschien mir diese Information auch nicht wichtig genug, denn nach dem Drama ihres letzten Besuches habe ich nicht damit gerechnet, sie jemals wiederzusehen.

Es war einige Wochen nach der Trauerzeremonie, als Marisa hier auftauchte. Betrunken, verheult, aggressiv. Sie war nicht zufrieden damit, dass mein Vater ihr nicht mehr hinterlassen hatte als einen minimalen Teil seines Vermögens, den meine Mutter vor Jahren mit Sarah Peterson ausgehandelt hatte. Marisa war sauer, und ich war es auch. Ich erklärte ihr, dass sie froh sein sollte, überhaupt etwas zu bekommen, nachdem unser Vater sie nie offiziell als seine Tochter anerkannt hatte. Es war nicht so, dass er daran gezweifelt hätte, denn der Vaterschaftstest ließ keine Fragen offen. Er hatte einfach nur Glück, dass Marisas Mutter nie darauf gedrängt hatte, die Sache offiziell zu machen und damit das Adam-Imperium und seinen guten Ruf zu gefährden.

In den Tagen nachdem mein Vater tot geborgen worden war, dachte ich viel nach. Auch über Sarah und Marisa Peterson. Ich dachte an ihr kleines Londoner Haus mit dem alten Veloursteppichboden. Sowohl Sarah als auch ihr Zuhause kannte ich nur von Bildern, und während meiner Trauer waren diese Bilder ständig gegenwärtig. Aber es waren nicht die einfachen Verhältnisse, in denen Sarah und Marisa lebten, die mich beschäftigten. Es war Sarah Petersons Anruf nach meiner Rückkehr aus Puerto Calero. *Oh, Klara. Es tut mir so unendlich leid. Wir kennen uns nicht, aber ich bin für dich da, wenn du mich brauchst.* Nicht ihre Worte berührten mich, denn diese Worte standen auf jeder verdammten Kondolenzkarte, die ich erhielt. Es war ihre Güte. Ihre Ehrlichkeit. Das Zittern in ihrer Stimme, das ein unterdrücktes Schluchzen verriet. Sie wollte stark sein. Für mich.

Es war eine der ehrlichsten Trauerbekundungen, denn auch ihre Trauer war echt. Wir trauerten um denselben Mann. In einer Intensität, wie man sie nur spürt, wenn man jemanden verliert, den man geliebt hat. Ich war unfähig zu antworten. Alles, was ich tat, war, die Unterhaltszahlung an Marisa fortzusetzen, um Sarah bestmöglich zu entlasten.

Bald darauf erhielt ich wieder einen Anruf aus London. Von Marisa. Sie bat um eine Summe Geld, die ich ihr nicht geben wollte. Anstatt dankbar für das zu sein, was sie bereits bekam, tauchte sie bei mir auf, mit noch üppigeren Brüsten und gebotoxter Stirn. Ich sah sie und wusste alles, was ich wissen musste. Stundenlang lauerte sie vor meinem Tor, brüllte herum, bis die Polizei sie abtransportierte. Ich verzichtete auf eine Anzeige, ließ ihr ein Ticket zurück nach London zukommen und strich sie aus meinem Leben.

Das gelang mir bis zum heutigen Tag.

In Jonas' Kopf scheint es zu rattern.

Marisa verschränkt in der Manier einer Hausherrin die Hände vor der Brust. Sie hat schon längst das Zepter der Kontrolle übernommen, besitzt die Herrschaft über die Handlung, ist Protagonistin, Regisseurin und Drehbuchautorin in einem. »Oh, wow. Was für ein riesiger Kerl.« Marisa nickt zuerst in seine Richtung, dann in meine. »Schwesterherz, du hast hoffentlich einen guten Ehevertrag aufsetzen lassen, denn wenn Hulk beschließt, dass es sich auch ohne dich ganz gut lebt, kann er dich mit einem Fingerschnippen vom nächsten Weinberg befördern.« Sie lacht.

Wir lachen nicht. Ich bin empört, aber Jonas, der sie nicht kennt, wirkt noch um einiges empörter. »Du hast eine Schwester?«

»Halbschwester«, korrigiere ich.

Erneut ein feixendes Lachen aus Marisas Kehle.

»Kommst du mal kurz mit? Ich möchte dir das gern erklären«, flüstere ich an sein Ohr.

Mit einem Sprung ist Marisa auf den Beinen. »Ach, lass es mich erklären. Ist ganz einfach. Ich bin die unliebsame Schwester. Sorry, Halbschwester. Unser Vater hat meine Mutter zu einem – sagen wir mal – ungünstigen Zeitpunkt gevögelt. Ich bin das Dilemma, das daraus resultiert ist. Aber du kannst mich auch Marisa nennen.«

Ich stehe vor Jonas, sehe, wie sich sein Brustkorb hebt und senkt. Noch immer kein Wort von ihm.

»Oh, oh. Es scheint so, als käme mein Humor nur halb gut bei Hulk an. Aber das kriegen wir schon noch hin!«

»Genug jetzt, Marisa«, fauche ich und bedeute Jonas, mir nach oben zu folgen.

Ich spüre Marisas Blick im Rücken, als wir den obersten Treppenabsatz erreichen und ich Jonas schnell in mein Büro schiebe.

»Du hast erzählt, du wärst Einzelkind.« Es ist keine Feststellung. Es ist ein Vorwurf, und er trifft mich, sobald sich die Tür hinter uns schließt. »Findest du nicht, dass diese Information zu denen zählt, die man seinem Partner nicht vorenthalten sollte?«

Ich hole Luft. »Mein Vater hatte eine Affäre, und Marisa ist sein uneheliches Kind. Es gab einen Deal zwischen ihm und Marisas Mutter. Die Vaterschaft wurde nie offiziell anerkannt, dementsprechend bestand auch kaum Kontakt zwischen uns. Ich hätte nie im Leben damit gerechnet, dass sie hier auftauchen würde.«

»Ihr wirkt aber ziemlich vertraut.«

Ich schlucke, räuspere mich zweimal, zögere die Antwort hinaus. »Ich hatte wieder einen Schwächeanfall. Marisa hat sich um mich gekümmert.«

Jonas fährt sich mit beiden Händen durch das Haar. Unter seinen Achseln zeichnen sich blasse Schweißränder ab. »Auch das noch. Ich stecke gerade bis zum Hals in Arbeit. Ich kann jetzt nicht zu Hause bleiben, um dafür zu sorgen, dass du dich schonst.« Er kommt auf mich zu, zieht mich an sich. »Auch wenn ich es gern tun würde.« In seiner Stimme liegt wieder die vertraute Zärtlichkeit.

»Ich weiß. Ich werde noch mehr auf mich achten, versprochen.«

»Sie wird doch nicht hier wohnen, oder?«

Ich lache. »Nein, natürlich nicht. Ich habe ihr meine Stadtwohnung angeboten. In ein paar Tagen sind wir sie wieder los.«

Jonas vergräbt sein Gesicht in meinen Haaren. Sein Atem streift meine Kopfhaut. Warm, süß und so vertraut. »Klara mit K. Mit dir wird es nicht langweilig.«

Ich umfasse das Gesicht meines Mannes, küsse ihn. Seine Lippen schmecken nach Kaugummi, und der Geruch von Büro haftet an seiner Haut.

»Lass uns wieder hinuntergehen. Nicht dass sie unserem Haus ein Graffiti verpasst oder sich auf unserer Couch einen Joint dreht.«

Ich kneife ihn in die Seite. »Hey, so fies kenne ich dich gar nicht.«

Jonas' Hand liegt auf meinem Rücken, als wir ins Wohnzimmer zurückkehren. Mit ihm an meiner Seite fühle ich mich Marisas Invasion gewachsen.

»Welchen verzweifelten Sprachbefehl muss ich durch das Haus brüllen, um Netflix oder Amazon Prime zu aktivieren?« Vor dem abstrahlenden Licht des riesigen Fernsehbildschirmes sieht Marisas schmaler Körper wie ein Störstreifen aus.

»Ich denke, wir werden dich jetzt in die Stadt bringen. Es ist spät«, sage ich. Wie auf Kommando reagiert mein Körper mit einem ausgedehnten Gähnen.

Die Dunkelheit drängt bereits gegen die Fenster. Ich hätte Marisa beizeiten ein Taxi bestellen sollen, aber ich habe zu spät daran gedacht. Ein Taxi muss man hier draußen eine Stunde vorher rufen, aber so lange will ich sie nicht mehr hier haben.

Jonas schiebt sich an mir vorbei. »Die Begrüßung war etwas ungewöhnlich. Also noch einmal von vorne. Ich bin Jonas.«

Er klingt geschäftsmäßig, streckt ihr die Hand entgegen. Marisa ergreift sie und schüttelt sie heftig.

»Er kann sprechen«, erwidert sie. »Ich bin Marisa, aber das weißt du ja schon.«

»Das Vögel-Dilemma«, kontert Jonas augenzwinkernd.

Marisas Wangen färben sich rot. Mein Mann macht sie verlegen. Ich weiß nicht, wie ich diese Tatsache beurteilen soll.

»Wie unschwer zu überhören ist, kommst du aus Großbritannien.«

Marisa spitzt die Lippen. Diese Geste verleiht ihrem Gesicht etwas Freches, Jugendliches. Ich frage mich, ob Jonas sie attraktiv findet. Natürlich tut er das. Wer würde Marisa nicht attraktiv finden? Aber ich bin seine Frau, und wir sind keine siebzehn mehr, sodass es uns Sorgen bereiten müsste, wenn uns andere Menschen anziehen.

»Aus dem schönen London.«

»Wie lange wirst du uns beehren, Miss …?«

»Peterson. Mal sehen. Ich mag Österreich. Die Leute sind so offen und zugänglich.«

»Ach, in London sind sie das nicht?«

»Nun ja. Abends kommen sie aus sich raus, dann wird Party gemacht. Aber die Regel lautet, dass die erste Line nicht vor zwanzig Uhr gezogen wird. Davor sind sie stocksteife Zombies, die sich beim Lachen die Hand vor den Mund halten und beim Trinken den kleinen Finger abspreizen.«

»Klischee erfüllt, würde ich sagen. Koks gibt es bei uns übrigens nicht. Wir bevorzugen Wein, und der wird hier zu jeder Tageszeit getrunken. Ganz legal.«

In Jonas' Gesicht ist nicht mehr als ein distanziertes Lächeln zu erkennen. Er lässt sich nicht von ihr in die Karten schauen, zeigt sich unbeeindruckt von ihren kleinen Provokationen. Mir hingegen entgeht sie nicht, diese kleine pochende Ader an seiner rechten Schläfe. Zuletzt habe ich sie bemerkt, als er Lorenz bei der ersten Begegnung die Hand schütteln wollte, dieser seine Hände jedoch ablehnend in den Taschen seiner Latzhose vergrub.

»Hey«, raunt sie in meine Richtung. »Dein Toyboy ist cool. Ich denke, wir werden Freunde.«

Der Klingelton aus Jonas' Hosentasche scheint zum richtigen Zeitpunkt zu kommen, um sich Marisas Gegenwart entziehen zu können. Er fischt das Telefon heraus, liest den Namen des Anrufers und schiebt es in seine Tasche zurück.

»Entschuldige mich, Marisa. Die Arbeit ruft.« Er schüttelt ihre Hand zur Verabschiedung.

So wie es aussieht, werde ich Marisa allein in die Stadt fahren müssen. Ich sage nichts dazu. Ich habe Jonas schon genug mit ihrer Anwesenheit überrumpelt.

»Es hat mich sehr gefreut, Jonas.«

Marisa schafft es, selbst diese Worte scharfzüngig und listig klingen zu lassen. Und da ist noch etwas. Etwas, das ich ganz und gar nicht mag. Es ist die Art, wie sie ihn ansieht. Herausfordernd und neckisch. Mir war von Anfang an klar, dass Jonas eine starke Anziehungskraft auf andere Frauen hat. Mir war auch klar, dass eines Tages Eifersucht in mir lodern würde. Ich kann damit leben, einen begehrenswerten Mann an meiner Seite zu haben. Aber das hier ist etwas anderes. Ich will Marisa aus meinem Haus haben, weg aus der Gegenwart meines Mannes.

Ich stelle mir vor, wie ich später zu Jonas ins Bett schlüpfe und ihn mit meinen Lippen alle anderen Frauen vergessen lasse. Auch Marisa – vor allem Marisa.

Wieder tönt das Telefon in Jonas' Hosentasche. Diesmal sieht er nicht nach, wer ihn anruft. »Fahr vorsichtig, Baby. Und melde dich, wenn du dich auf den Heimweg machst. Ich muss noch eine Weile arbeiten.« Jonas wirkt geistesabwesend. Er umfasst meine Schultern und drückt mir einen halbherzigen Kuss auf die Stirn. Dann läuft er die Treppe hoch.

Ich blicke ihm hinterher und sehe, wie Marisa es mir gleichtut. Beide stehen wir da, hören, wie sein Telefon wieder klingelt und oben eine Tür zuschlägt.

13

Die Straße, die mir tagsüber so vertraut ist, fädelt sich vor mir ab wie ein Wollknäuel, bei dem es kein Ende gibt. In diesen endlosen Minuten gibt es nur Marisa, mich und die Motten, die sich im Scheinwerferlicht verfangen und mit ihren staubigen Flügeln an meiner Windschutzscheibe zerfallen.

Die ganze Fahrt über sprechen Marisa und ich kein Wort miteinander. Sie wirkt müde, hat den Kopf gegen das Seitenfenster gelehnt. Kein Wunder. So aufgedreht, wie sie sich bewegt, und so schnell, wie sie spricht, müsste ihr tägliches Energiepensum mittags aufgebraucht sein. Auch meine eigene Müdigkeit ist erdrückend, hängt schwer an meinen Lidern und drängt danach, dass ich die Augen schließe.

Ich denke an Jonas. Er war abweisend und reserviert. Etwas stimmt nicht. Etwas zwischen uns hat an diesem Abend Risse bekommen. Es liegt an Marisa. An meiner Lüge. Ihre Gegenwart ist eine Dunstwolke, die schon immer jegliche Harmonie vergiftet hat. Ich darf ihr nicht trauen. Ich darf sie nicht wieder in die Nähe meines Mannes lassen. Ich habe miterlebt, wie Sarah meinen Vater gestohlen, ihn den Fängen meiner Mutter heimlich entrissen hat. Wenn auch nur für eine Nacht.

Meine Mutter pflegte zu sagen, sie sei keine Frau, die man betrüge. Trotzdem ist es passiert. Bin ich eine Frau, die man betrügt? Wird sich das Schicksal meiner Eltern in neuer Besetzung wiederholen?

Ich versuche, die Schreckgespenster abzuschütteln. Versuche, mich auf das Brummen des Motors zu konzentrieren. Marisas Atemzüge sind tief und gleichmäßig. Ihr Kopf ist nach vorne gekippt, die Arme liegen schlaff auf ihren Oberschenkeln. Sie sieht aus wie eine dieser hölzernen Drückfiguren, die nach dem Lösen der Fadenspannung auf ihrem Podest einknicken.

Mit den verdunkelten Schaufenstern, den leeren Lokalen und den Regenwolken, die sich über den Straßen ergießen, wirkt dieses sonst so bunte Krems ablehnend, fast feindselig. Aus den Wohnungen dringen die flackernden Lichter unzähliger Fernsehgeräte. Es ist paradox. Hier leben mehr als zwanzigtausend Menschen. Zwanzigtausend Individuen, die tagsüber kaum unterschiedlicher sein könnten, doch abends treibt es sie alle vor ihre Fernseher.

Die Ampeln springen nacheinander auf Grün, als hätten sie auf mich gewartet. Ich habe freie Durchfahrt, bis ich mein Auto im Parkverbot vor meinem alten Wohnhaus abstelle.

Die schlecht renovierte Stadtwohnung ist nie meine erste Wahl gewesen. Sie war mein Zufluchtsort. Sie war der Ausbruch aus meinem Elternhaus. Einem Haus, das lange Zeit kein richtiges Zuhause war, sondern ein Prestigeobjekt, eine Errungenschaft. Ständig unter Strom, ständig von Fremden besucht und begafft. In der kleinen Altbauwohnung, die ich bisher nicht verkauft habe, obwohl ich sie nun nicht mehr brauche, konnte ich die Tür hinter mir schließen und alles aussperren. Selbst meine herrische Mutter war sich zu fein für einen Kontrollbesuch und hätte sich vermutlich eher den kleinen Zeh abgehackt, als sich mit ihren Manolos auch nur einen Schritt auf das Terrain von Normalverdienern zu begeben.

Die kontinuierlichen Motorengeräusche der Autos und ihr gelegentliches Hupen spätnachts gaben mir das Gefühl, nicht allein zu sein. Irgendwer war da draußen immer unterwegs. Irgendwo hatte immer ein Café geöffnet, in das ich hätte gehen können, theoretisch. Zu jeder Zeit hatte ich die Möglichkeit, mit jemandem zu plaudern, theoretisch. Ich war nicht ganz einsam, solange ich das Summen der Stimmen durch meine Fenster strömen ließ, und ich war ganz für mich, wenn ich sie schloss.

Hier war ich Klara A. von der Wohnung 3b, die keine Werbung erhalten wollte und deren Name alle sechs Wochen auf der Gangdienstliste auftauchte. Hier war ich Kundin des langsamsten Pizzadienstes der Stadt und traf mich mit Männerbekanntschaften. Hier war ich eine eigenständige Frau. Nicht minder namenlos für die Kerle, die ich in mein Bett mitnahm, aber immerhin nicht die Adam-Tochter.

Ich muss Marisa mehrmals antippen, bis sie hochschnellt und die Augen aufreißt. Einen Moment lang sieht sie aus wie ein kleines Mädchen, reibt sich die Wangen und blinzelt gegen das gelbe Licht der Straßenlaterne.

»Wir sind da«, sage ich und stoße die Autotür auf.

»Oh my God. Dein Wein hat mich narkotisiert«, stöhnt Marisa und tut es mir gleich. »I am so fucking tired. Schlecht ist mir auch von dem Gesöff.«

Meine Muskeln spannen, mein Kopf dröhnt. Zusammen mit den beißenden Magenkrämpfen ist das Schmerztrio nun wieder komplett. Dass ich es nicht bis in die dritte Etage schaffen werde, wird mir bewusst, als ich mich endlich aus dem Autositz gequält habe. Das Autodach bietet mir Halt, bis die Schwärze vor meinen Augen verschwindet. Wie schon einmal an diesem Tag steht Marisa prompt neben mir, stützt mich. Trotz ihres Verhaltens, der Provokationen und der subtilen Beleidigungen spüre ich Aufrichtigkeit in ihrer Fürsorge.

»Alles klar bei dir?«

Ich presse die Lippen aufeinander, um der Übelkeit zu bedeuten, dass der Inhalt meines Magens gefälligst dort zu bleiben hat, wo er ist. Dann nicke ich hastig.

»Du siehst aber nicht danach aus.«

Ich kann nichts erwidern, kann meine Zunge nicht bewegen, ohne damit eine Lawine von Brechreiz loszutreten.

»Dein Mann ist ein komischer Vogel. Heiß wie die Baldwin-Brüder in ihren besten Jahren, aber gruselig wie Norman Bates.« Marisa gestikuliert mit ihrer Hand, als würde sie ein Messer durch die Luft schwingen. »Hey, es gab Momente, da hast du zumindest über meine Jokes geschmunzelt.«

»Daran würde ich mich erinnern«, schmettere ich die Bilder an die gemeinsamen Abende mit Marisa und meinen Eltern ab.

Es mag sein, dass wir uns in der einen oder anderen Sache ähnlich sind, aber das möchte ich Marisa nicht wissen lassen.

»Ist er gut zu dir? Ich meine Jonas. Behandelt er dich gut?«, hakt sie nach. Marisa spricht leiser und langsamer als sonst. Als müsste sie die Worte, die sonst im Schwall aus ihrem Mund sprühen, einzeln an ihren Buchstaben herausziehen.

»Ja«, erwidere ich. »Das ist er. Mein Zustand hat nichts mit ihm zu tun. Es liegt an der Arbeit. Das letzte Jahr war hart.«

Marisa nickt verständnisvoll, doch ich bezweifle, dass sie sich annähernd vorstellen kann, was ein Erbe wie das meine mit sich bringt.

»Kommst du noch mit rauf?«, fragt sie und zieht den Riemen ihrer Tasche auf die Schulter.

»Ein anderes Mal. Die Wohnung ist leicht zu finden. Lauf in den dritten Stock, dann stehst du vor der richtigen Tür. Das Schloss klemmt manchmal ein wenig –«

»Schwesterherz«, unterbricht sie mich, »ich bin ein großes Mädchen und werde es bis in deine Wohnung schaffen. Es geht um dich. Du siehst nicht gut aus. Vielleicht solltest du noch eine Weile hierbleiben. Ich kann dich in diesem Zustand nicht allein fahren lassen.«

»Nein«, sage ich hastig. »Ich möchte einfach nur nach Hause in mein Bett. Es war ein aufregender Tag.«

»Oh ja, wem sagst du das.«

Wir lächeln.

»Danke«, flüstert sie. »Danke, dass du mich nicht postwendend in ein Taxi befördert hast.« Die Augen meines Vaters blicken mich durch den Vorhang ihrer schwarzen Haare an.

Ich schlucke meine Beklemmung hinunter, richte meinen Blick auf die Gehsteigkante. »Schon gut«, erwidere ich nach einigen Sekunden.

Dann umarmt sie mich, und ich stelle mir vor, wie mein Leben aussähe, wenn wir beide Sarah Petersons und Ralf Adams Töchter wären.

Die Wellen der Donau tanzen im Mondlicht. Hinter den beleuchteten Fenstern eines Kreuzfahrtschiffes bewegen sich menschliche Silhouetten. Ich meine, den Namen »Primadonna« auf dem Bug ausmachen zu können. Kurz frage ich mich, woher das Schiff kommt, wohin es fährt. Ein immanenter Gedanke, wenn man dem Fluss so nahe ist. Dann existiert wieder nur ein einziges Wort in mir. Marisa. Warum ist sie hier? Und viel wichtiger: Wann werde ich sie wieder los? Seit jenem Tag, an dem ich von ihrer Existenz erfahren habe, ist sie für mich ein anhaltender hoher Ton, den ich nur für kurze Zeit ausblenden kann und der mit jedem Besuch schriller und lauter zurückkehrt.

Der Gedanke an Marisa ist ein Widerhaken. *Denken Sie nicht an einen blauen Elefanten.* Marisa.

Sind ihre Absichten, die sie zu mir getrieben haben, wirklich so friedlich, wie sie es mir einzureden versucht? Es ist schwer zu glauben, denn bisher mündete jeder ihrer Besuche in ein Desaster. Trotzdem will ein Teil von mir sie als meine Schwester sehen. Sie ist das einzig Greifbare, das mir von meinem Vater geblieben ist. Sie ist eine Narbe.

Erst als ich beinahe wieder zu Hause bin, fällt mir ein, dass ich Jonas versprochen habe, mich zu melden. Doch nun ist das nicht mehr nötig.

Ich biege in die Auffahrt ein, fahre die Straße zum Haus hoch. Meine Augenhöhlen schmerzen vor Müdigkeit. Ich ziehe das Smartphone aus der Mittelkonsole, entsperre es und möchte mit einem Fingerscan das Öffnen des Tores bestätigen. Doch das Tor ragt bereits mit geöffneten Flügeln vor mir auf. Ich fahre an. Jonas muss mich vom Fenster aus gesehen haben. Eine Sekunde später schließt es sich langsam wieder. Ich trete auf die Bremse. Ein Defekt? Ich kann es mir nicht anders erklären. Jonas müsste doch gesehen haben, dass ich die Einfahrt noch nicht passiert habe.

Der Gedanke löst sich jäh auf. Da ist jemand. Flattriger Hoodie. Dunkle Kapuze. Gesichtslos. Geschlechtslos. Ein Schatten, der durch das Tor nach draußen huscht.

Hatte Jonas Besuch? Halluziniere ich vor Müdigkeit? Ich schärfe meinen Blick und erkenne ein weit aufgerissenes Augenpaar im Scheinwerferlicht des Audis. Nein, ich halluziniere nicht. Die Gestalt ist real, und sie ist von mir ebenso überrascht wie ich von ihr. Kurz steht sie regungslos da, dann ist sie mit einem Sprung im Dickicht verschwunden. Ich reiße die Autotür auf, will etwas rufen, aber jeglicher Ton wird vom Druck in meiner Brust eingequetscht.

Ich habe die Gestalt deutlich genug gesehen, um zu begreifen, dass sie echt war, aber das reicht mir nicht. Ich muss wissen, wer sie ist. Ihr hinterherzulaufen ist waghalsig und leichtsinnig. Trotzdem tue ich es.

Was, wenn ich einen Einbrecher überrascht habe? Was, wenn er mich hinter einem Baum erwartet? Aber nein, das kann nicht sein. Ein Einbrecher würde seinen Tatort nicht durch das geöffnete Eingangstor verlassen. Andererseits würde ein Besucher nicht vor mir weglaufen.

»Hallo!«, rufe ich in die Dunkelheit.

Nichts.

Das Ausbleiben einer Antwort schürt Unbehagen.

Meine Füße tasten sich rückwärts zum Auto. Bevor ich einsteige, vergewissere ich mich, dass niemand auf der Rückbank lauert. Wahrscheinlich das Resultat meiner ausgeprägten Phantasie und der Unmengen an Psychothrillern, die ich konsumiere. Du bist, was du liest.

Dann starte ich den Motor, öffne das Tor und setze das Auto in Bewegung.

Jonas steht unvermittelt vor mir. Ich erschrecke zuerst und falle ihm dann vor Erleichterung um den Hals.

»Du hättest mir schreiben sollen, dass du Besuch hast. Ich hab mich zu Tode erschreckt. Dein Gast übrigens auch.«

Jonas zieht seine Augenbrauen zu zwei schrägen Balken zusammen. Ich erkenne Argwohn.

»Wovon redest du?«

»Du hattest gar keinen Besuch?« Ich blicke Jonas hinterher, sehe, wie er in die Küche geht und eine Flasche aus dem Weinregal zieht.

»Vielleicht war Lorenz noch einmal da«, sagt er und befüllt ein Glas.

Seine Bewegungen wirken müde und erschöpft. Seit er bei mir wohnt, ist sein Arbeitsweg weiter als zuvor. Zudem steckt er gerade bis zum Hals in Aufträgen. Dass ich gesundheitlich und mental nicht in Höchstform bin, macht es nicht leichter. Die Mehrfachbelastung nagt an ihm, auch wenn er sich bemüht, sich nichts anmerken zu lassen.

Ich blicke auf die Anzeige am Backofen. Fast zweiundzwanzig Uhr. Am Rand meines Sichtfeldes nehme ich eine Bewegung an der Zimmerdecke wahr. Eine Fliege hat sich in unser Haus verirrt, flattert um die Deckenleuchte. Das Ringen einer Ephemeroptera mit dem Tod. Es ist ein tonloses Bild. Ein auf stumm geschalteter Film. Alles, was ich höre, ist das Gewirr der Stimmen in meinem Kopf. Da ist noch etwas. Etwas, das mich alarmiert. Es ist der Geruch von Bergamotte und eine Prise von warmem, verdampftem Wachs. Mein Kopf fährt herum. Ich kann keine Kerze entdecken.

»Lorenz?« Ich bin verdattert, habe den Faden verloren.

»Ich habe bis eben gearbeitet und daher nicht auf ihn geachtet.«

Bergamotte. Ich rieche Bergamotte. Die Lieblingskerze meiner Mutter.

»Nein«, setze ich entgegen. »Es war nicht Lorenz. Die Person war kleiner. Außerdem wäre Lorenz weder zu Fuß hergekommen, noch wäre er vor mir weggelaufen. Das ist doch absurd.«

Jonas greift nach einem Weinglas und erstarrt für einen Moment in dieser Bewegung. Dann wendet er sich mir zu. »Weggelaufen, sagst du?«

»Ja, die Person ist hinter den Sträuchern verschwunden.«

Jonas runzelt die Stirn. »Vielleicht ein Wanderer, der sich verlaufen hat, oder jemand von der Presse.«

Ich schüttle den Kopf. »Das kann nicht sein. Diese Person kam durch das Tor. Wenn du sagst, dass du keinen Besuch hattest, dann gibt es keine sinnvolle Erklärung dafür.«

Noch bevor Jonas den ersten Schluck Wein nimmt, stellt er das Glas wieder ab. Sein Ausdruck ist besorgt. »Wer hat einen Zugangscode zum Anwesen, abgesehen von Lorenz und uns?«

Ich muss nicht überlegen, tue es aber trotzdem.

»Niemand«, sage ich schließlich.

Genervt zieht Jonas sein Telefon aus der Hosentasche. »Ich rufe ihn an.«

»Nein! Ich sagte doch, dass er es nicht war.«

»Vielleicht seine Frau oder eines seiner Kinder. Vielleicht hatte er etwas vergessen, das sie für ihn geholt haben. Sein Handy, einen Schlüssel, was weiß ich?«

Bevor ich einwenden kann, dass weder Gabi noch ihre Kinder jemals herkämen, wofür es eine Vielzahl an Gründen gibt, wählt Jonas Lorenz' Nummer. Unter Scham und Anspannung nehme ich nur einen Bruchteil des Gesagten wahr. Der Anruf hat Lorenz aus dem Schlaf gerissen, was anzunehmen war. Beschämt stehe ich da und versuche, mir jeden Moment des Aufeinandertreffens mit der unbekannten Gestalt ins Gedächtnis zu rufen.

Jonas leert sein Glas in zwei Zügen. Sofort wirken seine Muskeln schlaffer, seine Bewegungen in ihrer Geschwindigkeit reduziert. Ich mag es nicht, wenn er angetrunken ist. Alkohol überdeckt die Eigenschaften, für die ich ihn am meisten liebe.

Er stellt sein Glas am Spülbecken ab. Augenblicklich werde ich in die Vergangenheit katapultiert. Das Bild meines Vaters brennt sich in meine Netzhaut. Wie er abends an derselben Stelle stand wie nun Jonas. Wie er den letzten Schluck Wein austrank, sein Glas abstellte und sich gähnend streckte. Wie er mir zuzwinkerte und bedeutete, dass dieses Glas Veltliner nichts war, von dem meine Mutter wissen musste.

Dieses Haus war schon immer voller Geheimnisse.

Jetzt birgt es ein neues.

»Komm, lass uns ins Bett gehen«, sagt Jonas und reibt sich

die Augen. »Der Tag im Büro war die reinste Katastrophe, mein Auto hat herumgesponnen, und jetzt auch noch das. Für heute reicht es.«

Ich löse meinen Blick vom Spülbecken. »Was ist mit deinem Auto?«

»Es ist alt. Das ist alles.«

»Sollen wir uns nach einem neuen fahrbaren Untersatz für dich umsehen?«

»Solange ich das Pickerl kriege, fahre ich damit.« Jonas dreht das Licht ab und lässt mich in der dunklen Küche stehen. »Ich möchte nicht, dass du mir ein Auto kaufst. Außerdem hänge ich an der alten Karre.«

Ich aktiviere die Alarmanlage und folge ihm. In diesem Moment habe ich eine Idee. »Die Videoanlage!«, rufe ich beinahe manisch aus. Warum bin ich nicht sofort darauf gekommen? Ungeachtet der skeptischen Blicke meines Mannes hetze ich die Treppe nach oben.

Der Computer lässt sich mit einer Bewegung der Maus wecken. Der Gedanke attackiert mich: Was, wenn Jonas eine Frau zu Besuch hatte? Mit zittrigen Fingern öffne ich die Ansicht der Überwachungskameras. In einer Auswahl aus mehr als zwanzig verschiedenen Kameras wähle ich die, die das Geschehen vor unserem Einfahrtstor festhält. Mit der Maus ziehe ich den Regler der Timeline eine halbe Stunde zurück. Während ich den Bildschirm keinen Moment aus den Augen lasse, setze ich mich auf meinen Schreibtischsessel und lauere der digitalen Spur der Schattengestalt auf.

Das kleine blaue Rad dreht sich ein paar Sekunden zu lange. Ich ahne es bereits. »Keine Aufzeichnungen in diesem Zeitraum vorhanden.« Verdammt. Das kann doch nicht sein. Ich scrolle zur aktuellen Ansicht. Im Infrarot des Nachtmodus sehen Kiesweg und Wiese aus, als wären sie mit Schnee bedeckt. Ich gehe näher an das Bild heran. Keine mysteriöse Person. Nichts.

»Die Aufzeichnungen sind weg – alle weg«, jammere ich, als Jonas ins Zimmer kommt. Er geht vor meinem Schreibtisch in die Hocke, greift nach der Maus und vergewissert sich, dass das, was ich sage, wahr ist.

»Es gibt seit Tagen keine Aufzeichnungen mehr«, stellt er nach einigen Klicks fest. »Ich muss den Server checken.«

»Aber ich habe jemanden gesehen.« Meine Stimme klingt brüchig.

Jonas seufzt, dann sieht er mich eindringlich an. »Klara, willst du mir irgendwas unterstellen? Denkst du, ich hätte Frauenbesuch, während du eine halbe Stunde das Haus verlässt?«

Bevor er den Satz zu Ende gesprochen hat, weiß ich, wie albern es war, so etwas zu denken.

»Wenn ich eine Affäre hätte, hätte ich den ganzen Tag Zeit dafür. Ich könnte meine Mittagspause verlängern oder heimlich einen Tag freinehmen. Du würdest es nicht merken.« Seine Körperhaltung ist ebenso resigniert wie seine Tonlage. Er lässt sich auf den Boden fallen, hockt mit angezogenen Beinen und mit nach vorne gekipptem Kopf da. »Ich betrüge dich nicht, Klara. Ich belüge dich auch nicht. Das würde ich nie tun. Ich könnte dir niemals wehtun.« Jonas lallt. Der hinterlistig süße Wein hat seine Wirkung vollends entfaltet. Hinter dem Vorhang aus dunklen Locken blitzt ein Auge hervor. Es ist auf den Monitor gerichtet.

Ich rutsche zu ihm auf den Boden, möchte die Arme um ihn legen, aber er hat sich von mir zurückgezogen, mich ausgeschlossen. Sein ganzer Körper wehrt mich ab.

»Ich wollte dir nichts unterstellen. Aber ich habe jemanden gesehen. Eine Person, die unser Grundstück verlassen hat, und zwar durch das Tor. Findest du das nicht merkwürdig?«

Jonas hebt seinen Kopf. Etwas Düsteres zeichnet sich in seinem Gesicht ab. Er zieht scharf Luft ein. Ich kann seinen vom Wein säuerlichen Atem riechen und muss unweigerlich wieder an meinen Vater denken. Sein grauschwarzes Haar vom Licht des Bildschirms angestrahlt, die blauen Augen müde und glasig nach einem langen Arbeitstag. In seinen Händen ein Kugelschreiber, mit dem er rhythmisch klickt.

Oft winkte er mich zu sich ins Büro, wenn ich auf dem Weg ins Bett war. Ich drückte ihm einen Kuss auf die Wange und erinnerte ihn daran, Feierabend zu machen. Er brachte so viel Liebe in dieses Haus, Liebe, zu der meine Mutter nie fähig war. Liebe, die erst wieder mit Jonas Einzug hielt und von der nun nichts zu spüren ist.

Jonas' Körper wirkt wie eingefroren. Es herrscht Stille im Raum. Die Art von Stille, die alles knebelt, alles mundtot macht. Ich kenne sie von früher, von meiner Mutter. Mir schwirrt der Kopf.

»Die Aufzeichnungen sind sicher noch abrufbar.« Jonas verkneift sich ein Gähnen.

»Ist gut«, flüstere ich. »Gehen wir schlafen.«

Jonas macht keine Anstalten, ins Bett zu gehen. Er steht auf und wankt in Richtung seines Büros. Ich folge ihm.

»Geh schlafen, Klara. Ich werde mich um das Problem kümmern«, sagt er, während ich auf seinen Rücken starre. »Du gibst ja sonst keine Ruhe.«

»Jetzt?«, frage ich ungläubig. »Du kannst das auch morgen –«

Peng. Die Tür schlägt hinter Jonas zu. Ich stehe davor, kann den Luftzug auf meiner Haut spüren. Ich hebe meine Hand zum Anklopfen, doch dann lasse ich es lieber bleiben.

Jemand zupft an meinem Ärmel, weckt mich. Ich bin völlig verwirrt. Etwas blendet mich. Jonas' Smartphone.

»Die Aufzeichnung von heute Abend«, sagt er knapp.

Es dauert, bis seine Worte einen Sinn ergeben. Ich wünschte, ich könnte unter die Decke kriechen und weiterschlafen. Wer auch immer am Tor war, erscheint mir neben der enormen Größe meines Schlafbedürfnisses völlig unwichtig. Doch als ich mich durch halb geöffnete Augen selbst die Auffahrt hochkommen sehe, bin ich mit einem Schlag wach.

Ich fahre an, verringere mein Tempo bis zum Stillstand. Dann lange nichts. Kein geöffnetes Tor, kein Schattenmensch. Ich steige aus dem Auto, starre ins Leere. Renne los. Dunkelheit.

Da bin ich wieder. Taumle rückwärts zum Auto. Fahrige Bewegungen. Verwirrtheit in meiner Gestik. Ich steige ins Auto. Das Tor öffnet sich, und ich fahre los.

Nachdem die Auffahrt wieder im Dunkeln liegt, stoppt Jonas die Aufnahme. Er sagt kein Wort, legt sich stumm auf seine Seite des Bettes und zieht die Decke bis zu den Hüften hoch. Sein Atem geht tief und gleichmäßig, während sich sein Kopf in das Kissen gräbt.

Ich liege da. Stundenlang. Im Kreisrund des Tages befinde ich mich in der tiefsten schwärzesten Mitte. Es ist die Zeit, wo man niemanden mehr anruft, niemanden für seine Belange weckt. Die Zeit, in der sich alle Gefühle verstärken, in der sich so manches Gute ins Gegenteil verkehrt.

Ich starre auf Jonas' vom Mond beschienenen Rücken, betrachte das Arsenal an Muttermalen auf seinen Schulterblättern. Die kleine Narbe an seinem Steißbein hebt sich hell von der sonnengebräunten Haut ab. Ein Fahrradunfall. Er war knapp acht Jahre alt. Tibor, der Nachbarsjunge, überredete ihn, die Arme während des Fahrens vom Lenker zu nehmen. Diese Mutprobe endete damit, dass Jonas rücklings auf einem Stahlträger landete und mit sieben Stichen genäht werden musste.

Meine Arme sind in der Position, in der ich daliege, eingeschlafen und erwachen prickelnd unter meiner Bewegung. Ich setze mich auf. Hinter meiner Stirn pocht ein spitzer Schmerz, zieht sich runter bis in die Augäpfel. Ich schließe meine Lider, doch es bringt keine Erleichterung. Schmerz und Zweifel bleiben.

Das Video kann nicht lügen, aber ich weiß, was ich gesehen habe. Oder doch nicht? Die Erinnerungen verschmieren wie feuchte Tinte, haben keine klaren Ränder.

Was habe ich gesehen? Ich drücke die Finger in meine Ohrmuscheln, muss die leisesten Geräusche ausblenden, um meine Konzentration auf die Geschehnisse des heutigen Abends lenken zu können. Die Marker, die ich setze, springen wie Punkte hin und her, befinden sich nicht mehr in der korrekten Reihenfolge. Die dunkle Kapuze, das Knirschen von Füßen auf dem Kies, das Aufblitzen der Augen. Ich kralle mir die Finger in die Kopfhaut, spüre Nässe unter meinen Nägeln, kann Blut riechen. Die Videoaufzeichnung. Die Zeitangabe. Jonas hat den Beweis erbracht. Den Beweis für meinen Irrglauben, für meinen Wahnsinn.

Ich greife nach dem Telefon. Sekunden später hocke ich mit angehaltenem Atem da.

Wenn die dunkle Gestalt nie existiert hat, wenn das Tor vor meiner Heimkehr nicht geöffnet worden ist, warum zeigt das Aktivitätsprotokoll der Türanlage dann etwas Gegenteiliges an?

Ich gleite zurück auf die kühle Matratze, lege das Handy auf meiner Brust ab und lausche Jonas' Schlafgeräuschen. Er rollt sich zu mir herüber. Kurz glaube ich, dass mein Herzschlag ihn geweckt hat, aber er schläft weiter.

Da liegt mein Mann, mein wunderschöner Ehemann. Ebenmäßige Gesichtszüge. Makellose Haut. Ein Wall aus Haaren, die sein Gesicht umspielen. Lider, die während eines Traumes zucken.

»Was verheimlichst du vor mir?«, flüstere ich in die Nacht.

14

In meiner Bibliothek bevorzuge ich das Sitzkissen vom Möbeldiscounter, nicht die ledernen Lesestühle, deren Fußteile man per Fernbedienung verstellen kann. Hier drinnen sind die Bücher mein Luxus. Das warme Gefühl von Nostalgie, der Duft von jahrzehntealtem Papier und lädierten Ledereinbänden. Seit meiner Kindheit liebe ich Bücher, habe von meiner Mutter jedes, das ich mir gewünscht habe, bekommen. Bücher waren meine Leidenschaft und ihr Schmuck. Je mehr sie vorzuweisen hatte, desto größer wurde ihr Intellekt eingeschätzt und umso mehr Bewunderung erhielt sie, wenn sie Gästen die beachtliche Sammlung präsentierte.

Neben den angesagtesten Romanen hortete sie sämtliche Klassiker der Literatur. »Romeo und Julia«, »Sturmhöhe«, »Don Quijote«. Natürlich hatte sie keines dieser Bücher jemals gelesen, doch das wusste ja niemand. Jedes Mal, wenn ich ein Buch auf meine Wunschliste setzte, kaufte sie es mir nicht nur bereitwillig, sondern war angetan davon, dass ich sie in die Welt der Belesenen und Intellektuellen einführte, sie mit Titeln und Autoren konfrontierte, von deren Existenz sie bis dahin keine Ahnung gehabt hatte.

Niemand teilte je meine Buchleidenschaft, niemand in meinem Umfeld konnte nachvollziehen, was es mir bedeutet, die Seiten mit meinem Daumen flattern zu lassen, das Aroma von Papier einzuatmen. Hier, inmitten dieser Bücher, bin ich frei. Hier bin ich Heldin, Mörderin, Geliebte. Tauche ein in die Geschichten anderer, lasse die Worte Bilder in meinem Kopf malen, die meine eigene Geschichte überdecken.

Aus dem blauen Sitzsack ragen meine Knie am höchsten auf. Das Buch zwischen die Oberschenkel geklemmt, sitze ich da, beginne seit fünf Minuten immer wieder mit demselben Kapitel. Die Worte entgleiten mir. Sie entgleiten mir ebenso wie die Erinnerung. Die Person, die ich zu sehen meinte, ist zum Nachtgespenst geworden, das im Morgengrauen zurück in seinen Winkel gekrochen ist. Das Protokoll der Toranlage, in dem ich glaubte, den Beweis für meinen intakten Verstand gefunden zu haben, zeigt seit der Morgendämmerung nichts mehr an. Es war ein Traum, wie auch alles andere.

Die Verwirrung hüllt mich ein, baut sich in Schichten auf wie eine Hornhaut. Ich stelle mir vor, wie ein tiefer Schnitt durch meinen Leib alle Gedankengänge der letzten Stunden offenlegt wie ein Baumstamm sein Alter. Noch mehr Verwirrung, noch mehr Wahn, noch mehr Realitätsverlust. Keine Spur von der rationalen Frau, für die ich mich gehalten habe.

Ich betrachte die weiß getünchten Regale aus massivem Eichenholz. Mein Blick gleitet über Hunderte Buchrücken hinweg bis zu den Fenstern. Alles sieht gleich aus. Alles passiert im gewohnten Ablauf. Jonas' morgendlicher Kuss. Das gemeinsame Frühstück. Die Spatzen, die bis an unseren Frühstückstisch geflattert kamen, um kleine Brotkrümel vom Terrassenboden zu erhaschen. Trotzdem fühlt es sich anders an. Als wäre meine Welt seit gestern um einen Millimeter verschoben worden. Kaum wahrnehmbar. Nicht mehr als der Windhauch einer Veränderung.

Ich werde verrückt. Ich verliere meinen Verstand. Auch Jonas scheint das zu denken und hat kurzerhand beschlossen, heute Vormittag von daheim aus zu arbeiten. Und da sind diese Anrufe. Dieses gottverdammte Klingeln meines Handys und die Stille, sobald ich den Anruf annehme. Jonas war in Rage, und er war nicht weniger erzürnt, als sich einer dieser Anrufer als Marisa herausstellte, die ankündigte, zum Schwimmen vorbeizukommen. Ich bin nicht gerade begeistert, aber ich brauche heute jemanden um mich. Brauche einen Zeugen für das, was um mich herum geschieht, denn meiner alleinigen Wahrnehmung kann ich nicht trauen.

Es klopft. Ich klappe das Buch zu. Kate Linville muss den Fall ohne mich lösen.

»Komm rein«, sage ich.

Jonas trägt seine Anti-Blaulichtbrille. Das schwarze Brillengestell lässt ihn oberlehrerhaft aussehen. Er reicht mir eine Tasse Schwarztee. Seine eigene Tasse umfasst er mit beiden Händen, läuft dabei durch das Zimmer. Hin und wieder legt er den Kopf schräg, um den Titel eines Buches zu lesen.

»Was für eine Sammlung«, sagt er mehr zu sich selbst als zu mir. Er streift an den verschiedenen Genres vorbei, den Kunstbildbänden, Biografien und Lexika. Vor den Regalen mit den Krimis und Thrillern hält er inne. »Mit deinem Wissen wärst du die perfekte Mörderin.«

Ich lache. Jonas zieht nacheinander Bücher heraus, schiebt sie wieder zurück. Er beäugt all die Geschichten, mit denen ich Hunderte einsame Nächte verbracht habe, die in Summe wohl Jahre des Lesens ergeben.

»Warum hängst du die nirgends auf?«

Über den Rand meiner Teetasse hinweg versuche ich zu sehen, was Jonas in seinen Händen hält. Er schwenkt ein kleines Fotoalbum mit Einstecktaschen vor sich. Ich habe völlig vergessen, dass ich es einmal zwischen die Bücher geschoben habe.

»Ich weiß nicht«, erwidere ich. »Wahrscheinlich war es leichter, sie nicht jeden Tag sehen zu müssen.« Ich kämpfe mich aus dem Schlund des Sitzsackes und trete neben meinen Mann. »Spionierst du mich aus?«, frage ich und stupse ihn sanft mit dem Ellbogen an.

»Das muss ich anscheinend. Wer weiß, wie viele Familienmitglieder du noch vor mir verheimlichst. Vielleicht sollte ich auch mal den Keller inspizieren.«

Jonas blättert durch die Seiten. Die Gesichter derer, die es nicht mehr gibt, flattern vor meinen Augen. Das Porträt meiner Mutter. Ihr schmallippiger, wie von einem Pinselstrich geformter Mund, dünne, aufgemalte Augenbrauen, die Haut wettergegerbt. Mein Vater mit einer Gitarre im Anschlag, als er Renate an ihrem Geburtstag ein Ständchen spielte. Meine Eltern vor riesigen Stahlfässern, mit einigen Winzern und Büroangestellten posierend. Das faltige Lachen meiner Großeltern. In ihrer Mitte mein Vater, jung und strotzend vor Ideen, das Kinn nach vorne gereckt, die Schultern straff, beinahe von soldatischem Stolz. Der erste Adam, der Weinbau studiert hatte. Zuletzt mein Vater und ich auf einem Traktor in einem Südhang-Weingarten. Ich kaum zwölf Jahre alt. Meine Arme um seinen Hals geschlungen. Ich höre das Scheppern des Einzylinders, als stünde er vor mir. Es sticht in meiner Brust. Ich muss den Blick abwenden.

»Gab es noch weitere Anrufe?«, fragt Jonas, reißt mich damit aus meiner Erinnerung und klappt das Fotoalbum zu.

»Zwei.«

Der Blick meines Mannes verdüstert sich, dann läuft er fluchend in sein Büro. Ein Scheppern. Schubladen, die geöffnet und geschlossen werden.

Er verlässt mich, denke ich. Dann steht er wieder vor mir und hält mir ein Telefon vor die Nase. »Hier«, sagt er. »Das kannst du verwenden, solange diese Anrufe nicht aufhören. Auf der Prepaid-Karte müsste noch etwas Guthaben sein.«

Bevor ich protestieren kann, drückt er mir das iPhone in die Hand. Dann schnappt er sich mein Samsung vom antiken Schreibtisch, der die Mitte der Bibliothek ziert.

»Denkst du wirklich, dass das nötig ist?«, frage ich und starre auf das alte iPhone in meinen Händen.

»Ja, ich halte das sogar für unbedingt nötig.« Pause. »Von Tag zu Tag geht es dir ohne ersichtlichen medizinischen Grund schlechter. Perverse Anrufe sind bestimmt das Letzte, was du brauchst.«

Ohne ersichtlichen medizinischen Grund. Jonas hält mich für eine Simulantin. Molières eingebildete Kranke. Schlimmer noch. Er hält mich auch für verrückt.

»Es geht mir bereits besser«, kontere ich, doch das ist eine Lüge. Es waren zwei Schmerztabletten, die mir heute dabei geholfen haben, es aus dem Bett zu schaffen. Ohne sie wäre ich zu gar nichts fähig.

»Mach dir nichts vor, Klara. Du bist erschöpft, was nicht verwunderlich ist. Du hast lange Zeit die alleinige Verantwortung für Adam getragen, bist total überfordert. Du hattest nie die Chance, den Tod deiner Eltern zu betrauern. Dein Zustand ist nichts, wofür du dich schämen musst.«

Ich setze mich auf die Kante des Schreibtisches, verberge mein Gesicht hinter den Händen. Als ich wieder aufblicke, sitzt er neben mir, nachdenklich und mit gesenktem Kopf.

»Dann bin auch noch ich in dein Leben gekommen.«

Ich sehe ihn an. »Es war das Beste, das mir passieren konnte.« Meine Worte scheinen ihn zu verfehlen.

»Ich frage mich«, flüstert er, »ob dich die Hochzeit und unser Zusammenleben vielleicht überrumpelt haben. Vielleicht ist das alles zu schnell für dich gegangen.«

Das heftige Kopfschütteln reaktiviert den Schmerz in meinen Schläfen. »Nein, es war der richtige Zeitpunkt, und du bist der richtige Mann. Das alles hat nichts mit dir zu tun. Ich bin mit dem Unternehmen überfordert. Und ja, bestimmt habe ich den Tod meiner Eltern nie richtig verarbeitet, aber ich bereue nichts von dem, was wir getan haben.« Die Intensität meiner Worte lässt meine Augen wässrig werden. »Aber ich weiß auch, dass Stress nichts mit dem zu tun hat, was ich gestern Abend gesehen habe.«

»Was du zu sehen geglaubt hast. Genau das ist ja das Problem.« Jonas verschränkt die Arme vor der Brust, als versuchte er, seine Befürchtungen abzuwehren.

»Ich weiß, was ich gesehen habe«, wiederhole ich seit gestern Abend mindestens zum zehnten Mal, doch selbst in meinen eigenen Ohren klingt dieser Satz nur noch wie ein leeres Mantra.

»Das glaube ich dir, Klara. Ich glaube, dass du dir sicher bist, jemanden gesehen zu haben, doch da war niemand. Ich habe mir die Aufnahmen bestimmt fünf Mal angeschaut. Da war« – er saugt scharf Luft ein – »gar nichts.«

Tränen laufen aus den Innenwinkeln meiner Augen, bilden

salzige Spuren auf meinen Wangen. Ich kann es nicht fassen. Kann nicht glauben, auf das Trugbild meiner Phantasie hereingefallen zu sein. Was bedeutet das? Werde ich in der Klapsmühle landen? Werde ich Tabletten nehmen müssen, die mich vom Rest der Welt abtrennen, und selbst zum Schattenwesen mutieren? Ich schaudere.

Ein Gedanke, so grausam wie ein Parasit, der meine Organe besiedelt, frisst sich an die Oberfläche. Ich stehe nachts an meinem Fenster, starre nach draußen, sehe, was ich nicht sehen dürfte. Eine dunkle Silhouette. Haar, das vom Wind herumgewirbelt wird. Meine Mutter. Aber das ist unmöglich. Sie ist tot. Trotzdem sehe ich sie am Beckenrand des Pools. Sehe, wie sie sich die Haare vom Kopf rupft, Strähne für Strähne. Dann kippt sie nach vorne. Ich kann das Aufschlagen ihres steifen Körpers auf der Wasseroberfläche hören. Und dann nichts mehr. Aber das war nur ein Traum. Oder etwa nicht?

Es ist an der Zeit, mir einzugestehen, dass Jonas recht hat. Dennoch ist es so schwer zu fassen, so schwer vorstellbar, dass die Dinge, die ich für wahr halte, nicht real passieren.

»Ich schäme mich so.«

»Aber nein.« Jonas schlingt seine Arme um mich. »Dafür gibt es keinen Grund. Ich bin für dich da, und ich werde dafür sorgen, dass es dir bald wieder gut geht. Wir kriegen das hin.«

»Aber was sage ich den Angestellten?«

Jonas überlegt. »Ich werde ihnen mitteilen, dass du eine Weile kürzertrittst. Sie müssen nichts von deinem maroden Zustand erfahren. In deiner Position solltest du diese Art von Schwäche nicht zeigen. Du würdest dich angreifbar machen.« Er lächelt verschmitzt. »Wir könnten ihnen mitteilen, dass wir an der Produktion eines Jungweines arbeiten.«

»Das würde für Gesprächsstoff sorgen.« Meine Mundwinkel werden wie von unsichtbaren Fäden nach oben gezogen. Die Vorstellung, dass alle denken, wir würden uns um die Kinderplanung kümmern, gefällt mir besser als die Vorstellung, dass sie mich mit einem Bein in der Irrenanstalt sehen.

»Für morgen ist eine Grenzbegehung geplant, an der ich teilnehmen muss.«

»Ich kümmere mich um alles. Hauptsache, du bist entlastet.« Ich stimme dankbar zu, weiß zu schätzen, was Jonas für mich tut, was er sich für mich aufhalst. Während andere Paare in dieser Phase ihrer Beziehung noch im Liebestaumel sind, muss Jonas sich mit dem geistigen Verfall seiner Frau auseinandersetzen.

»Ich werde ein Mailing aussenden und alle darüber informieren, dass du mich in dringenden Angelegenheiten vertreten wirst.«

»Mehr müssen sie nicht wissen. Auch bei Lorenz, Renate und Marisa wäre ich an deiner Stelle zurückhaltend. Vor allem bei Marisa.«

»Wie meinst du das?«

»Ich traue ihr nicht. Vielleicht irre ich mich, aber sei auf jeden Fall vorsichtig. Mach nicht deine Schwäche zu ihrer Stärke.«

Ich denke über seine Worte nach, sehe Marisa vor mir. Vor meinem Tor. Betrunken. Pöbelnd. Drohend. Von der Polizei abgeholt. War es eine gute Idee, sie nach all den Feindseligkeiten in mein Leben zu lassen?

»Sie kommt gleich zum Schwimmen vorbei. Ich dachte, dass ich ihr eine Chance geben sollte. Manchmal ändern sich Menschen.«

»Und manchmal tun sie es nicht«, stellt Jonas mit kräftiger Stimme fest. »Ich will nur dein Bestes. Ich möchte, dass du glücklich und unbeschwert bist. Wenn deine Schwester dazu beiträgt, bin ich ihr dafür dankbar. Wenn nicht, sollte sie mir besser nicht mehr vor die Augen treten.« Zorn vibriert in Jonas' Stimme.

Dann ändert sich seine Stimmung, als hätte jemand per Fernbedienung das Programm umgeschaltet. Er zieht mich am Arm hoch. »Komm mit«, sagt er.

Ich folge ihm in die Garage, wo er meine Hand loslässt und über einen Stapel zugeklebter Kartons klettert. Allesamt Jonas' Sachen, für die noch keine Zeit zum Ausräumen war. Mein Mann überprüft jede Schachtel, schüttelt sie, liest Beschriftungen und kratzt sich nachdenklich am Kopf.

»Gefunden!«, ruft er schließlich und hebt triumphierend einen der Kartons hoch. Mühselig überwindet er den Teppich aus Pappe und steht dann strahlend vor mir.

»Was ist das?«, frage ich und lese die Aufschrift. »Skibekleidung«. »Nicht ganz das richtige Wetter, oder?«

»Ach so«, sagt er, »ich dachte, dass du bei dieser Beschriftung nicht auf die Idee kommen würdest, hineinzuschauen.«

Ich verstehe nichts, zucke fragend mit den Schultern, während Jonas an den Enden des Klebebandes zupft, um es abzuziehen.

»Eigentlich wollte ich es dir erst an deinem Geburtstag geben, aber ich denke, jetzt ist der perfekte Zeitpunkt für ein Geschenk.« Jonas' Haltung hat etwas Feierliches, kündigt Großes an.

Wären wir nicht bereits verheiratet, wäre das seine Antragshaltung, denke ich.

»Bereit?«

Ich nicke.

»Tataaa!«

Erst auf den zweiten Blick erfasst mein Verstand den Inhalt.

»Leider nicht schön verpackt, aber –«, setzt er an, doch ich unterbreche ihn mit einem Kuss.

Dann hocke ich vor meinem Geschenk, ziehe behutsam alles nacheinander heraus. Eine Staffelei, Pinsel in allen Größen und Strukturen, Spachteln, Paletten, Farben.

»Die Leinwände stehen übrigens dort hinten.« Jonas zeigt auf ein großes, mit Leintüchern verdecktes Paket hinter einem Regal. Er nimmt mein Gesicht zwischen seine Hände, küsst die Tränen weg. »Ich weiß, wie gern du wieder malen möchtest, Klara mit K.«

Ich schluchze, versuche, mein Gesicht abzuwenden, aber er umfasst es fester, will mich ansehen.

»Danke.«

»Nein, ich muss dir danken. Du machst aus mir den Mann,

der ich sein will. Und wie hast du neulich gesagt«, Jonas setzt ein schiefes Lächeln auf, »ich dachte, du möchtest unser Zuhause vielleicht ein wenig mehr nach dir aussehen lassen.«

Mein verheultes Lachen klingt, als wäre ich dem Wahnsinn nahe. Vielleicht bin ich das auch, aber in diesem Moment bin ich glücklich.

15

Zwei Stunden lang habe ich es geschafft, Marisa nichts von der Gestalt, die ich am Tor gesehen habe, zu erzählen. Dann tue ich es entgegen jeglicher Vernunft und dem Vorsatz, die Angelegenheit für mich zu behalten. Ich erzähle ihr auch vom Video, von der protokollierten Toröffnung und davon, wie sich diese Aufzeichnung als Ausgeburt einer nächtlichen Phantasie entpuppte. »Weird!«, ruft Marisa aus. »Denkst du, dass du verrückt bist? Oder versucht dein Toyboy, dich in den Wahnsinn zu treiben?« Sie windet sich im Liegestuhl, dreht sich auf den Bauch und betrachtet mich aufmerksam.

Mit einem kurzen Blick nach oben versichere ich mich, dass Jonas' Bürofenster geschlossen ist. Dass ich dieses Gespräch mit Marisa führe, ist mehr als absurd.

»Wäre ich verrückt, wäre ich die Letzte, die das bemerken würde«, erwidere ich. »Das ist wie mit Mundgeruch. Aber ja, anscheinend werde ich verrückt.«

Marisas Lachen löst die Anspannung in mir. Mit etwas Abstand erscheint mir die Illusion des geisterhaften Besuchers nur noch albern. Die Nacht hat ihren Schrecken verloren, als hätte Marisa ihn mit ihrer Unbekümmertheit absorbiert.

Sie steht auf. Ihre Beine schieben sich wie Hölzer an mir vorbei. »Komm her!«, ruft sie und setzt sich an den Beckenrand des Pools. Wasser spritzt in die Luft, als sie abwechselnd mit beiden Füßen auf die Oberfläche schlägt. Der Saum ihres Kleides hat sich mit Nässe vollgesaugt.

Ich fröstle bei dem Anblick, ziehe meine Weste vor dem Bauch zusammen und setze mich neben sie. Das kühle Wasser lässt mich zusammenzucken. Erst nach und nach spüre ich, wie mir diese Frische neues Leben in den Körper spült.

»Habt ihr eigentlich einen Ehevertrag?«

Wahrscheinlich sollte ich sie für ihre Frechheit in die Schranken weisen. Aber ich tue es nicht. Viel zu lange habe ich Menschen um mich geschart, die alles gesagt hätten, um meinen Eltern zu gefallen. Ich bin selbst einer von diesen Menschen. Marisa ist anders. Ich habe in dieser schlaflosen Nacht ausgiebig über sie nachgedacht. Meine Gefühle sind nach wie vor zwiespältig. Sie mag vieles sein, aber sie ist keine Blufferin. Keine noch so unverschämte Frage, keine noch so intime Feststellung behält sie für sich. Das mag unangenehm sein, aber ihr Gegenüber weiß zu jeder Zeit, was sie von ihm hält. Ihre Karten liegen offen auf dem Tisch.

»Jonas hat von sich aus vorgeschlagen, einen Ehevertrag aufsetzen zu lassen. Falls er mich verlässt, dann ohne mein Geld. Sorry, aber ich muss deinem spannenden Kopfkino leider ein Ende setzen.«

Ich bin gefasst, bin vorbereitet und biete denen, die an unserer Ehe zweifeln, die Stirn. Doch jedes Mal, wenn ich diese Zweifel spüre, schmerzt es wie eine alte Wunde. Ist es so abwegig, dass Jonas mich um meinetwillen liebt?

»Was ist, wenn er dich abmurkst?« Marisa dreht so unvermittelt ihren Kopf zu mir, dass ich zurückweichen möchte. Ich kann nicht beurteilen, ob sie ihre Worte ernst meint.

»Du bist geschmacklos und unlustig.« Ein Gedanke huscht durch meinen Kopf. Ehe ich ihn unterdrücke, kommt er mir über die Lippen. »Ein Mord endet im realen Leben mit Gefängnis, nicht mit Reichtum. Denk an die Blauensteiner.« Nein, das habe ich jetzt nicht gesagt. Ich beiße mir auf die Lippen.

»Wer ist die Blauensteiner?«

»Niemand. Vergiss es.«

In meinen Haaren verfängt sich ein fliegendes Insekt, das ich im ersten Moment für eine Wespe halte. Ich schüttle es ab.

Marisas Blick haftet ungerührt auf dem Wasser. »Gut. Dann lass uns das Thema wechseln«, raunt sie. In ihren lang gezogenen Vokalen schwingt ein Hauch Ghetto mit. Eine Lässigkeit, an der alles abprallt, doch in ihrer Körperhaltung liegt plötzlich Anspannung. »Hat Dad oft von mir gesprochen?« Die Frage kommt geradewegs aus ihrem Mund. Als hätten die Worte bereits hinter einem Busch gelauert und nur darauf gewartet, sich zu zeigen.

»Nein«, sage ich nach kurzem Überlegen. »Nein, und das tut mir leid, aber ich möchte dir nichts vormachen. Dein Name war ein rotes Tuch für meine Mutter. Er war besser dran, dich nicht von sich aus zu erwähnen.«

Marisa nickt traurig. »Das ist okay. Ich hatte ja einen Dad. Alistair. Ein guter Mann. Er hat meine Mutter sehr geliebt, aber …« Sie unterbricht sich selbst.

»Hör mal«, erwidere ich, bevor sie weiterspricht, »es tut mir sehr leid, dass du deine Mutter verloren hast. Ich weiß, wie sich das anfühlt.«

Ich schlucke. Dann spüre ich Marisas Hand auf meinem Rücken. Einen Moment lang denke ich, sie habe vor, ihren Arm um mich zu legen, um mich zu trösten, um sich selbst zu trösten. Dann schiebt sie meinen Körper mit aller Kraft nach vorne und stößt mich ins Wasser. Die Weste, die ich über meinem Bikini trage, zieht mich wie ein vollgesaugter Schwamm nach unten. Marisas feixendes Lachen ist bis auf den Grund des Beckens zu hören.

»Du Miststück!«, gurgle ich, als ich wieder auftauche.

»Hast du gedacht, ich würde dir den Rücken tätscheln? Du warst offensichtlich nie mit Freunden im Freibad!«

»Hilf mir!«, rufe ich und strecke ihr beide Arme entgegen.

Dann verändert sich ihr Gesichtsausdruck von belustigt in verstehend. »Klara … Scheiße. Das war so blöd von mir.«

»Hilf mir raus!«, brülle ich sie an, und ihre Finger umfassen mein Handgelenk so fest, dass es wehtut. Mit einem Ruck fasse ich nach ihrem Arm und ziehe sie ins Wasser. Ein Kreischen. Ein Platschen.

»Reingefallen, im wahrsten Sinne des Wortes. Anscheinend warst du auch nicht sehr häufig mit Freunden im Schwimmbad!«

»Hast du ihn noch gesehen?«, fragt Marisa, als wir aus dem Becken steigen. Sie muss ihre Frage nicht näher erläutern. Sie streift ihr Kleid ab, und ich ziehe die Weste aus. Unsere Kleidungsstücke klatschen spritzend auf den Boden, dann wirft sie mir ein Badetuch zu, und ich wickle mich ein. »Nein, ich habe es nicht geschafft. Ich wollte Papa so in Erinnerung behalten, wie er war.«

»Und Nadja?«

Kurz halte ich den Atem an, so wie immer, wenn jemand ihren Namen sagt. »Meine Mutter wurde nicht gefunden.«

Marisa hüpft auf einem Bein, um sich des Wassers in ihrem Ohr zu entledigen. »Hast du dir nie vorgestellt, dass sie vielleicht noch leben könnte? Irgendwo an den Strand gespült, von einem einsamen schönen Fischer gerettet? Ich wäre froh, wenn ich mich an so einen Gedanken klammern könnte. Meine Mom nicht vom Krebs aufgefressen. Nicht abgemagert und kahl von der Chemo, sondern glücklich und wunderschön irgendwo anders in einem neuen Leben.«

Ich schüttle den Kopf. »Wäre meine Mutter an einen Strand gespült worden, hätte man sie spätestens nach zwei Tagen zurück auf das offene Meer gejagt.«

Ich sehe, wie Marisa sich ein Lachen verkneift, und bin dankbar dafür, dass sie respektvoll bleibt, wenn ich es schon nicht bin. *Über die Toten redet man nicht schlecht*, höre ich meine Oma. *Egal, was sie zu Lebzeiten getan haben.*

Wir fläzen uns in die Liegestühle. Der Himmel erstreckt sich wolkenverhangen über uns. Drückende Luft verheißt ein baldiges Gewitter. Ich liege da, recke den letzten Sonnenstrahlen mein blasses Gesicht entgegen. Neben mir höre ich vertraute Geräusche. Das Zischen entweichender Kohlensäure. Eiswürfel, die klirrend auf Glas treffen.

»Hier«, sagt Marisa, »habe ich im Kühlschrank gefunden.«

Ich bin so müde, dass ich mich überwinden muss, die Augen zu öffnen, um das Glas entgegenzunehmen. Ich ziehe einen großen Schluck durch den Strohhalm, rechne mit einem Softdrink, doch es ist etwas Alkoholisches. Süß, minzig, leicht prickelnd. Ich trinke alles aus, rolle mich auf den Bauch und schlage eine Decke über mich. Aus halb geschlossenen Augen beobachte ich Marisa. Ich sehe ihren schlanken Körper, an dem die riesigen Brüste noch falscher aussehen, als sie sind, sehe ihren flachen Bauch mit dem kleinen Nabelpiercing. In geschmeidigen Bewegungen läuft sie um den Pool herum, lässt das Handtuch verführerisch über die Taille rutschen. Ihre Finger kreisen um den Rand des Glases, tauchen ein und gleiten an ihrer Brust hoch bis zum Mund. Wohin wandert ihr Blick? Zu Jonas' Büro?

Der Alkohol entfaltet seine Wirkung. An den Rändern meines Sichtfeldes verschwimmt Marisa zum Wasserfarbenbild. Alles wird dumpf und uneindeutig. Die Augenlider ziehen schwer nach unten, als hinge eine Last an meinen Wimpern, fallen schließlich zu. Als ich sie wieder öffne, ist Marisa am anderen Ende des Pools. Was tut sie da? Ich blinzle, wage es nicht, hinzuschauen, kann den Blick aber auch nicht abwenden. Meine Augen kleben an Marisa wie Mücken an diesen grausamen Fliegenfängern. Ich will nicht sehen, wie sie ihr Bikinioberteil mit einem Handgriff über die Brüste rutschen lässt, aber mein Kopf ist so schwer, dass ich ihn nicht zur Seite drehen kann. Meine Pupillen rollen hin und her, bevor ich es schaffe, meinen Blick nach oben zu richten.

Jonas. Er sieht zu uns herunter. Nein, er sieht nicht zu *uns* herunter. Er starrt Marisa an. Warum lächelt er? Verdammt, warum kommt er nicht runter und setzt ihrem Strip ein Ende? In meiner Brust tobt die kraftlose Version von Eifersucht.

Marisa bewegt sich tänzelnd am Beckenrand entlang, reibt und massiert mit beiden Händen die prallen Brüste. Ich blicke zu Jonas hoch. Dumpfes Entsetzen durchfährt mich, als ich erkenne, wie seine Hand in den Schritt gleitet, während Marisa nach vorne gebeugt ihr Bikinihöschen nach unten schiebt.

Oh Gott, oh Gott, oh Gott. Nein, das darf nicht passieren. Die bunten Farben des Tages überspülen mich, vermischen sich, wachsen zur dreckigen Wasserlache heran.

Ein Knall. Glas, das zerspringt. Ein gellender Schrei dringt aus meiner Kehle, als ich das Gewicht auf mir wegzustrampeln versuche. Da ist Blut. So viel Blut. An meinen Händen, unter meinen Fingernägeln. Es tropft an mir hinunter, wird auf dem Stoff des Kissens zum riesigen roten Fleck. Ich kreische, strample, spüre Hände an mir, kann süßes Parfum riechen. Jemand versucht, mich umzubringen, hat ein Messer in mich gerammt. Nein, erinnere ich mich. Es ist Glas, mit dem man mich aufgeschlitzt hat. Bäuchlings schlage ich um mich. Dann treten Füße in mein Sichtfeld, und ich spüre noch mehr Hände an meinem Körper. Was tun sie mir an? Was tun sie mir nur an?

Raue Finger packen mich, drehen mich um und ziehen mich hoch.

»Hol Eiswürfel!«, höre ich eine Stimme, danach Schritte. Nackte Füße auf feuchtem Steinboden. Hektik.

»Klara! Klara, komm zu dir!« Die Worte lösen den Fluch auf. Es ist Jonas. Er stützt meinen Kopf. Ich sehe Blut an seinen Fingerkuppen, als er nach einem Handtuch greift und es mir unter die Nase hält. »Ganz ruhig. Ich bin da.«

Mein Verstand arbeitet angestrengt, versucht zu verstehen, was passiert.

»Blut. Warum …?« Mehr kann ich nicht sagen.

»Nimm die«, höre ich Marisa.

Etwas Kaltes wird mir in den Nacken gelegt.

»Immer schön den Kopf nach vorne halten«, flüstert Jonas. Nun begreife ich, dass das Blut aus meiner Nase kommt.

»Deck sie zu.« Wieder Marisas Stimme.

Jonas' Gesicht ist nur wenige Zentimeter von meinem entfernt. Seine Nähe mäßigt meinen Herzschlag.

»Was ist passiert?« Der Geschmack in meinem Mund ist metallisch und ekelerregend. Nach jedem Wort muss ich ein Würgen unterdrücken.

Jonas reicht mir ein Glas mit Wasser, das ich gierig in meinen Rachen laufen lasse.

»Du hast geschrien und um dich geschlagen. Wahrscheinlich hast du dich vor dem Blut erschreckt. Es ist nur Nasenbluten.« Ich höre seine Worte, aber nur langsam dringt ihre Bedeutung zu mir durch. Zögerlich fasse ich an meine Nase, blicke an mir hinab. Dann nehme ich Marisa ins Visier, die vor mir kniet. Ich erkenne Falten auf ihrer Stirn. Das Bild ihrer nackten Brüste tritt vor meine Augen, doch ihr Körper ist nun bedeckt, und ihre Brüste sind kaum unter dem schwarzen Pulli zu erkennen. Ich betrachte abwechselnd Jonas und dann wieder Marisa. In ihren Gesichtern steht nichts als Sorge.

Ich versuche, die Bilder in meinem Kopf nach ihrem Wahrheitsgehalt zu sortieren. Wahr ist die beachtliche Menge Blut an mir, doch dieses Blut kommt schmerzlos aus meiner Nase gelaufen. Wahr ist, dass die Flasche Holunder-Prosecco kaputtgegangen ist, denn auf dem Boden erkenne ich eine kleine Schaufel mit zusammengekehrten Scherben.

»Brauchst du die … Scheiße, wie sagt man auf Deutsch … die ambulance?« Marisas Hand fühlt sich kalt auf meiner Schulter an. Ich zucke davor zurück. »Sie sollte den Kopf nach hinten legen.«

»Blödsinn, das sollte man auf keinen Fall bei Nasenbluten. Wie wäre es, wenn du uns allein lässt, hm?« In Jonas' Stimme vibrieren unterdrückte Wut und Ungeduld. »A francba, ez nem lehet igaz.« Ich verstehe nicht, was er sagt. Das muss ich auch nicht. Sein Tonfall ist eindeutig.

»Was ist das? Klingonisch?«

Ich sollte Marisa sagen, dass das nicht der richtige Moment für ihre Provokationen ist. Die Augen meines Mannes verengen sich zu Schlitzen, sehen aus wie zwei Sicheln, die sich in Marisas Brust schlagen wollen.

»Soll ich Hilfe rufen?«, ignoriert Marisa ihn und wendet sich stattdessen wieder an mich. »Dein Zustand ist doch nicht normal.«

In mir schreit und tobt es. Ich will Antworten einfordern, doch ich kriege die passenden Fragen nicht formuliert.

»Geh.« Nur ein Wort aus Jonas' Mund. Laut, scharf und endgültig. Die aufgeblähten Nasenlöcher lassen ihn wie einen angriffslustigen Stier aussehen.

Marisa erhebt sich. Mit aufgebäumter Körperhaltung ringt sie um Worte und versucht gleichzeitig, ihren Zorn zu unterdrücken.

Ich wende mich an Jonas. »Schon gut«, sage ich. »Marisa wollte sowieso zurück in die Stadt fahren. Bestell ihr ein Taxi und hol mir bitte was zum Anziehen.«

Dann erwidere ich Marisas argwöhnischen Blick und bringe meinen Körper in eine aufrechte Position. Wieder spielt mein Kopfkino einen Film. Eine strippende Marisa. Mein Mann, der sie lüstern betrachtet. Seine Hand im Schritt. Nein, nein, nein. Ich muss rational bleiben. Weder zog sie sich für die Augen meines Mannes aus, noch versuchte sie, mich mit einem Glassplitter aufzuschlitzen. Alles nur Einbildung.

Jonas steht auf, langsam und abwartend. Sein Blick sucht meinen und stellt die stumme Frage, ob er mich mit Marisa zurücklassen kann.

»Bring mir jetzt bitte etwas Warmes zum Anziehen«, sage ich mit Nachdruck, denn ich ertrage diese Farce nicht. Ich muss mit Marisa allein sein. Möchte die bohrenden Fragen, die nacheinander auf mich einstürmen, auf sie feuern, bis die Wahrheit aus ihr heraussickert.

Wir schauen Jonas hinterher, als er ins Haus tritt und darin verschwindet. Erst dann setzt Marisa sich hastig neben mich. Ihre Stimme ist leise, und die Worte sprudeln so schnell aus ihr heraus, dass ich sie erst entwirren muss.

»Verdammt, was war denn los? Echt spooky. Ich dachte, du krepierst.« Mit einem Wischen befördert sie das blutige Handtuch zwischen uns auf den Boden. »Ich kann kein Blut sehen, sorry«, entschuldigt sie sich dafür.

Ich deute mit dem Finger auf die kaputte Flasche. »Was ist damit passiert?«

Ein paar Sekunden denkt sie über meine Frage nach, scheint

irritiert zu sein. »Ich hab sie aus Versehen umgestoßen. Ich habe die Scherben aber bereits zusammengekehrt.«

»Was war davor?«

Marisas Augenbrauen formen sich zu wellenartigen Linien. »Davor?«, fragt sie. »Was soll gewesen sein? Ich verstehe deine Fragen nicht.«

»Sag mir einfach, was passiert ist, bevor die Flasche kaputtgegangen ist.«

Marisa starrt mich verständnislos an. »Ich bin kurz eingenickt. Ein lautes Geräusch wie von einem Mäher hat mich geweckt. Na, was weiß ich? Jedenfalls bin ich hochgefahren, und dann ist das mit der Flasche passiert. Verdammt, es war doch keine Absicht.«

Ich durchforste das Gesagte, taste alles nach Unwahrheiten ab.

Misstrauisch blicken wir einander an.

Ich erinnere mich an die Kernaussage eines Kriminalbeamten in einem meiner Bücher. Entscheidend sind beim Entlarven eines Lügners die Verhaltensänderungen, die derjenige aufweist. So kann es sein, dass jemand, der sonst ruhig spricht, Aufregung und Hektik in seiner Stimme trägt. Es kann aber auch genauso gut sein, dass jemand, der sonst schnell und laut spricht, plötzlich ruhig wird, um sich möglichst unsichtbar für sein Gegenüber zu machen. Es ist die Verhaltensänderung, die den Lügner verrät.

Ich beäuge Marisas Gesicht. Nichts.

»Was bin ich nur für ein Loser geworden«, kichert sie schließlich. »Kaum bin ich hier, reichen ein paar Tropfen von diesem Babywasser aus, um mich halb bewusstlos zu machen.«

Wir blicken beide zu Boden, wo zerbrochenes Glas die letzten Sonnenstrahlen des Tages reflektiert. Sie hat mir etwas in mein Getränk gemischt, durchfährt es mich so plötzlich, dass Hitze und ein Schwindelgefühl in mir aufwallen. Der Gedanke hallt in mir nach wie der Schrei in einer leeren Aula. Ich versuche, meinen Puls zu entschleunigen, indem ich betont ruhige Atemzüge dagegensetze. Es gelingt mir nicht.

»Du hast getanzt«, platzt es aus mir heraus. Ich habe keine Zeit für Umwege. Jonas wird jeden Moment zurückkommen. Ich muss sie fragen, bevor die beiden Gelegenheit haben, ihre Antworten abzusprechen.

Marisa rückt erstaunt ein Stück von mir ab. »Getanzt?« Sie lacht auf. »Also, das ist eine Sache, die du bei mir nie erleben wirst, egal, wie high ich bin. Singen ja, tanzen nein.« Dann wird sie wieder ernst. »Ich weiß, ich wiederhole mich, aber du solltest dich unbedingt mal durchchecken lassen.«

Wut brodelt so heftig in mir, dass sie jeden Moment aus mir herauszubrechen droht. Doch ich bin nicht wütend auf Marisa, auch nicht auf Jonas. Ich bin wütend auf mich, auf meinen Körper, auf meinen Verstand. Auf das, was ich denke, ist kein Verlass mehr.

»Du solltest jetzt gehen«, erwidere ich schärfer als beabsichtigt.

Marisa legt beide Hände auf meine Schultern. Die langen Nägel, die wie ausgefahrene rote Krallen aussehen, drängen sich gegen meine Haut. Die Geste wirkt so absurd theatralisch, dass ich mich wie in einem schlechten Bühnenstück fühle.

»Er hat dir dein Handy weggenommen. Er will mich nicht in deiner Nähe haben. Wenn du mich fragst, ist er nur noch einen Psychotrip davon entfernt, dir wie diese irre Tante in ›Misery‹ die Beine zu brechen, um dich ganz für sich zu haben.« Die Lautstärke ihrer Stimme ist zu einem Flüstern geschrumpft. Unsere Blicke wandern synchron zum Haus, wo Jonas' Silhouette hinter der Glasfront auftaucht.

»Du spinnst ja vollkommen«, zische ich sie an. »Du kennst weder die Gründe dafür, noch geht dich das alles etwas an.« Ich will nicht Marisas Komplize sein, will mich nicht von ihren Hirngespinsten einlullen lassen.

»Sei einfach vorsichtig, Klara.«

Erst als Jonas durch die Tür zu uns heraustritt, löst sich Marisas Griff um meine Schultern. Ich schüttle mich. Ich will nicht darüber nachdenken, will diese Welle des Misstrauens, die losgetreten worden ist, stoppen.

Jonas breitet Jeans und Pulli vor mir aus und säubert mir mit Kosmetiktüchern das Gesicht. Ich sinke in seine Arme, drücke mich an ihn, dass es wehtut.

Irgendwann steigt Marisa endlich ins Taxi und verschwindet. Die Zweifel bleiben.

16

Meine Träume verlaufen immer im gleichen Schema. Zuerst weitläufige Wiesen, Blütenknospen, blau schimmerndes Wasser, feenartige Wesen, das Gefühl, fliegen zu können, wenn ich mit meinen Armen wedle. Dann verschwindet alles Bunte. Schicht für Schicht legt sich Teer über meine Traumwelt. Wenn ich aufwache, spüre ich die Klauen der Dunkelheit an meinem Körper, reiße mich los und stolpere allmählich zurück in die Wirklichkeit. Nun bin ich wach, aber finde trotzdem nicht dorthin zurück.

Jonas hat mich auf das Sofa bugsiert, wo ich so regungslos liege wie die Kissen um mich herum. Er hat die Fensterfront geschlossen, das aufkommende Unwetter ausgesperrt und mir zwei Schmerztabletten gebracht, ohne die ich vor Muskelkrämpfen längst ohnmächtig wäre. Im Fernsehen läuft eine Familien-Sitcom. All das geschieht um mich herum, ganz real. Doch die Situation ist von einer Uneindeutigkeit gezeichnet, in der ich keine klare Abgrenzung zwischen Tatsache und Einbildung ziehen kann. Die Welt erscheint mir surreal und zweidimensional, mein Körper fremdgesteuert und brüchig. Der Tag verläuft im Nachhall eines Alptraumes, in den ich immer wieder rückwärts abrutsche.

Jonas ist ein Schatten, der an mir vorbeihuscht. Dumpf nehme ich wahr, wie er mit jemandem spricht. Etwas sei dringend, es gebe ein Problem. Hackerangriff. Landesregierung. Vielleicht spricht er sogar mit mir, aber ich fühle mich zu betäubt, um etwas erwidern zu können. Ich reagiere erst, als er sich neben mich setzt, mein Kissen zurechtrückt und mir einen Kuss auf die Stirn drückt.

»Was?«, lalle ich und tue so, als gälte meine gesamte Aufmerksamkeit der Fernsehserie.

»Ich sagte, dass es heute länger dauern kann, bis ich beim Kunden fertig bin. Ich weiß nicht einmal, ob ich zum Schlafen kommen werde.«

Ich nicke, kann das Gehörte nur zeitversetzt verarbeiten. Ich spüre, wie die Zeit verrinnt, wie sich die Lichtstimmung im Haus ändert. Die Episode der Sitcom endet. Im Abspann fließen Namen über den Fernseher, gehen nahtlos in das Intro einer neuen Folge über. Würde das alles nicht passieren, könnte die Zeit genauso gut angehalten worden sein. Doch die Zeit fließt. Alles nimmt seinen gewohnten Lauf. Nur ich bin es, die angehalten worden ist.

»Du solltest heute früh schlafen gehen, Schatz. Ich werde nach dem Job zu mir nach Hause fahren. Dann habe ich es nicht so weit und wecke dich nicht auf.«

Zu mir nach Hause.

Hinter dem Schleier, der mein Denken vor Klarheit abschirmt, spüre ich Enttäuschung.

Ich habe mich aufgerafft, gegessen, geduscht und meinen Abend in relativ normale Bahnen gelenkt. Jetzt ist der Moment, in dem ich normalerweise noch einmal an den Schreibtisch gehe, den Laptop aufklappe und meine Mails checke. Doch der Computer ist ebenso von Jonas entfernt worden wie mein Smartphone. Ich kann mir vorstellen, dass das auf Außenstehende seltsam wirkt, doch Jonas will nur mein Bestes. Ich bin froh, ihn an meiner Seite zu haben, nach all dem Drama, das ich in den letzten Tagen verursacht habe.

In der Spüle stehen zwei Schalen, aus denen ich zuvor Obstsalat und Vanillepudding gelöffelt habe. Babyportionen, aber immerhin. Ich quetsche Spülmittel hinein, reibe sie mit einem Schwamm aus und spüle mit klarem Wasser nach. Der Abfluss gibt gurgelnde Geräusche von sich, durchbricht damit die Stille im Haus. Ich erschrecke, lasse den Schwamm fallen. Beim Aufheben nehme ich am Rand meines Sichtfeldes eine Bewegung wahr. Eine Armada von Ameisen zieht von der Fensterfront hinüber unter den Küchenschrank. Ich ignoriere sie, habe keine Kraft, mich darum zu kümmern.

»Klara!«, rufe ich in die weitläufigen Räume, wie es früher meine Mutter getan hat.

Überall Hall und Leere. Nur der Klang meiner eigenen Stimme, nur das Auftreten meiner eigenen Schritte. Mein Déjà-vu des Alleinseins.

Es ist fast einundzwanzig Uhr. Ich mache den Kamin an, bereite mir dann einen Tee zu und spüle zwei weitere Schmerztabletten hinunter. Ich habe den halben Tag verschlafen und stelle mich auf eine wache Nacht ein, in der ich Schmerzen nicht brauchen kann. Das Telefon bewegt sich vibrierend über die Marmorplatte der Kochinsel. Es dauert einige Sekunden, bis ich das Geräusch als Anruf identifiziere und blinkende Ziffern auf dem Display erkenne.

»Hey, Schatz«, melde ich mich, denn ich weiß, dass nur Jonas als Anrufer in Frage kommt. Sonst kennt diese neue Telefonnummer niemand.

»Du klingst fröhlich.«

»Es wäre übertrieben, von Fröhlichkeit zu sprechen, aber ich arbeite daran.«

»Dann kann ich beruhigt weitermachen.«

»Du willst heute Nacht wirklich in deiner Wohnung schlafen?«

Jonas hadert. »Von Wollen ist keine Rede. Von Schlafen wahrscheinlich auch nicht. Ich werde hier bis in die Morgenstunden beschäftigt sein. Dann muss ich sofort zum nächsten Termin.«

Ich seufze.

»Das kommt nicht allzu oft vor. So gut wie nie.«

Ich reibe mit der Hand über meinen verspannten Nacken und laufe dabei zwischen Küche und Wohnzimmer hin und her. Ein Holzstück im Kamin lässt knisternd einen Funkenregen aufsteigen. Ich trete an die Glasscheibe, werde in einen warmen Luftstrom eingehüllt. Ich liebe das Flammenspiel. Wenn alles um mich herum leer ist, ist das Feuer die Oase, die meinen toten Räumen Leben einflößt.

»Ich vermisse dich.«

»Ich dich noch viel mehr.«

Wir verabschieden uns, und ich verharre an der Fensterfront, wo ich nach draußen blicke. Ich habe die gesamte Außenbeleuchtung eingeschaltet, und mein Anwesen sieht aus wie die kleine Version vom Wiener Prater. Das Licht liefert mir den Beweis dafür, dass ich mich nicht allein im Nichts befinde. Die wippenden Äste der Bäume vor den hohen Laternen haben etwas seltsam Tröstliches. »Dendrophilistin« nannte mein Vater mich einmal, weil mir die Bäume lieber waren als die Menschen. Ich musste das Wort googeln, stellte dann fest, dass meine Liebe für Bäume nicht ganz so weit ging.

Der Schatten taucht unerwartet vor mir auf. Der Schrei, den ich ausstoße, legt sich als grauer Atemnebel auf die Glasscheibe. Ich wische mit dem Ärmel darüber und erkenne Paolo auf der Terrasse. Einen Augenblick zögere ich, dann schiebe ich die Fensterfront ein Stück auf und trete nach draußen.

»Ich wollte dich nicht erschrecken.«

»Was tust du hier?«, erwidere ich barsch und blicke mich nach links und rechts um, als könnte ich dort den Grund für Paolos plötzliches Auftauchen finden.

»Lorenz hat seine Schlüssel auf dem Anwesen verlegt. Nun ist er selbst in diesem Labyrinth verschwunden. Ich dachte, er wäre vielleicht bei dir. Ich konnte euch beide telefonisch nicht erreichen.«

Ich spüre das Misstrauen, das mir ins Gesicht geschrieben steht. Paolo hebt wie zum Beweis sein Smartphone hoch. Das Display ist hell erleuchtet. Ich erkenne darauf die ersten Ziffern meiner Telefonnummer, die Jonas vorübergehend deaktiviert hat.

»Ich helfe dir beim Suchen«, entscheide ich und bin froh darüber, als wir nebeneinander durch den Garten laufen und der Fokus auf der Suche nach Lorenz liegt und nicht auf mir. Wortlos sehen wir uns nach seinem Bruder um, während unsere Schuhe schmatzende Geräusche auf dem regennassen Boden verursachen.

»Pál.« Lorenz sieht gehetzt aus. Das kalte Licht der LED-Spots an meiner Fassade lässt sein Gesicht geisterhaft erscheinen. »Wolltest du nicht im Auto warten?« Als Lorenz mich neben Paolo sieht, hält er entschuldigend einen Schlüsselbund mit mindestens einem Dutzend Schlüsseln hoch. »Ich hatte die bei dir vergessen. Gabi ist mit Freunden beim Heurigen auf der anderen Donauseite, und wir konnten nicht ins Haus. Ich wollte dich anrufen, um dir Bescheid zu sagen, dass ich noch einmal vorbeikomme, aber dein Handy –«

Ich winke ab. »Passt schon. Paolo hat es mir erzählt.«

Wir stehen da, blicken einander abwechselnd an. Eine merkwürdige Situation. Ich könnte Lorenz meine neue Nummer geben, doch ich weiß, dass ich damit die Vereinbarung mit Jonas brechen würde. Nur ein paar Tage, in denen ich mich auf mich selbst besinne, um Ruhe zu haben, um verdammt noch mal wieder ich selbst zu werden. Ein paar Tage ohne das Gefühl permanenter Verfügbarkeit.

»Wie lange wirst du bleiben, Paolo?«

»Ach, du kennst mich. Ich lege mich nicht fest. Vielleicht treibt es mich schon morgen weiter, vielleicht werfe ich meinen Anker hier. Der Yachthafen läuft auch ohne mich weiter.«

Unweigerlich denke ich daran, dass Marisa erst vor Kurzem etwas Ähnliches zu mir gesagt hat.

»Wie schön, dass du wieder im Adam-Anwesen wohnst. Und du wohnst hier nicht allein, hat Lorenz erzählt.«

»Ja, ich habe geheiratet.« Immer wenn ich diesen Satz ausspreche, spüre ich die aufsteigende Röte auf meinen Wangen.

»Einen Landsmann, wie ich gehört habe. Remélem, jól bánik veled.« Paolo nickt wissend und schwenkt seinen Blick über die Dachgiebel. »Liebe würde diesem Haus gut stehen.«

Lorenz tritt von einem Bein auf das andere und zeigt damit

unmissverständlich, dass er gehen möchte. »Komm«, zischt er und öffnet dabei kaum seinen Mund. Er sieht aus wie ein schlecht gelaunter Bauchredner.

Ungeachtet der befremdlichen Kälte zwischen uns dreien fasst Paolo nach meiner Hand und verbeugt sich zu einem Handkuss. »Es hat mich gefreut, dich wiederzusehen«, verabschiede ich mich wahrscheinlich etwas zu überschwänglich, als dass es wahr klänge.

Als hätte Lorenz nur auf diese Erlösung gewartet, wendet er sich mit einem »Bis morgen« von mir ab und geht in Richtung Tor.

Da fällt mir etwas ein.

»Warst du gestern Abend auch hier?«, rufe ich hinterher, ohne mir sicher zu sein, dass die beiden mich noch hören können. Gleichzeitig drehen sie sich zu mir um.

Ich weiß nicht, was ich mit dieser Frage bezwecke. Weiß nicht, was ich mir davon erwarte. Will ich noch immer einen Beweis dafür finden, dass jemand nachts an meinem Tor gewesen ist?

»Ich habe gestern Mittag Dienstschluss gemacht. Pál hat mich abgeholt«, erwidert Lorenz und kommt Paolo, der etwas sagen wollte, damit zuvor.

Ich erinnere mich daran, sehe Paolos winkende Hand, als sein Auto von meinem Grundstück rollte.

»Ich war abends nicht hier. Das habe ich gestern ja schon deinem Mann erzählt, als er mich mitten in der Nacht angerufen hat. Ist etwas passiert?« Auf Lorenz' Gesicht zeichnet sich Besorgnis ab.

»Nein, nein. Ich dachte nur, ich hätte … Ach, egal.« Ich senke den Blick.

Eine Erinnerung kommt wellenartig über mich. Wir sind gerade ins Haus eingezogen. Meine Mutter sucht mit dem Landschaftsgärtner die Bepflanzung aus. Ich mache die Baseballkappe meines Vaters weit oben in den Weingärten als kleinen weißen Punkt aus. Lorenz pumpt Luft in den Hinterreifen meines Rades, mit dem ich bisher nie weiter als bis zu den Grenzen unseres

Grundstückes gefahren bin. Gabi, seine Frau, ist mit dem Putzen der Fenster fertig geworden und bestaunt meine neu gemalten Bilder. Sie bietet an, mir eines abzukaufen, aber ich sage, dass ich es ihr lieber schenken möchte. Sie umarmt mich. Es fühlt sich an wie Familie.

Was ist dann passiert, dass Gabi angefangen hat, uns zu meiden? Dass sie ihr Auto auf halber Auffahrt abstellte, wenn sie ihren Mann von der Arbeit abholte? Dass ihre Kinder angriffslustig die Hände in die Hüften stemmten oder den Mittelfinger in meine Richtung erhoben, wenn sie mir begegneten?

Der Lauf der Zeit nahm bei mir selten ein glückliches Ende. Veränderungen stürzten mich häufig noch tiefer ins Unglück.

Das ist der Grund, warum ich es nicht wage, mein Schicksal in eine andere Richtung zu stupsen. Ich weiß nie, was mich dort erwartet. Mit dem Wagnis, Jonas zu heiraten, ist mein Kontingent an Mut aufgebraucht.

Ohne weitere Erklärungen eile ich zurück ins Haus, in mein Refugium. Erst als die Glasfront vollständig hinter mir geschlossen ist, atme ich auf. Die Scheinwerfer von Paolos Auto blitzen kurz auf, bevor sie langsam in der Ferne verschwinden. Es ist einer dieser Momente, in denen ich mir wünsche, eine gute Freundin zu haben. Gemeinsam Popcorn essen. Über Männer reden. Sich gegenseitig schwarze Gesichtsmasken aufpinseln. Serien zerreißen.

Ich hatte nie Zeit und Gelegenheiten, um Kontakte zu pflegen oder zu vertiefen. Vielleicht lag es aber auch an meiner eigenbrötlerischen Art und an meiner Zurückgezogenheit, dass Freundschaften stets eine kurzzeitige Angelegenheit waren. Meine Mutter bezeichnete sich gern als meine Freundin, shoppte Kleider nach, imitierte die Art, wie ich sprach, und hielt sich stets in der Nähe auf, wenn ich Besuch von Schulkolleginnen hatte. Sie war wie die kommunikativere und beliebtere Version von mir.

Paradoxerweise ist Marisa im Moment die einzige Person, die ich nun gern anrufen würde. Wie groß muss meine Verzweiflung sein, dass ich ausgerechnet sie herbeiwünsche? Ist es klug, einer Frau zu trauen, deren Mutter meinen Vater verführt hat? Spielt das überhaupt noch eine Rolle? Mein Vater ist tot und ihre Mutter ebenso. Vielleicht ist genau das der Grund, weshalb ich mich ihr näher fühle, als gut für mich ist.

Ich stehe vor meinem Fernseher, aktiviere Netflix und überlege, welchen Film ich jetzt gern sehen würde. Dann habe ich eine bessere Idee, laufe in die angrenzende Garage und schleppe zuerst den Karton mit den Farben, dann die Staffelei und eine Leinwand in die Galerie hoch. Aufgeregt betrachte ich die weiße Fläche vor mir, projiziere in Gedanken Bilder darauf. Ich sehe Wellen, die an den Strand rollen. Höre das Zischen von Schaumkronen und das Geräusch von Kieselsteinen und Muscheln, die das Wasser mit sich zieht. Das Bild eines Leuchtturmes wird vor meinen Augen lebendig. All diese Erinnerungen und Sehnsüchte beschleunigen meine Handgriffe, wollen realisiert werden. Der Pinsel taucht in die angerührte Farbe auf meiner Palette, streicht über die gespannte Leinwand. Zuerst zögerlich, dann immer sicherer. Ich spüre ein Pulsieren in meiner Brust, kann das Salz des Meeres förmlich schmecken, während ich die Landschaft zum Leben erwecke.

Ich erschaffe etwas Wunderschönes. Ein längst vergessenes Gefühl, in dem ich versinke.

Es ist fast Mitternacht, als ich vor der fertigen Malerei stehe. Ich betrachte meine Hände, die Nuancen von Blau- und Grüntönen darauf. Schon nach diesem einen Bild haben sich die Farben tief in mein Nagelbett gegraben. Es wird eine Weile dauern, bis ich sie abgewaschen kriege. Auch der Boden hat ein paar Farbspritzer abbekommen.

Im Haus ist es still. Zu still, seit das Streichen des Pinsels verstummt ist. Eine Eule ruft in die Nacht. Der Wind stimmt pfeifend in ihren Gesang ein. Über den Wipfeln der Bäume wölbt sich ein klarer Sternenhimmel. Landidylle. Postkartenstimmung.

Die Außenbeleuchtung ist um diese Zeit bereits reduziert. Das bis eben türkis glitzernde Wasser im Pool liegt schwarz vor mir. Einzelne Lichter erhellen den Garten um mich herum gerade so stark, dass ich Schatten von Fledermäusen und Ästen erkennen kann. Es war das Ansinnen meines Vaters, die Lichtverschmutzung so gering wie möglich zu halten, um die Tiere und Pflanzen nicht unnötig zu irritieren.

Ich packe Pinsel und Farben zurück in den Karton. Mit dem Fuß schiebe ich ihn an den Rand des Geländers, fühle mich hier oben vor den riesigen Fenstern auf einmal nackt und verletzlich.

Ich stehe in meinem gläsernen Käfig, in dem man mich von draußen sehen kann. Das massive Tor und die Mauern um mein Anwesen können das Gefühl, beobachtet zu werden, nicht mildern. Ich möchte das Licht dimmen, möchte mich für das Draußen unsichtbar machen.

Die Dunkelheit drängt meine Gedanken in die finstersten Ecken des Bewusstseins. *Du tickst nicht mehr ganz richtig*, spottet eine unsichtbare Stimme. Aber ich sehe, was ich sehe. Dort steht jemand. Regungslos. Düster. Verhüllt. An der Stelle, wo das Mondlicht ein Gesicht zum Vorschein bringen sollte, liegt nichts als Schwärze. Kein Mund, der sich zum Grüßen öffnet. Kein Auge, das mir zuzwinkert. Keine Hand, die sich zum Winken hebt und mir versichert, dass ich nichts zu befürchten habe.

Ich schaffe es nicht, mich aus meiner Schockstarre zu lösen, fixiere dabei die dunkle Silhouette. Wäge ab, ob mein Verstand mich austrickst, ob der Teil in mir, auf den immer Verlass gewesen ist, mich mit Trugbildern verhöhnt. Meine Finger bohren sich in die Oberschenkel, doch der Schmerz weckt mich nicht auf, reißt mich nicht aus einem üblen Traum. Adrenalin durchströmt mich, als sich die Gestalt bewegt und die Hoffnung, ich würde mich irren, zerschlägt. Sie bewegt sich seitwärts, in kleinen, fast unmerklichen Schritten. Wie ein Raubtier.

Ob die Person hinter den unförmigen Kleidern bemerkt hat, dass ich sie entdeckt habe? Und wenn ja, was wird sie tun?

Ich gestatte mir nicht mehr Bewegung als das Rollen meiner

Augäpfel. Sie wandern nach unten, tasten den Wohnbereich nach meinem Telefon ab. Es liegt auf dem Sofa.

Ich muss eine Entscheidung treffen. Nach unten rennen und danach greifen oder mich im Badezimmer einschließen und darauf hoffen, dass die Nacht bald vorüber ist? Ich entscheide mich für keine der beiden Optionen, trete stattdessen langsam zurück, den Blick weiterhin auf die Gestalt gerichtet. Meine Hand tastet zum Lichtschalter. Das Obergeschoss hüllt sich nun in Dunkelheit, aber nur so lange, bis meine Augen sich an die Veränderung gewöhnt haben und das Licht vom Untergeschoss wie ein Verräter nach oben dringt.

Ich kann sie deutlich sehen, diese Gestalt. Sie bewegt sich. Sie bewegt sich auf mein Haus zu.

Ich spüre Panik. Ich *bin* die pure Panik.

Wohin? Was tun? Ich bin hier oben gefangen, und nichts als eine Glasscheibe schützt mich.

Eine Legende kommt mir in den Sinn.

Sein Rosengärtlein nannte der Scheck,
zur Grausamkeit noch den Hohn fügend,
die Platte
und stieß die Gefangenen herzlos hinaus,
so daß ihnen nur die Wahl blieb,
entweder Hungers zu sterben
oder ihren Leiden durch einen Sprung
in die schauerliche Tiefe
ein schnelles Ende zu bereiten.

Ich stehe in meinem gläsernen Rosengärtlein. Dort unten lauert mein Schreckenwald. Ich keuche, kann meinen Körper kaum beherrschen. Dann renne ich los, schlittere die Treppe hinunter. Die scharfe Kante einer Fliese schneidet schmerzhaft in meinen Knöchel. Mein Blut zieht Schlieren auf dem Boden, wie ein erlegter Hase, der vom Jäger durch den Wald geschleift wird.

Meine Hand schlägt hysterisch auf den Lichtschalter. An.

Aus. An. Aus. An. Aus. Dann endlich kann ich meine Finger lösen. Dunkelheit.

Mein Atem geht stoßweise, als ich nach dem Telefon greife. Das Blut rauscht in meinen Ohren. Ich sollte die Polizei rufen, aber ich tue es nicht. Ich rufe Jonas an. Ich höre das Freizeichen. Einmal. Zweimal. Dreimal. Der Akku gibt ein warnendes Signal von sich, der Wählton verstummt, und die Mobilbox springt an. Verdammt. Mit dieser dummen Aktion habe ich dem Fremden dort draußen nicht nur einen erschreckenden Vorsprung verschafft, ich habe vermutlich auch meine Chance vertan, einen Hilferuf abzusetzen. Nur noch zwei Prozent Akku. Ich trommle hektisch auf das Display.

Warum fällt mir die Nummer der Polizei nicht ein? Drei Ziffern. Nur drei verdammte Ziffern, die hinter den Schwaden aus Panik unauffindbar sind. Dann fällt mein Blick auf den Notrufknopf an meinem Haussteuerungs-Tablet. Wenn ich den Knopf drücke, wird der schrille Alarm den Eindringling verjagen. So stelle ich es mir zumindest vor, denn ich musste ihn bis zum heutigen Tag noch nie betätigen.

Vorsichtig setze ich einen Fuß neben den anderen, so langsam, dass ich meine Bewegung nur daran erkenne, dass die Gestalt allmählich aus meinem Sichtfeld gleitet. Dann sprinte ich los, schlage mit der Hand auf den Knopf. Nichts passiert. Kein Ton. Keinerlei Signal, das mir baldige Rettung verspricht.

Nein, das kann nicht sein. Ich lebe in einer sicheren Gegend, an einem Ort, wo so etwas nicht passiert. Hier wollen die Menschen ihre Ruhe haben. Hier werden Brauchtümer gepflegt, Feste gefeiert. Sonnwenden, Maibaumfeste, Weinfeste, Marillenfeste. Hier können die Kinder draußen spielen. Hier gibt es keinen schwarzen Mann, keine lauernde Gefahr hinter jeder Ecke. Die größte Gefahr ist das Unwetter, die weißgraue Wolkenfront aus Nordost, die Hagel verheißt. Hier fürchtet man die Donau, dieses wilde Wesen, das Auwälder überschwemmt und ganze Kiesbänke und Strände verschiebt. Alles andere sind Legenden, Mythen, Hirngespinste.

Aber das hier passiert. Und es passiert mir.

Der Wind pfeift über das Dach, rüttelt und zerrt an den Stühlen und Liegen. Fliedersträucher neigen sich kollektiv nach rechts, nehmen mir die Sicht auf die Kapuzengestalt. Kurz schließe ich die Augen, rede mir ein, dass das nicht wirklich geschieht, wenn ich mir verbiete, daran zu glauben.

Ein Satz, dann presst sich das gesichtslose Wesen gegen meine Fensterfront, hebt die Arme, schlägt mit Fäusten dagegen. Wumm. Wumm. Wumm.

»Hau ab! Hau ab! Hau ab!«, plärre ich und weiß, dass es nichts bewirken wird. Eine Gesetzmäßigkeit von Horrorfilmen. Und ich befinde mich definitiv in einem.

17

Ich weiß nicht, wann das alles ein Ende nahm. Weiß nicht, wann ich zu brüllen aufgehört habe. Vielleicht, als die Sonne allmählich ihr rotes Licht über den Wolken ausstreute. Vielleicht, als ich peinlich berührt die Nässe zwischen meinen Beinen spürte. Vielleicht, als Renate läutete und ich ihr mit stocksteifen Gliedern das Tor öffnete.

Ich hätte die Polizei rufen sollen. Wenn nicht nachts, dann jetzt. Das Problem ist, dass zerstörtes Vertrauen nicht so leicht zu kitten ist, schon gar nicht das zerstörte Vertrauen in einen selbst.

Ich habe das Ladegerät für das iPhone gefunden, aber Jonas hat noch nicht zurückgerufen. Wut vermischt sich mit Müdigkeit und dem manischen Zwang, jeden Zentimeter nach Hinweisen auf den nächtlichen Eindringling abzusuchen. Ich taste, schaue, schnuppere. Doch da ist nichts. Keine Abdrücke auf meinen Fenstern, keine Fußspuren, kein Haar, kein Stück Stoff, das sich bei der Flucht in Ästen verfangen hat. Aufzeichnungen der Überwachungsanlage gibt es nicht. Die schrecklichen Stunden der Nacht sind nicht mehr als gedankliche Überbleibsel.

»Die Fenster ich werde nächste Mal putzen«, höre ich Renates kehlige Stimme. »Heute ich muss früher weg, muss Enkelkind von Kindergarten abholen.«

Erst nach Sekunden wird mir klar, dass meine Inspektion der Fenster wie ein unausgesprochener Arbeitsauftrag auf sie wirken muss. Doch die Sauberkeit meines Hauses ist mein geringstes Problem.

Kurz wandern meine Augen über Renate. Mit ihrer gepunkteten Kittelschürze und dem einseitigen Bild, das ich von ihr habe, ist sie der Inbegriff von Mütterlichkeit. Bilderbuchhaft und klischeehaft. Eine ältere Dame, die immer nach Kuchen riecht und im August damit beginnt, für die ganze Familie Hauben zu stricken. Als baute sich ihre Welt aus einem Gerüst des Sich-Kümmerns auf. Es ist ein bekanntes, vertrautes und tröstliches Bild. Wenigstens etwas hat Bestand.

»Ein Fenster ich kann sofort erledigen, wenn Sie wollen«, dröhnen ihre Worte durch meinen Kopf. »Soll ich jetzt Fenster putzen, Frau Adam, oder nicht?«

Ich höre sie, nehme ihre Worte wahr und wünschte, sie könnte den Caps Lock ausschalten, würde mich am besten komplett in Ruhe lassen. Ich habe nicht den Nerv, mich mit dem Dreck in meinem Haus auseinanderzusetzen. Ein Teil in mir will sie anfahren, will ihr sagen, dass sie ihr dummes Maul halten soll. Ich erschrecke, als diese Empfindung in mir aufwallt. Nein, ich bin nicht wie meine Mutter. Ich bin nicht wie diese barsche, wütende Frau, die mich zur Welt gebracht hat.

»Nein, heute nicht«, erwidere ich schließlich und schiebe ein »Danke« hinterher. Nie ist mir das Sprechen schwerer gefallen. Mir kommt ein Gedanke. »Wo haben Sie den Flakon gefunden?«

Renate blickt so verdattert, dass ich meine Frage präziser formuliere. »Das Parfumfläschchen, das in der Eingangshalle gestanden hat. ›Chanel Coco Mademoiselle‹.«

»Ich weiß nicht, was Sie meinen, Frau Adam. Vielleicht Sie zeigen mir, dann ich mich erinnere.«

Schnell renne ich in den Hauswirtschaftsraum, wo Jonas es abgestellt hat, und schwenke es vor ihrem Kopf, als ich damit zurückkomme.

»Das nicht ist von mir. Ich noch nie habe gesehen. Vielleicht Ihr Mann wollte Sie überraschen.« Jetzt funkeln ihre Augen, und ein Lächeln umspielt ihre Mundwinkel.

Ich betrachte die transparente Flasche, die fast randvoll gefüllt ist. »Ja«, erwidere ich. »Da haben Sie bestimmt recht.«

Ich schicke Renate ins Gästehaus, bitte sie, alles gründlich zu putzen, erfinde den Besuch eines Gastes, nur um sie loszuwerden. Ich möchte mit meinen Gedanken allein sein, kann nicht zulassen, dass jemand meine Konzentration stört, die Datenbank meiner Erinnerung mit neuen Informationen überschreibt.

Mühsam quäle und winde ich mich durch die Bilder in meinem Kopf, doch je mehr ich darüber nachdenke, desto abwegiger erscheinen sie mir.

Nachdem ich das Parfum tief in der Restmülltonne entsorgt habe, stehe ich da, starre nach draußen. Starre in diese fremd gewordene Landschaft, die mein Zuhause ist, sich aber nicht mehr so anfühlt. Als wäre sie entweiht worden.

Der morgendliche Dunst umschließt die Rebzeilen, legt sich feucht glänzend auf das Blattgrün. Hinter den Bergen ragt die Sonne verhalten auf. Es könnte sonnig und klar werden, aber ebenso gewittrig. Der Tag lässt sich nicht in die Karten schauen. Lorenz düngt die Olivenbäume am Tor. Aus dem Gästehaus dringt das dumpfe Brummen des Staubsaugers. Eine Katze hat sich auf mein Grundstück verirrt, reibt sich miauend an den Terrassenmöbeln. Und der Wahrheitsgehalt der letzten Nacht rückt in immer weitere Ferne.

Unbehagen befällt mich, als ich das Telefonat mit Jonas beende. Ich habe ihm nichts von den Vorkommnissen erzählt. Er klang müde und gereizt nach seiner schlaflosen Nacht. Er ist mein Ehemann, und ich sollte ihm alles anvertrauen, was mich bewegt. So haben wir uns das vor wenigen Wochen feierlich versprochen. *In guten und in schlechten Zeiten.* Aber das hier ist anders. Scham und Verlustängste lassen nicht zu, dass ich mich ihm öffne. Es gibt Dinge, die man lieber im Verborgenen hält. Der anbahnende Verlust des eigenen Verstandes gehört dazu.

Fünf Prozent aller Menschen hätten schon einmal eine Halluzination gehabt, spuckt die Suchmaschine meines Webbrowsers auf dem Handy aus. Doch ich will keiner von diesen fünf Prozent sein. Ich *bin* keiner von diesen fünf Prozent. Da war jemand. Direkt vor meinem Fenster. Und das nicht zum ersten Mal.

Ich tippe »Schlafparalyse« ein, lese Mythen vom schwarzen Mann mit Hut, von Dämonen und Nachtgespenstern.

Es muss eine rationale Erklärung geben.

Ich gieße mir ein Glas Rotwein ein, wohl wissend, dass Trinken eine schlechte Entscheidung ist. Mein leerer Magen wird sich gegen den Alkohol auflehnen. Ich nehme einen großen Schluck, spüre die satte Süße in meiner Kehle, spüle das aufkeimende Unbehagen hinunter und fülle das Glas wieder auf. Die Wände um mich herum kommen bedrohlich nahe. Ich harre aus, bis dieses Gefühl, in einem Schraubstock zu klemmen, unerträglich wird. Ich muss hier raus, muss weg.

Obwohl es meine eigenen Füße waren, die mich hinuntergetragen haben, bin ich überrascht darüber, im Dorf gelandet zu sein. Ausgerechnet dort.

Die meisten Einwohner leben schon immer hier. Ich habe aber auch viele kommen und gehen gesehen. Menschen, die ihr Leben lang ihrer neurotischen Großstadtidentität die absolute kulturelle Deutungshoheit eingeräumt hatten, dann der Instagram-Dorfromantik von weiß lasierten Gartenzäunen und Do-it-yourself-Hochbeeten verfielen und der Stadt den Rücken zuwandten. Das Dorfleben folgt seinen eigenen rustikalen Gesetzen und Regeln. Man kann sich gegen die Mentalität der Provinz wehren, aber trotz aller Gegenwehr wird sie irgendwann in das Innerste ihrer Bewohner sickern, wird sich mit ihnen verflechten wie die Bänder des Maibaumes am Dorfplatz.

Der weltweite Ruhm und der Erfolg meiner Familie sind hier eine wertlose Währung, das bekam ich stets zu spüren. Wer nicht mitmischt, der gehört nicht dazu. Wer den roten Teppich erwartet, erntet allenfalls Gelächter. Wer auf dem hohen Ross sitzt, wird dort oben allein bleiben.

Dass das Leben hier weniger schroff ist als in der Stadt, ist eine Illusion. Es ist die Zartheit der Trockenwiesen und der Marillenblüten, die sich wie ein Filter über alles Raue legt und die harten Kanten verblendet. Niemand weiß das besser als ich. Ich war der Sonderling. War selbst nach einem Jahrzehnt die Neue, die Zugereiste, was formal betrachtet lachhaft war. Meine Familie wurzelt ebenso tief an diesem Ort wie die meisten anderen Familien. Meine Großeltern wurden hier geboren, wuchsen hier auf und starben hier. Die Zugereiste war, wenn überhaupt, meine Mutter. Die Wienerin. Die G'scherte. Die, die die Vokale in die Länge zog und ihre Urbanität übertrieben zur Schau stellte, indem sie von ihrer alten Heimat in Spitznamen schwadronierte. Der Steffl. Die Mahü. Dazu die triefende Arroganz bei ihren Auftritten bei Feuerwehrfesten, Schulveranstaltungen und Christmetten. Trotzdem war sie Nadja Adam. Und ich war Carrie White, gepeinigt vom immer wiederkehrenden Alptraum, dass man mich eines Tages am Marktplatz mit Blut übergießen würde.

Die alte Frau schießt so unvermittelt aus dem Vorsprung ihres Hauses, dass ich mich frage, wie man sich in ihrem Alter und mit ihrer Leibesfülle derart rasch bewegen kann. Ein graues Augenpaar, das in den Jahren wie alles andere an ihr seine Farbe verloren hat, durchdringt mich. Ich habe einmal gewusst, wie sie heißt, durchkämme meine Erinnerungen nach ihrem Namen.

Ich bin dazu in der Lage, all die Geschichten zu den spätmittelalterlichen Tormauern, den Renaissanceschornsteinen, den barocken Gaupen und der spätromanischen Basilika abzurufen, aber ihr Name ist mir abhandengekommen. Man wird mir unterstellen, dass ich mich nicht für die Menschen in meiner Umgebung interessiere, aber so ist es nicht. Das ist schlichtweg falsch. Ich beobachte sie, studiere ihre Bewegungen, ihre Mimik. Ich erinnere mich an Details, die andere überhaupt nicht wahrnehmen.

Ich weiß, dass diese namenlose Frau mit dem geblümten Kopftuch, die nach Brotteig und alten Gemäuern riecht, bei der Jahrtausendwende die lauteste Stimme der hiesigen Weltuntergangsphantasten war. Ich habe die Szene vor Augen, als sie vor noch längerer Zeit ihren Sohn am Ohr vom Laternenfest wegzog, weil er heißes Wachs auf die Hand eines Mädchens tropfen ließ, bis es in Tränen ausbrach.

»Entschuldigen Sie«, stammle ich und zucke zurück, als meine

Hand versehentlich ihren üppigen, weichen Busen streift. Bei dem immanenten Gefühl von Schuld, das ich in mir trage, wäre mir beinahe entgangen, dass sie diejenige ist, die mir unangenehm nahe kommt. Nicht umgekehrt.

Erneut weiche ich zurück. Erneut ist sie diejenige, die meinem Schritt folgt, als wären wir durch Schnüre miteinander verknüpft.

Die Situation ist irritierend.

Ihre Stimme klingt so knittrig, wie ihr Gesicht aussieht. Sie murmelt die Worte wie einen unheilvollen Zauberspruch vor sich hin. Ich meine, den Namen meiner Mutter herauszuhören.

»Nadja«, krächzt sie nun deutlicher.

»Sie verwechseln mich. Ich bin Klara, Nadjas Tochter.«

Ihr Zeigefinger richtet sich wie eine runzelige Waffe auf mich.

»Schmähtandlerin. Du bist die Adam. Du bist die tote Adam. Nadja. Nadja.«

»Aber ich …«

Mein Brustkorb wird eingequetscht, als sie mich gegen die Fassade ihres Hauses drängt. Der Impuls, ihr meine Faust in den Bauch zu rammen, ist immens, aber sie ist eine Greisin. Stoße ich sie weg, wird das alte Biest auf das Pflaster knallen und sich jeden Knochen brechen. Dann würde mein Alptraum Realität werden. Man würde mich am Marktplatz lynchen wie einst die Hexen im Mittelalter.

»Nadja. Nadja. Nadja.« Ihr Krächzen geht in einen Singsang über. Einfältig, aber furchteinflößend. »Nadja. Nadja. Nadja.«

Die Arme vor dem Kopf, um mich vor ihren Speichelfäden zu schützen, ziehe ich das Knie zum ersten Tritt an. Alte Frau hin oder her. So was lasse ich nicht mit mir machen.

Der Schrei, der folgt, klingt wie von einem angefahrenen Tier. Aber nicht sie ist es, die schreit. Dieser bestialische Laut entfährt meiner eigenen Brust, zeitgleich mit der Atemluft, die ich ausstoße, als sie von mir ablässt.

»Gerti! Ja sag mal, spinnst?«

Ich brauche ein paar Sekunden, um mich zu fangen. Dann

treffen mich zwei Erkenntnisse auf einen Schlag. Die Alte heißt Gertrude Denk. Die Hand, die sie von mir weggerissen hat, gehört Gabi Almássy.

Fast drei Jahre habe ich sie nicht gesehen. Das ist eine beachtliche Zeit, wenn man bedenkt, wie klein der Radius ist, in dem wir uns gemeinsam bewegen. Sie ist eine der Frauen, die im Alter noch schöner werden. Das wilde, lockige Haar umschmeichelt ihr Gesicht, in dem man nur jene Falten findet, die auf Lachen und auf die eine oder andere durchzechte Nacht zurückzuführen sind.

»Geh hinein!«, mahnt Gabi. Die Alte macht mit gesenktem Kopf kehrt und verschwindet im Haus. »Hat sie dir wehgetan, Klara?«

»Nein, alles gut.«

Betretenes Schweigen.

»Gertrude ist dement. Ich betreue sie stundenweise, wenn ihr Sohn und die Schwiegertochter in der Arbeit sind. Es tut mir sehr leid. Man kann sie keine Sekunde aus den Augen lassen.«

»Es ist nichts passiert, abgesehen davon, dass sie offenbar der Meinung ist, ich würde Nadja ähnlich sehen.«

Gabi zögert, kann nicht abschätzen, ob es angemessen ist zu lachen. Sie tritt abwechselnd von einem Bein auf das andere. Die Choreografie des Schamgefühls, wenn es nichts gibt, was man einander zu sagen hat, und sich das Schweigen dennoch falsch anfühlt. Eine Übersprunghandlung. Fight or flight.

»Bald ist Sonnwenden. Es wäre schön, wenn du und dein Mann mit dabei sein könntet. Alle sind ganz neugierig auf ihn – und auch auf dich. Du hast dich schon lange nicht mehr blicken lassen.«

Ich spüre die Unaufrichtigkeit in ihren Worten, weiß aber, dass sie es keinesfalls böse meint.

»Klara«, sagt sie schließlich. »Es sind unangenehme Dinge zwischen deiner Mutter und mir passiert, aber ...«

Auf diesen Moment habe ich lange gehofft. Auf das Happy End mit dem Menschen, der mir einmal so bedeutsam gewesen war. Einer, der zwar nicht gestorben ist, aber dennoch eines Tages nicht mehr existent war.

Gabi macht einen Schritt auf mich zu. Ich weiß, dass sie mich jeden Augenblick umarmen wird, sehne ihre Mütterlichkeit herbei. Ein Händeklatschen. Nein, es ist etwas anders.

Ein Wasserschwall überschüttet mich. Eine kalte, stinkende Suppe, die auf meinen Scheitel klatscht und an mir nach unten rinnt.

»Gertrude!« Gabis Stimme überschlägt sich. Sie hat ein paar Spritzer abbekommen und wischt sie angewidert mit dem Ärmel aus ihrem Gesicht.

Ich fahre herum, entdecke im Obergeschoss des Hauses das hämisch grinsende Gesicht der Alten. Auf dem Fensterbrett eine Gießkanne. »Nadja. Nadja. Nadja«, fängt sie wieder an zu singen.

Ehe sie den nächsten Chorus anstimmt, renne ich weg. Zurück in mein Haus, das ich nie hätte verlassen sollen.

Das Klopfen an meiner Haustür ist so zaghaft, dass ich zunächst glaube, mich verhört zu haben. Als Marisa vor mir steht, falle ich ihr um den Hals. Eine Umarmung, die für Jonas vorgesehen war, aber nun ist es Marisa, an der ich mich festhalte.

Wir setzen uns in die Pergola inmitten des Rosengartens, und ich umklammere einen Apfel, von dem ich nicht vorhabe, ihn zu essen. Vermutlich bliebe er nicht lange in meinem Magen.

Nur entfernt dringen Marisas Worte zu mir durch. Lorenz habe sie hereingelassen. Es habe einen Rohrbruch in meiner Wohnung gegeben. Sie habe nun kein fließendes Wasser und müsse sich nach einem Hotelzimmer umsehen. Ob sie bei mir duschen und sich frisch machen dürfe. Ich nicke zu allem, was sie sagt, bis ich allmählich klarer werde, ins Hier und Jetzt zurückfinde. Heimlich schlucke ich eine Schmerztablette, bin auf einen anderen Wirkstoff umgestiegen, an den mein Körper noch nicht gewöhnt ist. Die Wirkung setzt prompt ein, mildert die Krämpfe in meinen Muskeln.

Ich raffe mich auf, und wir spazieren über mein Anwesen. Vorbei am Pool, vorbei am Gästehaus, seiner großzügig überdachten Terrasse und an der Sauna, die ich nie benutze. Ich sauge die saubere Luft des Morgens ein und erfreue mich an der Süße der Zitronenbäume, die die ersten Blüten tragen.

Mein Anwesen ist von einer derartigen Schönheit, dass es mir selbst nach vielen Jahren die Sprache verschlägt, wenn die Spuren des Winters verschwunden sind und sich die Natur von ihrer prächtigsten Seite zeigt. In Augenblicken wie diesen zucken meine Finger. Wollen festhalten, was keine Fotografie festhalten kann. Wollen Pinsel in Farbe tauchen, meine eigene Interpretation auf einer Leinwand verewigen.

»Das hat schon was«, muss selbst Marisa zugeben. Sie bückt sich, zupft ein Lavendelblatt ab, zerreibt es zwischen ihren Fingern und atmet den Duft tief ein. Hier draußen wirkt sie seltsam deplatziert in ihren ausgefransten Jeans-Shorts und den weißen Turnschuhen mit den dicken Gummisohlen. Doch vor allem wirkt sie klein, fast mickrig. So wie ich auch. Alles um uns ist zu überdimensioniert, zu opulent für zwei Frauen wie uns.

Ich hake mich bei ihr unter, und wir wandern hinauf bis zur obersten Anhöhe. Hier lodert das Leben satt und vielfältig. Die Landschaft im wechselnden Farbenkleid, als Refugium für Smaragdeidechsen und Gottesanbeterinnen.

Ich fühle mich nur vollständig, wenn ich eins mit der Natur bin, bin nur ich, wenn ich hier draußen sein kann. Weg von den Menschen, weg von den Geschäften, weg von den Oberflächlichkeiten, die mich umzingeln. Die Welt ist ein Wunderwerk. Schön, wild und unbeherrschbar, trotz ihrer Gesetze, die wir in der Schule lernen. Und wenn ich hier oben stehe, bin ich ein Teil davon.

Anstatt es uns in der komfortablen, mit Clematis berankten Laube gemütlich zu machen, setzen wir uns unter einen Pfirsichbaum. Die Adern der Blätter schimmern golden. Sonnenlicht strömt durch ihre Fasern. »Komorebi« nennt man das zauberhafte Zusammenspiel von Licht und Blättern im Japanischen.

Komorebi – wie das kleine Tattoo auf meiner linken Hüfte, das nur Jonas kennt.

Ich lehne mich an den Baumstamm und richte mein Gesicht zum Himmel. Schatten formen sich hinter meinen geschlossenen Lidern zu tanzenden Mandalas. Ich spüre eine angenehme Erschöpfung.

»Hallo!«, gellt Marisas Stimme über das Grundstück. »Das ist ja der Wahnsinn. In London würde man hier mindestens zehn Wohnblöcke bauen.«

Ich setze mich auf und versuche, mein Zuhause mit ihren Augen zu sehen. »Ja, es ist riesig«, sage ich etwas beschämt. Ich weiß, dass Marisa in komplett anderen Verhältnissen lebt, aber in ihren Augen liegt kein Funke Neid, nur Freude.

»Das war früher meine Laufstrecke«, erzähle ich ihr. »Damals, als ich jünger und sportlicher war.« Ich lache bitter.

»Ach komm, du tust so, als wärst du siebzig. Du bist doch im besten Alter. Ich habe neulich gelesen, dass man ab Mitte dreißig die höchste Orgasmusgarantie hat, aber mit einem Mann wie Jonas dürfte das sowieso kein Problem sein.« Marisa kichert.

Ich weiß, dass ich es als Kompliment annehmen könnte, aber der Gedanke, dass sie sich meinen Mann beim Sex vorstellt, macht mich innerlich rasend. Warum muss sie nur immer wieder in meinen empfindlichsten Stellen herumgraben.

»Ich kann mich nicht beschweren«, erwidere ich trotzdem. Ich muss es tun, denn Marisa ist die Sorte Mensch, die es liebt, herauszufordern. Sie versteht es, die Schamgrenze anderer zu lokalisieren und sie fortlaufend zu übertreten. Indem ich möglichst gelassen reagiere, verliert sie vielleicht ihr Interesse daran, mich bloßzustellen. »Wie steht es um dein Liebesleben?«

Marisa balanciert eine Löwenzahnblüte auf ihrem Handrücken, schnippt sie mit Daumen und Zeigefinger weg. »Ich bin die Londoner Kerle leid. Ich bin keine Partybitch mehr. Kein Mädchen für eine Nacht, das morgens durchgevögelt, verkatert und verkokst in einer heruntergekommenen Bude aufwachen will.« Ihr Blick gleitet über den Horizont und schließlich zu mir. »Ich habe mich über deine Blitzhochzeit lustig gemacht, aber im Grunde wäre ich ganz gern an deiner Stelle.«

Ich bin überrumpelt von ihrer Offenheit. »Noch vor ein paar Monaten hätte ich es auch nicht für möglich gehalten, den Mann fürs Leben zu finden. Du hast alles vor dir, und dein Mr. Right kommt schon noch.« Ich klinge wie die Kolumnistin einer Frauenzeitschrift.

»Nein«, erwidert Marisa, »Frauen wie du treffen Mr. Right. Du hast Klasse, hast all das hier. Ich hab nur Titten, und die sind nicht einmal gut operiert.«

»Du hast viel mehr zu bieten als deinen Körper, und ich habe mehr zu bieten als ein Weinimperium. Jonas wusste zu Beginn nicht, wer ich war. Ich weiß, dass er *mich* liebt, nicht meinen Besitz.«

Ich klinge selbstbewusster, als ich mich fühle, spreche die Worte so selbstverständlich aus, als empfände ich sie auch so. Aber das tue ich nicht. Vielmehr ist es so, dass sich mir jedes Mal, wenn Jonas seine Liebe beteuert, die Frage aufdrängt, ob ein Mann wie er eine Frau wie mich tatsächlich lieben kann.

Ich verfüge nicht über die Art Humor, über die andere lachen können, bin nicht gesellig und habe Hemmungen, offen über Sex und Gefühle zu sprechen. Insgesamt kein sehr interessantes Gesamtpaket Frau. Anders als Marisa mit ihrer Jugendlichkeit und der Fähigkeit, andere in ihren Bann zu ziehen. Zudem besitzt sie die Art von Schönheit, die man neidlos anerkennen muss.

»Komm«, sage ich und stehe auf. »Holen wir uns einen Marillensaft.«

Der Weg zurück zum Haus ist noch anstrengender als befürchtet. Die beiden Gläser Wein in Kombination mit der Tablette rächen sich mit Übelkeit. Zudem fließt ein großer Teil meiner Energie in die Bemühung, einen vitalen Eindruck zu erwecken.

Renate ist noch immer mit den Reinigungsarbeiten im Gästehaus zugange. Aus einem der Schlafzimmer tönt ihre Stimme bei einem Selbstgespräch. Marisa und ich lachen auf.

Dann überkommt mich ein Gedanke. Ich halte meine Schwester am Ärmel ihres Shirts fest.

»Bleib hier«, sage ich und hoffe inständig, dass ich es hinterher nicht bereuen werde. »Du kannst im Gästehaus wohnen, bis der Wasserschaden in meiner Wohnung behoben ist.«

Marisa hat das Auto unseres Vaters genommen, um ihre Sachen aus der Wohnung zu holen. Ich bin froh, als sie anderthalb Stunden später zurückkommt und den Audi unbeschadet in der Garage abstellt. Mutter würde toben, wenn sie das noch erleben könnte.

»Das wird richtig cool, Schwesterherz«, trällert sie, als sie ihr Gepäck, das aus einer Reisetasche, einem Sack mit Schuhen und zwei Einkaufstüten besteht, ins Gästehaus schleppt.

Das minimalistische Haus mit Flachdach war früher der Rückzugsort meines Vaters, wenn er Ruhe vor der Arbeit oder vor meiner Mutter brauchte.

»Sieht gar nicht so renovierungsbedürftig aus«, stellt Marisa fest und erinnert mich damit an die Lüge, die ich ihr am Tag ihrer Ankunft erzählt habe. Sie stellt ihre Schuhe im Vorzimmer ab und tapst geräuschvoll mit nackten Füßen über die Fliesen.

Das Gästehaus liegt schräg gegenüber vom Haupthaus und sieht wie die kleinere Version davon aus. Von unserem Schlafzimmerfenster aus werde ich Marisa im Auge behalten, beschließe ich in dem Moment, als sie sich auf das weiße Sofa sinken lässt und ihre Beine auf den Couchtisch legt. Ihr Blick fällt im selben Augenblick auf unser Schlafzimmerfenster. Ob sie sich bereits die Frage gestellt hat, wie gut sie uns beobachten kann? Es wäre ihr zuzutrauen. Soll sie doch. Ich werde sie sehen lassen, wie gut es zwischen Jonas und mir läuft. Wie unnötig der Versuch wäre, einen Keil zwischen mich und meinen Ehemann zu treiben. Wie aussichtslos ihre Flirts mit ihm sind. Aber zurzeit ist das alles nebensächlich. Ich werde nicht allein auf meinem Anwesen sein, wenn Jonas unterwegs ist, denn im Moment komme ich mit dem Alleinsein am allerwenigsten zurecht.

»Besuche nur nach Absprache mit mir«, mahne ich. Dieser Punkt ist ein weiterer auf der Liste mit Regeln, die ich in der letzten halben Stunde für Marisa aufgestellt habe. »Oben gibt es zwei Schlafzimmer. Du kannst dir eines davon aussuchen. Wenn du Probleme mit der Steuerung der Klimaanlage hast, schicke ich Lorenz bei dir vorbei. Der kennt sich am besten damit aus.« Ich sehe mich um, überlege, ob es noch etwas Wichtiges zu sagen gibt, ehe ich Marisa hier allein lasse.

»Mach dir keine Sorgen. Ich werde eure Zweisamkeit schon nicht stören«, beteuert Marisa, als könnte sie meine Gedanken lesen. »Ich werde mich zurückziehen und die Zeit genießen. Tagsüber, wenn du allein bist, werde ich dich ein wenig bei Laune halten.«

Ihre Worte und die Vorstellung, dass es tatsächlich so sein könnte, tun gut.

Marisa läuft in die Küche, öffnet den Kühlschrank und verstaut die mitgebrachten Lebensmittel darin. Ich bin überrascht, wie organisiert sie wirkt, aber auch unsicher, was ich davon halten soll. Allem Anschein nach fühlt sie sich bereits wie zu Hause.

»Lasst mich heute für euch kochen. Ich möchte dich und Jonas gern zum Abendessen einladen. Als Dankeschön für eure Gastfreundschaft.« Sie spricht mit mädchenhafter Stimme, aber ihre Einladung ist eine Ansage, die keinen Widerspruch zulässt.

Ich nicke und füge ein leises »Gern« hinzu.

18

Lorenz und Jonas können einander nicht ausstehen. Die Informationskette zwischen den beiden funktioniert dennoch einwandfrei.

»Du hast Marisa bei uns einziehen lassen?« Mit diesen Worten stürmt Jonas am späten Nachmittag zu mir in die Bibliothek. Ich lege mein Buch nieder und blicke vom Lesesessel zu ihm auf.

»Ich weiß, das Haus, das Grundstück – all das gehört dir. Das werde ich nie vergessen – wie könnte ich auch? –, aber habe ich nicht trotzdem das Recht, vorab über so eine Entscheidung informiert zu werden?« Er schüttelt verständnislos den Kopf. Seine Wangen sind knallrot. Zwischen seinen Augen haben sich zwei Falten gebildet, die ich bisher nur selten an ihm gesehen habe. Ich verstehe seinen Unmut, aber ich habe nicht damit gerechnet, dass er derart heftig ausfallen würde.

»In meiner Wohnung gab es einen Rohrbruch«, rechtfertige ich mich zu meinem eigenen Missfallen.

»Wer sagt das?«, fragt Jonas zweifelnd.

»Marisa natürlich. Ich hätte bereits mit dem Hausmeister telefoniert, wenn mir mein Telefon nicht abgenommen worden wäre.« Mit diesen Worten schiebe ich Jonas' iPhone abwertend über die Lehne des Lesesessels. Mit einem Knall landet es auf dem Boden. Schnell hebe ich es auf, schäme mich für meinen Kontrollverlust.

»Du hättest diese Entscheidung nicht allein treffen sollen, denn sie betrifft uns beide. Du weißt, dass ich bei Marisa kein gutes Gefühl habe. Sie führt sich jetzt schon so auf, als wäre das Haus ihres. Hast du die laute Musik aus dem Gästehaus gehört?«

»Ja, und weißt du, wie froh ich darüber bin, mir nicht wie der einzig übrig gebliebene Mensch auf der Welt vorzukommen?«

»Ich will nur das Beste für dich, Klara.« Seine Stimme klingt jetzt sanfter, und es schwingt etwas mit, in dem ich Enttäuschung vermute.

Ich lege mein Buch weg und stehe auf. Zögerlich gehe ich auf Jonas zu, schlinge meinen Arm um seine Taille. »Es ist ja nicht so, dass Marisa dauerhaft bei uns einziehen wird. Sie wird ein paar Tage im Gästehaus wohnen, bis der Rohrbruch repariert ist und sie wieder fließend Wasser hat. Ich denke, dass ihr schon vorher die Lust am Landleben vergehen wird. Mir gefällt das alles auch nicht, aber plötzlich stand sie mit ihrem Kram da und hat mich komplett überrumpelt.« Die Lüge lässt mich nervös blinzeln.

Warum schaffe ich es nicht, ehrlich zu sein, zu meinen Gefühlen zu stehen? Ja, ich bin es leid, immer allein zu sein. Ja, ich bin es leid, in meiner Einsamkeit zwanghaft darüber zu grübeln, warum mir diese Merkwürdigkeiten widerfahren. Und ja, es ist mir lieber, Marisa um mich zu haben, als in diesem Jammer aus körperlichem und psychischem Verfall auf mich allein gestellt zu sein, nur weil mein Mann seinen Job über unsere Ehe setzt.

Jonas steht steif vor mir, den Blick von mir abgewandt. Seine Größe von fast einem Meter neunzig war mir nie bewusster als in diesem Moment. Und da sind sie wieder, diese kleinen Risse zwischen uns, die vorher nicht da gewesen sind. Man muss ganz genau hinsehen, ruhig hineinfühlen, um sie wahrzunehmen.

Jonas nickt widerwillig. »Ich bin im Bad«, sagt er und windet sich aus meinen Armen, die sich so danach sehnen, ihn festzuhalten. Die sich danach sehen, überhaupt jemanden festzuhalten.

»Ach ja, sie hat uns zum Abendessen eingeladen«, rufe ich ihm hinterher, während er resigniert über den Flur schlurft.

Meine Worte lassen ihn innehalten. Einen Moment macht es den Anschein, als drehte er sich zu mir um. Dann verschwindet er im Badezimmer, und ich höre, wie er hinter sich absperrt.

Ich stehe im Ankleidezimmer und fahre mit den Fingerspitzen über meine Garderobe. Blusen, Kleider, Hosenanzüge. Vieles davon ungetragen. An die meisten Stücke kann ich mich nicht einmal erinnern. Ich entscheide mich für zarte schwarze Stilettos und ein knappes Kleid aus champagnerfarbener Seide mit Wasserfallausschnitt am Rücken. Das Preisschild baumelt noch am Saum. Ich löse es vorsichtig mit einer Nagelschere ab, will den Stoff nicht beschädigen.

Das Outfit lässt mich dünner aussehen, als ich bin. Ich betrachte mich von allen Seiten, kontrolliere meine Beine auf unliebsame Härchen und Dellen.

Der sorgfältig aufgetragene Eyeliner zaubert mir große, mädchenhafte Augen. Nur der Concealer hat sich verräterisch in den Fältchen darunter abgesetzt und offenbart mein wahres Alter. Mit vorsichtigen Handbewegungen wische ich ihn ab. Wie ähnlich ich meiner Mutter bin, wenn ich Make-up trage. Es war ihre Leidenschaft, sich zurechtzumachen. Selbst als ich erwachsen war, habe ich mit Erstaunen beobachtet, wie präzise sich meine Mutter schminkte. Wie ein Architekt, der am optimalen Grundriss feilte. Was für mich perfekt aussah, wischte sie oft mehrmals hintereinander wieder ab. Der Eyeliner war nicht symmetrisch, die Foundation nicht gut genug in die Haut eingearbeitet, die Mascara zu klumpig, der Lidschatten schlecht verblendet. Dieses Prozedere fand an jedem Tag ihres Lebens statt, war zu ihrer fixen Hülle geworden. Eine Nadja Adam ohne perfektes Cover-Make-up gab es für niemanden zu sehen, außer für mich, wenn sie versuchte, mich in ihre hohe Kunst des Schminkens einzuführen.

Ich trage roten Lippenstift auf und fühle mich dabei, als würde ich mich für den Krieg bemalen. Für einen Krieg, in dem ich um meinen Status als souveräne Gastgeberin, als sexy Ehefrau und als gönnerhafte Halbschwester kämpfen muss. An allen Fronten muss ich gerüstet sein, wenn ich Jonas und Marisa davon überzeugen will, die Situation unter Kontrolle zu haben.

Jonas blickt überrascht auf, als ich mit schwingenden Hüften den letzten Treppenabsatz hinunterstöckle. Die schmalen Absätze meiner Stilettos klappern über den Boden und versetzen mich in die Zeit zurück, als dieses Geräusch hier täglich zu hören war, weil auch hohe Absätze zur Hülle meiner Mutter gehörten. Eine Frau ohne High Heels war in den Augen meiner Mutter gar keine richtige Frau. Eine Frau, die auf hohen Schuhen nicht laufen konnte, hatte verloren.

»Du siehst gut aus«, sagt Jonas, doch seine Stimme ist kühl und sein Blick hat mich nur für wenige Sekunden gestreift.

Jonas ist ebenso schick gekleidet, mit schwarzen Leinenhosen, das helle Hemd leger in den Hosenbund gesteckt. Die Haare fallen nass in sein Gesicht und haben kleine Ränder am Kragen hinterlassen. Als ich mich an ihn schmiege, rieche ich Chlor und Sonne. Seine kühle Haut lässt darauf schließen, dass er eben schwimmen war. Ich drücke meine Nase an seine Halsgrube, atme seinen Duft ein. In meinen hochhackigen Schuhen muss ich mich nicht auf die Zehenspitzen stellen, um ihn küssen zu können. Ich lege meine Lippen auf seine, und er erwidert den Kuss. Seine Zunge schickt heiße Wellen des Verlangens durch meinen Unterleib. Nie habe ich mich meiner Lust mehr hingeben können als mit ihm. Warum muss ich mir selbst im Weg stehen? Ich habe Grund, glücklich zu sein. Jeden Grund.

»Baby, das heben wir uns für später auf.« Seine Worte klingen wie ein Trost, nicht wie ein Versprechen. »Du weißt, dass ich das nur für dich tue?«, fragt Jonas und hält mein Kinn zwischen Daumen und Zeigefinger fest. Er erforscht mein Gesicht. Fragend, anklagend, herausfordernd.

Ich nicke stumm, halte seinem Blick stand und wünschte, er hätte es sich anders überlegt. Wünschte, wir blieben hier. Ich brauche seine Nähe, seine Wärme, den Duft seiner Haut.

»Auch dafür liebe ich dich«, versichere ich Jonas.

Sein Griff lockert sich langsam. »Vielleicht liege ich falsch, was Marisa betrifft. Finden wir es heraus.«

Jonas holt zwei Flaschen Wein aus unserer Vinothek, dann wendet er sich zum Gehen.

Beim Verlassen des Hauses fällt mir auf, wie er sich selbst im Spiegel der Eingangshalle betrachtet. Noch etwas fällt mir auf.

»Chanel Coco Mademoiselle« steht auf dem silbernen Tablett auf der Kommode. So als wäre es niemals weg gewesen.

Meine Halbschwester hat sich sichtbar Mühe gegeben, das Gästehaus erstrahlen zu lassen. Kerzen, Flieder und Rosen hauchen dem Haus Leben ein, und aus der Küche duftet es herrlich. Nach einer kurzen Begrüßung flitzt sie sofort zurück an den Herd.

Sie sieht phantastisch aus in ihren engen, löchrigen Jeans und dem Bandshirt, das ihr über die rechte Schulter rutscht. Sie trägt weder Make-up noch Schuhe. Ich staune über ihre makellose Haut, die hinter all den Schichten Schminke, die sie sonst im Gesicht hat, bisher nicht zu erahnen war.

Am Tisch erwarten uns Brotkonfekt und ein kleines Salatbüfett.

»Du siehst großartig aus, Klara!«, ruft sie mir zu und zeigt damit erneut eine Seite, die ich bisher nicht von ihr kannte. Wohlerzogen, höflich und damenhaft. Wem will sie damit imponieren? Mir oder meinem Mann?

»Danke«, murmle ich knapp. Plötzlich fühle ich mich nicht mehr sexy, sondern overdressed. Wie ein zu früh aufgestellter Weihnachtsbaum. Irgendwie peinlich mit all dem Glitzer, auf den Marisa demonstrativ verzichtet.

Jonas hat am Esstisch Platz genommen und öffnet die Flaschen Wein, die er mitgebracht hat. Unbemerkt streife ich meine Stilettos von den Füßen und nehme Marisa die Gläser ab, die sie unbeholfen zum Tisch jongliert.

»Ich trinke schon mal einen Schluck, wenn es den Damen nichts ausmacht.« Jonas füllt sein Glas und prostet sich selbst zu. Er scheint nicht begeistert darüber zu sein, dass wir hier sind. Seine fehlende Sympathie für Marisa mindert das Konkurrenzdenken ein wenig und lässt mich entspannen.

In der Küche herrscht Chaos. Töpfe, Schneidebretter und Verpackungsmüll verteilen sich auf allen Arbeitsflächen. Ein Haufen Mehl bildet eine weiße Düne auf dem Boden. Ich wäre fast hineingetreten. Natürlich kommentiere ich das Durcheinander nicht, denn was sie in der kurzen Zeit gezaubert hat, ist unglaublich.

»Das sieht alles so lecker aus. Ganz phantastisch«, verfalle ich in Lobeshymnen, während ich in Schüsseln und Kochtöpfe spähe. »Mom war eine passionierte Köchin. Ich hab das von ihr gelernt. Bestimmt hast du gedacht, ich lasse etwas vom Pizzadienst liefern, right?« Marisa zwinkert kokett.

Ich muss zugeben, dass sie richtigliegt.

Mit einer Handbewegung jagt sie mich aus der Küche und bedeutet mir, mich hinzusetzen. »Ich habe alles im Griff«, flötet sie.

Das hat sie tatsächlich. Avocadoterrine, gefüllte Lauchröllchen, Minz-Lavendel-Pannacotta und elegant drapierte Käsespezialitäten für den letzten Gang. Ich versuche, von allem ein wenig zu probieren, denn nach wie vor mangelt es mir an Appetit.

Im Gegensatz zu Jonas, der sich eine Portion nach der anderen auf den Teller lädt. »Unfassbar lecker«, lobt er, während sich Marisa Wein von ihm nachgießen lässt. Sie prosten einander zu, und wieder spüre ich Eifersucht in mir aufwallen.

Zum Glück verstehe ich es wie kein anderer, meine Gefühle mit einem souveränen Lächeln zu kaschieren, und lasse mir ebenfalls Wein nachfüllen, obwohl mir nicht danach ist. Bevor ich einen Schluck nehme, fasse ich unbemerkt in meine Handtasche. Die Schmerztabletten stecken im Seitenfach, genau dort, wo ich sie erhofft habe, denn ich werde eine davon brauchen, vielleicht sogar zwei.

»Danke«, kichert Marisa. Sie errötet. »Es ist das Mindeste, was ich euch zurückgeben kann.«

Wie wandlungsfähig sie ist. Eine Fähigkeit, die sie von unserem Vater zu haben scheint. In der einen Minute imponierte er als Geschäftsmann, in der nächsten fläzte er sich mit Männern aus dem Dorf vor dem Fernseher, empörte sich über ein Fußballspiel und war der, den man sich als besten Freund wünschte. Für jemanden wie mich, bei dem der Sozialisierungsprozess schon in

Kindheitstagen ins Stocken geriet, eine Gabe, um die ich andere nur beneiden kann.

Nach dem dritten Glas Wein ist Jonas sichtlich entspannt und harmonisch gestimmt. Das Hemd ein paar Knöpfe geöffnet, der Blick schon etwas glasig, bewegt er sich durch das Esszimmer. Vor dem alten Plattenspieler hält er inne. Im nächsten Moment liegt der Tonarm auf einer LP, und die Musik setzt mit einem Knistern ein. Ich erkenne das Lied sofort. Ein kantiger Gegenstand verkeilt sich in meiner Kehle.

Ich habe die liebsten Langspielplatten meines Vaters weggegeben, habe jede einzelne in eine Kiste gesteckt und dabei zugesehen, wie Lorenz sie in seinen Caddy packte. Sie dürfte gar nicht hier sein, dürfte hier nie wieder abgespielt werden. Die Noten treffen mich wie scharfe Geschosse.

Ich will zur Toilette flüchten, aber Jonas greift nach meiner Hand, zieht mich hoch und wirbelt mich durch den Raum. Ich verliere das Gleichgewicht im Klang des Austropop-Songs, den mein Vater so liebte, sehe hinter Jonas' schwarzem Haar immer wieder sein Gesicht aufblitzen. Die Geister, die mich heimsuchen, reißen die Wunde mit bloßen Händen auf, ergötzen sich an meinem Schmerz.

»Papa.« Das Wort kommt wie ein Klagelaut aus meinem Mund und wird von der Musik verschluckt.

»*Du bist meine Liebe, meine ganze Liebe, das ist mir irgendwie für immer eingebrannt*«, stimmt Jonas in den Refrain ein. »Das haben meine Eltern so gern gehört, als wir damals nach Österreich gekommen sind.«

Wie durch eine verschmierte Glasscheibe sehe ich Marisas Lachen, dann sehe ich wieder meinen Vater in Jonas' Gesicht.

»Stopp«, sage ich.

Die Nadel kratzt über das Vinyl, als ich den Plattenspieler mit zittrigen Fingern davon abhalte, das nächste Lied zu spielen. Ich gebe mich belustigt, muss jedoch gegen eine Welle der Verzweiflung ankämpfen, als wir uns auf die Stühle fallen lassen.

Marisas Miene ist ungerührt. Ich beneide sie um die Unbekümmertheit, mit der sie hier sein kann. Hier in diesem Haus, in dem unser Vater für mich so gegenwärtig ist, als würde er jeden Moment zur Tür hereinkommen. Ihre Erinnerungen sind woanders angesiedelt, ihre Trauer ist nicht mit jedem Winkeln dieses Anwesens verknüpft, in dem sie Tag für Tag gefangen gehalten wird. Wie sehr ich diesen Ort zugleich liebe und hasse. Ich ringe die Tränen nieder, richte meinen Blick auf den Salzstreuer vor mir, bis ich mich wieder gefangen habe.

»Wo genau lebst du, Marisa?« Jonas' Sprache verändert sich, wenn er Alkohol getrunken hat. In seinem akkuraten Hochdeutsch sind dann ungarische Einschläge herauszuhören. Ich mag das, betrachte ihn, während in meinem Kopf dumpf die Frage herumgeistert, wie ich ausgerechnet diese Langspielplatte übersehen konnte. Ausgerechnet die Musik, die mein Vater ständig gehört hat.

»Ich habe die letzten zehn Jahre in Soho verbracht. Meine Mom und ich sind davor mehrmals umgezogen, aber Soho konnte uns halten.« Marisa schiebt sich ein großes Stück Brotkonfekt in den Mund. Mit ihrer dicken Wange sieht sie wie die Trickfilmversion eines Eichhörnchens aus. »Erzähl etwas von dir, Mr. Unnahbar.« Ich habe noch nie jemanden so ungeniert mit vollem Mund sprechen gesehen wie Marisa.

»Das Spannendste in meiner Lebensgeschichte ist, dass ich meine wunderschöne Frau kennengelernt habe«, erwidert Jonas hölzern. Selbst für mich klingt das, was er sagt, dürftig und leer. Ich spüre, wie seine Finger in meiner Hand klamm werden. Er fühlt sich unwohl in Marisas Rampenlicht.

Marisa nippt an ihrem Wein, stellt ihn ab und dreht das Glas anmutig mit Daumen und Mittelfinger im Kreis.

»Es wurde auch Zeit, dass mein Schwesterherz nicht länger die verrückte einsame Lady mit Buch ist. Aber das zählt zu den Dingen, die ich schon weiß. Ich möchte das hören, was ich noch nicht weiß. Warst du schon mal verheiratet? Was hat dich und deine Familie damals nach Österreich gebracht?«

»Mein Vater hatte in Wien eine Stelle als Goldschmied bekommen und ist zunächst gependelt. Irgendwann hat sich auch für meine Mutter ein Job gefunden, und wir sind umgezogen. Und nein, ich war bisher nicht verheiratet.«

»Wo leben deine Eltern jetzt?«

Jonas lächelt, aber sein Körper hat sich merklich angespannt. Bevor er antwortet, greift er nach einem Stück Käse und kaut daran herum. Er schindet Zeit, und ich weiß, warum er das tut.

»Meine Eltern«, kurz hält er inne, »sind vor Jahren gestorben. Ein Autounfall.«

Ich weiß all diese Dinge über Jonas. In endlosen Nächten haben wir uns abwechselnd geliebt und uns von unseren ähnlichen Schicksalen erzählt.

»Bei eurer Hochzeit waren keine Gäste dabei?« Marisa wendet sich nun an uns beide. »Keine Freunde? Keine Verwandten?«

Jonas schüttelt den Kopf. »Nur wir beide.« Er führt meine Hand an seinen Mund, um sie zu küssen.

»Und die Standesbeamtin und ein Fotograf«, ergänze ich und spüre wie immer nichts als Glück, als ich an die Zeremonie am Strand zurückdenke.

»Du bist IT-Fachmann?«

Der Themenwechsel kommt mir gelegen. Ich entspanne mich, bin froh, dass uns Marisa mit ihrer Fragerei bislang nicht in Verlegenheit gebracht hat.

»Mein Gebiet ist die Cybersicherheit.«

»Oh, ein echter Held«, erwidert Marisa. Die Art, wie sie meinen Mann anschaut, gefällt mir nicht.

»Was machst du beruflich?«

»Ich hatte tatsächlich mal vor, Ärztin zu werden, hab meine Karriere aber vor der Immatrikulation beendet.« Marisa lacht auf und räuspert sich, als wir nicht mitlachen. »Ich hatte viele Jobs. Von manchen erzähle ich lieber nicht. Irgendwann lernte ich einen britischen Soap-Star kennen. Durch ihn konnte ich Schauspielluft schnuppern und war davon total angefixt. Daraus wurde nichts Langfristiges, aber es hat mir immerhin eine Ausbildung zur Visagistin verschafft. Jetzt, wo ich hier bin, bin ich für alles offen.«

Jonas' Augen haften an Marisa – genau diese eine Sekunde zu lang. Marisa wendet ihren Blick zuerst ab. Sie steht auf, torkelt ein wenig, als sie das schmutzige Geschirr in die Küche bringt.

»Wie findest du sie?«, frage ich Jonas, als Marisa außer Hörweite ist.

Jonas verdreht die Augen. »Immerhin haben wir gut gegessen. Hoffentlich liebst du mich auch mit Wampe.« Er bläht seinen Bauch auf und fährt mit der Hand darüber.

Wir kichern. Der Abend läuft gut, abgesehen von den Dingen, die so gar nicht gut laufen. Dinge, die ich verberge. Muskelschmerzen. Eifersucht. Den Wunsch zu schlafen.

Ich sehe, wie Marisa die Teller abspült und sie in den Geschirrspüler räumt. Jonas hat sein Handy aus der Hosentasche gezogen, googelt irgendetwas. Ich nutze die Gelegenheit, um mit meiner Handtasche ins Badezimmer zu verschwinden.

Ich ziehe die Packung mit den Tabletten heraus. Meine Hände zittern, als sich die handschriftlichen Buchstaben, die ich darauf entdecke, zu einem Satz zusammenfügen:

»Er belügt dich.«

Was hat das zu bedeuten? Einige Minuten bleibe ich regungslos stehen, verliere jegliches Zeitgefühl. Ich horche in mich hinein, durchforste das Archiv aus Erinnerungen. Habe ich diese Worte auf die Packung geschrieben? Manchmal kritzle ich eine Notiz auf das nächste Stück Papier, das sich in meiner Tasche findet. Buchtitel, Adressen oder Termine. Vielleicht habe ich im Radio von einem neuen Thriller gehört, an den ich mich mit dieser Notiz erinnern wollte.

»Er belügt dich.«

Eindringlich beäuge ich das Schriftbild. Zu viele Kringel und Schnörkel. Aber wenn nicht ich diesen Satz geschrieben habe, wer dann? Und warum?

Als ich ins Esszimmer zurückkehre, ist Jonas' Platz leer. Sein Weinglas ist ebenso verschwunden. Ich entdecke ihn neben Marisa in der Küche.

Sicher ist es kindisch und paranoid, mich anzuschleichen, aber ich kann nicht anders. Mein Atem geht schneller, als ich lautlos an die beiden herantrete. Ihre Stimmen sind nicht mehr als ein Flüstern. Erst als die Handtasche von meiner Schulter rutscht und zu Boden klatscht, drehen die beiden ihre Köpfe in meine Richtung.

Jonas kommt augenblicklich auf mich zu. »Lass mich Gentleman sein«, sagt er und hebt die Tasche auf. »Was ihr Frauen alles mit euch herumschleppt.«

»Mhm«, murmle ich irritiert.

Jonas zieht mich an sich. Er wankt wie ein Wolkenkratzer bei Sturmlage. Über seine Schulter hinweg sehe ich, wie Marisa uns mustert. Worüber haben sie geredet?

»Es ist noch was vom Dessert da«, ruft sie und hält demonstrativ eine Rührschüssel hoch. »Hast du noch Appetit?«

Ich verneine kopfschüttelnd. Jonas nimmt mich an der Hand und bringt mich zurück zum Tisch. Inzwischen ist er mehr als nur beschwipst, sinkt geräuschvoll auf den Stuhl und zieht mich auf seinen Schoß.

Er belügt dich.

Wir schweigen, während Jonas den letzten Rest seines Weines austrinkt. Ich frage mich, was während meiner Abwesenheit passiert ist, dass die Stimmung sich derartig verändert hat.

Er belügt dich. Die Worte überschlagen sich in meinem Kopf. Ich würde mich daran erinnern, wenn ich sie auf die Packung geschrieben hätte. Ich würde mich ebenso daran erinnern, wenn mir auf dem Weg zum Müllhaus etwas dazwischengekommen wäre und ich die Parfumflasche nicht in die Tonne gesteckt hätte. Und ich wüsste erst recht, wenn ich die liebste Schallplatte von meinem Vater behalten hätte.

Jemand war in meinem Haus, durchfährt es mich.

»Ihr seid ein süßes Paar. Ich weiß nicht, wen von euch beiden ich mehr beneide«, ertönt es hinter mir. Marisa torkelt mit einem Schnapsglas in unsere Richtung. Ich kann ihre Fahne riechen. Auch in Jonas' Atem nehme ich die Schärfe von etwas Hochprozentigem wahr.

»Bestimmt freut es dich zu hören, dass dein Mr. Right und ich nun Buddys sind. Nicht wahr, Jonas?« Marisa lallt. Ihr Blick ist ebenso fahrig wie ihre Bewegungen. Sie prostet Jonas zu und kippt den klaren Inhalt in einem Schluck hinunter.

»Wenn du es sagst, dann ist es wohl so«, gibt Jonas knapp zurück und blickt zu Boden. »Wir sollten jetzt gehen.«

Ich bin dankbar, dass diese Worte von Jonas kommen, denn es ist gerade erst dunkel geworden und ich wäre ungern diejenige, die diesen Abend für beendet erklärt.

Als wir uns an der Haustür verabschieden, zeigt sich Marisa wieder von der gleichen höflichen Seite wie bei ihrer Begrüßung. Bereitwillig hält sie Jonas ihre Wangen entgegen und lässt sich einmal links und einmal rechts küssen. Dann wendet sie sich mir zu. Ihr Blick ist ernst. Und da ist etwas, das ich nicht deuten kann. Es überrumpelt mich, als sie mein Gesicht zwischen ihre Hände nimmt. Ihre Stimme ist leise, aber durchdringend. »Ich danke dir, Klara.«

Ich nicke. Mein Verstand arbeitet auf Hochtouren, um zu verstehen, was hier vor sich geht. Nichts ist stimmig, nichts hüllt mich in den Schutz der Vorhersehbarkeit, die ich in meinem Leben so sehr brauche.

Jonas hat bereits die Tür geöffnet und drängt stumm zum Gehen.

»Vertraust du mir?«

»Was?«, stammle ich.

Marisa hält mein Gesicht fest zwischen ihren Händen, die nach Zwiebel und Spülmittel riechen. Ich bin in ihren Fängen wie Beute in den Tatzen eines Wolfes.

»Bitte vertrau mir, Klara. Versprich es mir.«

Ich öffne meinen Mund, um etwas zu sagen, aber ich kann

nicht. Aus Marisas Augen laufen lautlose Tränen, die sie mit abgewandtem Körper vor Jonas verbirgt, sodass sie nur für mich sichtbar sind. Dann spüre ich Jonas' Griff um mein Handgelenk und werde unsanft von ihm nach draußen gezogen.

Als Marisa uns zum Abschied zuwinkt, hat sie die Tränen weggeblinzelt und wirkt so heiter, als hätte sie ihre Stimmung per Knopfdruck umgeschaltet.

Es ist kalt geworden. Ich lasse mich auf das Sofa fallen und ziehe eine flauschige Wolldecke bis zum Kinn hoch. Rückblickend hat der Abend einen surrealen Beigeschmack hinterlassen, aber heute werde ich es nicht mehr schaffen, alles einzuordnen.

Ich mustere Jonas, der zum ersten Mal, seit er bei mir eingezogen ist, die Rollos vor der Glasfront herunterfahren lässt. Er sperrt Marisas Blicke aus, denke ich.

»Worüber habt ihr euch unterhalten, als ich auf dem Klo war?«, frage ich und weiß, wie albern das klingt, aber ich muss es wissen.

Jonas öffnet die Knöpfe seines Hemdes, streift es mit müden Bewegungen ab und wirft es auf das gegenüberliegende Sofa. Er reibt seine Augen, als er sich neben mich fallen lässt und seine Hand auf meinen Oberschenkel klatscht.

»Wir haben nicht geredet. Sie hat mir Schnaps eingeflößt. Offenbar einen billigen Fusel, denn mein Kopf dröhnt wie seit meiner Sturm-und-Drang-Zeit nicht mehr.«

Ich nehme die Antwort an, versuche, sie als wahr zu verbuchen, auch wenn mir mein Gefühl etwas anderes sagt.

Er belügt dich.

Aber wann war zuletzt Verlass auf das, was ich vermute? Ich belasse es bei der einen Frage, obwohl mir weitere einfallen, und schmiege mich an seine Brust.

Jonas hat den Kopf zurückgelegt, während sein Atem in gleichmäßigen Zügen geht. Die Hose sitzt locker auf seinen Hüften, enthüllt einen flachen Bauch mit einem herzeigbaren Sixpack.

Ich küsse seinen Hals, seine Brust, und Jonas gibt ein zufriedenes Raunen von sich. Mit einer Hand öffne ich den Knopf seiner Hose und ziehe den Reißverschluss auseinander. Eine Linie dunkler Haare führt wie eine Zündschnur vom Nabel abwärts unter den Bund seiner Shorts. Ich folge ihr mit meiner Zunge. Sein Anblick weckt Begehren in mir, und die anhaltende Eifersucht auf Marisa lässt dieses Begehren noch mehr kochen, als ich es jemals in seiner Nähe gespürt habe. Mehr, als ich ertragen kann. Ich schiebe den Stoff nach unten, wandere mit meinem Kopf zwischen seine Beine. Ich will ihn. Ich will ihn jetzt, und ich will ihn für mich allein. Jonas umfasst mein Haar und zieht mich zu sich nach oben. Erwartungsvoll öffne ich den Mund zu einem Kuss.

»Nicht jetzt, Schatz. Lass uns schlafen gehen«, grummelt er, ohne die Augen zu öffnen.

Als er meinen zweiten Verführungsversuch mit nichts als einem Kopfschütteln abschmettert, gehe ich frustriert hoch. Allein.

Ich lasse meine Kleider vor dem Bett fallen und wickle mich in die warme Decke. Die ungestillte Lust auf meinen Mann, gepaart mit dem Frust, auf Ablehnung gestoßen zu sein, steigert sich zu einem destruktiven Gefühl, das mir Tränen in die Augen treibt. Dann öffnet sich die Nacht wie eine Luke unter mir, und ich purzle hinein.

Alle Ängste dieses Tages verbinden sich zu einem einzigen Alptraum. Marisa und Jonas im Bett. Eine dunkle Gestalt an meinem Fenster. Meine ertrinkenden Eltern, die nach Luft ringen, ehe sie im Meer versinken, wieder auftauchen und mich mit in die Tiefe reißen.

19

Das Tageslicht wirft seinen Strahl auf die leere Betthälfte neben mir. Wieder eine Nacht ohne Jonas. Ich reibe meine Augen, streiche das Haar zurück und hieve mich mühsam von der Matratze. Oh Gott. Ich fühle mich so elend, dass ich es kaum schaffe, die Kleider vom Boden einzusammeln.

»Jonas!«, rufe ich.

Er war betrunken und liegt vermutlich benommen auf dem Sofa.

Ich schlüpfe in frische Unterwäsche, spritze mir kaltes Wasser ins Gesicht, dann ziehe ich meinen Morgenmantel über und beschließe, Jonas mit einem Katerfrühstück zu wecken.

Es ist noch nicht einmal sieben Uhr, als ich die Treppe hinunterlaufe und einen leeren Wohnbereich vorfinde. Verbissen grüble ich, welcher Tag heute ist. Samstag, wenn ich mich recht erinnere. Wenn alle Tage gleich sind, geht rasch jegliche Struktur verloren, und Wochentage und Uhrzeiten verlieren ihre Bedeutung. Die Tagesdecke ist noch warm und riecht nach Jonas' Körper.

»Jonas!«, rufe ich wieder, luge in einige Räume und klopfe an die Toilettentür.

Es ist ein merkwürdiger Impuls, dem ich folge, als ich die Haustür öffne und nach draußen in die feuchtkalte Morgenluft trete. Ich ziehe den Morgenmantel fester um mich und renne quer über die Terrasse in Richtung Gästehaus.

Ich muss das Haus nicht betreten, um ihre Stimmen zu hören. Es ist mir egal, ob sie mich beim Lauschen ertappen, als ich mein Ohr an den Spalt der geöffneten Tür lege, um auszumachen, worüber sie sich unterhalten.

Es sind nur Bruchstücke, die ich verstehen kann. Sie streiten sich. »Wage es nicht …« und »… dafür sorgen, dass du nie wieder einen Schritt …« sind ein paar der Wortfetzen, die laut genug von Jonas ausgesprochen werden, sodass ich sie deutlich hören kann. Marisas Stimme klingt schriller und lauter und wird immer wieder von Jonas' mahnenden Zischlauten und der barschen Anweisung, leiser zu sprechen, durchbrochen.

»Ich schwöre dir, dass ich dich fertigmache, wenn du es wagst …« Beim Rest des Satzes schrumpft Marisas Stimme zu einem leisen, heiseren Ächzen.

Ich schiebe meinen Kopf weiter durch die Tür, höre, wie eine Tasse abgestellt wird, und schlussfolgere, dass sie sich in der Küche befinden.

Marisa stolpert erschrocken gegen einen Küchenschrank, als ich mich nicht mehr kontrollieren kann und ins Haus stürme.

»Fuck!«, brüllt sie und knallt ihre Tasse auf den Küchentresen. Kaffee hat sich über ihre weiße Jogginghose ergossen.

Kurz irritiert mich dieser Anblick, dann kehrt der blanke Zorn zurück, und ich stürme wie eine Furie auf die beiden zu.

Jonas starrt mich mit vor Entsetzen aufgerissenen Augen an.

»Was tust du hier?«, richte ich meine Frage an ihn. Die Ruhe in meiner Stimme bildet den Kontrast zu meinem vor Aufregung vibrierenden Körper. »Was geht hier vor?«

Ich nehme Jonas und Marisa in Augenschein, warte. Marisa ist inzwischen herumgefahren, hat nach einem Lappen gegriffen und wischt gehetzt über die braunen Flecken an ihren Hosenbeinen. Dabei lässt sie mich nicht aus den Augen.

Jonas schlägt die Hände vor sein Gesicht und rauft sich anschließend die Haare. »Genau wegen dieser Frage bin ich hier«, antwortet er eine Tonlage höher, als er sonst spricht. Er klingt wie jemand, der sich ertappt fühlt. Wie jemand, der auf Zeit spielt, um sich die richtigen Worte zurechtzulegen. Er kommt einen Schritt auf mich zu, aber ich bedeute ihm, Abstand von mir zu halten, gar nicht erst zu versuchen, mich mit Floskeln und geheuchelten Liebkosungen einzulullen.

»Was ist hier los?« Ich spreche monoton, leise, flüstere fast.

»Lass uns heimgehen, dann erkläre ich es dir«, erwidert Jonas, aber darauf lasse ich mich ebenso wenig ein wie Marisa.

Sie funkelt ihn aus düsteren königsblauen Augen an. »Nein, wir klären das hier«, droht sie und schleudert den Putzlappen ins Spülbecken.

Jonas wendet sich nun ihr zu. »Sollen wir das, Marisa? Bist du dir da ganz sicher?«

Ich spüre ein Zögern. Sie weicht vor ihm zurück. Hat sie Angst?

»Was willst du mir sagen, Marisa?«, treibe ich sie in die Enge.

Hilfesuchend blickt sie von mir zu Jonas, wieder zu mir und dann auf den Boden.

Die erneute Stille wird von Jonas' Klatschen durchbrochen. »Was für eine schauspielerische Meisterleistung«, lacht er kopfschüttelnd und dreht sich zu mir. »An deiner Schwester ist anscheinend doch ein Soap-Star verloren gegangen.«

Sie schluckt.

»Ich werde nicht zulassen, dass du deine Kleinmädchenspiele mit meiner Frau spielst.«

Marisa schürzt abschätzig die Lippen und visiert mich an. »Klara, he is fooling you. Er ist derjenige, der Spielchen –«

Sie hat den Satz nicht zu Ende gesprochen, als ich die bauchige Bodenvase hochhebe und sie gegen die Wand schmettere. Klirrend zerspringt das Porzellan. Splitter fliegen wie Geschosse durch den Raum. Gemeinsam mit den letzten Scherben sacke ich auf den Boden, spüre, wie sich die zerbrochenen Reste der Vase in meine Waden bohren, sich Dutzende Rinnsale aus Blut bilden.

»Mein Gott!«, ruft Jonas und stürzt auf mich zu. Er packt mich, versucht, mich hochzuziehen.

Ich wehre mich dagegen, ertrage seine Berührung nicht. Mit zu Fäusten geballten Händen boxe ich gegen seine Brust, gegen seine Schultern.

Als er vor Überraschung zurückweicht, schlage ich weiter in die Luft. Schlage und boxe kreischend ins Leere, bis Marisa mich von hinten umfasst und mich in einen Griff nimmt, der mich zusammenschnürt, als wäre ich gefesselt.

Ich spüre ihr tränennasses Gesicht in meinem Nacken, spüre, wie ihr Körper sich vor Weinen schüttelt.

»Betrügst du mich mit ihr, Jonas?« Meine Frage klingt in diesem Moment absurd fehlplatziert.

Jonas lacht auf. Verzweifelt. Schrill. Dann kniet er sich vor mich, zieht das Shirt über seinen Kopf und presst es gegen meine blutenden Beine. »Nein, nein. Verdammt … Nein!«, plärrt er so laut, dass Marisa mit jedem Wort aufs Neue zusammenzuckt.

»Hör zu«, platzt es aus Marisa heraus, »Jonas ist hier, weil er mir ebenso misstraut wie ich ihm.«

»Offenbar können Marisa und ich nicht miteinander. Wir sollten uns in Zukunft besser aus dem Weg gehen«, stimmt Jonas ein.

Einigkeit. *Er belügt dich.* Vielleicht belügen sie mich beide?

Jonas' Gesicht ist kreidebleich, und sein nackter Oberkörper ist mit Gänsehaut überzogen.

»Bring sie heim«, sagt Marisa. »Und hol einen Arzt.«

Ich lasse mich von Jonas hochziehen. Die veränderte Position meiner Beine lässt mich fast vor Schmerzen aufschreien, aber ich beiße mir auf die Unterlippe.

»Nein«, erwidert er. »Nach alldem, was sie in den letzten Tagen aufgeführt hat, würde man sie einweisen.«

Ich reiße erschrocken den Kopf hoch. Steht es tatsächlich so schlimm um mich, dass das eine mögliche Konsequenz wäre? Ich erinnere mich an eine Situation, in der meine Mutter Ähnliches zu mir sagte. *Klara, hör jetzt auf mit deiner Heulerei. Man wird dich ins Irrenhaus stecken, wenn du dich nicht zusammenreißt.* Ich lag da, spürte die Wunde an meinem Bauch, war die Wunde selbst. War der Geruch von Blut, von durchtrennter Haut und entwichenem Leben. Jedes Wort meiner Mutter ein neuer Schnitt mit einem scharfen Skalpell.

»Bullshit! Sie braucht Hilfe. Schau dir doch mal ihre Beine an!«

Marisas Gebrüll lässt mich aus der Erinnerung auftauchen. Ich schnappe nach Luft.

Jonas sagt nichts mehr. Zusammen schleppen wir uns nach draußen. Zwei verwundete Tiere auf dem Weg in ihren Unterschlupf.

20

Die Tür fällt mit einem Knall ins Schloss. Der Motor des Autos heult auf, lauter als sonst.

Jonas ist weg. Zum ersten Mal seit ich ihn kenne, bin ich froh darüber, denn alles, was er mir gibt, ist diese Fürsorge. Diese verdammte leidenschaftslose Fürsorge. Er hat sich das ganze Wochenende um mich gekümmert. Er hat Verbände gewechselt, mir meine Mahlzeiten ans Krankenlager gebracht, mich zur Toilette gehievt. Doch die Distanz zwischen uns ist eine Made, die sich immer weiter in unser Leben frisst, uns aushöhlt.

Der Drang nach der alten Vertrautheit, nach unserer Unbeschwertheit und nach unserer Liebe ist so stark, dass er am ehesten mit Durst zu vergleichen ist. Doch ich bin gefangen in diesem trägen, müden und verwirrten Ich. Kann nicht ausbrechen aus dem Gitter, das mich umgibt. Ich bin Rilkes Panther. *Ihm ist, als ob es tausend Stäbe gäbe und hinter tausend Stäben keine Welt.*

Meine alte Welt, diese Welt von Jonas und Klara, kriege ich nicht zu fassen. Ich spüre, dass sie da ist, irgendwo schlummert, doch sie rückt Stück für Stück weiter weg. Jonas entschwindet mir, wird von mir fortgespült wie ein herrenloses Boot. Leinen los.

Vorsichtig stehe ich auf. Jedes Mal, wenn ich einen Fuß vor den anderen setze, sich die Haut um meine zerschnittenen Knie anspannt, sauge ich scharf Luft durch meine aufeinandergepressten Lippen. Unterdrücke Laute, mit denen ich mir selbst die Heftigkeit meiner Verletzungen eingestehen müsste.

Es hat die ganze Nacht geregnet. Schon wieder. Weiße Wölkchen schmiegen sich um die Hügel, die mein Anwesen vom Rest der Welt abschirmen. Die Kälte, die sich bis in die frühen Morgenstunden zieht und in die mittägliche Sommerhitze mündet, ist das perfekte Weinwetter, der perfekte Wachau-Mythos. Aber in diesem Moment spüre ich nichts als düstere Melancholie. Es zerquetscht mich, dieses enge Donautal. Diese alten, zerfallenen Burgen und Ruinen, die dastehen wie verfaulte Zähne.

Ich aktiviere Beethoven in der Hausmusikanlage. »Mondscheinsonate«. Ich erinnere mich gut daran, wie meine Mutter mich anblaffte, ich solle wenigstens die ersten Takte fehlerfrei spielen, wo sie doch so viel Geld für meine Klavierstunden ausgebe.

Sechs Mal wird dieselbe Taste mit der rechten Hand angeschlagen, eine Wehklage. Daneben ein melodischer Teppich, schwermütig und voller Sehnsucht. Ich schalte auf volle Lautstärke, bin im Sog zwischen Tristesse und Hoffnung. In einer Endlosschleife höre ich das Stück. So laut, dass die Wände und Böden unter den tiefen Anschlägen vibrieren.

Im Ankleidezimmer schlüpfe ich in eine weite maritime Paperbaghose, bin froh darüber, meine Beine darunter verstecken zu können. Wie ein Kind, das gerade laufen lernt, steige ich Schritt für Schritt die Treppe hinunter, kann meine Knie unter dem Verband kaum beugen.

Es ist ein Luftzug, der meine Sinne schärft und mich zum Stehenbleiben mahnt. Ich vernehme den Geruch von frisch gemähtem Rasen, als wäre er soeben ins Innere meines Hauses geschwappt. Ich stoppe die Musik mit einem Sprachbefehl, lausche. Nichts.

»Jonas?«, rufe ich.

Keine Antwort. Kein Aufheulen eines Motors. Kein Kies, der unter Autoreifen knirscht. Nicht einmal Lorenz kann ich draußen ausmachen.

Ich habe das Gefühl, mich in einem Vakuum zu bewegen, während ich mir den Weg zur Küche bahne. Ich betrachte die Notizzettel am Küchentresen, auf denen Jonas wichtige Erinnerungen notiert hat. Darunter Dinge, die eigentlich meine Aufgabe wären. Ich habe noch kein einziges Mal zu fragen gewagt, wie die Mitarbeiter auf mein plötzliches Fehlen reagiert haben. Lieber stecke ich den Kopf in den Sand und hoffe, dass bald alles wieder seinen gewohnten Lauf nehmen wird.

Alle Fenster und Türen sind geschlossen. Alles ist in Ordnung. Niemand ist hier, beruhige ich mich. Mühselig wuchte ich mich auf den Barhocker, und mein Körper wird so steif, als versteinerte er. Der Platz ist warm, so warm, als hätte soeben jemand darauf gesessen. Vor mir ein Kugelschreiber, darunter ein loses DIN-A4-Blatt mit einer unmissverständlichen Botschaft: »Er betrügt dich.«

Ich springe auf. Mein Kopf schnellt hin und her. Das scharfe Ziehen meiner Nackenmuskeln verästelt sich bis in die Schulterblätter. Mit einem Sprung bin ich am Messerblock, reiße eines davon von der Magnethalterung und schwinge es wie einen Dolch.

»Komm raus!«, fauche ich wie ein Raubtier.

Mit einer Wucht, als stieße ich die Klinge in einen Leib, steche ich bei jedem Schritt ins Leere. »Wo bist du? Wo bist du?«

Ich suche alles ab. Jeden Raum, jeden Winkel des Hauses, jeden Schrank. Nichts. Schließlich kehre ich in die Küche zurück, werfe das Messer ins Spülbecken. *Er betrügt dich.*

Wut und Hilflosigkeit überwältigen mich, bäumen sich zu einem Schrei auf. Ich kreische, zerfetze das Stück Papier in kleine Schnipsel.

Marisa betritt mein Sichtfeld wie die Akteurin eines Bühnenstücks. Sie trägt eine Katze auf ihrem Arm, die sich ohne Protest das weiß-grau gefleckte Fell kraulen lässt. »Ich hab sie gestern gefunden, seither weicht sie mir nicht mehr von der Seite«, lacht Marisa verhalten und blickt sich in meinem Wohnzimmer um, als wollte sie sichergehen, dass Jonas fort ist.

»Komm rein!«, sage ich.

Marisa zögert, macht Anstalten, die Katze draußen abzusetzen.

»Bring sie ruhig mit.«

Mit ausgefahrenen Krallen windet sich das Tier aus Marisas Griff. »Beast!«, schimpft sie ihm hinterher und reibt sich die zerkratzten Unterarme, während die Katze mit weiten Sprüngen davonhechtet.

»Wusstest du, dass Dad eine beachtliche Menge Zigaretten in den Bücherregalen im Gästehaus versteckt hat?« Unsicher kommt Marisa auf mich zu. »Willst du eine?« Sie zieht eine Packung Marlboro aus ihrer Hosentasche.

Ich schüttle den Kopf.

»Ich habe auch ein paar Pornos zwischen den Büchern entdeckt. Sieht so aus, als hätte Dad ein Doppelleben geführt.« Marisa inspiziert mich skeptisch. »Wie geht es dir?«

»Besser«, lüge ich und nehme eine aufrechte Position ein, die meine Worte untermauern soll.

»Wenn du etwas brauchst, dann hab bitte keine Scheu, mich zu fragen. Betrachte mich als deinen Lakaien.« Marisa tritt von einem Bein auf das andere. Sie wendet sich zum Gehen, doch dann dreht sie sich unvermittelt um. »Hey«, sagt sie, »zwischen Jonas und mir läuft selbstverständlich nichts.«

»Ich weiß«, erwidere ich, auch wenn ich es nicht definitiv weiß. »Setz dich.« Ich bedeute Marisa mit einem Klopfen auf das Sofa, neben mir Platz zu nehmen.

Vorsichtig betritt sie das fremde Terrain, lässt sich neben mir nieder, zwirbelt nervös einige Haarsträhnen zwischen ihren Fingern. Neben dem Make-up sind nun auch die langen lackierten Nägel verschwunden. Ohne ihre Maskerade wirkt sie zerbrechlich.

»Tut es sehr weh?«, erkundigt sie sich und deutet auf meine Beine.

Ich blicke an mir hinab, starre auf den gestreiften Stoff meiner Hose. Kurz glaube ich zu spüren, wie sich die Haut um meine Schnitte dehnt. Wie sie aufplatzt, wie Blut herausquillt. Warm, metallisch. Ein tiefroter Strom, der mein Haus flutet.

Ich schüttle den Kopf. »Mein Ausraster ist mir sehr peinlich.«

»Passiert mir auch gelegentlich. Liegt wohl in der Familie«, beschwichtigt Marisa.

Eine Weile sitzen wir schweigend nebeneinander.

»Hast du nie darüber nachgedacht, das alles hier loszuwerden? Ich meine, es ist wunderschön, aber bestimmt auch eine Last.«

»Ja, ich habe darüber nachgedacht. Aber wenn man zu lange nachdenkt, anstatt zu handeln, verpasst man den Moment.«

Marisa nickt, als verstünde sie genau, was ich meine. »Jonas sagt, du hättest ein Burn-out.«

»Möglich«, murmle ich.

Die Katze von vorhin schleicht um einen Blumentopf, pirscht sich mit tiefem Rücken an, verliert schließlich ihr Interesse an Marisa und mir und beginnt damit, ihre Pfoten abzulecken.

»Hast du schon etwas gegessen?« Marisa steht auf, streckt sich gähnend und massiert ihren Nacken.

Ich denke schaudernd an das Müsli mit den Trockenfrüchten und dem zu süßen Joghurt, das Jonas in mich hineingezwungen hat. »Ja.«

»Ist das Nadja, bevor sie Diätpillen für sich entdeckt hat?« Marisa deutet auf die kleine Skulptur in einem Regal. Ein Abbild der »Venus von Willendorf«.

Ich verberge mein schiefes Lachen. »Du hättest besser in der Schule aufpassen sollen. Das ist ein dreißigtausend Jahre alter archäologischer Fund.«

»Was, denkst du, wird man von uns in dreißigtausend Jahren finden?«

Seit mir die Vergänglichkeit der Menschen, die ich geliebt habe, bewusst geworden ist, scheue ich den Gedanken daran, was in dreißig Tagen sein könnte. Dreißigtausend Jahre. Wie surreal, wie abstrakt und dennoch beklemmend.

Marisa hält das Smartphone über sich und zieht ein Selfie-Gesicht. »Jemand wird in den Tiefen des alten Internets Duckface-Pics ausgraben, und dann werden Wissenschaftler die Behauptung aufstellen, wir hätten damals alle denselben Chirurgen gehabt.«

Sie bewegt sich durch mein Wohnzimmer wie durch eine Galerie. »Hast du die gemalt?« Marisa steht vor einem meiner neuen Gemälde. Vorsichtig streicht sie mit zwei Fingern über die Leinwand.

»Nein«, erwidere ich.

»Das habe ich mir gedacht. Du bist talentierter als der Maler, von dem das hier stammt. Ich habe mich schon immer gefragt, was Menschen an primitiver Kindergartenmalerei finden.«

Ich lache auf, erinnere mich an die absurd hohe Summe, die ich für diese Bilder hinblättern musste.

Marisa dreht sich zu mir um. »Ralf hat Mom Fotografien von deinen Landschaftsbildern gezeigt.«

»Unser Vater hat deiner Mutter Bilder von meinen Aquarellen gezeigt?« Ich fahre mir mit der Hand über den Kopf, kann nicht glauben, was sie da sagt. Aber woher sollte Marisa sonst davon wissen?

»Er war sehr stolz auf dich, Klara. Darum hab ich dich am meisten beneidet. Nicht um deinen Wohlstand.« Ein seltsamer Unterton schwingt in ihren Worten mit.

Alles, was ich fühle, ist Trauer. Er war stolz auf meine Kunst. Ich wusste das nicht, habe es nicht einmal geahnt. Ich wusste, dass er mich liebte, aber er war so schlecht darin, seine Gefühle zu zeigen. Das waren wir beide. Jetzt ist er weg. Ist nichts als ein Name, ein Foto, eine Marke, eine Erinnerung. Er liegt als Asche in einer Urne, kommt nie wieder zurück. Es ist, als stürbe mein Vater erneut, in diesem Moment, hier neben mir. Und ich kann ihn nicht retten, schon wieder nicht.

»Als ich knapp zwei Jahre alt war, ist Mom mit mir von Wien nach London gegangen. Sie hat sich als Alleinerziehende kaum über Wasser halten können. Ein befreundeter Anwalt hat ihr geraten, die Vaterschaftsanerkennung gerichtlich durchzusetzen, aber Dad hat es von sich aus vorgeschlagen.«

Marisa blickt zur Zimmerdecke, blinzelt heftig, und ich erkenne, wie die Erinnerung in einzelnen Bruchstücken in ihr Bewusstsein zurückkehrt. »Nadja hat Mom eine ganze Stange Geld dafür geboten, die Schnauze zu halten. Mom hat es genommen, aber ich mache ihr keinen Vorwurf. Als ich achtzehn war, hat Nadja das Gleiche bei mir gemacht. Ich habe eine Vereinbarung unterzeichnet, dass ich keine Forderungen an Ralf stellen werde und auf meinen Erbanteil verzichte. Tja, was soll ich sagen? Ich war jung und brauchte das Geld.«

Marisa atmet hörbar ein. Ihre Brust bläht sich auf. Dann stößt sie die Atemluft zusammen mit den nächsten Worten in den Raum. »Es waren Peanuts für Nadja und Ralf.«

Marisa setzt sich auf die Sofalehne, genau hinter mich. Sie könnte meinen Kopf mühelos zurückreißen, mir mit einer einzigen Handbewegung das Genick brechen. Sie hat jeden Grund, meine Eltern zu hassen. Unser Vater war zu feige, um zu Marisa zu stehen. Mutter verhöhnte Marisa und Sarah Peterson. Nicht nur, dass ihr Mann eine andere Frau geschwängert hatte. Er hatte ihrer Meinung nach – die sie offen aussprach – eine äußerst dämliche Frau geschwängert. Eine, die sich mit einer kleinen monatlichen Unterhaltszahlung für das gemeinsame Kind abspeisen ließ, obwohl es viel mehr zu holen gab.

Nun, da unsere Eltern tot sind, gibt es nur Marisa und mich. Ich spüre ihren eindringlichen Blick in meinem Rücken, spüre, wie er sich durch meine Schädeldecke bohrt, meine verborgensten Gedanken freilegt.

»Mom war nicht so dumm, wie Nadja sie hingestellt hat. Es war viel schlimmer.« Marisa hält inne und spricht dann leise weiter. »Sie hat ihn geliebt. Sie hat Ralf so sehr geliebt, dass sie ihn schützen wollte. Vielleicht hat sie gehofft, mit diesem Vertrauensvorschuss sein Herz zu gewinnen. Vielleicht hatte sie auch Angst vor Nadja. Wie auch immer. Sie hatte es nicht auf Dads Vermögen abgesehen.«

Eine Erinnerung krallt sich in meine Eingeweide, zerfleischt mich innerlich. Mein weinender Vater. Betrunken. Auf dem Boden liegend, während Mutter ihn anspuckt. *Ich werde euch drei vernichten. Dich, diese billige Schlampe und den kleinen Bastard. Ich werde ihn aus ihrem Bauch heraustreten, kapierst du das? Ihr werdet leiden. Dafür werde ich sorgen.*

Sosehr ich meinen Vater anfangs für seinen Betrug gehasst habe, so sehr bedauerte ich ihn später dafür. Meine Mutter wollte man nicht zum Feind, doch für meinen Vater war es noch viel schlimmer. Sein Fehltritt machte ihn zu ihrer Marionette. Meine Mutter genoss es, an seinen Schnüren zu ziehen, seinen Betrug gegen ihn einzusetzen, wann auch immer sie es zum Erreichen ihrer Ziele oder zur Befriedigung ihrer Boshaftigkeit brauchte. Es gab Tage, da wünschte ich mir für ihn, für uns alle, dass er einfach ging, egal, wie sehr ich ihn liebte oder gerade weil ich ihn liebte. Ich wusste nicht, ob die Verachtung, die meine Mutter für ihn empfand, auf mich abfärben würde. Ob meine Liebe irgendwann in Abscheu umschlagen würde.

Ich schlucke. Ein Teil von mir will alles hören, was sie sagt, will alles wissen. Ein anderer will sich die Ohren zuhalten und vergessen.

»Ich habe es auch nicht auf dein Geld abgesehen, falls du das denkst.« Marisas Worte hängen schwer in der Luft.

Ich spüre ihre kalten Finger auf meiner Schulter, spüre das Ziepen an meiner Kopfhaut, als sie eine meiner Haarsträhnen zwischen ihre Finger nimmt. Ich erstarre, wage es nicht, vor ihrer Berührung zurückzuweichen.

»Als ich dich um die zwanzigtausend Euro angeschnorrt habe, habe ich das getan, weil ich meiner Mutter die beste Krebstherapie ermöglichen wollte. Die beste Klinik mit dem schönsten Ausblick. Jede Medizin zur Linderung der Chemo-Nebenwirkungen. Einen Wundertrunk. Zauberpulver. Jeden gottverdammten Scharlatan, der ihr etwas zuflüstert, irgendwo seine Hand auflegt, im Kreis tanzt oder magische Symbole in den Schnee pinkelt. Ganz egal. Ich wollte sie nicht verlieren.«

»Es tut mir leid«, flüstere ich so leise, dass ich es selbst kaum hören kann. »Warum hast du denn nichts gesagt?«

Bei unserem Telefonat, als sie um Worte des Trostes für mich rang, trug Sarah den Krebs schon in sich, war dem Tod bereits näher als dem Leben.

»Ich wusste nicht, wie viel von Nadja in dir steckt, wollte dir

nicht die Genugtuung geben, dass es Mom so schlecht ging.«
Marisa zieht ruckartig ihre Hand zurück.

Mein Körper entspannt sich, als sie sich von mir entfernt. Sie läuft durch den Raum, schneller, als man es normalerweise drinnen tut, wenn nicht das Nudelwasser überkocht oder man es eilig hat, zur Toilette zu kommen.

»Es war schon zu spät. Die Therapie hat nicht angeschlagen. Trotzdem hat sie nie vor mir geweint. Sie lächelte mich bei jedem Besuch im Krankenhaus an. Und alles, worum sie Alistair und mich je bat, war, noch einmal mit einem Riesenrad fahren zu dürfen.« Marisa bleibt unvermittelt stehen. Sie lächelt versonnen. »Die Krankheit war qualvoll, die Therapie aussichtslos. Aber als wir in der Gondel saßen, auf den Jahrmarkt hinunterschauten, war sie glücklich. Es war nicht einer von diesen kurz aufflackernden Glücksmomenten. Es war ein Lebensglück. Pures, vollkommenes Glück. Wir waren zusammen. Das war alles, was zählte. Sie wird immer bei mir sein, da drinnen.« Marisa legt die Hand auf ihre Brust.

Ich spüre ihre Trauer. Ein peinigender Schmerz inmitten der Brust und manchmal überall. Die quälende Machtlosigkeit, wenn man dabei zusieht, wie der Mensch, den man liebt, stirbt. Man hat nichts mehr zu fürchten, wenn man dieses Gefühl einmal erlebt hat. Wenn man es *überlebt* hat.

»Ich kann das Testament rückgängig machen. Es ist nicht fair, was meine Eltern mit dir und deiner Mutter gemacht haben. Auf diese Weise bringe ich sie dir nicht wieder zurück, aber du musst dir dann wenigstens keine Sorgen um euer Haus machen.«

In schnellen Schritten kommt Marisa auf mich zu. Wieder habe ich das Bedürfnis, zurückzuweichen. Sie geht vor mir in die Hocke, sieht eindringlich zu mir hoch. »Niemals.« Ein Wort. Nur ein Wort, das alles zum Ausdruck bringt. All die Missachtung für meine Mutter, die Hassliebe für unseren Vater, den Kummer über seine Zurückweisung und seine mangelnde Loyalität, die ich selbst nur zu gut kenne.

Ist Marisa es, die mir die Botschaften geschrieben hat? Will sie mir Zweifel einpflanzen, Verlustängste schüren?

»Warum bist du hier?« Die Frage durchströmt mich so heftig, dass sie wie aus einem Dampfkessel entfährt. »Warum bist du *wirklich* hier?«

Die Stimmung zwischen uns hat sich entladen. Marisa nimmt nun wieder neben mir auf dem Sofa Platz. Ich betrachte die Linien auf ihren Oberschenkeln, die ihre Haut in gebräunt und nicht gebräunt teilen.

»Es ist, wie ich es bereits gesagt habe. Ich wollte dich kennenlernen, aber nicht, um dich zu mögen. Ich wollte meine Abneigung gegen dich bestätigt bekommen, wollte diesen Hass in mir loswerden, indem ich ihn auf dich richte.«

Also doch.

Die Katze huscht draußen vorbei. In ihrem Maul zappelt eine Maus. Ein grausames Schauspiel, das mich abstößt und zugleich fasziniert. Wie kann ein Tier in dem einen Moment schnurrend das Köpfchen an Menschenbeinen reiben und im nächsten zum Barbaren werden?

»Auf welche Weise wolltest du deinen Hass auf mich richten?«

Marisa klatscht ihre Hände auf meine Oberschenkel. »Genau hier liegt das Problem. Du bist zwar genau die neureiche, versnobte Bitch, für die ich dich gehalten habe, aber du bist nicht wie Nadja. Ich mag dich, auch wenn ich nicht verstehe, warum. Und ich weiß, dass es dir genauso mit mir geht.«

Betretene Stille. Keine von uns weiß etwas zu sagen. Die Katze kommt hereinspaziert, streckt sich genüsslich auf dem Boden aus. An ihren Schnurrbarthaaren klebt zähflüssiges Blut.

»Hey, sweety.« Marisa hockt augenblicklich vor ihr, krault den Kopf des Tieres, das sich aufgeregt hin und her rekelt.

Als mein iPhone klingelt und einen Anruf von Jonas ankündigt, beschließen wir in stummer Übereinkunft, dass wir es ignorieren.

»Der Filz auf deinem Kopf geht übrigens gar nicht. Jetzt

bringen wir dich erst einmal zum Friseur und lassen dich richtig hot ausschauen, dann geht es dir gleich viel besser«, beschließt Marisa.

Gegen ihre Bestimmtheit bin ich wie immer machtlos.

21

Zwanzig Minuten später sitze ich als Beifahrerin in meinem Auto.

Es hat aufgeklart. Die spärlichen Sonnenstrahlen von heute Morgen halten ihr Versprechen. Ich klappe die Sonnenblende nach unten und blinzle durch die Windschutzscheibe, die eine Wäsche nötig hätte.

Die schmale Straße windet sich wie ein Band vor uns, das mit gelben Löwenzahnköpfen gesäumt ist. Hinter weitläufigen Anbauflächen, auf denen Marillenbäume in Reih und Glied stehen, glitzern die Wellen der Donau an diesem Tag smaragdgrün. Ich liebe die Wandelbarkeit der Landschaft, die mich immer wieder Neues entdecken lässt.

Marisa fährt betont langsam, wirft gelegentlich einen Blick zu mir herüber. Sie scheint ebenso wie ich selbst überrascht darüber, dass ich ohne Einwände zugestimmt habe, mit ihr in die Stadt zu fahren.

»Autofahren turnt mich so an.«

»Welches Auto fährst du in London?«

»Verarschst du mich? Ich hab kein Auto. Ich habe nicht einmal einen Führerschein.« Marisa verdreht die Augen.

Ich bin fassungslos und zugleich fasziniert. »Du fährst schwarz?«, frage ich und starre sie von der Seite an. »Jetzt bist aber du diejenige, die mich verarscht.«

»Das sind doch alles nur Formalitäten. Du siehst doch, wie gut ich es hinkriege.« Marisa streckt die Zunge heraus und zieht eine Grimasse. »Fünfhundert Stunden ›Gran Turismo‹ auf der Playstation haben sich ausgezahlt.«

»Du bist ein Freak«, kichere ich und schlage die Hände zusammen. »Ich fasse es nicht, dass ich dich überhaupt ans Steuer lasse. Das grenzt an Selbstmord.«

»Tust du nie etwas Verrücktes?«

»Ich habe einen Mann geheiratet, den ich kaum kenne. Das ist ziemlich verrückt, wie ich finde.«

»Das ist die Steigerung von verrückt.«

»Aber immerhin wird man mich dafür nicht ins Gefängnis stecken.«

»Das wird man mich auch nicht«, kontert Marisa und winkt einem entgegenkommenden Polizeiauto zu.

Ich unterdrücke den Impuls, mich zu ducken, dann prusten wir los. Marisas Nasenspitze biegt sich beim Lachen nach oben. Mein Vater hatte das gleiche Profil. Ich frage mich, ob bei all der Ähnlichkeit zu meinem Vater noch Platz für Sarah Peterson in Marisas Gesicht ist.

Ich hatte weniger Glück. Ich bin ein Doppelbild, eine Illusion, eine Uneindeutigkeit. Zwinkert man zweimal schnell hintereinander, erkennt man Vater und leider auch Mutter in meinen Zügen. In diesem Moment sehe ich im blütenstaubverschmierten Seitenfenster nur Marisa in mir selbst. Klara und Marisa. Wir sind wie das Nord- und das Südufer der Wachau, viel ähnlicher, als wir es uns gegenseitig eingestehen wollen.

Für einen Montag ist es ruhig. Ich lotse Marisa durch eine karg befahrene Seitenstraße, in der man mit großer Wahrscheinlichkeit einen freien Parkplatz findet.

Als wir aus dem Auto steigen, schlägt uns schwüle Luft entgegen, und wir beschließen, unsere Jacken auf der Rückbank liegen zu lassen.

Wir durchqueren die Gassen, laufen vorbei an großzügigen Villen. Das Stadtzentrum lebt von diesen charmanten Häusern, die nur von Weitem makellos erscheinen und Spuren von Nässe und morschem Holz aufweisen, wenn man sie aus der Nähe betrachtet. Es ist das Zusammenspiel von alt und neu, von modern und traditionell, von weich und rau, von urtümlich und inszeniert. Hinter jedem Haus eine Geschichte, hinter jedem Hügel ein Geheimnis. Ein Ensemble aus Natur und Kultur in einem einzigen Werk. Ich trage diese Stadt im Herzen, bin gern ihr Betrachter, aber ich bin hier wie ein Gestrandeter, fühle mich nackt, begafft und ausgeliefert inmitten all dieser Menschen. Krems ist wie ein schöner Schuh, der früher einmal gepasst hat, auf dem ich grazil laufen konnte. Nun quetsche ich mich hinein und bin darin eine Persiflage.

»Da ist es schon«, flötet Marisa und deutet auf eine mit Efeu bewachsene Fassade.

Hinter den grünen Blättern blitzt ein pinkfarbenes Schild hervor. Als wir näher kommen, sehe ich die schmale Glasfront, hinter der Frauen mit Handtüchern auf dem Kopf ihr Spiegelbild anstarren. Wellness für die einen, ein wahr gewordener Alptraum für mich. Es missfällt mir, in der Auslage zu sitzen, während sich eine Friseurin an meinen Haaren zu schaffen macht. Ich mag es nicht, mein Äußeres zu fokussieren. Noch weniger mag ich es, wenn dies andere tun. Doch jetzt ist es zu spät für einen Rückzieher. Und wenn ich mich nun in der Spiegelung der Eingangstür sehe, muss ich mir eingestehen, dass ich eine Erneuerung nötig habe.

Marisa nimmt mich an der Hand, befördert mich mit einem Schubs ins Friseurstudio. Sie begrüßt die Leute auf eine Weise, als kenne sie sie schon ewig. Ein Talent, das mir so fremd ist, als stammte es von einer anderen Galaxie. »Hier ist das Problemkind!«, ruft sie so laut, dass sich alle nach uns umdrehen.

Ich habe gehofft, Marisa würde bei mir bleiben, doch kaum hat sich eine Stylistin namens Vicky meiner angenommen, läuft Marisa hinaus auf die Straße.

Vickys künstliche Wimpern schlagen vor mir auf und ab wie die Flügel eines schwarzen Schmetterlings. Käme sie mir noch ein kleines Stück näher, könnte ich die Luftbewegung spüren. Sie bedeutet mir, auf einem der Stühle Platz zu nehmen, und legt einen Stapel Frisurenkataloge vor mich hin.

Die Finger der Friseurin zupfen an meinem Haar, ihre Puppenaugen inspizieren mich dabei. Sie befragt mich zu meinen Vorstellungen von Schnitt und Farbe. Ich habe keine Ahnung von alldem. Es war jahrelang gut so, wie es war.

Wenn ich Menschen aus alten Tagen treffe, bekomme ich oft zu hören, dass ich mich in all den Jahren kaum verändert hätte. Das ist weder ein Kompliment noch eine Floskel. Es ist eine simple Tatsache. Ich trage mein Haar noch immer genau so, wie ich es als Zwölfjährige getragen habe. Habe nie versucht, meine Augenbrauen schmaler zu zupfen, hatte nie Lust darauf, etwas zu wagen, etwas an mir umzugestalten. Die Gewohnheit ist die Schalung, die mich zusammenhält. Bloß keine Veränderungen. Alles braucht seinen Rhythmus, auf alles muss Verlass sein.

Vicky verschwindet hinter einem Vorhang, kommt dann mit einem Büschel verschiedenfarbiger Strähnen zurück und rollt mit dem Hocker an mich heran. Farbmuster werden vor mir aufgeblättert, Schnittvarianten werden mir erörtert, doch für mich ist das Neuland. Schließlich spiele nach dem Zufallsprinzip, halte das Rad an einer beliebigen Stelle an, sage Ja, als sie mir eine blonde Mustersträhne an die Schläfe legt.

Dann sitze ich da, mit einer Haube aus Alufolie auf dem Kopf, unter der es juckt und brennt. Ich knipse ein Selfie, lösche es wieder. Ich weiß nicht, wem ich es schicken sollte. Jonas sieht mich heute Abend, das ist früh genug. Er würde sich nur unnötig aufregen, wenn er mich mit Marisa in der Stadt wüsste.

Er belügt dich. Er betrügt dich.

Eine Bewegung zieht meinen Blick an, fesselt ihn. Da ist eine Frau. Eben noch mit schnellen Schritten unterwegs, dann wie eingefroren. Sie verharrt in völliger Starre vor dem Fenster und sieht über die Köpfe der anderen Kundinnen hinweg zu mir herüber. Schmale Silhouette, schulterlanges rotblondes Haar, tiefgrüne Augen, kleine Inselgruppen aus Sommersprossen, die aussehen wie gesprenkelt.

Dieses Gesicht. Ich kann den Blick nicht abwenden. Woher kenne ich es? Die Frage rattert in mir, unaufhörlich und eindringlich wie der Klangkörper einer alten mechanischen Schreibmaschine. Da ist ein Zipfel der Erinnerung, aber ich kriege ihn nicht zu fassen.

Mein Verstand durchkämmt alle Datenbanken. Angestellte, Geschäftspartner, Kunden, Kassiererinnen an der Supermarktkasse. Ein Wirrwarr an Gesichtern, manche mit Namen, manche ohne. Aber die Frau ist nicht dabei. An diese katzenhaften Augen und an das Feuermal, das sich vom rechten Wangenknochen bis zum Haaransatz hochzieht, müsste ich mich erinnern, müsste sofort den Namen als fehlendes Puzzleteil einsetzen können. Trotzdem ist da etwas. Vage vertraut, unterschwellig bekannt. Ein Déjà-vu.

Ich springe auf, bremse mich dann in der Bewegung. Mache einen zögerlichen Schritt zur Tür. Zu zögerlich, denn schon zieht die Frau ihre Weste fester vor dem Bauch zusammen, schiebt den Riemen ihrer Handtasche hoch und läuft weiter.

»Sie können mir zum Waschbecken folgen«, tönt Vickys Stimme in mein Ohr.

Da fällt es mir wieder ein. Unter meinem Aluhut bin ich jetzt eine Blondine.

»Stunning! Du siehst super aus!«, ruft mir Marisa über das Dröhnen des Straßenlärms hinweg zu.

»Ich sehe aus wie meine Mutter«, stelle ich ernüchtert fest.

In den letzten zwanzig Minuten, in denen ich auf Marisas Rückkehr gewartet habe, musste ich mich immer wieder selbst in der Spiegelung des Schaufensters betrachten. Welcher Teufel hat mich geritten?

Marisa rennt auf mich zu, tänzelt um mich herum, während ich immer wieder ihre Hände in meinen Haaren spüre. Was für eine Fehlentscheidung, die ich mit der Blondierung getroffen habe.

»Du siehst so gut aus«, versichert sie mir mehrmals hintereinander und richtet ihr Smartphone auf mich. »Cheese!« Überschwänglich hält sie mir das Display vor die Nase.

Wie meine Mutter, denke ich wieder.

»Wie Kristen Bell. Nein, warte!« Marisa überlegt. »Jetzt habe ich es: Du siehst aus wie Kate Hudson.«

»Dein Ernst?«, lache ich und hake mich bei ihr unter. Es ist schön, Marisa um mich zu haben. Schön auf diese eigentümliche Art, die ich mir nicht so recht eingestehen will. Wie die Begeisterung für Trash-TV, die man nicht hinausposaunt, sondern lieber für sich behält.

»Komm, lass uns noch schnell einen Matcha holen.« Marisa zieht mich durch die Altstadt zu einem kleinen, unscheinbaren Restaurant. Wir bestellen zwei Matcha Latte zum Mitnehmen. Beim ersten Schluck des Tees rümpfe ich die Nase, aber dann schmeckt er mir. Ich habe auch gar keine andere Wahl. Marisa beschwört mich, den Becher leer zu trinken. Matcha sei das Beste, das ich meinem Körper anbieten könne. Ich würde mich sofort wie neugeboren fühlen. Matcha, der Jungbrunnen schlechthin, huldigt sie der grünen Brühe, als wäre sie etwas Heiliges.

Erst als Marisa das Auto zu Hause in die Garage manövriert, überkommen mich Zweifel. Wieder habe ich Jonas außen vor gelassen. Es ist eine Kleinigkeit. Eine Lappalie. Keinen Streit wert. Aber auf dem fragilen Gerüst, das uns trägt, kann die kleinste Erschütterung den Einsturz bedeuten.

Ich reibe mir die Stirn. Eine neue Sekunde, eine neue Gedankenkulisse. Diese rothaarige Frau mit den Sommersprossen. Wer ist sie? Dann der nächste Gedankensprung. Ich lausche. Schaudere. Spüre, wie ich mit offenem Mund dasitze.

Marisa stößt die Autotür auf, schwingt ihre Beine nach draußen und hält inne. Zuerst blickt sie mich nur stumm an. »Was ist los?«, fragt sie dann. »Tun deine Verletzungen weh?«

»Warum summst du dieses Lied?«

Das Licht in der Garage geht aus.

»Welches Lied?«

»Na, diese verdammte Melodie …!« Ich bin zu laut geworden, habe die Worte geschrien und mahne mich zur Ruhe. »Du hast dieses Lied gesummt, das bestimmt kein Ohrwurm eines Songs ist, den du ständig in London hörst.«

»Alles klar, ich werde das Singen bleiben lassen, versprochen.« Marisa lacht. »Ich wusste, dass meine Stimme scheiße klingt, aber nicht, dass sie so scheiße klingt.«

Langsam massiere ich mir die Handgelenke, sortiere meine Worte, während sich vor meinem inneren Auge eine Szene aus der Vergangenheit abspielt.

Ich höre es ganz deutlich, dieses Lied. *I mecht so gern landen, mecht in deiner Nähe bleib'n.* Das knielange hellblaue Kleid meiner Mutter schwang, entblößte dabei ihr Hinterteil, als sie sich zur Musik im Kreis drehte und sang. Sie war beschwipst, denn sie war überschwänglich und ausgelassen. Das war sie nie, wenn sie nüchtern war. Den anderen konnte sie etwas vormachen, konnte vor ihnen verbergen, dass sie eine Flasche Wein intus hatte, aber ich erkannte die Veränderung mühelos. Wenn ihr Blick plötzlich sanfter, ihre Bewegungen weniger kontrolliert und ihre Worte freundlicher wurden. In diesen Momenten war sie, so traurig es im Grunde war, meine Mutter. Dann wirbelte sie mich herum, erzählte mir, wie schön ich sei. Ich war ihre Prinzessin, ihre kleine Traube. Ich freute mich, buhlte um ihre Aufmerksamkeit wie eine Schar von Junggesellen um die Gunst der Dorfschönheit. Ich war so bedürftig, dass ich über meinen Schatten sprang, jegliche Hemmschwelle für diese raren Augenblicke entspannter mütterlicher Zuwendung überwand. Ich drehte mich mit ihr im Kreis, bis mir schlecht wurde, sang, wenn sie mich aufforderte zu singen. *I mecht so gern landen, mecht in deiner Nähe bleib'n.* Mutter liebte dieses Lied. Hörte sie es im Radio, summte sie es tagelang vor sich hin. Warum singt Marisa dieses Lied? Warum ausgerechnet diesen alten Austropop-Song?

»Warum ist das jetzt so wichtig? Wahrscheinlich habe ich die Melodie irgendwo aufgeschnappt. Nein, warte. Du singst das doch immer, oder?«

Ich seufze, habe das Bedürfnis, mich zu verstecken. Ich weiß nicht, wie ich es Marisa erklären soll, weiß nicht einmal, ob es etwas zu erklären gibt.

Ich sehe Gespenster. Ein belangloses Ereignis hat diesen Stein ins Rollen gebracht, und nun bauscht sich das Gefühl, dass hinter allem etwas Unheimliches, etwas Unerklärliches steckt, immer wieder aufs Neue auf. Ich sollte wirklich damit aufhören, all diese grässlichen Bücher und Filme zu konsumieren.

»Ach«, Marisa stößt einen klagenden Laut aus, »jetzt weiß ich, was du meinst. Alexa spielt dieses Lied immer ab, wenn ich sie darum bitte, Musik einzuschalten. Ich verstehe diesen österreichischen Dialekt nicht, aber …« Marisa stoppt sich selbst, als sie meinen zerknirschten Ausdruck bemerkt. »Was ist los?«

»Es gibt ein paar Dinge, die ich dir nicht erzählt habe.«

Marisa, die gerade noch am Saum ihres Shirts herumnestelte, legt die Hände in den Schoß. Wie eine Mutter, die geduldig auf das Geständnis ihres Kindes wartet. *Ich war es, die deine Uhr kaputtgemacht hat. Ich habe einen Fünfer in Mathe. Ich nehme jetzt die Pille.*

»Momentan sehe ich überall Gespenster. Die Gestalt am Tor, meine tote Mutter am Pool. Ich finde kleine Nachrichten im Haus, höre Schritte, wenn keiner da ist. Ich entdecke Dinge, die meiner Mutter gehörten, die ich schon längst weggegeben habe. Ihre Lieblingskerze, ihr Lieblingsparfum und nun ihr Lieblingslied. Ich glaube, etwas stimmt nicht mit mir.«

Eine bedrückende Stille legt sich über die ausgelassene Stimmung des Nachmittags. Ich höre, wie Marisa wiederholt schluckt, wie sie immer wieder Luft holt, als wollte sie etwas sagen.

»Ich muss dir auch etwas beichten. Wahrscheinlich wird Jonas mich deswegen umbringen, aber –«

»Was?«, blaffe ich sie ungeduldig an.

Marisa zuckt unter der Strenge meines Tonfalls zusammen. Nun gestattet sie sich keine Pause mehr. Die Worte sprudeln unaufhaltsam aus ihr heraus. »Du bist nicht verrückt. Ich habe auch jemanden gesehen. Eine reale Gestalt. Es war so spooky, Klara. Wie in einem Horrorfilm.«

»Moment!« Ich hebe die Hand. Es geht mir zu schnell. »Wo hast du jemanden gesehen? Wann?«

»Es war in der Nacht, nachdem ihr beide das Gästehaus verlassen habt. Ich konnte nicht schlafen und habe draußen noch eine Runde gedreht. Dann habe ich diesen Kerl gesehen. Er war dunkel gekleidet. Als er mich entdeckt hat, ist er wie der Teufel weggerannt. Ich hab nur Flipflops getragen und konnte ihn nicht einholen. Okay, ich hatte auch zu viel Schiss. Als ich zurück zum Haus wollte, habe ich etwas vor dem Tor gehört. Ein blechernes, schepperndes Geräusch. Dann bin ich endgültig abgezogen.«

Ich lege meinen Kopf auf das Armaturenbrett, um mich zu sammeln. Was Marisa da erzählt, passt zu dem, was ich selbst gesehen habe. Das bedeutet, dass ich keine Halluzinationen habe. Aber es bedeutet auch, dass jemand hier war. Hier auf meinem Grundstück. Vielleicht sogar in meinem Haus.

»Warum erzählst du mir das erst jetzt?«, frage ich und muss mich zügeln. In mir brodelt es. »Es hätte an dir gelegen, Jonas davon zu überzeugen, dass ich keineswegs den Verstand verliere.«

»Das habe ich versucht!«, stößt Marisa trotzig hervor. »Er war außer sich vor Wut. Hat mir unterstellt, ich würde deine Wahnvorstellungen befeuern. Er hat damit gedroht, mich rauszuwerfen, wenn ich es dir erzähle. Er meinte, ich sei genauso verrückt wie du und dass das in unserer Familie liege.« Etwas in ihrem Blick ändert sich. »Ich denke, dass er etwas damit zu tun hat.«

»Sag mal, spinnst du?«

Ich presse die Augen zu. Hinter geschlossenen Lidern verrinnt alles ineinander. Jonas, die rothaarige Frau, die düstere Gestalt, meine Eltern und Marisa verwachsen zu einer einzigen Figur. Ihr Stimmengewirr klingt wie das Summen von Hornissen. Ich brauche ein paar Minuten, um mich zu fangen. Ich muss meinen Mund halten, darf Marisa nicht mehr erzählen. Sie ist nicht meine Freundin, sage ich mir immer wieder. Zu spät.

»In der Nacht, bevor du ins Gästehaus gezogen bist, war auch jemand hier. Die Gestalt war ganz nahe am Haus, direkt vor meinem Fenster. Bei allen anderen Vorfällen könnte ich mir vorstellen, dass ich sie mir eingebildet habe, konnte einigermaßen vernünftige Erklärungen finden. Aber die Person an der Scheibe war da.«

»Auch die Person, die du in der Einfahrt gesehen hast, war keine Einbildung«, schlussfolgert Marisa und spricht das aus, was ich denke.

»Aber die Kameras zeichnen zurzeit nicht zuverlässig auf. Jonas konnte nur von einem Gerät Bilder abrufen. Darauf war niemand zu sehen, abgesehen von mir selbst.«

»Das ganze Grundstück ist vollgepackt mit Kameras. Total paranoid. Als würdest du in einem Hochsicherheitstrakt wohnen. Warum zum Teufel kann dein Cyberheld die nicht zum Laufen bringen? Das kann doch kein Zufall sein.«

Ich zucke resigniert mit den Achseln.

Plötzlich fährt Marisa herum. »Wer kann das sein?«

»Ich weiß es nicht«, murmle ich, während ich den Sicherheitsgurt, der sich gegen meine Brust drängt und mir die Luft zum Atmen abschnürt, löse.

»Ich glaube, es war ein Mann«, flüstert sie.

»Ich bin mir sicher, dass ich beide Male eine Frau gesehen habe. Und wenn du jetzt wieder damit anfängst, dass du die Gestalt für Jonas hältst, dann kann ich dir hundertprozentig versichern, dass du dich irrst.«

Entschieden schüttelt Marisa ihren Kopf.

»Es war ein Mann. Ich konnte ihn zwar nicht genau sehen, aber −«

»Moment, du sagtest, jemand hätte sich am Tor zu schaffen gemacht?«, unterbreche ich sie.

Sie nickt stumm.

Das ist alles, was ich wissen muss.

Ich schlage die Autotür auf, lasse das Garagentor nach oben fahren und renne hinaus. In meinen Riemchensandalen finde ich kaum Halt, riskiere einen Sturz. Aber ich muss nachschauen. Ich muss nachschauen, bevor Jonas mir zuvorkommt.

Am Tor angekommen, stoße ich den Schlüssel ins Schloss des Postkastens und reiße die Klappe auf. Dann sehe ich ihn.

22

Ich erachte es für besser, das Gespräch mit Marisa im Gästehaus zu führen. Ich kann ihre Fragen nachvollziehen, bin aber nicht bereit, auf alles zu antworten. Meine Finger umklammern den Brief. Marisa sitzt mit angezogenen Beinen auf dem Sofa, und ihr Blick versucht, den Umschlag zu durchbohren, zu den Worten vorzudringen. Aber ich werde sie nicht preisgeben. Ich werde sie hüten wie eine Löwin ihre Jungen.

»Wie lange stalkt dieser Freak dich schon?«

Noch nie hat mir jemand diese Frage gestellt. Noch nie habe ich mit jemandem darüber gesprochen. Ich muss vorsichtig sein, darf nicht zu viel sagen.

»Seit meiner Jugend. Du siehst also, Jonas kann gar nichts damit zu tun haben.«

Marisa presst ein Sofakissen an ihre Beine. Drückt es so fest an sich, als könnte sie sich mechanisch vor den Abgründen meines Lebens schützen. »Warum bist du nie zur Polizei gegangen?«

Die Antwort liegt auf der Hand, zumindest für mich. Aber ich werde sie Marisa nicht geben. »Es sind keine Drohbriefe. Es ist …« Ich unterbreche den Satz für einen Moment. »Es ist, als würde mir jemand mein Leben aus seiner Perspektive erzählen.«

»Das ist schräg und irgendwie pervers«, wendet Marisa ein und schüttelt sich. »Du musst zur Polizei. Dieser Psycho schickt dir nicht nur anonyme Briefe, inzwischen bricht er bei dir ein, um sie dir persönlich vorbeizubringen«, betont sie, als müsste sie mich über die Geschehnisse aufklären. »Hast du dir schon einmal die Frage gestellt, was als Nächstes kommt? Wenn ihm auch das nicht mehr reicht?«

»Ja, ja«, winke ich ab. »Ich kann deine Sorgen verstehen.«

»*Meine* Sorgen?« Marisa lacht hysterisch auf. »Es sollten eigentlich deine Sorgen sein, findest du nicht?«

Ich sage nichts dazu, falte den Umschlag einmal in der Mitte zusammen und schiebe ihn in meinen Hosenbund.

Marisa ist nervös. Sie grübelt über irgendeiner Sache, tastet den Raum mit ihren Augen ab und nimmt mich wieder ins Visier.

»Wenn dich diese Person bereits so lange Zeit verfolgt, dann ist es doch nicht schwer, herauszukriegen, wer dahintersteckt. Ich meine, so viele werden dafür ja nicht in Frage kommen.«

»Wir waren ständig von so vielen Menschen umgeben. Oft sind wir mit mir Unbekannten in den Urlaub gefahren. Unser Haus war dauernd voller Fremder. Es gab kein Abendessen ohne irgendeinen Geschäftspartner. Ich kann mich nicht mehr an diese Menschen erinnern. Wer weiß, ob dieser Briefeschreiber noch immer ein aktueller Teil meines Lebens ist.« Das ist er, denke ich und fröstle.

»Genau dafür gibt es die Polizei. Die können das herausfinden.«

»Schneller, als ich bis drei zählen kann, sehe ich die Schlagzeile auf dem Tagesschmierblatt des Landes: ›Winzer-Erbin von Stalker verfolgt‹. Diese Art von Publicity kann ich nicht gebrauchen.«

Das Gespräch verlangt mir einiges ab. Ich bin erschöpft, möchte allein sein. Ich möchte nicht über ihn sprechen. Nicht er ist es, der mir Angst macht.

»Lass uns morgen weiterreden«, bitte ich sie.

Marisas Stirn liegt in Falten. Die Falten vertiefen sich, als ich zur Terrassentür hinaustrete und mich ihr noch einmal zuwende.

»Jonas darf davon nichts erfahren.«

Liebste Klara,

weißt Du, warum ich Märchen so liebe?
Weil sie im Gegensatz zu anderen Erzählungen so viel vom echten Leben in sich bergen. Die Rohheit, die Gnadenlosigkeit, die Ungerechtigkeit.
Ich habe mich eingehend mit der menschlichen Psyche

*beschäftigt. Dabei bin ich immer wieder auf den Begriff
»Dramadreieck« gestoßen. Es beschreibt das in vielen Märchen vorkommende Beziehungsmuster zwischen Opfer,
Täter und Retter. Dieses Muster stagniert nicht. Es ist in
Bewegung, kann die Rollen immer wieder neu besetzen.
Ist das nicht aufregend? Und bringt es nicht das gängige
Weltbild der Menschen ins Schwanken?*

*Erinnerst Du Dich an die vielen Male, als Deine Mutter
Dich beschuldigte, ihre Sachen genommen zu haben? Goldene Ohrringe, die Autoschlüssel vom neuen Mercedes,
einen Lippenstift, ein wertvolles Weinglas?*

*Ich sah, wie Du still unter ihren falschen Anschuldigungen
gelitten hast. Auch die Narben an Deinen Unterarmen sind
mir nicht entgangen. All die kleinen Signale, die mir auf
tragische Weise offenbarten, wie sehr Du Dich nach einem
Ausbruch aus Deinem Leben gesehnt hast.*

*Aber es gab nicht nur diese eine, diese zerbrechliche Klara.
Das wurde mir klar, als ich Dich mit der schmalen goldenen
Rolex Deiner Mutter sah.*

Du warst nicht nur Opfer, Du warst auch Täterin.

*Die Rolex und ihre Überreste, nachdem Du sie mit dem
Hammer zertrümmert hattest, waren unser nächstes Geheimnis.*

*Gib auf Dich acht, Klara. Und sieh Dir die Menschen in
Deiner Umgebung genau an, denn vielleicht sind auch sie
nicht das, was sie auf den ersten Blick zu sein scheinen.*

*Auf bald,
Dein stiller Beobachter*

Ich ziehe meinen Koffer aus dem Schrank im Ankleidezimmer.
Ein altmodisches Modell, überwiegend schwarz mit Rosenblüten darauf. Früher begleitete er mich auf meinen Reisen, wurde
über die Gepäckausgaben sämtlicher Flughäfen auf der ganzen
Welt befördert. Wurde nachts verstohlen über Hotelgänge in

die Zimmer Unbekannter gezogen. Besäße er die Fähigkeit zu sprechen, könnte er mit vielen Geschichten aufwarten. Ich bin froh, dass er es nicht kann.

Heute befindet er sich im Ruhestand, wurde durch ein leichteres, größeres und komfortableres Modell ersetzt, das ich kaum mehr brauche, weil ich seit dem, was vor knapp fünf Jahren passiert ist, selten reise. Weil ich seither gar nichts mehr tue.

Ich klappe den Koffer auf und ziehe am Reißverschluss des innen liegenden Seitenfaches. Obwohl niemand im Haus ist, vergewissere ich mich mit einem Rundumblick, dass ich allein bin. Ich habe ein Geheimnis vor meinem Mann. Nicht nur das. Ich teile dieses Geheimnis mit Marisa. Ausgerechnet mit ihr. Aber auch Jonas war nicht ehrlich zu mir, zumindest hat er versucht, etwas vor mir zurückzuhalten, auf das ich ein Anrecht habe.

Da hocke ich, betrachte die Wölbung des samtigen Stoffes. Die ersten Briefe habe ich weggeworfen, nur die der letzten Jahre habe ich aufgehoben. Aus dem Bund meiner Hose ziehe ich den von heute und stecke ihn zu den anderen. Es sind viele. Ich weiß nicht, wie viele, habe irgendwann aufgehört, sie zu zählen. Es spielt keine Rolle.

Jemand sieht mich, egal, ob ich wachsam bin oder die Augen davor verschließe. Wenigstens einer sieht mich. In meiner einsamen Welt war das lange Zeit der einzig tröstliche Unterschlupf.

Jemand sieht die echte Klara. Und er wendet sich trotzdem nicht von mir ab.

Den Rest des Nachmittags verbringe ich mit YouTube.

Ich lerne, wie man runde Geschenkboxen verpackt, ohne Papier zu verschwenden, wie man die perfekten Pancakes bäckt, sehe dabei zu, wie eine körperlose Hand fotoreale Tiere malt, und reise mit Kate Bush zurück in die Achtziger.

Ich muss vor dem Fernseher eingenickt sein, denn plötzlich steht Jonas vor mir. Ich zwinkere ihn aus müden Augen an, reibe mit der Hand darüber.

»Wie spät ist es?«, frage ich und werfe einen Blick auf meine

Armbanduhr. Dann fällt mir ein, dass ihn mein Anblick völlig überrumpeln muss.

»Ich dachte, dass es dich freut, wenn ich heute früher nach Hause komme«, sagt er trocken. »Aber offensichtlich ist es dir ohne mich ganz gut gegangen.«

Sein Blick wandert von mir zum Wohnzimmertisch, wo eine angebrochene Flasche Wein steht, die ich vorhatte zu trinken, was ich aber nicht getan habe. Stattdessen habe ich mit Tabletten vorliebgenommen, um das Schmerzgewitter in meinen Beinen und im Rest meines Körpers abzuschwächen. Das Ensemble aus Wein und Tablettenblister scheint Fragen in Jonas aufzuwerfen, aber er stellt sie nicht.

Ich sehe die Anspannung in seinen Schultern, als er den Raum verlässt.

»Ich war beim Friseur«, erwähne ich unnötigerweise und folge ihm in die Küche.

Jonas wendet sich ab, öffnet den Kühlschrank, schließt ihn wieder. Ich stelle eine leichte Sonnenröte auf seinen Wangen fest. Die Flaumhärchen auf seiner Stirn schimmern golden. Augenbrauen und Wimpern wirken vom UV-Licht ausgeblichen. Seine Miene ist ausdruckslos.

»Soll ich etwas zu essen bestellen? Worauf hättest du Lust, Schatz?« Ich klinge wie eine brave Hausfrau, die um Entschuldigungen für ihre vernachlässigten Verpflichtungen ringt. Er ist nicht aufrichtig zu dir, durchfährt es mich wie ein Blitz.

»Was ist denn los? Warum sagst du nichts?«

Jonas holt seinen Schlüsselbund und sein Handy aus den Hosentaschen und schleudert beides auf den Tresen. Seine dunklen Augen funkeln mich an. »Ich hatte einen beschissenen Tag. Was ihn noch beschissener gemacht hat, war, dass du es nicht für nötig hältst, meine Anrufe anzunehmen. Kannst du dir vorstellen, dass ich mir Sorgen um dich mache, wenn du nicht reagierst? Dann komme ich heim und stelle fest, dass ich jetzt mit einer Blondine verheiratet bin. Ich fühle mich von dir verarscht. Und nein, ich habe keine Lust, Essen zu bestellen.«

Alles, was ich über Beziehungen weiß, weiß ich aus Büchern und von meinen Eltern. Zweitausend Seiten Ana und Christian. Siebenunddreißig Jahre Nadja und Ralf. Alle vier keine guten Lehrmeister. Jetzt bin ich mittendrin in der Kompliziertheit von Mann-Frau-Beziehungen. Unvorbereitet nach meinem Sprung ins kalte Wasser. Der Herzschlag hat sich zu früh normalisiert, das hormonelle Dauerfeuer eingependelt. Und schon geht es um die Mühe des täglichen Miteinanders. Um die ausgesprochenen und unausgesprochenen Regeln, so komplex, wie sie nur der menschlichen Gefühlsorientierung entspringen können.

Ist es das, was die Evolution für den Fortbestand der Menschheit vorgesehen hat? Dass wir alle körpereigenen Ressourcen in die selbsterfüllende Prophezeiung pulvern, dass ein Wir mehr ist als ein Ich?

»Gefalle ich dir nicht?« Lächerlich, dass dies die dringlichste Frage ist, die mir in diesem Moment durch den Kopf geht. Ich will meinem Mann gefallen, will ihn an uns erinnern. An die ursprüngliche Idee von Klara und Jonas. Will unser Begehren und unsere Leidenschaft zum Schmutzradierer machen, um die Ereignisse der letzten Tage, die ihre dunklen Schlieren hinterlassen haben, auszulöschen.

Jonas schlägt die Hände zusammen, lacht aus voller Inbrunst. »Du gefällst mir. Natürlich gefällst du mir! Was für eine Frage.«

Er wird ernst, zieht mich an sich, umfasst mich fest mit beiden Armen und drückt seinen Kopf an meinen Hals. »Ach, Klara mit K.«

Mein Herz schlägt schneller. Da ist sie, die Antwort. Ja. Ja. Ja auf alle Fragen, die mir das Leben in Bezug auf Jonas stellt. Ja zu allen Kompromissen. Ja zu allen Regeln. Ja, ich will. Bis dass der Tod uns scheidet. Meine Brust verengt sich vor Sehnsucht nach ihm.

»Ich halte es allerdings für keine gute Idee, dass du dir von Marisa Blödsinn in den Kopf setzen lässt, wo du dich eigentlich schonen solltest.«

»Es geht mir gerade gut. Ich werde verrückt, wenn ich den

ganzen Tag herumsitze und nichts zu tun habe, außer aus dem Fenster oder in den Fernseher zu starren.«

»Hast du in deinem Leben jemals etwas Sinnvolleres gemacht?« Seine Frage kommt unverblümt, mit rauer, fremder Stimme.

Ich weiche einen Schritt zurück, mustere das Gesicht des Mannes, der vor mir steht. Seine Boshaftigkeit trifft mich wie ein Schlag ins Gesicht.

Jonas legt einen Finger auf seine Lippen, als könnte er die Worte zurückschieben, sie unausgesprochen machen. »Es tut mir leid.«

»Gut zu wissen, wie du über mich denkst.«

»Klara!« Jonas versucht, nach meiner Hand zu greifen, doch ich will nichts wie weg. Seine Worte haben mich verletzt. Diese Art von Gespräch will ich nicht führen. Nicht mit Jonas.

»Sei nicht gleich sauer!«, ruft er und eilt mir hinterher.

»Denkst du auch, dass ich Wahnvorstellungen habe? Dass das in unserer Familie liegt?«, brülle ich ihn an, wohl wissend, dass ich dabei bin, das Gespräch mit Marisa preiszugeben.

»Was? Wovon redest du?«

Ich drehe mich zu Jonas um, schaue ihm direkt ins Gesicht. »Worüber hast du mit Marisa gesprochen, als du bei ihr warst?« Ich muss meine Frage nicht näher erläutern. Jonas weiß, was ich meine.

»Was spielt das für eine Rolle? Sie kann dir erzählen, was auch immer ihr gerade in den Sinn kommt. Du würdest ihr alles glauben. Also frag verdammt noch mal gleich sie!«

Es ist, als hätte er sich mit diesen Sätzen vollständig entladen. Mit gesenktem Kopf kauert er sich in die Sofaecke und fällt langsam in sich zusammen. Wie eine Luftmatratze, bei der das Ventil geöffnet wurde.

»Genau das ist es, was sie will. Marisa ist vielleicht kein von Grund auf böser Mensch, aber ich denke, sie möchte eine alte Rechnung begleichen. Eine, in der wir nur als die Sündenböcke für deine Eltern herhalten.«

Marisas Gesicht tritt vor meine Augen. Die Grübchen, wenn sie lacht, ihre hochgezogenen Augenbrauen, wenn sie ihren Zynismus versprüht, ihre Sorgenfalten an jenem Abend, als ich beinahe ohnmächtig geworden wäre. Ich hielt sie für ein offenes Buch, für eine Frau, die nicht imstande ist, das zurückzuhalten, was in ihr vorgeht. Ganz egal, was sie damit anrichtet.

Hat Jonas recht? Hat sie mich getäuscht? Ich stoße einen Seufzer aus. Der innere Tumult beschert mir ein flaues Gefühl im Magen. »Ist es dir lieber, wenn sie aus dem Gästehaus auszieht?«

Jonas hebt den Kopf. Sein Gesicht wirkt fahl und zerknirscht. Seine sonst so vollen Lippen sind zu einem schmalen Strich geworden. »Ich habe Angst um uns. Seit sie da ist, ist nichts mehr, wie es war.«

Das ist wahr.

Ich knie mich vor ihn, was die Schnittwunden an meinen Beinen brennen lässt. Er nimmt mein Gesicht zwischen seine Hände, und ich lege meine eigenen Hände darauf. Sein Blick ist so eindringlich, dass ich es kaum aushalte. Ich löse mich aus seinem zärtlichen Griff, presse meinen Kopf gegen seine Brust und lausche seinem Herzschlag. Ich erinnere mich zurück an unsere erste Nacht, in der ich mir geschworen habe, meinen Kopf nie wieder auf die Brust eines anderen Mannes zu betten.

»Ich spreche mit ihr.« Mein Entschluss steht längst fest. »Aber tu mir bitte einen Gefallen.«

»Jeden, den du willst«, verspricht Jonas, ohne mich zu Ende gehört zu haben.

»Bitte kümmere dich um die Überwachungsanlage. Ich fühle mich nicht wohl, wenn ich hier allein bin.«

Jonas hebt zwei Finger und bedeutet mir mit dieser kindlichen Geste sein Ehrenwort.

23

Es ist schwül im Zimmer, die Luft so dick, als ließe sie sich wie Knetmasse formen. Sie verstopft meine Nase, legt sich wie ein Knebel in meinen Mund.

Ich winde mich, finde keine bequeme Schlafposition. Neben Jonas zu liegen fühlt sich an, als läge ich am offenen Feuer. Mit glühender Haut rutsche ich auf die äußerste Kante des Bettes, recke mich alle paar Minuten nach einem kühleren Stück Matratze unter mir.

Es ist noch nicht ganz Mitternacht, als ich es nicht mehr aushalte und in eines der Gästezimmer flüchte. Dort läuft die Klimaanlage, die Jonas im Eheschlafzimmer nicht einschalten möchte, weil sie die Symptome seines saisonalen Asthmas verstärkt.

Die Zunge klebt trocken an meinem Gaumen. Ich wünschte, ich hätte eine Wasserflasche neben dem Bett. Der Durst treibt mich schließlich in die Küche, wo ich gierig zwei Gläser prickelndes Mineralwasser hinunterkippe.

Jonas' Handy liegt noch immer dort, wo er es vor Stunden hingeschleudert hat. Das Lämpchen auf dem Display weist blinkend auf eine verpasste Nachricht oder einen Anruf hin. Ich rechtfertige meine Neugier damit, dass es sich um etwas Wichtiges handeln könnte, als ich das Gerät mit einem Knopfdruck zum Leben erwecke. Ich kenne den Code nicht, aber auf dem Sperrbildschirm tut sich eine Liste mit eingegangenen Nachrichten auf. Fünf Voransichten von Textnachrichten einer Person, die Jonas als »Sam« eingespeichert hat. Die letzte Nachricht wurde erst vor wenigen Minuten geschickt.

Ich überfliege die nichtssagenden Bruchstücke, betrachte das ebenso nichtssagende Profilbild und deaktiviere das Display wieder. Einen Sam kenne ich nicht. Aber ich kenne ohnehin kaum Menschen aus Jonas' Umfeld. Nur selten erwähnt er irgendeinen Namen, wenn er mir kleine Anekdoten aus dem Büro mitbringt. Das ist kein Problem für mich. Ich bin kein geselliger Mensch. Der Gedanke, neue Bekanntschaften zu machen, schreckt mich eher ab, als dass ich es unbedingt wollte oder für nötig hielte.

Die Menschen sind so erpicht darauf, die Welt nicht in Schwarz und Weiß einzuteilen, dass es zum Volkssport geworden ist. Ihnen entgeht, dass es auch Menschen gibt, die nicht den optimalen Zwischentönen entsprechen. Dass es am Rand ihres idealisierten Sichtfeldes Menschen wie mich gibt. Schwarz. Nur das eine und nicht das andere, mit der Unfähigkeit, von den eigenen Marotten abzurücken, um sich in irgendeine Mitte einzureihen.

Ich erinnere mich noch gut an die Zeit, in der ich so gern dazugehören wollte. Mein größter Wunsch war es, diesen wunderschönen, traurigen Ort mit Menschen zu teilen, die sahen, wer ich war. Ich wollte ein Teil ihrer verwickelten Geschichten sein anstatt die, über die Geschichten erzählt wurden. Wollte ihre geflüsterten Geheimnisse an meinem Ohr hören, anstatt die zu sein, über die geflüstert wurde.

Kinder können grausam sein, wenn man nicht in ihr Raster passt. Erwachsene ebenso, wie ich später erfuhr. Meine Absonderung war eine erfolgreiche Taktik, um mich der Ablehnung anderer zu entziehen. Es macht einsam, aber mit der Einsamkeit ist es wie mit allem anderen. Man gewöhnt sich daran. Die Klingen der Traurigkeit, die ins Fleisch schneiden, wurden irgendwann stumpf. Solange ich die Kontrolle behielt, war alles in Ordnung. Ich war in meiner sicheren, von mir zurechtgerückten Welt.

Mit Jonas ist alles anders. Ich bin wieder angreifbar. So verdammt angreifbar.

Stunden später bin ich noch immer schlaflos und völlig erschöpft. Das Nachthemd klebt verschwitzt an meiner Haut. Ich ziehe es aus und werfe es angewidert aus dem Bett. Das Vogelgezwitscher steigert sich zum morgendlichen Crescendo. Sie singen gegen die Nacht, als ginge es um ihr Leben. Dann endlich lila Wolken und erstes Sonnenlicht.

Ich klettere unter meinen Trümmern hervor und wuchte meine Beine aus dem Bett. Unsichtbare Käfer krabbeln unter den Verbänden. Der Juckreiz lässt mich zusammenzucken. Ich wanke ins Bad, wickle sie ab. Dann schrubbe ich den üblen Geschmack von meinen Zähnen. Bei einer lauwarmen Dusche versickert die schlimmste Müdigkeit im Abfluss.

Auf dem Weg durch den Flur spähe ich ins Schlafzimmer. Jonas schläft. Die Arme und Beine weit von sich gestreckt, sieht er aus wie ein riesiger Seestern. Ich ziehe die Tür zu und humple nach unten.

Mit ein paar Klicks rufe ich das Video mit den perfekten Pancakes auf, mixe alle Zutaten zusammen und brate den Teig goldbraun an. Dazu koche ich Gelee aus dem Rest Tiefkühlhimbeeren, die ich im Gefrierschrank finde, und belege ein Baguette mit Mozzarella und Cocktailtomaten. Für mich selbst koche ich eine Kanne Früchtetee. Weil ich weiß, dass Jonas am liebsten Caffè Latte mit Milchschaum und frisch geraspelter Schokolade trinkt, bereite ich einen zu.

Jonas kommt die Treppe herunter, als ich mit dem Tablett in Richtung Esszimmer laufe. Meine Arme zittern unter der Last des Gewichtes. »Guten Morgen!«, rufe ich. »Drinnen oder draußen?«

Jonas scheint einen Moment lang über meine Frage nachdenken zu müssen. »Draußen ist es sicher noch zu kühl.«

Das ist einer der größten Unterschiede zwischen uns. Mir ist permanent zu warm. Ihm hingegen kann es gar nicht heiß genug sein. Ob es wohl noch mehr Unterschiede zwischen uns gibt, die mir bisher nicht aufgefallen sind? Die durch den Filter meiner rosa Brille nicht bis zu meinem Verstand durchgedrungen sind? Fragen gären in mir. Von welchem Elternteil hat Jonas die knubbeligen Ohrläppchen? Wie hat er als kleiner Bub ausgesehen? Wer waren die schrägen Tanten und Onkel, die ihm nach dem sonntäglichen Familienessen zu feuchte Küsse auf die Wangen drückten? Es gibt so vieles, das ich nicht über Jonas weiß. Was bisher spannend zu ergründen war, beunruhigt mich nun. Was, wenn wir feststellen, dass wir nicht die füreinander sind, die wir uns erhofft haben?

Ich stelle das Tablett am Esstisch ab, schüttle die Hände aus und blicke auf die Uhr. Dass er mich um diese Zeit unten antrifft, scheint ihn zu verwundern. Normalerweise ist er derjenige, der zuerst auf den Beinen ist. Wenn er nicht ins Büro fährt, geht er eine halbe Stunde laufen oder schwimmen, während ich es vorziehe, so lang wie möglich im Bett zu bleiben und dort meinen Gedanken nachzuhängen.

Jonas legt seinen Arm um mich, während sein Blick auf das üppige Frühstück gerichtet ist. »Das sieht lecker aus«, schwärmt er und küsst mich. Er riecht nach Bett und Zahnpasta.

Mehr als Floskeln und Höflichkeiten haben wir uns heute nicht zu sagen. Im Dunkel der Nacht wurde kein Resetknopf in meinem Kopf gedrückt. Im Gegenteil. Alle zwiespältigen Gefühle von gestern Abend sind in vollem Umfang präsent, haben sich in mir gestapelt wie ungeöffnete Post.

Ich hoffte, diese Beziehung würde etwas öffnen, würde mir erlauben, ich zu sein. Stattdessen klafft das Unausgesprochene zwischen uns, und wenn wir miteinander sprechen, erreichen wir einander nicht mehr.

Ich beobachte Jonas, der das Frühstück in sich hineinschaufelt, als wollte er nicht mehr Zeit als unbedingt nötig mit mir im selben Raum verbringen. Unvermittelt frage ich mich, was eine Ehe wie die meiner Eltern über so viele Jahre hinweg aufrechterhalten hat. Von Liebe war zwischen den beiden nie etwas spürbar, und es ist schwer vorstellbar, dass das jemals anders gewesen sein soll. Sie blühten nebeneinander auf, wenn sie in interessante Gespräche mit anderen verstrickt waren, sie schätzten die Sterneküche und glänzten als souveränes Arbeitgeber-Duo, wenn es darauf ankam. Aber hatte mein Vater Freudentränen in seinen Augen, als er meiner Mutter zwei Jahre vor meiner

Geburt den Ring an den Finger steckte? Gab es Momente, in denen meine Mutter ihren Kopf an seine Brust legte? Sahen sie sich jemals als händchenhaltende Greise zusammen auf einer Hollywoodschaukel sitzen? Ich weiß nicht viel über Beziehungen, aber eines weiß ich mit Bestimmtheit: Wenn eine derartig unterkühlte Verbindung so lange halten konnte, dann werden Jonas und ich es erst recht schaffen. Eine Ehe wie die unsere, die auf so viel Zärtlichkeit aufbaut, kann nicht an ein paar Diskrepanzen kaputtgehen. Vielleicht ist das unsere Prüfung? Diese eine berühmte Sache, über die wir in ein paar Jahren lachen werden?

Als Jonas das Haus verlässt, begleite ich ihn in die Garage. Ich sehe ihm zu, wie er sein Hemd in die Hose steckt und sich ins Auto setzt. Als er losfährt, winke ich ihm hinterher und bin in Gedanken schon an der Lade mit den Schmerzmitteln.

Marisas Rollos werden, begleitet von einem Rattern, nach oben gezogen. Lorenz kommt angefahren, wie immer pünktlich.

Mit einer luftigen Hose und einem Shirt rüste ich mich für den Tag, bin aber zu ausgelaugt, um mich seinen Forderungen zu stellen. Ich verschiebe das Vorhaben, mit Marisa zu sprechen, ignoriere das schmutzige Geschirr am Esstisch und laufe geradewegs zurück ins Gästezimmer.

Unter den Bettlaken ist es herrlich kühl. Ich schließe die Augen. Ein Schlund tut sich auf, verschluckt mich.

Ich lasse es zu.

Ich will schlafen. Einfach nur schlafen.

Ein gellender Schrei. Ich fahre hoch, renne zum Fenster.

Von hier aus habe ich keinen Blick auf das Gästehaus. Erneut ein Schrei. Ich haste nach unten und bleibe wie angewurzelt auf der Terrasse stehen.

Marisa ist über das Schwimmbecken gebeugt. Die Hände auf den Mund gepresst. Dumpfes Schluchzen. Ich entdecke

Lorenz, der mit dem Kescher im Wasser rührt, sehe das Stück Fell, das regungslos und aufgebläht an der Wasseroberfläche treibt.

»Aber Katzen können doch schwimmen!«, heult Marisa, als sie mich sieht. Ein selbsterklärendes Bild.

Lorenz streckt sich nach dem toten Tier, den Kescher ins Wasser gesteckt, um es an den Beckenrand zu befördern.

Der Tod ist abstoßend, aber ich kann mich seinem Anblick nicht entziehen. »Was ist mit ihr passiert?« Meine Frage ist ein Ausdruck von Verlegenheit. Ich weiß nicht, was ich sonst sagen soll.

»Sie ist tot.«

Natürlich ist sie das. Marisa fährt herum, als die Katze endlich im Kescher liegt und Lorenz sie auf einem ausgebreiteten Müllsack ablegt. Mit würgenden Geräuschen springt sie hinter eine Hortensie. Ich bin fluchtbereit, denn ich ertrage es nicht, wenn sich jemand in meiner Gegenwart übergibt. Zum Glück tut sie es nicht und fängt sich wieder.

»Ich werde sie oben im Wald begraben«, meldet sich Lorenz dazwischen. Auf seinem Gesicht ist Bedauern abzulesen. Er hebt die Katze samt Müllsack in einen bereitgestellten Karton.

Die Katze stirbt zuerst, denke ich. Eine weitere Gesetzmäßigkeit in Horrorfilmen.

Marisa wischt sich mit den überlangen Ärmeln ihres Strickpullis die Tränen aus dem Gesicht. Als ich auf sie zukomme, bemerke ich, wie elend sie aussieht. Ein Teil von mir will sie umarmen, aber ich wahre Distanz.

»Katzen können doch schwimmen«, wiederholt sie.

Ich zucke langsam mit den Schultern.

Marisa lässt sich auf einen Liegestuhl sinken. Sie wirkt so mitgenommen, so schutzbedürftig. Sie tut mir leid. Das schwarze Haar strähnig über ihrem Gesicht. Dahinter verquollene Augen und von Tränen gerötete Haut. Genauso hat sie bei der Feuerbestattung unseres Vaters ausgesehen.

»Ich weiß es nicht. Vielleicht war sie krank oder alt. Wir

wissen doch nicht einmal, wem sie gehört hat.« Was ich sage, ist nicht tröstlich, dessen bin ich mir bewusst. Eine Katze ist in meinem Pool ertrunken. Das ist traurig, aber ich kann mich nicht auch noch damit auseinandersetzen.

»Jemand hat sie umgebracht!«, brüllt Marisa. Mit ihren weit aufgerissenen Augen sieht sie aus, als wäre sie am Rand des Wahnsinns.

Lorenz wirft uns beim Gehen einen Blick zu, den ich nicht deuten möchte.

»Hör auf, so zu schreien«, zische ich, aber Marisa ist noch nicht fertig.

»Jemand hat sie ertränkt. Entweder war es dein Toyboy, dein schräger Hausmeister oder dein verdammter Stalker.«

»Marisa«, warne ich sie und bin froh darüber, dass Lorenz inzwischen außer Hörweite ist. »Weißt du eigentlich, wie verrückt das klingt?«

»Wer soll es denn sonst gewesen sein?«

»Sie ist einfach reingefallen. Verdammt noch mal, was weiß ich, warum Katzen ertrinken? Sie tun es einfach.« Ich fuchtle mit den Armen, als verjagte ich einen unsichtbaren Feind. »Du kannst nicht ständig alle Menschen in meinem Umfeld irgendwelcher Dinge bezichtigen.«

Ich setze mich ebenfalls auf einen Liegestuhl, befinde mich nun mit ihr auf Augenhöhe, schlage einen milderen Tonfall an. »Jonas hat die ganze Nacht geschlafen. Ich weiß das, weil ich währenddessen wach war. Lorenz ist erst vorhin eingetroffen«, erkläre ich ihr, als gäbe es diesbezüglich etwas zu erklären. »Der Stalker, oder wie auch immer du ihn nennen magst, hat ebenfalls keinen Grund, so was zu tun. Er ist harmlos. Niemand hat der Katze etwas angetan. Sie ist ertrunken. Es war ein Unfall«, sage ich besonnen.

Doch da ist diese Person, die sich auf meinem Grundstück herumtreibt. Was, wenn sie mir mit dieser Tat einen Vorgeschmack darauf geben will, wozu sie sonst noch fähig ist? Ich verdränge den Gedanken. Die Katze ist ertrunken.

Die Erinnerung überfällt mich prompt.

Sie sind ertrunken. Die Mutter ist über Bord gegangen, der Vater erlitt beim Versuch, sie zu retten, einen Herzstillstand.

Ich schlinge meine Arme um Marisa, doch der Trost gilt nicht ihr. Er gilt mir selbst.

24

Ich bringe Marisa zurück ins Gästehaus. In der Küche finde ich eine Flasche Schnaps. Ich fülle ein kleines Glas und reiche es ihr. Sie kippt es runter, verzieht angeekelt das Gesicht und wischt sich die Reste mit dem Handrücken vom Mund. Das alles ist so bizarr.

Ich will mit Jonas sprechen, aber ich habe das Telefon verlegt. Nachdem ich in mein Haus zurückgekehrt bin, inspiziere ich das Sofa, das Bett und diverse Schubladen. Ich stelle alles auf den Kopf, aber vom Handy fehlt jede Spur.

Genervt renne ich wieder nach draußen. Solange es nicht klingelt, werde ich es nicht finden. Ich werde mir Marisas Smartphone ausleihen, um mich damit selbst anzurufen.

Auf der Terrasse erkenne ich den Karton mit der toten Katze wieder und wende rasch meinen Blick ab. Ich hoffe, dass Lorenz sich bald darum kümmert, bevor das Tier zu riechen anfängt.

Durch die Fenster des Gästehauses sehe ich Marisa auf dem Sofa liegen, die Decke bis zum Kinn hochgezogen. Sie schläft.

Meine Beine führen mich unweigerlich zum Pool. Kann es sein, dass eine Katze ins Wasser rennt und ertrinkt? Ich kenne mich nicht aus mit Katzen. Weder hatte ich jemals eine, noch interessiere ich mich für sie. Ich mag Tiere, die allgemein als abstoßend oder furchteinflößend angesehen werden, kann mich im Tanz von zwei Ringelnattern verlieren und könnte Stunden damit verbringen, Flügelpaare und Facettenaugen von Gottesanbeterinnen zu studieren. Doch nun will mir diese Katze nicht aus dem Kopf gehen.

Ein Impuls drängt mich zur Flucht, rät mir eindringlich, von hier zu verschwinden. Etwas spitzt sich zu, liegt auf der Lauer, wartet darauf, mich zu zerstören. Alles verlangsamt sich auf das Tempo eines nicht enden wollenden Traumes. Sind es Zeichen, die mir jemand schickt? Kann es sein, dass dies erst der Anfang eines noch schlimmeren Alptraums ist?

Die Informationen, die mein Gehirn zu verarbeiten versucht, werden zum Dickicht. Bilder blitzen in schneller Abfolge auf, als säße ich in einem Ringelspiel. Marisa. Der Kescher im Wasser. Lorenz. Mein eigenes entsetztes Gesicht. Der Kopf der Katze. Irgendetwas war falsch daran. War da nicht Blut an ihrem Maul? Aber wie kann das sein, wenn sie in der Folge von unglücklichen Zufällen ertrunken ist? Oder verwechsle ich da etwas?

In Sandalen renne ich über das Kalksteinpflaster, schlittere durch eine Lacke aus Gießwasser, die sich um einen Blumentopf gebildet hat. Ich muss die Katze sehen, muss diesen Stachel des Zweifels, der in mir steckt, herausziehen.

Sie ist weg. Die Stelle, an der die Schachtel mit dem toten Körper gestanden hat, ist leer.

Auf halber Anhöhe im Weingarten kann ich Lorenz' Jacke ausmachen. In der rechten Hand die Pappschachtel, in der linken einen Spaten. Er ist auf dem Weg zum Wald. Zu dem Stück unberührter Natur, auf dem Fichten aufragen und gleichgültig auf uns herabblicken.

»Lorenz!«, rufe ich, aber der Wind trägt meine Worte weg.

Ich laufe ihm hinterher. Mein Hecheln klingt wie das eines alten Hundes. Ich bleibe stehen, krümme mich, richte mich mühsam wieder auf und rufe wieder nach Lorenz. Meine Stimme ist nur ein dünner Hauch im Pfeifen des Windes. Ich halte mir die Haare aus dem Gesicht und quäle meinen Körper weiter nach oben.

Ich war nie sehr sportlich, schwänzte den Turnunterricht in der Schule regelmäßig mit selbst geschriebenen Entschuldigungen. Ich fürchtete mich davor, ein Rad zu schlagen, weil ich mir nicht das Genick brechen wollte, bekam Seitenstechen beim Staffellauf, musste kotzen, wenn wir Runden um den Fußballplatz drehten, und hatte Angst vor Bällen. Ich war die einzige Schülerin in meiner Klasse, die es fertigbrachte, ein »Genügend«

ins Semesterzeugnis eingetragen zu bekommen, das meine Mutter im Sekretariat anfocht und so ein »Gut« für mich herausholte. Doch dieser Leistungsabfall, den ich in den letzten Wochen erlebe, ist selbst für mich ungewöhnlich.

Ich schiebe mich durch das Gatter, das mein Anwesen vom Wald trennt und Rehe davon abhalten soll, es sich zwischen den Weinreben heimelig zu machen. Auf dem Teppich aus Kiefern- und Fichtennadeln und weichen Moosbänken habe ich das Gefühl zu versinken. Darunter lauern Wurzeln, die zu Stolperfallen werden, wenn man nicht aufpasst. Ich schaue mich nach Lorenz um, sehe nichts als die sturmschiefen Stämme der Nadelbäume.

»Lorenz!« Ich fahre mir über die nasse Stirn und verdränge das Schwindelgefühl. Dann höre ich es, dieses metallische Kratzen, wenn eine Schaufel auf Stein stößt. Ich folge dem Geräusch und entdecke Lorenz' dunkelblaue Jacke auf einer Lichtung.

»Da bist du ja«, keuche ich.

Er lässt den Spaten, den er eben noch in die feuchte Erde gerammt hat, sinken. Aber die Person, die vor mir steht, ist nicht Lorenz.

»Paolo«, murmle ich. Das Blut weicht aus meinem Gesicht.

Sein Blick bohrt sich in mich. »Lorenz schafft es nicht, das Tier einzugraben.«

Zwischen kniehohen Brennnesseln bahne ich mir den Weg zu ihm durch, vernehme seinen säuerlichen Körpergeruch. Er rammt den Spaten wieder in den Boden, wirft die ausgehobene Erde neben sich. Wumm. Wumm. Wumm.

»Was ist mit der Katze passiert?« Meine Lippen beben, als ich die Worte ausspreche.

Paolos Körper strafft sich. Etwas in der Atmosphäre verändert sich. Mit einer scharfen Handbewegung wirft er den Spaten hinter sich und fährt sich mit der Hand über das Gesicht. Der Dreck zieht eine dunkle Spur auf seiner Haut. Als hätte er eine Kriegsbemalung aufgetragen.

»Diese Frage solltest du dir selbst stellen, nicht mir.« Sein

Tonfall hat etwas Feindseliges. Er beäugt mich von Kopf bis Fuß, dann zieht er missbilligend seine Oberlippe hoch, sieht aus wie ein Wolf, der seine Zähne fletscht.

Ein glühender Funke fährt durch meine Brust und zündet einen Fluchtreflex. In langsamen Schritten bewege ich mich rückwärts von Paolo weg, lasse ihn dabei nicht aus den Augen.

»Sie ist ertrunken!«, brüllt Paolo. Die Haut um seinen Kiefer ist zum Platzen gespannt, und an seinem Hals treten dunkle Adern hervor. Mit einer schnellen Handbewegung fasst er in die Schachtel und greift nach der Katze. Mein Atem geht stoßweise, und ich stolpere rückwärts, als er das nasse Fellbündel hochreißt und es schlaff neben seinem Kopf hin- und herbaumelt.

Ich sehe kein Blut, nur einen aufgequollenen Körper, der zu zerfallen droht.

»Weißt du, was passiert, wenn man ertrinkt?« Paolos Tonfall ist so scharf, so heimtückisch, dass alles in mir drängt, wegzulaufen, aber ich bin gefangen in meinem Entsetzen.

»Mit dem ersten Wasserschwall verkrampft sich der Kehlkopf. Das ist ein Mechanismus, der die Lungen schützt. Man nennt es ›Stimmritzenkrampf‹, aber eigentlich ist es nichts anderes als ein qualvolles Ersticken.«

Die Katze plumpst dumpf in das Grab. Ein Geruch von Fäulnis und modriger Erde dringt in meine Nase. Ich schlage die Hände vors Gesicht.

»Erst nach einem minutenlangen Todeskampf und dem Ringen nach Luft wird man endlich ohnmächtig«, dröhnt es laut durch den Wald.

Paolos Worte kleben wie nasse Lumpen an mir, während ich den Berg hinunterrenne. Da ist nichts als der Luftzug meiner eigenen Bewegungen und seine Stimme in meinem Kopf. Was ist los mit diesem Mann, der sonst so vornehm und leise spricht und immer ein Lächeln auf den Lippen hat? Warum zum Teufel unterstellt er mir, diese Katze ertränkt zu haben? Ein Gedanke überfällt mich. Ich sehe mich selbst, wie ich das Tier ins Wasser werfe, sehe mich lächeln. Alles rotiert. Das ist verrückt. Ich habe das nicht getan.

Ein fester Griff bremst mich, verhindert, dass ich gegen die Garage des Mähroboters renne. Ich falle in Lorenz' Arme, mache mich aber sofort wieder los.

»Lass diesen Wahnsinnigen nie wieder auf mein Grundstück. Nie wieder!«, stoße ich schnaufend hervor und ringe die Tränen nieder.

Mit letzten Kräften laufe zurück in mein Haus und verriegle die Tür. Am Fenster halte ich die Stellung, bis ich sehe, wie Paolo, die Hände in den Hosentaschen, den Berg herunterkommt.

Dann ist er endlich verschwunden.

Das Unwetter entlädt sich mit kräftigen Blitzen und Donnergrollen, noch ehe der Regen einsetzt. Warmer Föhnsturm schlägt gegen die Scheiben, als wollte er sie zerbrechen. Die Luft schmeckt schal, und alles ist klebrig und klamm. Unbehagliche Stille durchflutet mein Haus wie Hochwasser, lässt mich die Bodenhaftung verlieren. Ich treibe aufwärts, strecke die Zehen hinunter zum Grund, aber ich kann ihn nicht ertasten.

»Was passiert hier?«, rufe ich meine Frage in die Küche, die heute noch kahler aussieht als sonst. Keine prall gefüllte Obstschale am Tresen, kein Leuchten eines Lämpchens am eingeschalteten Backofen oder an der Kaffeemaschine, kein neuer Tulpenstrauß von Jonas.

Ich sitze mit einer Tasse Tee an der Kochinsel und verrühre den braunen Zucker, der wie eine Sandbank am Grund meiner Tasse klebt. Ein paar Kalorien werden mir guttun, wenn ich schon kaum etwas esse. Ich kippe die süße, lauwarme Brühe in mich hinein, bis es mich vor Ekel schüttelt.

Der Tag soll enden, jetzt sofort. Ich habe genug von ihm, genug von all den Aufregungen. Aber es gibt noch etwas zu erledigen. Ich muss Marisa aus dem Haus bekommen. Wenn sie jetzt geht, unterbreche ich die Handlungskette. Wenn sie noch heute auszieht, dann wird alles wieder gut zwischen Jonas und mir. Dann wird alles wieder so, wie es war. Alles wird wieder an seine Stelle rücken. Es ist ein magisches Mantra, das ich vor mich hin spreche, während ich die vollgestopften Schubladen im Büro nach meinem alten Adressbuch absuche. Das Gewitter ist inzwischen weitergezogen. Hinter dem nebelverhangenen Himmel schaffen es die ersten Sonnenstrahlen bis in das Zimmer. Kleine Staubteilchen tanzen wie Schneeflocken im Licht, als ich sämtliche Mappen hochhebe und Aktenordner umdrehe. Ich spreche Flüche aus, befürchte, Jonas hätte auch mein Adressbuch mitgenommen, da finde ich es. Hastig überblättere ich die Seiten mit meinem Daumen und entdecke die Nummer, die ich gesucht habe. Nur das iPhone ist noch immer nicht aufgetaucht. Auf einen kleinen Notizzettel kritzle ich die Ziffern und warte wenige Minuten später vor dem Gästehaus.

Marisa steht dezent geschminkt in einem knielangen blumigen Kleid vor mir. Sie sieht besser aus, scheint sich wieder im Griff zu haben. Mit einer Kopfbewegung bittet sie mich ins Haus. Es riecht nach Kaffee und nach etwas Süßem und Fremdem. Wie schnell sich Ausstrahlung und Gerüche von Räumen verwandeln, wenn sie von einer neuen Person bewohnt werden. Das trifft allerdings nicht auf Jonas zu. Sein weniges Hab und Gut hat sich in der Weite meines Hauses verloren. Seine Gerüche beschränken sich auf die Hälfte seines Bettes und auf die Dusche, nachdem er sie benutzt hat. Er hat sich wie ein Chamäleon in mein Revier eingefügt, in dem nur wenige Spuren von ihm auszumachen sind.

»Möchtest du auch einen Kakao?«, fragt Marisa und holt zwei Tassen aus dem Schrank.

Ich schüttle den Kopf. »Ich müsste mir mal dein Handy ausborgen«, sage ich und knete den Zettel, der sich bereits feucht vom Schweiß anfühlt, in meiner geschlossenen Hand. »Ich hab meines verlegt.«

Marisa stürzt den Rest einer Packung Milch in einen Topf

und stellt ihn auf den Herd. »Klar«, erwidert sie und schiebt ihr Handy über den Tresen zu mir herüber.

Das Tastenfeld des Herdes gibt piepsende Geräusche von sich, als Marisa ihn einschaltet. Danach wendet sie sich zum Gehen.

»Ich will ja nicht neugierig sein«, erklärt sie auf dem Weg nach draußen, wo sie sich in die Lounge-Garnitur sinken lässt und ihr zierlicher Körper von dem üppigen hellgrauen Sitzkissen verschluckt wird. »Es gibt keinen Entsperrcode!«, ruft sie noch und reckt dann ihr Gesicht mit geschlossenen Augen in Richtung Sonne.

Sie denkt, ich hätte vor, Jonas anzurufen. Das werde ich auch. Aber zuerst muss ich mich um eine andere Sache kümmern.

Ich muss den Hausmeister meiner Stadtwohnung damit beauftragen, so schnell wie möglich einen Installateur kommen zu lassen, damit der Schaden zumindest provisorisch behoben wird und Marisa in den nächsten Stunden wieder einziehen kann. Natürlich würde es kein Problem darstellen, sie in einem Hotel unterzubringen, aber das fühlt sich nicht richtig an und ließe sich schwerer erklären. Ihr die freudige Botschaft zu überbringen, dass die Wohnung wieder beziehbar sei, ist einfacher, wenngleich auch feige.

Das Display von Marisas Handy lässt sich mit einem Wischen entsperren. Ich schmunzle über ihr Hintergrundbild. Die böse Version von Hello Kitty, mit diabolischem Lachen und Nietenhalsband. Wird Marisa jemals erwachsen?

Ich falte den Notizzettel auseinander und tippe nacheinander die Ziffern der Nummer ein. Es irritiert mich noch nicht vollends, als die Initialen »MW« aufscheinen, während der Wählton summt. Erst als der Anruf angenommen wird, fügt sich alles zusammen.

»Hey, Babe. Ich dachte schon, du hättest mich absorviert.«

Es ist die Ruhe vor dem inneren Sturm, die meinen Körper durchströmt. Ich sauge scharf Luft ein, drücke den Anruf weg, stoße die Luft wieder aus. Das Zimmer rotiert in trägen Ellipsen.

MW. Moritz Wagner, der Name des blonden Mannes in der

Wohnung unter mir, der sich nach dem Ableben seines Vaters dazu bereit erklärt hat, dessen Hausmeistertätigkeit fortzusetzen. Moritz Wagner mit dem kleinen Lispeln, den spitzen Eckzähnen, der Stoppelglatze, dem getunten Auspuff und der Vorliebe für Tiefkühlpizza und Dosenbier, wie seine Müllbeutel verraten. Ein freundlicher Mann, der bereitwillig kleine Reparaturarbeiten für mich erledigt und jedes Mal wie ein rauchendes Denkmal an der Fassade lehnt.

Was zum Teufel hat er mit meiner Schwester zu schaffen? Die Wahrheit erhebt sich aus meinem Bewusstsein wie eine Larve, die sich an die Erdoberfläche gräbt. Marisa hat mich belogen. Sie hat mich ausgetrickst wie ein Taschenspieler, sich mit billigen Kniffen in mein Leben geschwindelt. Und ich habe ihr geglaubt, habe ihr jedes verdammte Wort geglaubt.

Marisa spürt meinen Schatten, als ich vor ihr stehe, und öffnet langsam die Augen. Ich könnte sie packen und durchschütteln. Aber ich tue es nicht. Ich habe mich im Griff. Mit eiserner Miene schleudere ich das Handy auf ihren Schoß.

»Was ist los?«, fragt sie bestürzt und erhält die Antwort sofort. Das Handy klingelt und spielt dabei einen bekannten Radiosong, dessen Titel ich gerade nicht benennen kann, während »MW« auf dem Display erscheint.

Marisas Ausdruck verändert sich von fragend in verstehend.

»Ich gebe dir genau dreißig Minuten, dann bist du aus meinem Haus verschwunden«, sage ich so ruhig, als würde ich eine Schlange beschwören. Dann gehe ich.

Ich höre ihre Schritte hinter mir, mache aber keine Anstalten, mich umzudrehen. Erst als sich ihre spindeldürren Finger wie spitze Zweige in meinen Arm bohren, wirble ich herum.

»Dreißig Minuten, habe ich gesagt!« Jetzt brülle ich. Kleine Speichelspritzer landen auf Marisas entsetztem Gesicht. Sie verharrt regungslos vor mir. Wie ein Reh, das im todbringenden Licht eines Autoscheinwerfers gefangen ist.

»Bitte«, jammert sie kläglich. »Bitte geh nicht weg.«

Ihre Motive kümmern mich nicht. Auch nicht die Tränen, die aus ihren Augen schwappen und Spurrinnen aus Mascara auf ihre Wangen malen.

»Lass mich das erklären!« Wieder versucht sie, mich anzufassen, doch diesmal habe ich ihre Berührung erwartet und schlage sie weg. Meine Hand knallt auf Marisas Gesicht. Sie fährt unter der Wucht der unbeabsichtigten Ohrfeige zusammen.

Einen Moment lang denke ich, sie würde weglaufen, aber sie tut es nicht. Trotzig reckt sie das Kinn nach vorne. Ihre Stimme bebt wie die eines Kleinkindes, das kurz vor einem Weinkrampf steht. »Gib mir fünf Minuten. Danach verschwinde ich aus deinem Leben, wenn du das möchtest.«

Ich bedeute ihr mit einer stummen Geste, zurück ins Gästehaus zu gehen.

Marisa setzt sich auf das Sofa, lässt den Kopf sinken und verdeckt mit den Händen ihr Gesicht, als könnte sie sich vor dem, was kommt, abschirmen. Ihre schmalen Schultern zucken. Ihr Hals wirkt auf unnatürliche Weise nach vorne gebogen. Ich stelle mir vor, wie ich meine Hände darumlege und zudrücke, bis sie sich nicht mehr rührt.

»Du hast Moritz angerufen, nehme ich an. Wegen dem ...«, sie macht eine kurze Pause, »Rohrbruch.«

Ich sage nichts, stehe breitbeinig da, fest entschlossen, sie von meinem Grundstück zu befördern, wenn ich auch nur die geringsten Anzeichen von Ausflüchten und neuen Lügen wittere.

»Ja«, setzt sie das Zwiegespräch mit sich selbst fort. »Ich habe dich angelogen. Der Rohrbruch ist fingiert.« Die Kampfeslust steckt noch immer in meiner Schwester, aber sie ist deutlich abgeschwächt. Verlegenheit, Scham und etwas, das ich momentan nicht festmachen kann, haben sie beinahe zu Boden gerungen.

»Wessen Idee war das?«

»Es war meine Idee.« Marisas Stimme ist zu einem dünnen Hauch zusammengeschrumpft. »Aber bitte lass mich von vorne beginnen.« Sie nimmt eine aufrechte Position ein, macht kreisende Bewegungen mit den Schultern, atmet tief ein und wieder aus, als bereitete sie sich auf einen Marathon vor.»An dem Abend, an dem du mich in deine Wohnung gefahren hast, habe ich Moritz getroffen. Er hat mich in ein Gespräch verstrickt. Ich fand ihn ganz nett. Nachdem wir eine Stunde lang im Hausflur geplaudert hatten, habe ich ihn in meine Wohnung eingeladen. Also eigentlich in deine Wohnung«, korrigiert sie sich verlegen, als ob das in Anbetracht der Situation eine Rolle spielen würde.

Ich weise sie mit einer Handbewegung an, zum Punkt zu kommen, denn ihr Geschäker mit dem Hausmeister interessiert mich nicht. Ich hoffe jedoch für sie, dass sie alle schlüpfrigen Spuren des Dates mit Moritz Wagner ordentlich beseitigt hat.

»Er hat eine Flasche Wein mitgebracht, und wir haben uns die halbe Nacht lang unterhalten. Irgendwann haben wir über dich gesprochen, über dein Unternehmen, dein tolles Haus. Moritz meinte, dass es dumm für mich gelaufen sei, weil du mich in der Wohnung untergebracht hättest anstatt in deinem Luxushaus. Dann ist aus ein paar Witzen diese Idee entstanden.«

Als Marisa mein vor Wut verzerrtes Gesicht bemerkt, wendet sie rasch den Blick ab.

»Dann hat Moritz was gemacht?«

Marisa scheint unter der Last ihrer Schuldgefühle immer weiter erdrückt zu werden. Unbehaglich rutscht sie auf dem Sofa hin und her, die Knie wie ein Schulmädchen fest zusammengepresst, die Hände zwischen ihnen eingeklemmt.

»Wir haben nichts kaputtgemacht. Es sollte alles nach einem Wasserschaden aussehen, für den Fall, dass ihr nachschauen kommt oder Fotos sehen wollt.«

»Lass mich raten«, ich lache bitter auf, »dann hätte Moritz gönnerhaft seine Hilfe für ein paar hundert Euro angeboten.«

Die Art, wie Marisa die Augen niederschlägt, ist Antwort genug. »Ja«, flüstert sie trotzdem.

Moritz Wagners breites Grinsen mit den gelb gefärbten Zahnreihen tritt vor meine Augen. Ich schüttle das Bild angewidert ab. Er ist nicht Marisas Typ, aber sie hat sich auf ihn eingelassen. Hat vermutlich mit ihm geschlafen, um ihn dort hinzubekommen, wo sie ihn haben wollte.

Die Erkenntnis wummert in mir wie eine Entzündung. Es war ein Schauspiel. Ein Lügenspiel. Und ich bin nur allzu gern darauf hereingefallen. Ich möchte nur noch weg, muss hier raus. Sie haben mich betrogen, jeder auf seine Weise. Und ich, ich habe mich hereinlegen lassen. Habe mich manipulieren lassen. Ein hoher, spitzer Summton schießt durch meinen Kopf. Lichtblitze zucken gefährlich hinter meinen Augäpfeln. *Beruhige dich, Klara. Sie ist es nicht wert.*

Da ist es wieder, dieses Lied. Diesmal erkenne ich es. *I kissed a girl and I liked it.*

Marisa rührt sich nicht. Sie sitzt da, starrt vor sich hin. Der Klingelton verstummt.

Ich werde die Stadtwohnung verkaufen, werde bei der Hausverwaltung Beschwerde gegen Moritz Wagner einreichen. *Die Wut begrüßen. Einatmen. Die Wut zulassen. Innehalten. Die Wut verabschieden. Ausatmen.*

Doch da ist gar keine Wut. Da ist nur Enttäuschung.

Auf tauben Beinen mache ich kehrt. Marisas Gegenwart saugt die Energie aus meinem Körper und bringt meine Muskeln zum Erschlaffen. Sie hat meine Fäden gelockert. Ich kann mich nicht halten, kann mich nicht hinausbewegen aus diesem toxischen Kreis, den Marisa um mich gezogen hat. Ich wünschte, da wäre Wut. Eine Wut, die meinen Körper strafft, sich glühend heiß aufbäumt, zum vernichtenden Rundumschlag ausholt.

Der Druck ungeweinter Tränen schnürt mir die Kehle zu. Brennende, warme, armselige Tränen. Und das kleine Bündel Wut, das ich in mir trage, falls es überhaupt existiert, richtet sich nur gegen mich selbst.

»Ich habe dich angelogen, um bei dir wohnen zu können. Ich hatte Bock auf Poolpartys und ein wenig Luxus. Aber mehr steckt nicht dahinter. Das schwöre ich.«

Marisa springt auf. Sie wirkt so dünn unter diesem großen Kleid. Wäre das Kleid nicht bunt, sondern schwarz, sähe sie aus wie ein Skelett, das man an Halloween ins Fenster hängt. Kurz frage ich mich, ob das Blumenkleid ihrer Mutter gehört hat, und meine Gedanken verirren sich an andere Orte und in andere Zeiten.

»Schon bei unserem gemeinsamen Abendessen wusste ich, dass ich einen riesigen Fehler gemacht habe. Aber ich dachte, dass es keine Rolle spielt, weil meine Motive nicht so schlecht sind, wie du annimmst. Ganz im Gegenteil. Das ist auch der Grund, weshalb ich seither jeden Anruf von Moritz ignoriert habe. Ich will nichts mehr mit ihm zu tun haben.«

»Weil du ihn nicht mehr brauchst, nachdem du das bekommen hast, was du wolltest«, fahre ich dazwischen.

Marisa schüttelt heftig ihren Kopf, als hätte ich mit meinen Worten einen Knopf gedrückt, der diese Bewegung ausgelöst hat. »Ich hätte es dir erzählt. Ich war gestern schon so knapp davor.« Mit Daumen und Zeigefinger deutet sie an, wie knapp davor sie angeblich war.

Ich bemühe mich um eine selbstbewusste Haltung und um einen Tonfall, der nichts von meinem inneren Tumult preisgibt. »Du kannst jetzt deine Sachen packen und gehen«, sage ich so sachlich wie ein Lehrer, der seinen Schüler nach einem klärenden Gespräch aus dem Büro entlässt.

Ich trete durch die Terrassentür.

»Jonas weiß alles!«

Ich fahre so schnell herum, dass mein Körper unter der Drehung fast aus dem Gleichgewicht geraten wäre. »Was?«, presse ich hervor.

Marisa kommt auf mich zu. Ihre Schritte sind so gehetzt und fahrig wie ihr Tonfall. »Ich habe mich schon beim gemeinsamen Abendessen verplappert. Am nächsten Morgen ist er dann ins Gästehaus gekommen, um mich zum Gehen zu überreden.«

Der Schock strafft meinen Körper und schärft meine Wahrnehmung. »Lügnerin«, fasse ich alle Gedanken in einem einzigen Wort zusammen.

Marisa legt die Hände wie zum Gebet aufeinander. »Ich lüge

nicht«, erwidert sie resigniert, aber entschlossen. »Wie du schon weißt, habe ich ihm erzählt, dass ich gesehen habe, wie jemand nachts auf dem Grundstück herumgeschlichen ist. Zunächst meinte er, ich sei verrückt, aber auch diesen Teil kennst du bereits.«

Ich stemme die Hände in meine Hüften. Eine seltsame Geste, die mehr dem Zweck dient, mich selbst zusammenzuhalten, als Angriffslust zu demonstrieren.

In der Luft liegt der Geruch von Verbranntem. Ich erinnere mich an die Milch, die auf dem Herd vor sich hin kocht.

»Ich habe damit gerechnet, dass er sofort zu dir rennen und dir alles erzählen würde. Aber dann meinte er, ich könne vorerst bleiben. Er werde dir nichts von dem gefakten Rohrbruch erzählen, solange ich die Geschichte mit dem Fremden für mich behalte. Klar war ich misstrauisch, aber ich war auch dankbar, dich nicht enttäuschen zu müssen.«

Das ist zu viel für mich. Mit hämmerndem Schädel laufe ich nach draußen, brauche Luft, ertrage Marisas Spiele nicht.

Ich höre ihre Schritte hinter mir, und ihre Anwesenheit fühlt sich an wie der Lauf eines Gewehres im Rücken. Sie rempelt mich fast um, als sie sich auf ihr Handy stürzt.

Ich sehe, wie sie über das Display wischt und eine Datei aufruft. Sie drückt den Play-Button des Videos, und es trifft mich wie ein Schuss.

25

Marisas Geplapper betäubt mich.

»Ich habe lange darüber nachgedacht, warum Jonas so handelt. Ich habe zwei Theorien.«

Die Worte sprudeln aus ihr heraus, als hätte ich ihr das notwendige Stichwort gegeben. Doch das habe ich nicht, denn ich kann gar nichts mehr sagen und ich will nichts mehr hören. Ich will, dass sie aufhört zu sprechen, winke ab, aber meine Geste ist zu schwach, ist für Marisa nicht wahrnehmbar. Ich bewege mich wie ein rosa Trommelhase, dessen Batterie so leer ist, dass er nur noch zuckt.

»Meine erste Theorie war, dass Jonas keine andere Wahl hatte, als meine Lüge vor dir zu verheimlichen, weil die Person, die ich gesehen habe, seine Geliebte war. Ein Deal sozusagen. Er verrät mich nicht, ich verrate ihn nicht.«

Das Feuer auf mich ist eröffnet. Ich lasse es über mich ergehen, bevorzuge den schnellen Tod.

Jonas hat Geheimnisse vor mir. Jonas teilt sein Geheimnis mit Marisa. Moritz Wagner hintergeht mich. Wahrscheinlich hintergeht mich auch Lorenz, wahrscheinlich tun sie das alle.

»Dann habe ich die erste Theorie verworfen. Ich meine, wie dumm müsste er sein, seine Geliebte herzuholen. Als du mir dann vom Stalker erzählt hast, hat mich das zu Theorie Nummer zwei gebracht, die viel wahrscheinlicher ist. Jonas ist der Stalker!«

Marisa ist völlig durchgedreht.

»Was, wenn seine Eltern als Lesehelfer nach Österreich gekommen sind und für Adam gearbeitet haben? Vielleicht ist er seither besessen von dir und dem Gedanken, dich für sich allein zu haben.« Marisa ist so außer Atem, als hätte sie einen Sechzig-Meter-Lauf hinter sich. »Wahrscheinlich ist er ein Psychopath. Was, wenn er dich krank macht, um dich daheim einsperren zu können?«, schiebt sie schnaufend nach.

Ein schrilles Lachen hallt über uns hinweg. Es ist mein eigenes Lachen. Es ist mein Ventil, um alles Aufgestaute nach draußen zu befördern, ehe es mich zerreißt. Alles ist so absurd. Dass Jonas mich belügt. Dass Marisa sich diese Hirngespinste ausdenkt. Dass ich hier sitze und über ihre Worte nachdenke. Die Stimme meines Mannes in Marisas heimlichem Video hallt in meinem Bewusstsein nach. So hart, so kalt. *Du wirst deine Klappe halten. Klara wird nichts von deinem Spielchen erfahren, verstanden? Wenn du ihr von deiner Beobachtung erzählst, dann mache ich dich fertig.*

In einer Endlosschleife raufe ich mir die Haare. Marisas Motiv, sich die Lüge mit dem Rohrbruch auszudenken, liegt auf der Hand. Sie ist eine Nutznießerin, eine von denen, die von meinem Reichtum profitieren wollen. Das ist ernüchternd, aber nichts, was ich nicht aus früheren Freundschaften und Beziehungen kenne. Diese Menschen saugen einen zum eigenen Vorteil aus und wenden sich ab, wenn sie merken, dass es nichts mehr zu holen gibt. Aber warum deckt Jonas die Lüge meiner Schwester? Warum lässt er mich in dem Glauben, ich hätte Wahnvorstellungen, und setzt mich der Gefahr aus, allein mit dem Eindringling zu sein? Warum verbündet er sich mit Marisa, obwohl er sie nicht ausstehen kann und sie ihm den Grund, rausgeworfen zu werden, praktisch auf dem Tablett serviert? Welchen Vorteil hat er von alldem? Aus irgendeinem Grund ist es ihm wichtig, mich von dem Gedanken abzubringen, dass sich nachts jemand bei uns herumtreibt. So wichtig, dass er Marisas miese kleine Lüge deckt, sie in meiner Nähe bleiben lässt, obwohl er sie für eine Bedrohung hält.

Jonas ist der Stalker! Wahrscheinlich ist er ein Psychopath. Was, wenn er dich krank macht, um dich daheim einsperren zu können?

Nein, Jonas ist nicht mein Stalker. Er ist auch kein Psychopath. Er will mich nicht schwach und krank machen wie eine Münchhausen-Stellvertreter-Mutter ihr Kind. Absurd.

Trotzdem spüre ich ein Unbehagen. Das Gefühl, dass hinter

seiner Unaufrichtigkeit etwas Größeres, etwas Schlimmeres steckt, brennt wie eine offene Wunde.

Im westlichen Teil des Anwesens hat das Bestattungsunternehmen einen kleinen Platz für die Urne meines Vaters errichtet. Daneben ein verblasstes Bild von meiner Mutter. Eine herzförmige Skulptur schmückt den mit kniehohen Buchsreihen gesäumten Gedenkplatz. Zwei mächtig belaubte Weiden machen diesen Teil des Gartens zum schattigsten Ort.

Ich komme selten her, brauche keine Symbolik, um meiner Eltern zu gedenken. Sie sind überall. In den Steilhängen, in den Rebflächen, in den Bäumen und in den Gemäuern. In den weiten Räumen hallt der Klang ihrer Schritte bis heute nach. An manchen Samstagen höre ich abends das schallende Lachen meiner Mutter. Und wenn ich Jonas' Büro betrete, sehe ich dort meinen Vater am Schreibtisch sitzen.

Marisa zuckt merklich zusammen, als sie zwischen den bunten Erikas das Messingschild mit dem eingravierten Namen unseres Vaters erblickt.

»Es ist so seltsam. Er ist da drinnen, in dieser Urne. Sein Körper, seine Zähne, seine Haare – alles Asche.«

Ich nicke, habe all diese Gefühle bereits durchlebt und gedacht, sie hinter mir gelassen zu haben. Doch in diesem Moment springt Marisas Trauer wie ein Virus auf mich über. Es ist ein alter, müder Kummer, der wie ein Furunkel aufbricht und vor sich hin eitert.

Marisas Kleid bläht sich im Wind zum Ballon auf. Sie schlingt die Arme um sich und streicht die Gänsehaut weg.

»Lass uns gehen«, sage ich und hake mich bei ihr unter.

Wie zwei alte Damen schlurfen wir zurück zum Haus, finden etwas Vertrautes in den Ruinen des Schmerzes der jeweils anderen.

Ich habe sie nicht hinausgeworfen, noch nicht. In meinem Kopf dröhnt es, als tobte sich jemand mit dem Vorschlaghammer darin aus. Ich kann keinen klaren Gedanken fassen und schon gar keine Entscheidung treffen.

Jonas' Worte, die Marisa mit ihrem Smartphone aufgenommen hat, rauschen durch meinen Kopf. Ich habe ihn nie zuvor auf diese Weise sprechen gehört. Die Kälte in seiner Stimme relativiert Marisas Hinterlist, zumindest im Moment.

»Wir könnten in die Stadt fahren und uns in dieser Bar in Stein betrinken.«

»Nein, danach ist mir heute wirklich nicht.«

»Wirst du mit Jonas sprechen?«

Müde hebe ich die Schultern. »Das muss ich wohl.«

Wir blicken einander stumm an. Zum ersten Mal fällt mir das Muttermal an Marisas Hals auf. Ein ausgefranster ovaler Fleck, der aussieht, als hätte sie sich mit Schokoladeneis bekleckert.

»Es tut mir wirklich leid, dass ich dich enttäuscht habe. Das kommt nie wieder vor«, beteuert Marisa.

Ihre Finger berühren meine Stirn, streichen mir ein paar blondierte Haarsträhnen aus dem Gesicht. Ich sollte sie fortjagen. Aber ich hungere nach etwas Tröstlichem, wie ein Hund, der um sein Leckerli bangt.

Mein Blick schweift über den Arkadengang. Mein Haus erscheint mir plötzlich unangenehm groß. Alles trägt den Stempel von Wohlstand und Besitzanspruch, aber da ist nichts mehr, das auf eine glückliche Zukunft hindeutet. Zu große Räume, zu viele Möbel, die für Menschen angeschafft wurden, die nicht mehr da sind.

Schon als ich meinen Finger auf den Scanner an der Haustür lege und sie sich mit einem Klicken öffnet, höre ich mein Telefon klingeln. Ich haste hinein, reiße die Kissen und Decken vom Sofa. Als ich es aus einer Ritze ziehe, verstummt es. Marisa steht betreten vor der Tür, wagt es nicht, hereinzukommen.

»Jonas«, sage ich und schwenke das Telefon in der Luft.

An Marisas Blick lässt sich ein Gefühlsszenario ablesen.

»Denkst du, dass er dir auch noch andere Lügen aufgetischt hat?« Marisa ist geübt darin, Fragen zu stellen, die andere Menschen anstandshalber für sich behalten. Doch nun klingt es so, als müsste sie die Worte herausquetschen wie Senfreste aus der Tube.

Ich weiß, dass Jonas schon zuvor unehrlich gewesen ist. Als er mir erzählte, er liebe indisches Essen ebenso wie ich, und verwundert war, als er Rosinen in seinem Dal entdeckte. Als er vorgab, ein Faible für Sigmund Freud zu haben, und dann nichts damit anzufangen wusste, als ich ihn in die Berggasse 19 nach Wien schleppte. Aber das waren für mich keine Lügen. Ich betrachtete es als schmeichelhaft, dass er mir unter der Vorgabe, sich für dieselben Dinge wie ich zu begeistern, imponieren wollte. Ich habe ihm schließlich auch erzählt, ich fände Science-Fiction-Filme toll, und ich lobe das, was er kocht, obwohl er für meinen Geschmack jedes Gericht mit Unmengen von Knoblauch ruiniert, ohne damit böse Absichten zu hegen. Rückblickend bekommen all die kleinen Unwahrheiten einen fauligen Beigeschmack. Die Tatsache, mit einem Mann verheiratet zu sein, den ich erst wenige Wochen kenne, erscheint mir plötzlich fragwürdig.

Die Antwort, die ich Marisa schuldig bleibe, sagt alles, was ich nicht aussprechen will. Sie drückt meine Schulter und verzieht ihren Mund zu einem Lächeln, das keines ist.

»Komm«, sagt sie, »lass uns ins Gästehaus gehen. Du brauchst Ruhe und einen Tee.«

Im Gästehaus stinkt es nach angebrannter Milch. Marisa bringt mir einen Tee, in dem ein zur Hälfte aufgerissener Beutel schwimmt. Nervös laufe ich in der Küche umher, schaffe es nicht, mich zu setzen. Ich sehe Marisa dabei zu, wie sie Putzmittel über das Kochfeld verteilt, den Schwamm immer wieder am Spülbecken ausdrückt und der Rest der Milch als schäumende braune Flüssigkeit herausrinnt.

Ihr rechtes Handgelenk zieht meinen Blick an. »Was ist das?«, stelle ich sie zur Rede und fasse nach ihrem Arm.

Dort, wo ihre Pulsadern verlaufen, erkenne ich drei bläuliche Flecken. Ich greife nach einem Küchentuch und reibe damit über die Stelle. Unter dem Rest von beiger Schminke zeichnen sich deutlich Fingerabdrücke ab.

»Aua!«, stößt Marisa einen leisen Schrei aus und reißt ihre Hand ruckartig zurück. Sie drückt sie an ihre Brust und reibt mit der anderen Hand darüber.

»Wer war das?«

Marisa senkt den Blick.

»Hat Moritz Wagner dir wehgetan?«

Diesmal ist es an Marisa, nichts zu sagen, und ich weiß alles, was ich wissen muss. Ich spüre Brechreiz und schlucke heftig, um ihn zu unterdrücken. »Bitte sag mir, dass das nicht Jonas war.«

»Er hat mich während unseres Streites gepackt.«

Ich taumle zurück zu einem der Barhocker und lasse mich darauf nieder. Mein Blick driftet ins Leere ab.

»Er hat mir Theaterschminke gebracht und meinte, ich solle die blauen Flecken damit abdecken.«

Ich denke an Jonas' weiche Gesichtszüge und an die Fältchen um seine Augen, wenn er lacht. Der Gedanke an Marisas Aufzeichnung, gemischt mit der Vorstellung, wie er ihr Handgelenk packt und zudrückt, lässt mich ungläubig den Kopf schütteln. Wer ist der Mann, den ich geheiratet habe?

»Deine Nase!«, ruft Marisa plötzlich.

Ich spüre das warme Rinnsal, das sich auf meiner Oberlippe sammelt. In einer fließenden Bewegung greift Marisa nach einem Geschirrtuch, steht dann neben mir und drückt es mir sanft an die Nasenlöcher.

»Sorry, du weißt, dass ich kein Blut sehen kann«, entschuldigt sie sich und wendet den Blick ab, während sie jedoch an meiner Seite bleibt. »Du glühst ja.« Ihre andere Hand liegt auf meiner Stirn, fühlt sich wie die Trostspende einer Mutter an. »Bestimmt brütest du eine Grippe aus.«

Ich fasse mir selbst an den Kopf. Ein schlechtes Timing, um krank zu werden. »Du erstickst mich.« Grob schiebe ich Marisas Hand von meiner Nase.

»Wie oft kann ein Mensch denn bitte Nasenbluten haben?«
Mit geschlossenen Augen befördert Marisa den rot getränkten
Lappen in den Mistkübel.

Mein Telefon schrillt wieder. Diesmal nehme ich den Anruf
an, während mein Herz so heftig pocht, dass ich es bis in die
Zehen spüren kann.

»Hey, Schatz. Konntest du noch etwas schlafen?« Jonas klingt
heiter, als er mich begrüßt.

»Nein«, sage ich konzentriert auf das, womit ich ihn gleich
konfrontieren werde.

Marisa formt mit ihren Lippen stumm die Worte »Bin
draußen« und läuft auf die Terrasse. Ich weiß ihre Diskretion
zu schätzen, auch wenn es ihr sichtlich schwerfällt, nicht zu
lauschen.

»Habe ich dich geweckt?« Jonas setzt gerade an, noch etwas
zu sagen, aber ich falle ihm ins Wort.

»Warum hast du mir nicht erzählt, dass der Rohrbruch ein
Bluff war? Warum hast du sie gedeckt? Wozu dieser Deal mit
ihr?« Ich feuere die Fragen wie spitze Steine auf ihn.

Ein paar Sekunden lang herrscht völlige Stille. Er scheint die
Luft anzuhalten. Es ist nichts zu hören als das Flimmern der
Leitung.

»Klara, lass uns bitte am Abend darüber reden. Ich bin gerade
nicht allein im Büro.«

»Ich möchte aber jetzt darüber reden! Was ist denn so schwie-
rig daran, ein paar einfache Fragen zu beantworten?« Meine
Stimme überschlägt sich. Am anderen Ende der Leitung vernehme ich Geräusche, die darauf hinweisen, dass Jonas das Büro
verlässt. Als er wieder spricht, hallt seine Stimme. Er ist auf die
Toilette geflüchtet, damit seine Kollegen nichts von dem Gespräch mitbekommen. Dieser Feigling.

»Ich weiß gar nicht, wovon du redest«, brummt er mürrisch.

Ich fasse es nicht. Er lügt schon wieder. Natürlich tut er das,
denn er wiegt sich mit dieser Lüge in Sicherheit, nicht ahnend,
dass es Beweise gibt, die gegen ihn sprechen.

»Was für ein Bluff? Was für ein Deal? Wovon verdammt noch mal redest du?«

Ich lache bitter auf. »Spar dir das«, fahre ich ihn an. »Marisa hat das Gespräch mit dem Handy aufgenommen.«

Jonas' Atem geht schwer. Ansonsten herrscht wieder Stille. In der Spiegelung der Backofentür sehe ich meine blutverkrustete Nase. Ich sehe aus, als hätte ich eine Schlägerei verloren.

»Klara«, versucht Jonas einzulenken, »bitte lass uns das später klären.«

Ich kenne diesen beschwichtigenden Tonfall, mit dem er es normalerweise schafft, mich von seinen Worten zu überzeugen. Seine Stimmfarbe legt sich wie ein flauschiger Mantel um die Lügen, die er mir auftischt. Aber ich durchschaue ihn, kann zwischen seinen sanften Tönen die rauen, düsteren Zwischentöne heraushören. »Nein! Ich möchte Antworten. Jetzt!«

»Sie manipuliert dich. Sag mal, siehst du das nicht?«

»Nein, Jonas. Es geht nicht darum, was Marisa tut. Es geht darum, was du getan hast! Ich habe euer Gespräch gehört. Ich will eine Erklärung.«

Der Wind trägt meine Worte bis zum Pool hinüber, wo Marisa ihre Zehen ins Wasser streckt und ihr Blick verlegen zu mir huscht.

»Ein letztes Mal. Warum hast du ihre Lüge gedeckt?«

Bei Jonas' nächsten Worten halte ich entsetzt die Luft an.

»Jetzt hör mal zu, du dumme Kuh. Wenn du diesem Flittchen mehr glaubst als mir, dann gehörst du in eine Anstalt.« Jonas sagt das so ruhig und unaufgeregt, als wäre es das Normalste der Welt, so mit mir zu sprechen. Selbst als er zurückrudert, eine Flut aus »Sorry«, »Es tut mir so leid« und »Ich weiß nicht, was in mich gefahren ist« wie eine heilende Medizin hinterherreicht, ändert das für mich nichts.

»Ich möchte, dass du bis auf Weiteres in deiner eigenen Wohnung bleibst. Ich will dich nicht mehr sehen.« Mit diesen Worten drücke ich den Anruf weg. Mein Oberkörper sackt auf dem Küchentresen zusammen. Was er gesagt hat, trifft mich bis ins Mark.

»Lass, es ist alles gut«, winke ich ab, als Marisa auf mich zugeeilt kommt.

Doch nichts ist gut. Gar nichts. Ich raffe mich auf, schleudere das iPhone quer über die Marmorplatte und folge Marisa hinüber ins Wohnzimmer. Mit angezogenen Beinen sitze ich auf dem Sofa, sehe, wie Marisa die Treppe hochrennt und mit einem Laptop zurückkehrt. Sie nimmt auf einem eckigen Hocker gegenüber von mir Platz und klappt den Bildschirm auf.

»Dann lass uns mal sehen, was das Internet über Jonas Oroszi ausspuckt.«

Tiefe Traurigkeit überkommt mich. Alles sträubt sich dagegen, dass Marisa meinem Mann wie eine Hobby-Detektivin hinterherspioniert. Jonas, der Mann, der mir seine Zuneigung auch damit bezeugt hat, dass er meinen Familiennamen angenommen hat, soll nun mein Feind sein? Ich versuche, mich gegen mein Misstrauen zu wehren, aber ich finde nichts, was ich ihm entgegensetzen könnte.

»Hier drinnen«, Marisa streckt mir ein kleines ledergebundenes Buch entgegen, »notiere ich alles, was ich über ihn herausfinde.«

Ich schnappe nach Luft. »Nicht dein Ernst!«, rufe ich empört aus und wehre das Buch ab, als würde sie mir ein angerotztes Taschentuch reichen. »Der Eifer, mit dem du meinen Mann beschattest, ist doch völlig paranoid! Er hat sich miserabel verhalten, uns beiden gegenüber, aber das macht ihn nicht zum Verbrecher.«

»Du kennst ihn im Grunde gar nicht. Wie viele seiner Verwandten hast du kennengelernt? Wie viele seiner Freunde hat er dir vorgestellt? Jonas kann dir alles auftischen, kann sich zu dem Mann machen, den du haben willst.« Marisa redet sich in Rage, scheint als Ermittlerin voll und ganz in ihrem Element zu sein. »Und nicht zu vergessen: Du bist eine stinkreiche Erbin. Der Betrug schreit doch zum Himmel.«

Ihre Worte sind wie Gepäckstücke, die sie mir auflädt und unter deren Last ich langsam zusammenbreche. Ich lasse den

Kopf zurückfallen. Beschämt muss ich mir eingestehen, dass ich selbst den Drang verspüre, nach Jonas' digitalen Spuren zu suchen. Dass ich dagegen protestiere, ist nur die Fadenscheinigkeit, in die ich mich hülle.

»Hast du ihn denn noch nie gegoogelt?«, fragt Marisa ungläubig und blickt mich über den Rand des Bildschirmes an. »Ich google immer jeden Kerl, sobald er mir seinen Namen verrät.«

»Doch«, gebe ich zu. »Nach unserem Kennenlernen habe ich online nach einem Foto von ihm gesucht, aber ich habe keines gefunden.«

Ich gehe in die Küche, gieße mir frischen Tee auf, dann sinke ich wieder auf das Sofa und wickle mich in eine Decke. Während meine Finger die heiße Tasse umfassen, höre ich das rhythmische Klackern von Marisas Tastatur.

Konzentriert kaut sie auf ihrer Unterlippe herum, wendet ihren Blick nicht vom Bildschirm ab. »Kein Facebook, kein Instagram, nicht einmal LinkedIn. Dein Mr. Right ist laut Internet gar nicht existent«, murmelt sie in sich hinein und kratzt sich am Kinn. »Wie lauten die Vornamen seiner Eltern?«

»Hast du das denn noch nicht selbst herausgefunden, Justus?« Ich summe die Melodie von »Die drei Fragezeichen« und grinse, obwohl mir eigentlich nach Schreien zumute ist. »Sie hießen Eszter und János.«

Wieder rasen Marisas Finger über die Tastatur. »Wann hatten sie den Unfall?«

Ich überlege laut. »Das muss vor etwa fünfzehn Jahren gewesen sein.« Mir ist ganz elend. Mein Kopf schwirrt und glüht. Ich möchte mich in mein abgedunkeltes Schlafzimmer verkriechen. »Wonach suchst du denn?«

»Das weiß ich noch nicht so genau«, erwidert Marisa. In ihren Augen spiegelt sich das Logo des Webbrowsers.

Es vergehen nur wenige Minuten, da nehme ich eine Veränderung in ihrem Gesicht wahr. »Bingo!«, ruft sie triumphierend.

»Was hast du gefunden?« Ich schäme mich ein wenig, als ich aufspringe, mich hinter Marisa stelle und gierig auf den Bildschirm starre. Auf der Seite prangt die Anzeige eines Trauer-portals.

»János Oroszi«, lese ich laut.

Die Anzeige ist schlicht gehalten und bietet abgesehen vom Todestag nur wenig Informationen. Meine Augen flattern über den Text und bleiben an einem Satz hängen: »In unseren Herzen lebst du weiter.« Die Scham trifft mich mit solcher Wucht, dass ich mich augenblicklich für das hasse, was wir hier tun. Ich flehe und hoffe innerlich, dass Jonas nie davon erfahren wird, dass Marisa verdammt noch mal ihre Klappe halten und mein Misstrauen Jonas gegenüber nie gegen mich verwenden wird.

»Dann wollen wir mal sehen, was sich noch finden lässt. Von seiner Mutter gibt es jedenfalls keine Traueranzeige.«

»Hör auf«, fahre ich Marisa an. »Es ist falsch, was wir tun.«

»Es ist falsch, eine Suchmaschine zu bedienen? Dafür sind sie doch da.« Marisas Tonfall ist spöttisch.

Ich möchte ihr nicht erklären, was ich meine. Mir fehlt die Energie, ein derartiges Gespräch mit einer Frau zu führen, für die Moral offenbar ein Fremdwort ist. Warum hätte Jonas in Bezug auf den Tod seiner Eltern lügen sollen? Es war absurd, auch nur eine Sekunde der Komplize von Marisas paranoider und sensationsgieriger Phantasie zu werden. Ich muss mir ins Gedächtnis rufen, dass auch sie mich angelogen hat, nicht nur Jonas.

»Es ist einfach falsch, in seiner Vergangenheit herumzuwühlen, als wäre er ein Krimineller.«

»Du sagtest, Jonas habe mit seinen Eltern in Wiener Neustadt gelebt und dort soll auch der Unfall passiert sein?«, ignoriert sie meine Worte.

Widerwillig nicke ich.

»Das alles ist schon so lange her. Auf Google gibt es keine Treffer.«

»Lass es gut sein«, sage ich und schnaube, aber ich weiß, dass sie mir nicht zugehört hat.

»Ich bin gerade dabei, mich bei einem Zeitungsarchiv zu registrieren. Mal sehen, ob sich zum angeblichen Unfall ein paar Details in den Lokalzeitungen finden lassen.« Marisas Pupillen sind geweitet, und ihr Körper vibriert vor Versessenheit.

»Zum *angeblichen* Unfall? In deiner kranken Vorstellung hat Jonas sie bestimmt umgebracht. Wir sollten dringend seine Gefriertruhe überprüfen.« Ich beiße mir auf die Lippen, als ich den Satz zu Ende gesprochen habe. Marisa ist die falsche Empfängerin für meinen morbiden Humor.

Ich umfasse meinen Hals mit beiden Händen, probiere, die Anspannung im Nacken wegzumassieren. Vielleicht ist es auch der leidige Versuch, mir selbst die Kehle zuzudrücken.

»Wir sollten auch in seinem Kofferraum nachschauen.« Marisa blinzelt mir zu, und ich schließe die Augen vor alldem, was hier geschieht.

»Bin gleich zurück«, murmle ich und gehe die Treppe hoch ins Badezimmer.

Mein Rücken schmerzt, als ich mich über das Waschbecken beuge. Der scharfe, kalte Wasserstrahl prallt gegen meine Stirn. Blutunterlaufene, müde Augen, unter denen Schatten wie zwei dunkle Sichelmonde liegen, schauen mich im Spiegel an, als ich mich aufrichte. Ich rubble mein Gesicht mit einem Handtuch trocken. Mir ist speiübel. Ich sollte nach Hause gehen, sollte meine Gedanken ordnen und wieder zu Sinnen kommen. Vielleicht habe ich die ganze Sache überbewertet. Das alles ist falsch, so falsch. Mit jeder Minute, in der ich hier bin, wird die Mauer zwischen Jonas und mir unüberwindbarer. Das darf ich nicht zulassen.

Ich trete hinaus auf den Flur. Auch hier oben vernehme ich, wie Marisas Finger in die Tastatur klopfen. In ihr Schlafzimmer zu schleichen und in ihrer Reisetasche herumzuwühlen ist eine Kurzschlussreaktion. Ich weiß nicht, was ich mir davon verspreche, weiß nicht, welche Entdeckung ich erwarte. Vielleicht einen Ratgeber mit dem Titel »Erbrecht für Halbschwestern« oder »Wie manipuliert man seine Mitmenschen?«. Doch da ist nichts, abgesehen von zerdrückten Kleidungsstücken, Kosmetikkram und ein paar Zeitschriften, die sie vermutlich am Flughafen gekauft hat.

In einer Seitentasche finde ich dann doch etwas, das meine Aufmerksamkeit erregt. Aus einem verschlissenen Briefumschlag ziehe ich nacheinander Fotos heraus. Auf den ersten beiden ist Marisas Mutter zu sehen. Zuerst gesund, schön und lachend. Dann vom Krebs gezeichnet, ein Tuch um den kahlen Kopf gebunden. Es folgt das Foto eines Mannes, bei dem es sich wohl um Marisas Stiefvater handelt, und eines von unserem Vater. Er ist jung, und sein Grinsen breitet sich bis zu den Augen aus. Er wirkt glücklich. Auf dem nächsten Foto steht mein Vater neben Marisas Mutter. Er hat den Arm locker um ihre schmalen Schultern gelegt, während sie ihn anblickt und er sein Gesicht zu einer lustigen Grimasse verzieht. Die Vertrautheit und die Intimität, die die beiden ausstrahlen, nehmen ihrer Affäre das Schmutzige, das Verwerfliche, das ihr in all den Jahren anhaftete. Es war nicht nur diese eine Nacht gewesen, so wie meine Eltern es beteuerten. Es war mehr, das wird mir nun klar. Auf dem nächsten und letzten Foto hält mein Vater ein glatzköpfiges Kleinkind im Arm. In dem stechenden Blick und den schmollenden Lippen erkenne ich die Marisa von heute. Meine Finger verkrampfen sich um das Stück Papier. Ich schlucke schwer. Er hat sie geliebt, denke ich. Er hat sie beide geliebt.

Eine Welle von Mitgefühl für Marisa und ihre Mutter überrollt mich so heftig, dass ich ein paar Sekunden brauche, um Marisas gedämpft nach oben dringende Worte zu verstehen. Rasch schiebe ich die Bilder wieder in den Umschlag und stecke ihn in die Tasche zurück.

Während ich die Treppe hinunterlaufe, ist unschwer zu erkennen, dass Marisa etwas entdeckt hat. »Das musst du dir ansehen!«

Ich zögere, bevor ich an den Bildschirm trete. Meine Augen verarbeiten nicht sofort, was ich sehe.

»János Oroszi hatte gar keinen Unfall. Er hat sich erschossen!«, kreischt Marisa und presst die Handflächen gegen ihre Wangen.

Am vergangenen Freitag wurde in der Wiener Straße die Leiche von János O. gefunden. Der 40-Jährige hat sich in seiner Wohnung mit einem Schuss tödlich verletzt und ist noch an Ort und Stelle verstorben. Nach Angaben der Polizei litt János O. an einer Depression. Der Verstorbene hinterlässt einen minderjährigen Sohn, der sich vorübergehend in der Obhut des Jugendamtes befindet und vom Kriseninterventionszentrum psychologisch betreut wird.

Ich erwarte Häme und Spott in Marisas Blick, als ich mich langsam vom Computer abwende, aber ich sehe nur Bestürzung. »Damn«, flüstert sie. Mit ihren großen runden Augen, über denen sich die Brauen eng zusammengezogen haben, sieht sie aus wie ein kleines Mädchen, das einen Streich ausgeheckt hat, mit dem sie über das Ziel hinausgeschossen ist.

Mein Verstand arbeitet auf Hochtouren, aber ich schaffe es nicht, genauer über den Artikel nachzudenken. Es ist eine weitere Lüge. Ein weiterer dunkler Fleck, der unsere Ehe überschattet.

An diesem Abend warte ich vergebens auf Jonas' Auto in der Einfahrt. Ich selbst bin es, die ihn aufgefordert hat wegzubleiben. Doch mit jeder fortschreitenden Abendstunde wächst mein Frust darüber, dass er sich einer Erklärung entzieht.

Ich stelle den Obstteller, den Marisa für mich hergerichtet hat, unberührt zurück in die Küche, schaffe es nicht, etwas zu essen, muss bei dem Gedanken an Bananenstücke in meinem Mund würgen.

»Das Bett ist jetzt fertig«, hallt Marisas Stimme durch das kahle Haus, dem es an Pflanzen und Bildern fehlt, weil es nur für Momente des Überganges errichtet wurde.

Ich habe beschlossen, die heutige Nacht im Gästehaus zu

verbringen, weg von der Einsamkeit meines eigenen Schlafzimmers, in dem ich Jonas herbeisehnen würde. Mit müden Gliedern quäle ich mich ins Obergeschoss, doch bevor ich mein Zimmer erreiche, winkt Marisa mich zu sich herein. Sie hockt im Schneidersitz am Boden, ihre schwarze Reisetasche neben sich. »Hast du in meinen Sachen herumgewühlt?«, fragt sie geradeheraus.

Ich nicke.

»Schon in Ordnung. Hätte ich an deiner Stelle auch getan.« Nachdenklich blickt sie auf den Boden, zeichnet mit ihren Fingern die Maserung des Parketts nach. »Die Fotos habe ich immer bei mir. Meine Mutter hat mir eine Box mit Bildern hinterlassen. Aber diese hier haben die größte Bedeutung für mich.«

»Obwohl Papa dich und deine Mom so verletzt hat?«

Marisa atmet hörbar ein. »Tja, es gibt Menschen, die verletzen dich, und trotzdem liebst du sie.«

Mein Herz quillt über vor Zuneigung für meine Schwester. Wieder einmal stelle ich mir vor, wie mein Leben mit Marisa, ihrer Mutter und meinem Vater ausgesehen hätte. Dann stelle ich mir meine eigene Mutter vor und den grenzenlosen Hass, den sie auf uns gespien hätte. Sie hätte meinen Vater vernichtet und auch jeden anderen an seiner Seite.

»Als ich noch sehr klein war, besuchte er uns gelegentlich. Damals hatte ich keine Ahnung, wer er war, aber ich hatte ihn gern. Wusstest du, dass ich ihn ›Dodo‹ nannte?« Sie lacht bitter auf. »Natürlich wusstest du das nicht. Ich nannte ihn so, weil ich ›Daddy‹ nicht aussprechen konnte. Wir sind dann bei ›Dodo‹ geblieben, denn das bewahrte Mom vor den lästigen Fragen der Nachbarn. Mein Vater galt offiziell als unbekannt.«

Ich weiß nicht, ob ich gehen oder bleiben soll. Weiß nicht, wie viele Wahrheiten ich heute noch ertragen kann.

»Seine Besuche waren immer etwas Besonderes für mich. Als ich älter war, traf ich Dodo heimlich in Cafés oder Parks. Wie einen Liebhaber. Nadja wusste zu diesem Zeitpunkt noch nicht, dass wir Kontakt hatten. Zwischendurch gab es Zeiten, in denen ich ihn für diese Heimlichtuerei gehasst habe.«

Marisas Kummer ist wie eine Flut, strömt bitter und salzig in meine Augen und in meinen Mund. Ich presse die Hand an meinen Bauch und krümme mich. Ihre Bitterkeit über den Verlust des Vaters, der ihr nie wirklich ein Vater gewesen ist, wird zum körperlichen Schmerz für mich.

»Klara!« Marisa springt auf und fasst unter meine Arme. »Leg dich hin.«

Ich falle auf ihr Bett, und sie legt sich neben mich. Eine Hand fährt durch mein Haar, eine andere deckt mich zu. Wie durch einen Nebel nehme ich wahr, wie mir ein Fieberthermometer unter den Arm geklemmt wird. Ein kalter Waschlappen landet auf meiner Stirn.

Am klaren Himmel steht ein Halbmond, der sein Licht ins dunkle Zimmer wirft. Meine Muskeln lockern sich und bäumen sich mit einem letzten Zucken gegen den Schlaf auf.

Orientierungslos sitze ich im Bett. Ich trage meine Kleider vom Vortag. Der Hosenbund hat sich beim Schlafen auf unangenehme Weise in meinen Bauch gedrückt. Ich erinnere mich daran, wie Marisa mir das Wasser gereicht hat, mit dem ich ein fiebersenkendes Mittel eingenommen habe. Der Rest ist verblasst.

Unter Marisas Bettdecke blitzt nicht einmal ein Haarbüschel hervor. Ohne die Wölbung wäre sie unter den weißen Laken gar nicht sichtbar. Sie streckt sich kurz, während ich leise aus dem Bett steige, in meine Schuhe schlüpfe und zur Tür hinausschleiche. Die Holztreppe knarzt, als ich auf tauben Beinen nach unten gehe. Die Räume sind in blaues Dämmerlicht getaucht, und die Uhr an der Wand zeigt eine Zeit an, in der ich normalerweise tief schlafe.

Unruhig überlege ich, was ich tun soll. Marisas Weste liegt auf einem Hocker. Ich schlüpfe hinein und werfe einen Blick nach oben, ehe ich das Sofa nach dem iPhone abtaste und es in die Tasche stecke. Meine Hand liegt schon auf dem Türgriff, als ich oben Schritte höre.

»Wo gehst du hin?« Marisas Stimme klingt kratzig und verschlafen.

»Ich muss mit Jonas sprechen.«

»Ist er heimgekommen?«

»Nein«, sage ich, »ich werde zu ihm fahren.«

»Du hast Fieber. Du solltest in diesem Zustand kein Auto lenken.«

»Sagt die, die ohne Führerschein ein Auto steuert.« Ich versuche, fitter zu klingen, als ich mich fühle. Es war mir klar, dass Marisa versuchen würde, mich von meinem Vorhaben abzubringen. Aber ich kann nicht anders. Die Ungewissheit zerreißt mich.

Marisas nackte Füße klatschen auf die Stufen, als sie zu mir herunterkommt. »Nimmst du dein Handy mit?«

Als Antwort tippe ich auf die Westentasche. Ich rechne fest damit, dass sie mich nicht gehen lassen wird. Stattdessen flitzt sie ins Wohnzimmer und kommt mit ihrem Handy zurück.

»Ruf mich an.«

Ich stutze.

»Dann habe ich deine Nummer und kann sie in jede öffentliche Toilette der Stadt kritzeln.« Marisa legt den Kopf schräg.

»Damit wir uns gegenseitig erreichen können«, erklärt sie augenrollend. Sie rattert ihre Telefonnummer herunter, und ich tippe sie eilig in mein Tastenfeld. Ihr Handy läutet kurz, als ich sie probehalber anwähle, dann verstummt es.

»Bitte sei vorsichtig«, mahnt sie, bevor ich nach draußen in die kalte Morgenluft trete und vor Schreck erstarre.

Auf dem Pool treibt eine rote Rettungsweste.

26

Das Grau der Nacht umgibt die Stadt wie eine Wolke. Nach mehreren roten Ampeln und einem geschlossenen Bahnübergang parke ich etwas abseits von Jonas' Wohnhausanlage. Noch sind meine Gedanken nicht bei ihm, sondern bei der Rettungsweste in meinem Pool. Wie das abgefallene Blatt eines Baumes trieb sie auf der Wasseroberfläche. Ein Mahnmal.

Meine Schritte sind zügig, klingen dann langsam aus, als mir bewusst wird, welcher Tag heute ist. Genau heute vor einem Jahr sind meine Eltern ertrunken. Ich schlucke trocken. Oh Gott. Was hat das zu bedeuten? Mit geschlossenen Lidern reibe ich meine Schläfen und zwinge mich dazu, mich wieder in Bewegung zu setzen.

Vor Jonas' Haus angekommen, sticht mir zuerst sein Auto ins Auge. Mit pochendem Herzen stemme ich mich gegen die massive Eingangstür und stelle erleichtert fest, dass sie unversperrt ist. Ich gelange ins Treppenhaus, ohne meine Ankunft mit einem Klingeln ankündigen zu müssen.

Es riecht abgestanden und säuerlich, und in der hinteren Ecke des Hausflurs liegen zwischen abgestellten Fahrrädern zerdrückte Bierdosen und zwei leere Wodkaflaschen. An der vergilbten Wand prangen die Worte »Deine Mudda ist eine dume Hurre«.

Ich bin erst ein Mal hier gewesen. Das war, bevor Jonas von meinem Weinimperium erfahren hat, aber schon damals war es ihm peinlich, als er mich in das mehrstöckige Wohnhaus führte, das man nicht als erste Wahl bezeichnen kann.

Mühselig kämpfe ich mich die Treppe hoch, muss immer wieder stehen bleiben, um zu verschnaufen. Meine Nase läuft, und ich fasse in Marisas Westentasche, erhoffe mir, darin ein Taschentuch zu finden. Ich ertaste ein Stück Papier und ziehe es heraus. Der Kassenbon einer Parfümerie.

Mein Herz schlägt schneller. Es ist ein zehn Tage alter Beleg, der den Kauf des Chanel-Parfums dokumentiert.

Eine ganze Weile verharre ich vor Jonas' Tür, lausche und nehme leise Schritte und Bewegungen wahr, bis ich mich mit einem kräftigen Klopfen bemerkbar mache.

Entgegen der vielen möglichen Szenarien, die ich zuvor im Kopf durchgespielt habe, schaut er mich an, als hätte er mich erwartet. Er winkt mich stumm in seine Wohnung. Seine Miene verrät nichts, als wir seine kleine Küche betreten und er zwei Tassen mit Kaffee füllt. Es riecht nach verbranntem Toast und Butter, und auf der Spüle stapeln sich einige Teller, Gläser und Tassen. Doch abgesehen davon wirkt alles unbewohnt und trist. Schlagartig plagen mich Schuldgefühle, weil ich ihm das Nachhausekommen verwehrt habe.

Er bedeutet mir, mich an den Küchentisch zu setzen, und nimmt mir gegenüber Platz. Er pustet in die Tasse mit dem dampfenden Kaffee, nippt daran und stellt sie geräuschvoll auf dem Holztisch ab.

Nun sieht er mich zum ersten Mal richtig an. Er ist ganz bei mir, scheint darauf zu warten, dass ich etwas sage, so wie ich darauf warte, dass er etwas sagt.

»Ich habe dir gestern ein paar Fragen gestellt«, beginne ich.

»Ich hätte dir alle Antworten nach der Arbeit gegeben, aber du wolltest sie nicht mehr hören.« Jonas kratzt unaufhörlich über eine Stelle an seinem Handgelenk, an der ich einen kleinen roten Gelsenstich ausmache.

»Jetzt will ich sie hören. Deswegen bin ich gekommen.«

Ich sehe, wie fest er seine Finger ineinander verschränkt, wie sie sich verkrampfen. Ich sehe auch, wie sich sein Körper kaum merklich nach links verschiebt. Die Vorstufe einer Lüge.

»Ich bin an diesem Morgen zu Marisa gegangen, weil ich klarstellen wollte, dass ich keine Intrigen dulde. Sie hat sich beim Abendessen zuvor seltsam benommen, merkwürdige Andeutungen gemacht. Die Geschichte mit dem plötzlichen Rohrbruch war mir schon vorher suspekt, und ich nahm mir vor, sie zu überprüfen. Als ich sie zur Rede gestellt habe, hat sie sofort alles zugegeben. Es schien ihr sogar zu gefallen, ertappt worden zu sein.«

Ich bin zum Zerreißen angespannt und muss mich immer wieder ans Atmen erinnern.

Jonas macht eine Pause, reibt sich nachdenklich das Kinn. »Mein erster Impuls war, dir sofort davon zu erzählen. Doch dann ...« Er schließt für eine Sekunde die Augen. »Mir ist nicht entgangen, wie wohl du dich damit gefühlt hast, eine Schwester zu haben. Mir wurde plötzlich klar, wie sehr dich der Vertrauensbruch treffen würde. Ich habe sie gewarnt, habe ihr die allerletzte Chance gegeben, es wiedergutzumachen. Du solltest nie von ihrer Lüge erfahren. Ein Teil von mir hat das sofort bereut, ein anderer hat es für möglich gehalten, dass ihre Absichten in Ordnung sein könnten trotz der fragwürdigen Methode, mit der sie sich bei uns eingenistet hat.« Nun steht er auf, streift wie ein Tiger in Gefangenschaft durch den Raum. »Dass sie unser Gespräch aufgenommen hat, heißt, dass sie hinterlistiger ist, als ich befürchtet habe. Denn die Aufzeichnung zeigt offensichtlich nur den Teil des Gespräches, der mich übel dastehen lässt.«

»Es ändert aber nichts daran, dass du mir etwas vorgemacht hast. Warum verheimlichst du mir, dass du von Marisas nächtlicher Beobachtung weißt?«

Jonas bleibt abrupt stehen. Sein ganzer Körper ist mir nun zugewandt. »Weil ich ihr nicht glaube, und weil ich nicht einschätzen kann, was sie mit dieser Lüge bezweckt. Vielleicht wollte sie sich mit dir solidarisieren, dir mit der Behauptung den Rücken stärken, sich wichtigmachen oder dir Angst einjagen.« Er zuckt mit den Schultern. »In diesem Moment hielt ich es für das Beste, fürs Erste keine feindselige Situation zwischen euch zu schaffen. Du bist so geschwächt. Meine ganze Sorge gilt deiner Gesundheit. Aber selbstverständlich hatte ich vor, Marisa im Auge zu behalten.«

Ich habe so viele mögliche Erklärungen im Kopf durchgespielt, aber an diese naheliegende habe ich nicht gedacht. Wie einfach die Dinge oft sind, und wie sehr unser Gehirn dazu neigt, alles zu verkomplizieren. Meine Hände legen sich um die Kaffeetasse, aber nicht, um daraus zu trinken, denn ich würde keinen Schluck hinunterkriegen, sondern um meine bibbernden Finger zu wärmen.

»Das ist noch was«, sage ich vorsichtig. »Ich weiß, dass dein Vater nicht gemeinsam mit deiner Mutter bei einem Autounfall umgekommen ist.« Ich suche Jonas' Blick und erkenne darin nichts als Traurigkeit.

»Dann weißt du auch, dass er sich erschossen hat.« Jonas lehnt sich an das Spülbecken, greift nach einem Geschirrtuch und zupft nervös daran herum. »Seit meiner Jugend habe ich nie wieder jemandem die Wahrheit über seinen Tod erzählt. Irgendwann habe ich die Lügen selbst geglaubt, habe sie glauben wollen. Es ist einfacher zu ertragen, dass der Vater einen Unfall hatte.« Jonas schluckt schwer und wendet seinen Blick von mir ab. »Es war eine Qual, mir einzugestehen, dass er lieber tot sein wollte, anstatt für mich da zu sein.«

»Er war krank, hat den Tod deiner Mutter nicht verkraftet. Es lag nicht an dir.«

Jonas schaut mich eine Sekunde lang wie versteinert an. Dann laufen Tränen über seine Wangen. Ich stehe auf, will ihn umarmen, aber ich wage es nicht. Ich fürchte seine Zurückweisung.

»Wer hat sich nach dem Tod deiner Eltern um dich gekümmert?«, frage ich stattdessen.

»Die Schwester meines Vaters hat mich bei sich aufgenommen. Tante Piroska. Sie hat mich zu sich nach St. Pölten geholt.«

»Ist sie auch …?« Ich spreche den Satz nicht zu Ende.

»Nein, Piroska erfreut sich vermutlich bester Gesundheit. Allerdings kam es zu Streitigkeiten. Nach ihrer Heirat mit einem reichen Schnösel ist der Kontakt irgendwann abgebrochen. Sie war kein einfacher Mensch, auch nicht besonders herzlich. Allerdings war ich selbst auch ein harter Brocken. Ich habe angefangen, Österreich zu hassen, habe alles und jeden gehasst. Doch ich bin hiergeblieben, und letztendlich hat mich das Schicksal zu dir geführt, Klara.« Jonas' dunkle Augen fixieren mich. Sein Blick ist müde und voller Trauer.

Ich weiß nicht, ob er mich in seine Arme gezogen hat oder ob ich es war, die in seine Arme gefallen ist. Aber jetzt stehen wir da, klammern uns so fest aneinander, dass es wehtut. Lautlose Schluchzer schütteln seinen Körper und verwachsen mit meinem eigenen Zittern. Ich fühle mich so elend. Ich schäme mich. Schäme mich so sehr dafür, Jonas insgeheim so furchtbarer Dinge beschuldigt zu haben. Um ein Haar hätte ich ihn verloren.

»Du bist ganz heiß«, flüstert Jonas sorgenvoll in mein Ohr. »Wahrscheinlich ist eine Grippe im Anmarsch.«

Jonas führt mich in sein Wohnzimmer. Auf dem kleinen Zweisitzer-Sofa legt er behutsam eine Decke um mich.

»Keine Geheimnisse mehr«, sage ich mit dünner Stimme.

»Ja«, haucht Jonas und drückt im stummen Versprechen meine Hand. »Ich muss dir noch etwas sagen, Klara.«

Ich sehe ihm dabei zu, wie er auf die andere Seite des Zimmers geht. Seine Bewegungen sind zögerlich, als wäre er sich nicht so recht sicher, was er als Nächstes tun möchte. Neben dem schmalen Fenster, das die Sicht auf ein gegenüberliegendes Haus freigibt, steht Jonas' Schreibtisch. Ein Papierstapel türmt sich neben seinem aufgeklappten Laptop. Ich kann nicht genau sehen, wonach er greift, aber dann hält er ein knappes rotes Spitzenhöschen in der Hand.

»Das habe ich gestern Morgen in der Tasche meiner Sportjacke, die immer im Auto liegt, gefunden.«

Ich beäuge das Unterwäschestück. Es gehört nicht mir. Meine Haut kribbelt vor Anspannung.

»Sie muss es irgendwie dort reingesteckt haben.«

Jonas spricht Marisas Namen nicht aus, aber wir wissen beide, wen er meint. Ich erinnere mich vage daran, so etwas aus Marisas Hosenbund hervorblitzen gesehen zu haben. Mir wird speiübel.

Er wirft das Höschen achtlos in eine Ecke und kommt auf mich zu. Er kniet sich vor mich hin und legt seinen Kopf in meinen Schoß. »Ich habe sie am Arm gepackt. Das hätte ich nicht tun dürfen, aber ich fühlte mich so hilflos. Später hat sie ein Foto ihres Handgelenkes an meine Büro-Mailadresse geschickt. Aber diese Verletzung rührt nicht von meinem Griff her. So grob habe ich sie nicht angefasst, das schwöre ich. Hätte mein Chef diese Mail gesehen …« Jonas unterbricht sich selbst. »Aber das ist alles nebensächlich. Ich will dich nicht verlieren, Klara. Ich liebe dich mehr, als ich es dir jemals zeigen könnte. Ich habe Angst, dass Marisa mit ihren Lügen und ihren Versuchen, mich anzumachen, alles ruiniert.«

Meine Gedanken rasen. Kann es sein, dass ich mich dermaßen in Marisa getäuscht habe? Ist sie so von Hass zerfressen, dass sie es darauf anlegt, meine Ehe kaputtzumachen? Mich kaputt-zumachen?

»Ich weiß nicht, was mit ihr los ist«, sage ich mehr zu mir selbst als zu ihm, während ich die Wölbung seiner Oberlippe mit dem Finger nachzeichne und mein Herz vor Zuneigung überquillt. Alle Ängste der Vergangenheit haben sich zu einer einzigen gebündelt. Zu der Angst, diesen Mann zu verlieren.

»Ich fahre dich heim, Liebes«, haucht Jonas, nimmt meine Hände in seine und bedeckt sie mit Küssen. »Aber vorher bringe ich dir eine Wärmflasche. Du zitterst ja, Süße.«

Marisas Miene ist regungslos, als ich vor ihrer Tür stehe. Das Taxi ist zeitgleich mit Jonas und mir eingetroffen und wartet in der Einfahrt. Meine Worte an sie habe ich mir zurechtgelegt, während Jonas mich in meinem Auto heimgefahren hat. Doch keines davon spreche ich aus. »Bitte geh. Jetzt sofort«, sage ich nur. Knapp, direkt, endgültig.

Zu meinem Erstaunen steht ihr Gepäck bereits als wortloses Eingestehen im Flur.

»Er hat dir das erzählt, was du hören wolltest«, stellt Marisa verbittert fest. »Das war mir in dem Augenblick klar, als du heute Morgen das Haus verlassen hast.«

»Zwischen uns ist alles gesagt«, antworte ich.

Marisas Blick wandert von mir zu Jonas, als er hinter mich tritt und bestärkend seine Hände auf meine Schultern legt. Marisa schaut ihn abschätzig an. Dann ändert sich ihr Ausdruck, und sie richtet ihre Augen auf mich. »Ich denke, du weißt, wo du mich findest.« Ihre Stimme ist brüchig. »Komm zu mir, wenn du mich brauchst. Ich bin für dich da.« Mit beiden Taschen an den Schultern schiebt sie sich an uns vorbei nach draußen.

Ich wage es nicht, mich umzudrehen, starre weiter auf die Stelle, an der sie eben noch gestanden hat, und atme ihren vertrauten blumigen Geruch ein. Kein Chanel. Der Duft wäre zu alt und zu schwer für sie. Trotzdem hat sie ihn gekauft. Sie muss es gewesen sein.

»Ich habe dir abgesehen von dieser einen Lüge immer die Wahrheit gesagt«, höre ich ihre Stimme.

Ich denke an ihren Strip am Pool und erinnere mich daran, eine derartige Szene in einem Film gesehen zu haben. Meine Erinnerung hat mir einen Streich gespielt. Ich presse die Lippen aufeinander. Dann entfernen sich ihre Schritte in Richtung Tor, und Jonas' fester Griff hält mich davon ab, ihr hinterherzulaufen.

Ich kämpfe unaufhörlich mit den Tränen, während Jonas mich auf wackeligen Beinen ins Haus führt, aber ich gebe nichts von meinem Gefühlschaos preis. Widerstandslos lasse ich mich ins Wohnzimmer bringen, lasse ihn einen Film für mich aussuchen und esse das Frühstück, das er mir auf einem Tablett ans Sofa serviert.

Ich fühle mich wie in Trance, bin in einem Zustand, in dem ich permanent den Faden verliere. Dumpf nehme ich wahr, dass Jonas Renate anruft, um ihr mitzuteilen, dass wir sie diese Woche nicht brauchen. Irgendwann verlässt er das Haus, um ins Büro zu fahren, und ich döse für den Rest des Tages weg.

27

Es sind Tage vergangen. Tage, deren Ereignisse nahezu aus meiner Erinnerung gelöscht sind. Es ist ein befremdliches Gefühl, erzählt zu bekommen, was mit einem passiert ist.

Ein Arzt ist hier gewesen, als meine Fieberschübe nicht mehr in den Griff zu bekommen waren. Seither schlucke ich ein Antibiotikum. Ich trage Kleidungsstücke, die ich mir nicht selbst angezogen habe. Ich rieche fremd. Ich klinge fremd. So muss es Menschen ergehen, die aus dem Koma erwachen.

Ich habe mich heute zweimal übergeben. Es war eine Wohltat, das Antibiotikum und den widerlichen Kräutertee, den Jonas mir ständig einflößt, aus meinem Körper zu befördern. Nun bin ich klarer, schaffe es wieder, mich im Raum zu orientieren, kann die Geräusche in meiner Umgebung zuordnen. Das Klirren von Tellern und Besteck, als Jonas den Geschirrspüler ausräumt, den Ruf eines Uhus, das Auto des Briefträgers, das die Einfahrt hochgefahren kommt.

Es ist das Klingeln eines Telefons, das mich aus dem Schlafzimmer nach unten treibt. Jonas sitzt am Küchentresen, eine Zeitung vor sich ausgebreitet. Der gelbe Schein des Deckenlichtes lässt sein lockiges Haar wie einen dunklen Heiligenschein aussehen. Er ist so vertieft in das Blatt, dass er mich nicht auf Anhieb bemerkt. Ich staune darüber, wie ordentlich alles ist, obwohl er, den Gerüchen nach zu urteilen, gerade erst gekocht haben muss. Neben Fettgeruch vernehme ich die Schärfe einer Scheuermilch und eine Spur seines Rasierwassers.

Die Wanduhr zeigt siebzehn Uhr an. Dicke Wolken, die sich Schicht für Schicht vor die Sonne schieben, dimmen das Licht. Es scheint ein kühler Tag zu sein, denn aus dem Pool steigen Dampfwolken.

Abrupt fällt mir die Rettungsweste ein. Sie ist verschwunden.

Ob Jonas sie entfernt hat? Ob es sie überhaupt jemals gegeben hat?

»Hey«, krächze ich mit einer vom Übergeben heiseren Stimme.

Jonas fährt herum. »Willst du, dass ich einen Herzinfarkt bekomme?«, ruft er. Dann lacht er und breitet seine Arme aus. Ich zögere, bevor ich mich von ihm drücken lassen, habe Angst, nach Erbrochenem zu riechen. Ich hielt es für besser, ihm nichts von der Übelkeit zu erzählen, um ihm nicht noch mehr Sorgen zu bereiten.

»Willst du eine Tasse Tee?«

Ich schaudere bei dem Gedanken und schüttle rasch meinen Kopf.

»Ein Glas Leitungswasser wäre mir lieber«, erwidere ich, um ihn und seine Fürsorge nicht komplett vor den Kopf zu stoßen. Ich setze mich an den Tresen. Jonas nimmt ein Glas aus dem Schrank, das er mit Leitungswasser füllt und vor mich hinstellt.

Er betrügt dich. Er belügt dich.

Sehnsüchtig blicke ich auf das kleine Foto, das auf der Kochinsel steht. Jonas und ich. Es ist ein schlechter Schnappschuss mit der Selfie-Kamera, aber es war mir schon immer das liebste Foto von allen. Meine Finger gleiten über den Glasrahmen, umfassen das Bild, als könnte ich den Tag zurückholen, wenn ich mich nur fest genug daran klammere.

Jonas ist so liebevoll und fürsorglich, aber ich will diese Art von Beziehung nicht. Ich möchte wieder die Klara sein, die ich durch ihn für kurze Zeit war. Möchte ihm die Frau sein, die er verdient hat.

»Geht es dir besser?« Jonas mustert mich.

Ich versuche zu lächeln, aber es fühlt sich nicht so an, als ob ich jemals wieder dazu in der Lage wäre. Mein Leben wurde in den Dark Mode geschaltet. Je stärker ich dagegen ankämpfe, desto kläglicher scheitere ich.

»Ich muss morgen mal wieder ins Büro«, erzählt Jonas im Plauderton, während er eine Packung Eiscreme aus dem Gefrierschrank holt, ein paar Kugeln herausschabt und sich seine Schale randvoll füllt. Ich spüre, dass ihm der Gedanke, mich allein zu lassen, nicht behagt. So weit ist es schon gekommen. Er betrachtet mich als Greisin, als Pflegebedürftige, die permanente Betreuung benötigt. Ich erinnere mich an die alten Menschen im Seniorenheim, die ich früher regelmäßig mit meiner Mutter für ein paar positive Schlagzeilen in den regionalen Zeitungen besuchte. *Lieber erschieße ich mich, als so zu enden,* lautete ihr inoffizieller Kommentar, während sie in die Kamera lachte und dabei verkündete, dass ein Glas Wein augenscheinlich nicht nur glücklich mache, sondern auch jung halte, wie man an all diesen wunderbaren Menschen sehen könne. Jetzt sitze ich da und weiß, wie sehr meine Mutter mich für das, was ich geworden bin, verabscheuen würde.

»Ich werde keine heimlichen Partys feiern, versprochen.« Ich hebe zwei Finger, um mein Ehrenwort zu bedeuten.

Ich muss allein sein, muss herausfinden, wie dieser neue Körper tickt, muss ausloten, wozu er noch in der Lage ist. Das schaffe ich nicht unter Jonas' sorgenvollem Blick. Schwimmen, Rad fahren, all diese Dinge habe ich allein gelernt. In jenen Momenten, in denen ich auf mich selbst gestellt war, in denen es niemanden gab, den ich enttäuschen konnte.

»Möchtest du etwas Suppe haben? Ich habe sie heute Mittag für dich gekocht.« Jonas löffelt Schokoeis in seinen Mund.

»Nein«, lehne ich ab. »Später vielleicht.«

In der ovalen Obstschale aus Edelstahl sehe ich das, was noch von mir übrig ist. Das Haar wie ein Strohballen. Das Gesicht hohlwangig. Die Augen dunkel gerändert. Ich könnte mehr als nur ein paar zusätzliche Kilos auf den Rippen vertragen, aber was ich momentan am dringendsten brauche, ist eine Dusche, stelle ich beschämt fest. Ich rieche nach altem Schweiß, und meine Körperbehaarung hat unkontrolliert zu wachsen begonnen.

Jonas' Handy bewegt sich vibrierend über den Tresen. Ich will danach greifen, aber er kommt mir zuvor. Stöhnend steckt er es in die Gesäßtasche seiner Jeans.

»Wer war das?« Mir ist bewusst, dass ich wie eine eifersüchtige Ehefrau klinge, die hinter jedem Anruf und jeder Nachricht eine Geliebte vermutet. *Er betrügt dich.*

»Ein alter Kollege. Er ruft mich ständig an, seit seine Freundin ihn verlassen hat. Meistens ist er sturzbetrunken und braucht einen seelischen Mülleimer«, erwidert Jonas und kratzt sich am Kopf.

Er vermeidet es, mir in die Augen zu schauen, was mich auf den Gedanken bringt, Marisa könnte die Anruferin gewesen sein. Ich verzeihe ihm diese Notlüge. Ich bin mir sicher, dass Marisa auch schon mindestens zwanzig Mal auf meinem Handy angerufen hat. Wer weiß, was sie wieder vorhat. Ich will davon nichts wissen.

Mit schweren Gliedern sinke ich auf das Sofa und starre auf den eingeschalteten Fernseher. Eine adrett gekleidete Sprecherin verkündet die Nachrichten. Ich vernehme einen Schwall aus Worten ohne Bedeutung und sehe Bilder, die nicht bis in mein Bewusstsein vordringen.

Mit halb geschlossenen Augen zappe ich durch die Programme. Zeichentrickserien, Dokusoaps, eine Kochshow, ein Regionalmagazin.

»Komm, nimm deine Medizin«, filtere ich aus dem Gewirr fremder Stimmen und schrecke hoch.

Ich hebe meinen Kopf, der plötzlich zu schwer für meinen Körper ist, und blicke nach draußen. Die Fichten stehen da wie schwarze Striche im Zwielicht. Bald wird die Nacht hereinbrechen und meinen Garten in Dunkelheit hüllen. Wann habe ich nur mein Zeitgefühl verloren? Wie kann es sein, dass Stunden verstreichen, die mir wie Minuten vorkommen?

»Erde an Klara«, höre ich Jonas' Stimme und erinnere mich wieder an die Tabletten, die in seiner geöffneten Hand liegen.

»Wofür sind die?«

»Das hier ist ein Antibiotikum. Diese soll deine Halsentzündung lindern.« Jonas tippt die Tabletten nacheinander mit dem Zeigefinger an. Unwillkürlich taste ich meinen Hals ab und wundere mich. Von einer Halsentzündung spüre ich nichts.

»Diese«, Jonas deutet auf die dritte Tablette in seiner Hand, »ist ein Magenschoner.«

Ich denke daran, wie ich vor wenigen Stunden über der Toilette kniete und mir die Seele aus dem Leib kotzte. Von wegen etwas könnte meinen Magen schonen und ihn vor den Nebenwirkungen dieser Medikamente bewahren. Zum Teufel damit. Jonas schüttet die runden Pillen in meine Hand. Langsam lege ich die erste in meinen Mund und trinke aus der Wasserflasche, die Jonas mitgebracht hat.

»Kannst du noch mehr Wasser holen?«, frage ich und schüttle die Flasche demonstrativ, um ihm zu zeigen, dass der Inhalt bald zur Neige geht.

Als Jonas in die Küche läuft, spucke ich die Tablette zurück in die Hand und schiebe sie gemeinsam mit den anderen beiden in meine Socke. Mich wieder übergeben zu müssen würde mich an das Ende meiner Kräfte bringen.

Jonas kommt zurück. Ich greife hastig nach der vollen Wasserflasche, trinke daraus und schlucke so schwer, als würgte ich meine Medizin hinunter.

»Dann bringen wir dich mal ins Bett, damit wir bald wieder gesund sind.«

Damit wir bald wieder gesund sind. Er spricht mit mir wie mit einer Idiotin, hat sich längst von der Klara, die ich war, verabschiedet.

Bevor ich einwenden kann, dass ich gar nicht müde bin, zieht er mich hoch und steigt Stufe für Stufe mit mir die Treppe hinauf. Unwillkürlich denke ich daran, wie Jonas mich nach unserer Rückkehr aus Dänemark über die Türschwelle trug. Unsere Leidenschaft liegt in weiter Ferne, auch wenn seither erst wenige Wochen vergangen sind.

Ich spüre Enttäuschung, als er mich in unser Schlafzimmer führt und ich sehe, was mir zuvor entgangen ist. Seine Betthälfte ist leer. Kein Kissen, keine Decke, kein Abdruck seines Körpers auf der Matratze, der darauf hindeutet, dass er sich Nacht für Nacht an mich schmiegt, während ich versuche, gesund zu werden.

»Ich dachte, ich gönne dir etwas Ruhe, bis es dir wieder besser geht«, sagt er, als hätte er meine Gedanken gelesen.

Im Badezimmer lehne ich meinen Kopf gegen die geflieste Wand, brauche ein paar Sekunden, um das Karussell in mir zum Stillstand zu bringen. Dann spüle ich die Tabletten, die in meiner Socke gesteckt haben, die Toilette runter und ziehe die Packung mit Schmerztabletten aus meiner Kosmetiktasche. Leise drücke ich zwei davon aus dem Blister, schlucke sie mit etwas Wasser hinunter und verstaue sie wieder in dem Täschchen. Die Wirkung setzt schnell ein. Ich lasse mir kaltes Wasser über die Arme und das Gesicht laufen, putze mir die Zähne und finde trotzdem nicht zu neuer Kraft.

Jonas lehnt am Fenster, als ich ins Schlafzimmer zurückkehre. Er wirkt zerknirscht, ringt sich ein halbherziges Lächeln ab. Die Hose sitzt locker an seinen Hüften. Er trägt ein hellgraues Shirt mit einem Schwarz-Weiß-Druck der Skyline von New York, das ich noch nie an ihm gesehen habe.

»Wo ist mein Handy? Ich brauche es morgen, um erreichbar für dich zu sein«, sage ich, während ich damit beginne, mich auszuziehen.

Diese eine Minute, die er weg war, hat gereicht, um mich vollständig umzuziehen und die stinkenden Kleider in den Wäscheschacht zu werfen. Es wäre mir unangenehm, wenn er mich in diesem Zustand nackt sähe. Morgen werde ich alles in die Waschmaschine stecken, denn weder Jonas noch Renate sollen das für mich tun. Ich schäme mich schnell, deshalb habe ich meine Wäsche immer selbst gewaschen. Meine Eltern hingegen schafften es, ganz im Sinne der eigenen Bequemlichkeit jegliches Schamgefühl vor dem Hauspersonal abzulegen.

»Was hast du morgen vor?« Jonas betrachtet mich misstrauisch, während ich unter die Decke schlüpfe.

»Zuerst werde ich mich bekiffen. Vielleicht lasse ich auch einen Stripper kommen«, erwidere ich zynisch. Ich klinge wie Marisa, aber sie zu imitieren ist mir gerade lieber, als ich selbst zu sein.

Jonas legt das Handy auf die Ablage neben mir und schließt es an das Ladegerät an.

»Bis morgen Früh ist es einsatzbereit. Dann kannst du mit deinen Freunden die Details zu eurem illegalen Autorennen besprechen.«

Er drückt mir einen Kuss auf den Scheitel und wirft mir einen nachdenklichen Blick zu. Dann ist er weg, lässt mich in diesem Zimmer, das mir angsteinflößend und totenstill erscheint, allein zurück.

Meine Lider fühlen sich bleiern an, aber ich finde keinen Schlaf. Es ist niemand da, der den Raum mit Geräuschen erfüllt. Niemand, dessen Zehen meine streifen. Die Angst, Jonas zu verlieren, ihn bereits verloren zu haben, gärt in mir wie Maische.

Im Badezimmer nebenan höre ich das Rauschen der Dusche, sein Husten und das Summen des elektrischen Rasierers. Ich beiße mir auf die Lippen, um nicht nach ihm zu rufen.

Ich zähle die Karos auf dem Bettbezug. Er liebt mich, er liebt mich nicht. Wie das magische Zupfspiel mit den Blütenblättern von Gänseblümchen.

Aber Jonas kommt nicht. Der Druck ungeweinter Tränen steckt wie das Stück eines vergifteten Apfels in meinem Hals. Ich werde daran sterben, das spüre ich, und es ist mir egal.

Aus alter Gewohnheit greife ich nach dem iPhone und schalte es ein. Es ist inzwischen vollständig geladen und zeigt verpasste Anrufe an. Marisa. Sie hat heute Vormittag zweimal versucht, mich zu erreichen. Ich zögere, bevor ich ihre Nummer antippe und der Wählton in mein Ohr dringt.

»Klara?«, meldet sie sich mit heiserer und erschrockener Stimme. Mit meinem Anruf hat sie offenbar nicht gerechnet. »Ist etwas passiert?«

Ich bin versucht, in der alten und vertrauten Art mit ihr zu sprechen, aber dann rufe ich mir die Ereignisse der letzten Tage in Erinnerung. »Du hast mich und meinen Mann angerufen. Was willst du?«

Ein Zögern. »Ich wollte nur hören, wie es dir inzwischen geht«, erwidert sie so leise, dass ich sie kaum verstehe. Im Hintergrund vernehme ich städtischen Lärm. Das Dröhnen von Motoren, das Gemurmel von Stimmen, die Sirene eines Polizeiautos. »Aber bei Jonas habe ich nicht angerufen. Ich habe nicht einmal seine Nummer.«

Irritiert denke ich daran, wie Jonas sein klingelndes Handy verstohlen in die Hosentasche steckte. »Okay«, murmle ich und fahre dann energischer fort: »Wie du hörst, lebe ich noch. War das alles, was du wissen wolltest?«

Für ein paar Sekunden ist es ruhig. »Ich muss dir etwas sagen.«

Mein Herz pumpt etwas schneller, und meine Finger verkrampfen sich um das Telefon.

»Bist du allein? Ich meine, ist Jonas gerade neben dir?«

Es fällt mir schwer, die Worte auszusprechen, die so viel über die Missstände in meiner Ehe verraten. »Ich bin allein.« Wieder einmal allein, denn mein Mann erträgt mich nicht mehr, füge ich in Gedanken hinzu.

»Ich habe Jonas heute Morgen mit einer Frau im Stadtpark gesehen.«

Sofort sitze ich kerzengerade im Bett, halte den Atem an und presse eine Hand auf meinen Brustkorb. »Ja und?« Ich bemühe mich um einen unbekümmerten Tonfall.

Marisa räuspert sich. »Ich weiß, dass es dir schwerfällt, mir zu glauben –«

»Komm zur Sache«, falle ich ihr ins Wort.

»Die Frau hat ihn umarmt, und sie hat versucht, ihn zu küssen. Er ist nicht direkt darauf eingegangen, hat sie von sich weggeschoben.« Marisa saugt hörbar Luft ein, während ich noch immer nicht in der Lage bin, wieder zu atmen. »Aber es schien auch nicht so, als wären sie sich fremd. Es wirkte lediglich so, als hätte er Angst, entdeckt zu werden.«

Bilder von Jonas und einer anderen Frau treten so lebhaft vor meine Augen, dass es mir einen Stich in der Brust versetzt, der sich bis in die Fingerspitzen zieht. »Du lügst doch schon wieder!«

Marisa ignoriert die Anschuldigung. Sie spricht hastig weiter, während mein Finger über dem Display kreist. Ich bin kurz davor, den Anruf zu beenden.

»Es sah so aus, als würden sie sich streiten, dann hat Jonas sie im Park stehen lassen. Ich habe die Frau bis zum Krankenhaus verfolgt, dort habe ich ihre Spur verloren.«

Ich weiß nicht, was ich sagen soll. Unbehaglich rutsche ich auf der Matratze hin und her. *Eine Frau wie mich betrügt man nicht*, höre ich die Stimme meiner Mutter. Für einen Moment kann ich ihre schlanke Silhouette in einer Ecke des Zimmers ausmachen. Rosi und Tanja aus der Buchhaltung, die immer speckiger wurden, das waren Frauen, die ein Mann betrog. Frauen, die sich gehen ließen. Frauen, die keine Ahnung hatten, wie man mit Männern spielte, sie verführte, sie gefügig machte. Aber nicht die vermögende, erfolgreiche, faltenfreie Nadja Adam mit den stählernen Bauchmuskeln einer Zwanzigjährigen. Eine Frau wie sie wurde nicht betrogen. Ihr wurde der Mann gestohlen, verhext oder weggezaubert. Jedenfalls wäre ihr Mann nie aus freien Stücken fremdgegangen, ohne dass ein krimineller Akt oder ein Teufelswerk zugange gewesen wäre.

»Ich habe die Frau nur von Weitem gesehen, aber ich glaube, sie hatte Blessuren im Gesicht. Vielleicht hat Jonas sie geschlagen, und sie ist deswegen ins Krankenhaus –«

»Nein«, zische ich, »hör auf mit deinen Geschichten. Ich will sie nicht mehr hören. Deine Masche hat sich abgenützt. Mir heimlich Zettelchen zustecken, in Jonas' Auto Unterwäsche von dir verstecken, um mich eifersüchtig zu machen, eine Rettungsweste in den Pool werfen, um mich denken zu lassen, ich sei irre. Das ist Psychoterror für kleine Mädchen.«

»Was? Ich habe nichts davon gemacht.«

»Ich habe auch die Rechnung des Parfums in deiner Westentasche gefunden. Du bist so schäbig. Deine Mutter wird sich im Grab umdrehen.«

»Das ist nicht wahr. Die Rechnung, von der du sprichst, habe ich gefunden, als ich Jonas' Auto durchsucht habe. Ich habe sie eingesteckt, weil ich dachte, sie sei der Beweis dafür, dass er dich bescheißt.«

Ich drücke Marisas Anruf weg.

Die Bilder von Jonas und dieser Frau, die eben noch auf schmerzhafte Weise greifbar waren, lösen sich auf. Ich glaube ihr nicht. Ich darf ihr nicht glauben. Jonas war den ganzen Tag über daheim. Oder doch nicht? Ich weiß es nicht, denn ich war in einem komatösen Zustand, sodass vermutlich mein Haus in Flammen hätte stehen können, ohne dass ich es bemerkt hätte. Womöglich hat Marisa Jonas tatsächlich in der Stadt gesehen, als er einkaufen war oder Unterlagen aus dem Büro holte, woraufhin sie sich diese Intrige ausgedacht hat. Jonas belügt mich nicht. Jonas betrügt mich nicht. Er war hier bei mir, nicht bei einer anderen Frau.

Alles, was ich tun muss, ist, in Jonas' Zimmer zu gehen und ihn zur Rede zu stellen. Aber warum habe ich solche Angst davor?

Dann eine bittere Erkenntnis: Das Parfum ist schon längst vor Marisas Ankunft in meinem Haus gewesen.

28

Die Nacht ist verstrichen, ohne dass ich Schlaf gefunden habe. Der neue Tag wirft sein lilafarbenes Licht ins Zimmer.

Ich vernehme Schritte vor meiner Tür, rolle mich zusammen, schließe die Augen und atme tief und gleichmäßig. Ich möchte Jonas jetzt nicht mit Marisas Behauptungen konfrontieren, aber sobald ich in sein Gesicht blicke, werde ich den Drang nicht unterdrücken können. Ich muss zuerst klarer werden, möchte nicht schon wieder Öl ins Feuer kippen, möchte nicht das Risiko eingehen, dass Jonas endgültig die Geduld mit mir verliert.

Die Tür öffnet sich langsam und mit einem leisen Quietschen. Ich nehme die Veränderung des Lichteinfalles auf meinem Gesicht wahr, als er vor mir steht, aber ich rühre mich nicht. Alles in mir sehnt sich nach einem Kuss, nach irgendeiner vertrauten Geste, mit der er mich sonst jeden Morgen verabschiedet. Aber er scheint nur dazustehen. Ich spüre seinen Blick auf mir und bekomme Gänsehaut. Gerade denke ich, er würde gehen, da höre ich, wie mein Handy hochgehoben und mit einem Ton entsperrt wird.

Kontrolliert er, ob es aufgeladen ist, damit wir füreinander erreichbar sind? Leise legt er das iPhone wieder ab und verlässt das Schlafzimmer.

Sofort steige ich aus dem Bett. Das Display des Handys ist noch immer aktiv. Er war in meiner Anrufliste.

Ich fahre zusammen und stoße einen leisen Schrei aus, als die Zimmertür erneut geöffnet wird. Jonas wirkt nicht weniger erschrocken als ich. Seine Augen mit den langen, dunklen Wimpern, um die ihn bestimmt jede Frau beneidet, mustern mich.

»Klara!«, ruft er. »Bist du schon lange auf den Beinen?«

»Nein«, erwidere ich irritiert. Warum fragt er das, wo er doch eben im Zimmer war und mich im Bett liegen sah?

Er kommt auf mich zu und küsst mich auf die Stirn. Irre ich mich, oder spüre ich, wie sich sein Körper ein klein wenig versteift, als ich meine Hände um seine Taille lege?

»Gut, dass du wach bist«, sagt er nüchtern. Er klingt förmlich und distanziert. Wie mein Arzt, nicht wie mein Ehemann. »Dann kann ich dir deine Medikamente bringen.«

»Warte«, erwidere ich müde von der ganzen Situation, »ich komme mit nach unten.«

»Wie fühlst du dich heute?«, fragt er argwöhnisch und runzelt die Stirn.

Ich bin es so leid, dass mir immer wieder die gleiche Frage gestellt wird. »Ganz in Ordnung.« Ich versuche, mir ein Lächeln abzuringen, aber meine Lippen gefrieren, als ich wieder an Marisas Worte denke. *Ich habe Jonas heute Morgen mit einer Frau im Stadtpark gesehen.*

Barfuß laufe ich hinter Jonas den Flur entlang.

»Musst du nicht bald los?« Ich schließe die Finger fest um das Treppengeländer, denn meine Beine fühlen sich taub an.

»Ich sollte schon längst weg sein.«

Ich folge Jonas in die Küche, taste seinen Körper ab. Suche ich nach einer verräterischen Spur, die auf eine Affäre mit einer anderen Frau hindeutet? Nach einem Lippenstiftabdruck am Hemdkragen? Nach dem versonnenen Blick eines Frischverliebten, der nicht mehr mir gilt? Nach einem Schmuckstück, das aus seiner Hosentasche ragt und das nicht für mich bestimmt ist?

Es ist lächerlich. *Ich* bin lächerlich. Alles, was ich sehe, ist Jonas. Jonas, meinen gut aussehenden, liebevollen Mann in seinem smarten Businesslook. Und ich sehe mich, wie ich danebenstehe in meinem gepunkteten Pyjama, an dem der Stoff an Ellbogen und Knien so ausgeleiert ist, dass ich ihn schon längst hätte wegwerfen sollen.

»Kann ich dich allein lassen, Schatz?« Jonas dreht sich zu mir um.

Ich blicke auf seinen ausgestreckten Arm und dann auf seine

Hand, in der die verhassten drei Tabletten liegen. Ich greife danach und sehe zu, wie er ein Glas mit Leitungswasser für mich füllt.

»Natürlich kannst du das. Ich habe reichlich Bücher und Streaming-Dienste.«

Jonas drückt eine Taste an der Kaffeemaschine. Nach dem Dröhnen des Mahlwerkes gießt sie einen doppelten Espresso in die Tasse. Angespannt schaue ich aus dem Fenster. Der Gärtner zieht einen Düngewagen über den Rasen. Auf den Weinterrassen ist ein Team zugange, das die Bio-Rebstöcke überprüft. Dunkel gekleidete Männer mit behandschuhten Fingern, die eifrig nicken, deuten und hin und wieder lachen.

Mein Vater hat zuletzt, sehr zum Missfallen meiner Mutter, großen Wert darauf gelegt, unsere Produktion auf eine biologische Linie zu bringen.

Was kommt als Nächstes?, empörte sie sich. *Wirst du Birkenstock-Schlapfen tragen und die Hälfte unseres Gewinnes, falls wir dann überhaupt noch Gewinn machen, an Zigeunerkinder spenden?*

Ja, genau das hätte Papa gewollt, denke ich. Er war ein so guter Mensch. Er hat diesen frühen Tod nicht verdient. Er hatte auch meine Mutter nicht verdient. Wenn er doch nur hier sein könnte. Selten zuvor habe ich ihn mehr gebraucht als jetzt.

»Warst du gestern auch im Büro? Ich habe Gedächtnislücken«, lenke ich das Gespräch auf das Wesentliche zurück.

Einen Moment lang habe den Eindruck, dass sich Jonas' Kiefermuskulatur anspannt. »Nein, Schatz. Gestern war ich nur für dich da.« Er trällert die Worte und blickt mich über den Rand der Kaffeetasse an.

Ich atme erleichtert auf.

»Solange du nicht vergisst, wer dich über alles liebt, ist alles in bester Ordnung.« Jonas steckt sich ein Stück Fertigkuchen in den Mund, während er sich schwungvoll auf den Fersen zu mir umdreht und mir einen Kuss auf die Wange drückt, der Brösel und Zucker auf meiner Haut hinterlässt. »Die Tabletten«, erinnert er mich und zieht den Reißverschluss seiner Laptoptasche zu.

Ich zucke zusammen. Da sind ganz plötzlich Bilder in meinem Kopf. Erinnerungen oder Trugbilder? Ich komme in die Küche, fühle mich schrecklich. Schweißnasse Kleider kleben an mir. Ich zittere, suche Jonas. Schaffe es nicht, nach ihm zu rufen. Plötzlich ertönt ein Vibrieren aus seiner Tasche. Sie ist geöffnet, und ich entdecke darin mein Smartphone, das er für mich verwahrt. Benommen ziehe ich es heraus. Der Bildschirm zeigt eine eingegangene Nachricht an: »Er liebt dich nicht.« Die Worte verwirren mich, lassen sich nicht zuordnen, aber das kleine runde Profilbild des Absenders kommt mir vage bekannt vor. Ich sehe weitere Nachrichteneingänge. Frau Ott von der Lohnverrechnung, Huber und einer meiner Kellermeister.

Sinnentleerte Phrasen. Man erkundigt sich nach meinem Befinden, spricht Genesungswünsche aus. Dann platzen die Bilder wie Luftballons, die auf die Spitze einer Nadel treffen.

»Ich nehme sie gleich. Du weißt, dass ich kurz nach dem Aufstehen nie etwas hinunterbekomme.«

Jonas steht nun wieder ganz nahe vor mir. »Nein, nein, nein. Ich habe dem Arzt versprochen, darauf achtzugeben, dass du alle Medikamente brav einnimmst. Mit Menschen, die mit einem Skalpell umgehen können, verscherze ich es mir nur ungern.«

Jonas lacht, aber mir ist nicht zum Albernsein zumute. Schon gar nicht will ich diese Tabletten in meinem Magen haben. Ein bitteres Gefühl legt sich um meine Zungenspitze, als ich alle drei Pillen darunter verstecke und sie zum Schein schlucke.

»Na, siehst du. Bald wird es dir wieder besser gehen.« Jonas' Kuss streift mich an der Schläfe. Ein kalter, abweisender Kuss.

Als die Haustür hinter Jonas ins Schloss fällt, spucke ich die Tabletten ins Spülbecken und wasche mir den Mund unter dem Wasserstrahl aus.

Ich weiß nicht, was mich dazu getrieben hat, alle Küchenschubladen nach den Tablettenpackungen, die der Arzt mir verordnet hat, abzusuchen. Es ist egal, denn ich kann sie ohnehin nicht finden. Als Nächstes laufe ich in Jonas' Ankleidezimmer. Ich taste alle Jacken nach Tascheninhalten ab, taste zwischen die sauber gefalteten Shirts und Pullis und durchsuche seine Rucksäcke und Koffer. Diese Aktion ringt mir nicht nur jede Menge Energie ab, sondern beschämt mich auch zutiefst.

Als das iPhone in meiner Hosentasche klingelt, fühle ich mich ertappt. »Hallo«, melde ich mich und kontrolliere meinen Atem.

Wieder keimt eine Erinnerung in mir auf. Ich werde wach, höre Geräusche in meinem Ankleidezimmer. Meine Beine tragen mich kaum, als ich aus dem Bett steige, um nachzusehen. Schwankend stehe ich in der Tür und sehe Jonas dabei zu, wie er auf dem Boden hockt, meinen geheimen Koffer neben sich, einen Teppich aus Briefumschlägen um sich herum. Ich sehe Entsetzen in seinen Augen, kann aber nicht genau sagen, ob es daran liegt, dass ich ihn dabei überrascht habe, wie er meine Sachen durchwühlt, oder daran, dass er durch seinen Fund von meinem Stalker erfahren hat. »Was zum Teufel …?«, faucht er. Dann wieder nur Schwärze.

»Ich wollte nur fragen, in welchen Film du vertieft bist. Ich tippe auf ›Der Knochenmann‹. Nein, warte. Ich denke, es ist etwas mit Psychogedöns. Etwas von Haneke, richtig?«

Ich werfe einen Blick auf die Armbanduhr. Jonas ist noch keine halbe Stunde weg. Er ist noch nicht einmal im Büro, wie ich am rhythmischen Ton des Blinkers im Auto hören kann. Seit meinem Besuch bei ihm in der Stadt benutzt er meines.

»Beides falsch. Ich bin müde und habe mich hingelegt. Ich war gerade am Einschlafen«, lüge ich und bin bemüht, langsam und leise zu sprechen.

»Das ist gut. Schlafen ist die beste Medizin.«

Nein, denke ich. Lachen ist die beste Medizin. Doch zu lachen gibt es längst nichts mehr. »Welcher Arzt war neulich bei mir? Dr. Wagenknecht, mein Hausarzt?«

»Geht es dir schlecht? Soll ich heimkommen?«

»Nein, nein«, beruhige ich meinen Mann. »Ich möchte einfach nur meinem Gedächtnis ein wenig auf die Sprünge helfen.«

»Ach, Liebes. Es ist normal, dass man Dinge vergisst, wenn man hohes Fieber hatte.«

»War es Dr. Wagenknecht?«, bohre ich nach und hoffe, dass er es nicht war. Thomas Wagenknecht war der Hausarzt der Familie und ein Freund meiner Mutter. Zumindest betitelte sie ihn als solchen. Er ist ein introvertierter Mann mit waldviertlerischem Dialekt und buschigen Augenbrauen. Alles an ihm ist weich, rund und haarig. Wie ein alter Kater. Er hatte lange eine Funktion in einer grünen Partei, und sein gesamtes Wesen hätte meiner Mutter ein Dorn im Auge sein müssen. Ich habe nie verstanden, worauf diese Freundschaft fußte.

»Es war ein Vertretungsarzt. Dr. … Ach, du weißt, dass ich es nicht so mit Namen habe.«

Leere Erinnerungshülsen liegen wie tote Fliegen vor mir. Dieser Arzt war in meinem Haus. Er hat mich untersucht, aber ich kann kein Bild abrufen. Kein Gesicht, keine Stimme, keine Gesprächsfetzen. Es ist beängstigend.

»In vierzig Jahren werden wir froh sein, wenn wir uns noch an unseren eigenen Namen erinnern. Bis es so weit ist, brauchst du dir keine Gedanken um einen Gedächtnisverlust zu machen.« Jonas lacht, und schon zum zweiten Mal an diesem Tag wirkt sein Lachen weder ansteckend noch beruhigend und schon gar nicht echt.

Eine Stunde später ruft Jonas wieder an. Diesmal nehme ich den Anruf nicht an. Stattdessen gehe ich unter die Dusche, lasse das warme Wasser so lange über meinen Körper laufen, bis meine Hände und Füße runzelig sind. Danach creme ich mich ein, föhne mein klatschnasses Haar und trage etwas Abdeckcreme unter den Augen auf. So fühle ich mich wieder menschlicher, mehr im Hier und Jetzt. Ich schlüpfe in eine legere marineblaue Chinohose, ein weißes Shirt und binde das Haar zum Pferdeschwanz.

Ich rede mir ein, dass es reine Neugier ist, als ich zum iPhone greife und »János und Eszter Oroszi« in die Suchmaschine eintippe. Die ersten Ergebnisse in der Liste sind uninteressant. János Oroszi, ein Personal Trainer mit YouTube-Account. János Oroszi, ein junger Familienvater, der sich zuletzt in einem Elternforum über die schlechte Qualität von Markenwindeln echauffierte. Eszter Oroszi, ein Fitnessmodel auf Instagram. Eszter Oroszi, ein Beyoncé-Fan mit eigenem Blog. Noch ein Dutzend weitere Einträge und Bilder unter Eszter und János Oroszi, die unbrauchbar sind.

Dann sticht mir etwas ins Auge.

Krebs aus dem Weinberg – Ein Leitfaden für Erkrankte und Geschädigte
Impressum: Seiteninhaber Eszter Oroszi und Ricarda Klement

Ich klicke die Seite an, kann zwischen Fallberichten, einem Forum, einem Zeitungsarchiv, einem verlinkten Blog, News und dem Impressum wählen. Ich öffne das Impressum. Eszter Oroszi. Kann das ein Zufall sein? Eine Frau, die den gleichen Namen wie Jonas' Mutter trägt und eine Aktivistenseite über Missstände im Weinanbau betreibt?

Im Forum werde ich nach meinen Login-Daten gefragt, also schließe ich die Seite wieder. Ich scrolle durch das Zeitungsarchiv. Der letzte geteilte Artikel ist zwei Jahre alt. Seither gibt es keine Bewegung mehr. Die gesamte Seite treibt als Geisterschiff durch das Netz.

Schmutziger Tropfen – Pestizidwolke über dem Bordelais

Greenpeace findet Pestizide im Schweizer Weinbau

Glyphosat-Rückstände im Wein und in Säften

Ich scrolle weiter, bin so aufgewühlt, dass ich mich auf keinen Text konzentrieren kann. Als Nächstes lasse ich mich zum Blog weiterleiten.

Was haben die Winzer aus dem Glykol-Skandal 1985 gelernt?
Autor: Hannes Pokorny

Die Ausbeutung der Lesehelfer – Moderne Sklaverei im Weinbau
Autor: Ricarda Klement

Sie haben uns behandelt wie die Tiere – Ungarische Arbeitskräfte erzählen von ihrem Alltag in den Weinbergen
Autor: Eszter Oroszi

Krebs durch Pestizide im Weinanbau
Autor: Eszter Oroszi

Die Welt um mich herum scheint einen Augenblick stillzustehen, dann erst nimmt sie wieder Fahrt auf. In die Suchleiste der Seite tippe ich erneut »Eszter Oroszi« ein, finde weitere Artikel, Blogbeiträge und News-Updates, die sie verfasst hat.
Wer ist sie?
Hastig klicke ich wieder auf das Impressum, kopiere die Mailadresse, logge mich in meinen Account ein und füge die Adresse ins Empfängerfeld ein.

Sind Sie Jonas' Mutter? Bitte melden Sie sich bei mir. Ich muss dringend mit Ihnen sprechen. Klara

Erst nach ein paar Minuten dämmert mir, was ich getan habe. Ich habe tatsächlich eine Mail an meine tote Schwiegermutter geschickt oder vielmehr an eine Person, die ich in einem Moment des Irrsinns dafür hielt. Als mein Handy einen Posteingang ankündigt, zittern meine Finger so heftig, dass ich das Feld zum Öffnen nur mit Mühe treffe.

Die Nachricht konnte nicht zugestellt werden.

Ich lösche die Konversation und lege das Handy auf den Couchtisch. Auf der vorderen Terrasse erspähe ich Lorenz. Er trägt einen Werkzeugkoffer.

Er ist alt geworden, wirkt müde und blass mit seinem stahlgrauen Haar und der Haut, die um die Augen schon ganz knittrig ist. Irgendwann wird er nicht mehr da sein, dieser treue, liebe Mann. Mir wird schwer ums Herz, aber dafür habe ich jetzt keine Zeit. Schnell laufe ich die Treppe runter und nach draußen. Ich muss ihn allein erwischen, muss mit ihm sprechen.

»Lorenz!«, rufe ich, und er dreht sich überrascht um. Früher war es ganz normal, dass wir miteinander plauderten, dass er von Gabi, den Kindern und Enkelkindern erzählte und wir gemeinsam in der Laube Kaffee tranken. Diese Zeit erscheint mir heute so unendlich weit weg, ihm offensichtlich auch. Meine Mutter hat es hervorragend verstanden, Lorenz' Familie, die mir so wichtig war, zu verscheuchen. Ich weiß nicht, was sie mehr störte. Der Gedanke, dass mir so viel an Lorenz, Gabi und ihren Kindern lag oder dass ich mich dazu herabließ, Personal wie Freunde zu behandeln.

»Ich dachte, dich gibt es gar nicht mehr«, sagt er, und ich entdecke ein Aufflackern von Freude. Er kommt auf mich zu und streift seine Hände in einer vertrauten Geste an seiner Hose ab. Ein Lächeln erhellt seine Züge, lässt ihn zugänglich aussehen. Ich erkenne darin den Lorenz von früher.

»Ich war krank. Ein übler Infekt, aber nun bin ich wieder auf den Beinen. Wie läuft es?«

Lorenz blickt hoch zu den Rebflächen. »Alle leisten gute Arbeit, wie immer.«

Ich nicke bekümmert. Ich habe mich noch nie als Teil des Teams gesehen, aber nun fühle ich mich dem Unternehmen ferner als jemals zuvor. Ich frage mich, ob sie über mich tuscheln, welche Spekulationen sie darüber anstellen, dass es kein Lebenszeichen von mir gibt. Die Leute vom Marketing, von der Lohnverrechnung und die täglichen Telefonate mit ihnen, das alles scheint in einem anderen Leben stattgefunden zu haben.

»Ich habe gehört, dass Jonas dich vertritt.«

»Ja, das tut er«, erwidere ich. »Dabei ist er schon in seinem eigenen Job mehr als ausgelastet.«

»Alle fragen nach dir.« Die Art, wie Lorenz einen unsichtbaren Fleck auf seinem Ärmel wegzuwischen versucht, zeigt mir, dass er sich unwohl fühlt. »Ich habe niemandem erzählt, wie es dir wirklich geht«, ergänzt er hastig.

Fragen türmen sich in meinem Kopf zu riesigen Stapeln auf, aber die Sekunden verstreichen und ich stelle sie nicht.

Lorenz kommt näher, greift nach meiner Hand und drückt sie so fest, dass es schmerzt. Ich kenne ihn. Er will mir etwas sagen, aber Gefühlsduseleien liegen ihm nicht. Er ist kein Mann der vielen Worte.

Hinter uns schwillt der Lärm einer Motorsense an. Er zieht seine Hand zurück. »Es tut mir leid«, entschuldigt er sich. »Ich meine die Sache mit Paolo. Er trinkt in letzter Zeit etwas viel, ist launenhaft. Ich verspreche dir, dass er dich nie wieder belästigen wird.«

Ich kommentiere meine Meinung hinsichtlich Paolo mit einer wegwerfenden Handbewegung. »Wir waren alle durch den Wind wegen der Katze. Und wegen Marisa«, füge ich mit einem verschwörerischen Augenzwinkern hinzu. »Darf ich dich etwas fragen?«

Lorenz will gerade seinen Werkzeugkoffer, den er zwischen uns abgestellt hat, hochheben, verharrt schließlich in dieser gekrümmten Haltung und blickt mich skeptisch an. »Natürlich.«

»Warst du gestern Früh hier?«

»Ja, ich war gegen sieben Uhr hier, wie immer.« Lorenz' Tonfall ist zögerlich und misstrauisch. Er klingt wie ein kleiner Junge, der befürchtet, gleich eines Streiches überführt zu werden.

Ich lache nervös. »Nachdem Jonas gestern Vormittag wieder nach Hause gekommen ist, habe ich eine kleine Schramme an meinem Auto festgestellt. Ich wollte dich fragen, ob es beim Verlassen der Garage passiert sein könnte.«

Ich habe mir die Geschichte spontan zurechtgelegt, muss herausfinden, ob Jonas gestern weg war. Allerdings möchte ich Lorenz nicht mit der Wahrheit behelligen, möchte mir selbst nicht die Blöße geben, als eifersüchtige Ehefrau dazustehen.

»Warum fragst du denn nicht Jonas?«

»Ich weiß, wie unangenehm ihm das wäre. Deinen Wagen hat er nicht gestreift, oder?«

Lorenz überlegt kurz und schüttelt dann entschieden den Kopf. »Nein«, sagt er, »ich war an der Einfahrt und habe Unkraut entfernt. Ich habe ihm hinterhergesehen, als er losgefahren ist. So etwas wäre mir aufgefallen.«

Also doch. »Und als er zurückgekommen ist? Hast du ihn da auch gesehen? Um welche Zeit war das?«

Nun ist Lorenz vollends irritiert. Grimmig zupft er an seinem Bart. »Ich beobachte euch nicht, aber ich habe tatsächlich bemerkt, wie er heimgekommen ist. Auch da war alles in Ordnung. Ist das Auto denn schlimm beschädigt?«

Ich schaffe es kaum, dem Gespräch zu folgen. »Ich weiß nicht«, stammle ich. »Ich werde ihn später fragen. Du bist dir sicher, dass das gestern war?«

Lorenz blinzelt mehrmals hintereinander. »Du hast doch selbst davon gesprochen, dass der Schaden gestern passiert sein muss.«

Das ist das Problem beim Lügen. Man sollte immer einen Schritt voraus sein, sollte stets den Überblick über das Gesagte behalten. Ich verzichte auf Erklärungen, auch wenn ich mich damit selbst entlarve. »Kannst du definitiv bestätigen, dass Jonas gestern Vormittag weggefahren ist?«

»Was willst du denn wirklich wissen?« Lorenz wendet sich zum Gehen. »Du kannst jederzeit zu mir kommen, wenn du jemanden brauchst. Daran hat sich nichts geändert, das wird es sich auch nie. Aber tisch mir keine Geschichten auf.« Er wirft mir einen Blick zu, in dem Enttäuschung abzulesen ist, dann geht er in Richtung Gerätehaus.

Da fällt mir etwas ein. »Warte!«, rufe ich und renne ihm hinterher.

Lorenz bleibt stehen. Zögerlich dreht er sich zu mir um. Sein Blick spricht Bände. Er ist genervt, kann meine Fragerei nicht einordnen.

»Kannst du dich an die Namen Eszter und János Oroszi erinnern? Sie haben eventuell Ende der Neunziger als Helfer im Weingarten gearbeitet. Ich suche nach Informationen über sie.« Ich setze auf Lorenz' phänomenales Personengedächtnis, wohl wissend, dass er Rückschlüsse ziehen wird, die Jonas in ein zweifelhaftes Licht rücken.

Lorenz reibt sich den Bart. »Die Namen sind sehr geläufig in Ungarn. Ich kann mich aber nicht an diese Leute erinnern.«

Das ist das Schöne an Lorenz. Er weiß, wann es seinem Gegenüber angenehm ist, keine Gegenfrage zu erhalten. Nun scheint er nachzudenken. Tritt von einem Bein auf das andere. »Wenn sie für uns gearbeitet haben, müsste es darüber Belege in der Lohnverrechnung geben, aber ich bezweifle, dass diese Abrechnungen nach Ablauf der Frist aufgehoben werden. Und …«

»Was?«, hake ich nach, als Lorenz den Satz nicht beendet.

»Nicht alles war offiziell.«

»Du meinst, meine Eltern haben Schwarzarbeiter beschäftigt?«

Lorenz hat in meinem Beisein noch nie schlecht über jemanden geredet, wenn man mal von meinem Mann absieht. Er ist ein Mensch, der gern seine Ruhe hat, der nicht künstlich irgendwelche Konflikte und Probleme aufbauscht. Was er sagt, hat immer Hand und Fuß. »Ja, das auch.«

»Was noch?«

»Es ist besser, wenn du nicht in altem Kram herumgräbst. Deine Eltern haben nicht immer ganz sauber gearbeitet. Lass die Dinge ruhen.«

»Lorenz!«, dränge ich wie das kleine Mädchen von früher.

»Schwarzarbeit, nicht zugelassene Pestizide, geschmierte Provinzpolitiker, Finanzbetrug. Willst du noch mehr wissen?«

Ich schüttle den Kopf, denke ein paar Minuten darüber nach. Es sind unschöne Anschuldigungen, aber sie sind bedeutungslos geworden. »Darum geht es nicht. Alles, was ich wissen will, betrifft dieses Paar.«

»Wie war noch mal der Name?«

»Oroszi. Eszter und János Oroszi«, entgegne ich kleinlaut.

Lorenz scheint angestrengt nachzudenken, tippt sich mit dem Zeigefinger auf das Kinn und blickt steil nach oben. Dann scheint ihm etwas einzufallen.

»Ralf hat bis mindestens Anfang 2000 Personallisten geführt. Er war davon besessen, Listen zu schreiben, aber sie haben sich immer als praktisch erwiesen. Ich selbst habe darin nach Ersatzhelfern gesucht, wenn Teams ausgefallen sind. Dein Vater hatte Notizen zu den Helfern vermerkt, so wusste man immer auf Anhieb, wer gute Arbeit geleistet hatte. Wenn du Glück hast, findest du diese Listen in seinem Archiv.« Noch einmal setzt er sein grüblerisches Gesicht auf. »Oroszi, wie dein Ehemann?«

Mir schwirrt der Kopf, als ich den Schlüssel zum Archiv, das sich im Keller meines Hauses befindet, umdrehe.

Meine Gedanken hinken meinen Taten hinterher. Noch sind sie bei Jonas und kreisen um die Frage, weshalb er behauptet hat, er sei gestern keine Sekunde von meiner Seite gewichen. Er war also weg, aber was beweist das schon? Jedenfalls nicht, dass er eine Frau getroffen hat. Aber warum hat er dann gelogen, wenn er nichts zu verbergen hat? Selbst wenn er eine Frau getroffen hätte, wäre es doch klüger, eine Fahrt in die Stadt zuzugeben, einen Einkauf oder einen Gang zur Bank vorzuschieben. *Beim Lügen so nahe wie möglich an der Wahrheit bleiben.*

Ich kann die Gedanken nicht sortieren, kann sie nicht einmal zu Ende denken, denn ein Gedanke führt zum anderen, und letztlich münden alle ins Nichts.

Das Archiv meines Vaters ist vollgestopft, aber übersichtlich. Aktenordner stehen wie Soldaten in Reih und Glied in den offenen Regalen, die den schmalen Raum säumen. Am hinteren Ende befinden sich aufeinandergestapelte Kartons, alle ordentlich zugeklebt und beschriftet.

Das hier ist der Ort, der meinem Vater gehörte. Alles hier drinnen trägt seinen Namen. Die gewölbte Decke, die rustikale Mauerverblendung aus Bruchstein, die halbierten Eichenfässer, die als Ablage dienen. Ein Mix aus Ruhe und Chaos, aus Sentimentalität und Struktur. Alles ist so typisch für meinen Vater, lässt ihn so lebendig erscheinen.

Mein Blick schweift zu einer verglasten Mauernische, in der kleine Erinnerungsstücke als Andenken thronen. Das erste Weinetikett, das mein Vater damals noch selbst entworfen hat, die erste Ausgabe unseres hauseigenen Magazins, alte Zeitungsausschnitte, die unsere Weine als »innovativ« und »erlesen« anpreisen.

Ich halte inne und kneife die Augen zusammen. Da steht eines meiner Aquarelle. Meine Augen werden feucht, als ich die Malerei unter all den Dingen, die meinem Vater so wichtig waren, entdecke. »Rebenzauber« habe ich das kleine Bild mit der zarten Blütenpracht genannt. Ich schlucke und verbanne alle aufkommenden Rührseligkeiten.

Ich lese Beschriftung für Beschriftung an Hunderten Ordnern und werde schließlich fündig. Es gibt nur zwei Ordner mit Aufzeichnungen über die Lesehelfer und Saisonarbeiter. Die geführten Listen mit Namen und Kontaktdaten beginnen Mitte der Neunziger und enden im Jahr 2003. Ab diesem Zeitpunkt lief unser Unternehmen mehr als erfolgreich, wuchs unaufhörlich vom kleinen Weingut, das meine Urgroßeltern einst im Nebenerwerb betrieben hatten, zum Weinimperium. Mein Vater hatte irgendwann nicht mehr die Zeit, sich um die Arbeit in den Weingärten zu kümmern, auch wenn genau das seine Passion war und er die direkte Zusammenarbeit mit unserem Team liebte.

Ich ziehe die Mappe mit der Beschriftung »M–Z« aus dem Regal. Ein Staubnebel hüllt mich ein. Ich huste. Renate hätte hier schon längst sauber machen sollen, aber ich verbinde diesen Raum so sehr mit meinem Vater, dass ich den Gedanken, jemand könnte hier auch nur das Geringste verändern, könnte seine Spuren verwischen, bisher nicht akzeptieren wollte.

Mit dem Daumen blättere ich durch den Namensindex. Ich erwarte nicht, die Namen von Jonas' Eltern zu finden, dann trifft es mich wie ein Blitz.

Oroszi, János und Eszter.

29

Meine Beine haben mich wie von selbst hinunter zur Donau getragen. Ich sitze da, blicke hinüber zum anderen Ufer. Menschen, die der Kälte des Wassers trotzen, stehen hüfthoch im Fluss. Sie lachen, laufen herum, toben mit Hunden und halten diesen Moment mit den Kameras ihrer Smartphones fest.

Ich ziehe meine Schuhe aus, wate ein Stück ins kalte Donauwasser. Das rauschende Wellengemurmel übertönt die bohrenden Gedanken. Ich blicke hinunter zu den metallisch glänzenden Steinchen, die vom Wasser überspült werden. Ich stelle mir vor, wie mich die nächste Welle hineinzieht, wie sie mich verschlingt, mich für immer behält.

Wie fühlt es sich wohl an, wenn man begreift, dass es nie wieder einen Atemzug geben wird? Werden alle Lebensgeister geweckt, oder stellt sich eine Ruhe ein, ein stiller Abschied vom Leben?

Ich bin erstarrt. Die Umgebung erscheint wie durch ein Kaleidoskop. Alles ist gepixelt, geometrisch, in alle Richtungen gespiegelt. Ich reibe mir die Augen. Auf der Schotterbank sehe ich sie wieder. Meine Mutter. Das blondierte Haar vom Wind verweht, der Körper stramm, als sie nach vorne ins Wasser kippt. Ein Mann, der danebenhockt. Ein Häufchen Elend, das früher einmal mein Vater gewesen ist. Dann sind sie beide verschwunden.

Die Halme des Schilfes wiegen sich im Wind und flüstern nur ein einziges Wort: Jonas. Ich halte mir die Ohren zu, versuche, mich an die tröstliche Wärme der Sonnenstrahlen und an das Vertraute zu klammern. Doch die Landschaft, die ich so liebe, birgt etwas Finsteres und Trübseliges.

Ich hole das Handy aus meiner Hosentasche und wähle Marisas Nummer. Keine Antwort. Schon wieder. Es gibt so viele Dinge, über die ich gern mit ihr gesprochen hätte. Über die

Wahrscheinlichkeit, dass es nur ein Zufall war, der mich ausgerechnet in die Arme des Mannes laufen ließ, dessen Eltern viele Jahre zuvor für uns gearbeitet haben. Ja womöglich sogar von meinen Eltern ausgebeutet wurden. Vielleicht gibt es solche Zufälle, aber da sind auch diese kleinen Lügen und Vertrauensbrüche, die in Summe ein Unbehagen in mir entflammen, das ich nicht ignorieren kann.

Marisa, wo bist du nur?

Ich rieche ihr Parfum, und dann dämmert es mir. Ich habe beim Gehen ihre Weste übergeworfen. Meine Hand gräbt sich tief in die Tasche. Ich ziehe den Kassenbon heraus und inspiziere ihn in all seinen Details. Im unteren Teil ist ersichtlich, dass das Parfum mit der Bankomatkarte bezahlt wurde. Meine Augen fliegen über die Kartennummer, von der die ersten Ziffern gekreuzt sind. Die vier Endziffern lauten »1966« und sagen mir gar nichts.

Dann macht mein Verstand einen Sprung, und mich durchströmt eine ganz andere Idee, plötzlich und so drängend, dass sie nicht warten kann. Wieder entsperre ich den Bildschirm des iPhones, während ich mich fieberhaft an den Namen von Jonas' Tante zu erinnern versuche.

Im Schatten einer Weide schließe ich meine Augen und lasse das Gespräch mit Jonas wie eine Rückblende vor mir ablaufen. Sie heißt Piroska, fällt mir ein. Sofort tippe ich den Namen in die Suchleiste meines mobilen Webbrowsers. Unter Piroska Oroszi ist niemand zu finden. Es ist naheliegend, dass sie nach ihrer Heirat den Namen ihres Mannes angenommen hat. Allerdings gibt es im Telefonbuch nur wenige Einträge unter Oroszi. Ich versuche mein Glück und rufe den ersten an.

Eine freundliche Stimme meldet sich, aber eine Piroska kennt die Frau am anderen Ende der Leitung nicht. Die nächste Person, bei der ich es probiere, ist weniger freundlich, brummt nur »Kenne ich nicht« und drückt meinen Anruf weg. Meine letzte Hoffnung ist Igor Oroszi. Ich versteife mich, als der Wählton in mein Ohr dringt.

»Hallo?«

Ich atme auf, rufe mir die zurechtgelegte Geschichte in Erinnerung. »Hallo«, sage ich um einen unbeschwerten Tonfall bemüht. »Mein Name ist Katharina Pichler. Ich bin auf der Suche nach einer alten Bekannten und ihrem Neffen. Ihr Name ist Piroska, und der Neffe heißt Jonas Oroszi.« Ich warte. Am anderen Ende der Leitung herrscht misstrauische Stille. »Meine Schwester war damals ganz verschossen in Jonas. Als wir ein paar alte Fotos ausgegraben haben, hat uns das auf die Idee gebracht, wieder Kontakt zu den beiden aufzunehmen. Jonas ist im Telefonbuch nicht auffindbar, und an Piroskas angeheirateten Namen kann ich mich nicht erinnern«, rede ich weiter und hüstle nervös.

Kurz frage ich mich, ob ich schon zu viel gesagt habe. Ich bin keine routinierte Lügnerin. Ich warte darauf, dass der Fremde mir gleich um die Ohren hauen wird, dass er Piroska zwar kenne, sie jedoch nicht geheiratet habe. Wer ich sei und dass ich es nie wieder wagen solle, ihn anzurufen. Vielleicht steht Piroska sogar neben ihm, während der Anruf auf Lautsprecher geschaltet ist, und gibt ihm still gestikulierend zu verstehen, dass sie gar keine Katharina Pichler kenne.

»Oh ja«, sagt der Mann unerwartet, »Jonas war schon immer ein Mädchenschwarm.« Er lacht schallend, während ich mein Telefon mit beiden Händen umklammere und mein Herz wie ein Presslufthammer durch meinen Körper dröhnt. »Ich dachte, Sie sind eine von diesen Betrügerinnen. Sie wissen schon. Die, die bei Verwandten anrufen und Geld ergaunern wollen.«

Erneut lacht er, und ich lache mit ihm, bin froh, dass er mein zum Zerreißen angespanntes Gesicht nicht sehen kann.

»Piroska ist eine Cousine. Leider haben wir kaum Kontakt, seit sie in Graz wohnt. Nichts für ungut, aber ich kann Ihnen Piroskas private Handynummer nicht ohne ihre Zustimmung geben. Aber ihre Geschäftsnummer ist unter Piroska Graf im Telefonbuch eingetragen.«

Das ist alles, was ich wissen wollte, aber Igor Oroszi ist redselig und das belanglose Gespräch zieht sich noch minutenlang hin, während das aufgeladene Guthaben auf meiner Sim-Karte fast aufgebraucht ist. Ich fühle mich schuldig, als ich den Mann mit der tiefen, freundlichen Stimme ohne Verabschiedung wegdrücke, aber ich habe keine Zeit für Höflichkeiten. Ich brauche Informationen, muss von jemandem hören, dass die Geschichte um Jonas' Eltern ein Missverständnis ist. Dabei kann mir nur eine Person helfen.

Piroska Graf lässt sich schnell im Internet finden. Sie ist Fußpflegerin, hat einen kleinen Salon in der Grazer Innenstadt. Noch bevor ich mir eine Strategie überlegt habe, wie ich an Informationen gelangen könnte, wähle ich ihre Nummer.

»Graf.«

»Hallo, hier spricht Klara Adam.« Ich warte ihre Reaktion ab. Kennt sie meinen Namen? Weiß sie, dass ich Jonas' Frau bin?

Die erwartete Reaktion bleibt aus. »Termine für die Fußpflege kann ich erst ab Mitte Juni wieder anbieten.«

Sie weiß nichts von mir. Fieberhaft überlege ich, was ich sagen soll. »Ich rufe nicht wegen eines Termins an«, stammle ich. »Um ehrlich zu sein, ich bin Jonas' Frau.«

Ich höre, wie Piroska schluckt. Sekunden vergehen, ohne dass jemand etwas sagt.

»Er hat nicht den Mut, sich selbst bei mir zu melden, um mir mitzuteilen, dass er geheiratet hat?« Sie klingt verbittert, was mich unvorbereitet trifft. Auf keinen Fall darf sie auflegen. Ich muss improvisieren.

»Jonas weiß nichts von meinem Anruf. Es tut ihm alles sehr leid. Er kann so stur sein, Sie kennen ihn ja. Aber er hat mir anvertraut, dass er sich nichts mehr wünschen würde, als dass alle wieder zusammenkommen. Zu einer nachträglichen Hochzeitsfeier mit der Familie.« Meine Brust zieht sich schmerzhaft zusammen. Wie sehr wünschte ich, dass das der tatsächliche Grund für meinen Anruf bei ihr wäre.

»Das freut mich sehr für Jonas und natürlich auch für Sie.«

Piroskas Stimme ist weicher geworden. »Wie war noch mal Ihr Name?«

Der Wind hat ein paar Haarsträhnen in meinen Mund geweht, und ich streiche sie eifrig weg. Ich räuspere mich. »Klara Adam. Vom Weingut Adam.«

Kurz herrscht Stille. Ich schaue auf das Display, befürchte schon, der Anruf wäre unterbrochen.

Dann ein verächtliches Schnauben. »Ausgerechnet«, murmelt sie.

»Wie bitte?«, hake ich mit einem Unbehagen nach. »Kennen wir einander?«

»Nein. An Sie erinnere ich mich nicht, aber ich erinnere mich noch gut an Ihre Eltern.«

Was sonst, denn Klara ist unsichtbar, ist bis in die Ewigkeit nur ein kleiner Punkt im Schatten des Adam-Imperiums. »Sie erinnern sich an Nadja und Ralf? Sie sind im letzten Jahr –«

»Ich weiß«, unterbricht sie mich. »Ich habe es in der Zeitung gelesen. Tut mir leid.«

In meinem Kopf tobt ein Sturm. Gefühle und Gedankenfetzen werden hin und her geschleudert.

»Wie kommt es, dass Sie und Jonas …?« Piroskas Stimme kommt ins Stocken. »Nach alldem, was passiert ist …«

Das Telefon gibt einen Warnton von sich. Das Guthaben meiner Prepaid-Karte ist fast am Limit. »Jonas und ich sind uns zufällig über den Weg gelaufen. Wo die Liebe hinfällt.« Mein Lachen klingt kläglich.

Ein Schlepper kommt den Fluss entlang. Ich fixiere ihn und wünschte, ich könnte an Bord gehen, weit wegfahren, alles hinter mir lassen.

»Liebe?« Piroska spuckt mir das Wort entgegen. »Nicht dass ich Jonas sein Glück nicht gönne, aber wie kann es sein, dass er ausgerechnet Sie ausgewählt hat nach allem, was war? So mies, wie Ihre Familie mit uns Arbeitern umgegangen ist. Es war Sklaverei, nichts anderes. Eine reiche Winzerfamilie, die uns ausgenutzt hat, uns wie ihre Fußabtreter behandelt hat.«

Ich massiere mir die Schläfen. Das Bild meines Vaters schiebt sich in meine Gedanken. Wie er die Hände der Arbeiter schüttelte. Wie er seine Dankbarkeit in holprigem Ungarisch oder Slowakisch zum Ausdruck brachte. Wie er gemeinsam mit ihnen im Anhänger des Traktors saß und sein Jausenbrot aß. Ich verdränge den Gedanken, dass es irgendwann anders gewesen sein könnte.

Nein, Piroska lügt. Ihre Wahrnehmung und ihre Erinnerungen sind verzerrt und künstlich aufgebauscht. Es kann sein, dass meine Eltern nicht alles richtig gemacht haben, aber was Piroska ihnen unterstellt, dieses menschenverachtende Verhalten, das kann nicht der Wahrheit entsprechen.

»Was hat das alles mit Jonas zu tun?«

Piroskas Entrüstung über meine Frage ist hörbar. Ihre tiefe Stimme wird plötzlich schrill und hoch. »Was das mit Jonas zu tun hat? Wie können Sie das fragen? Seine Mutter ist daran kaputtgegangen und sein Vater mit ihr. Er hat sie beide –«

Verloren, denke ich den Satz zu Ende, denn der Anruf reißt ab. Mein Guthaben ist gänzlich aufgebraucht, und sosehr ich hoffe, dass Piroska zurückruft, sie tut es nicht.

Es gibt Kehrtwenden im Leben, an die man sich herantasten kann, die sich langsam ankündigen. Zu erkennen, dass man dem Menschen, den man liebt, nicht vertrauen darf, ist eine, die einen unvorbereitet trifft. Diese weitere Lüge trennt das Vorher vom Nachher, die guten von den schlechten Zeiten. Sie ist wie ein Schnitt ins Gewebe unserer Ehe. Schmerzhaft. Unleugbar. Der Vertrauensbruch ist dem Tod sehr ähnlich. Etwas stirbt, etwas wird nie wieder zurückkehren.

Verwirrt laufe ich zurück zu meinem Anwesen. Die Arbeiter sind verschwunden. Aus der Ferne sehe ich Lorenz. Er winkt mir zu. Ich hetze ins Haus, um ihm nicht zu begegnen. Die Hochzeitsbilder starren mir von den Wänden entgegen. Ich möchte mich gleichermaßen an sie klammern und sie in Stücke reißen.

Heiße Tränen brennen in meinen Augen. Nein, nein, nein. Das darf nicht sein. Das kann nicht sein. Das Treffen mit Jonas, die gemeinsamen Nächte, unser Ehegelübde. War all das eine Lüge? War all das nur ein Rachefeldzug?

Ich weiß nicht mehr, wem ich trauen kann. Es ist schlimm, zu denken, dass ich selbst es bin, der nicht zu trauen ist. Und es ist vernichtend, zu erkennen, dass es keine Arme mehr gibt, in die ich flüchten kann, jetzt, da die Welt um mich herum mit Lügen übersät ist.

Ich betrachte Jonas' Bild, mustere sein Lächeln, suche nach den Lügen darin, aber alles, woran ich denken kann, ist die Berührung seiner Lippen. Dieser Mann wollte sich in meinem Reichtum suhlen, und irgendwann hätte er mir die Wahrheit wie einen feuchten Lappen ins Gesicht geschleudert. Vielleicht hat er es sogar darauf angelegt, das Unternehmen zu sabotieren und Adam in den Ruin zu treiben. Dann blitzt ein Bild auf. Ein kleiner, lockiger Junge, der seinen Drachen zwischen den Weinreben steigen lässt. Zu klein, als dass ich ihn beachtet hätte. Eines der Kinder, die von ihren Eltern zur Arbeit in die Weingärten mitgebracht wurden. Dann ein weiteres Bild. Derselbe Bub, etwas älter. Den Drachen gegen eine Jugendzeitschrift getauscht, der Blick trotzig. Kann das Jonas gewesen sein?

Ein Klirren schallt durch das Haus, als ich ein Bild nach dem anderen von den Wänden reiße. Kummer und Frustration entladen sich in solcher Wucht, dass ich irgendwann erschöpft auf den Boden sacke. In mir ist nichts mehr. Nur noch Leere.

Ich muss meinen Anwalt anrufen, muss die Ehe mit Jonas beenden, ehe er es wieder schafft, mich einzuwickeln. Fieberhaft überlege ich, welcher Tag heute ist. Freitag. Vor Montag werde ich in der Kanzlei niemanden erreichen.

Die Passwörter, durchfährt es mich. Jonas hat Zugriff auf alle Mailaccounts, kann sich unter »Adam« bei Facebook und Instagram einloggen. Er kann von meinem Handy aus Nachrichten verschicken, unter meinem Namen Bilanzen, Lagerstände, Kontobewegungen und Kundendaten abrufen, das Unternehmen diskreditieren. Oh Gott. Ich weiß nicht, wo ich anfangen soll. Ich habe keine Kraft, keine Energie.

Alles verschwimmt unter meinen Tränen, während ich mich ins WLAN-Netz einwähle und den Messenger öffne.

Unsere Begegnung war kein Zufall. Ich weiß, dass deine Eltern für uns gearbeitet haben. Ich werde unsere Ehe annullieren lassen.

Nachdem ich die Nachricht abgeschickt habe, blockiere ich Jonas' Telefonnummer.

Marisa ist wieder nicht erreichbar.

Ich entschließe mich, eine Flasche Wein aus der Vinothek zu holen. Schon beim Öffnen des Zweigelts wird mir flau im Magen. Trotzdem schütte ich hastig zwei Gläser in mich hinein und schlucke drei Schmerztabletten. Mein gesamter Körper begehrt gegen diese Kombination auf, aber der Kummer ist ohne diese Art der Betäubung unerträglich. Es ist ein Schmerz ohne Zentrum, ein Flächenbrand aus Nadelstichen.

Ich torkle durch das Haus, in dem die gemeinsame Zeit mit Jonas längst das Davor überschrieben hat. Fast so, als wäre das hier schon immer unser beider Zuhause gewesen. Oh Gott. Wie soll ich das überstehen?

Seine Kaffeetasse von heute Morgen steht am Abtropfblech der Spüle, die Zeitung liegt aufgeschlagen am Tresen. Alles so, wie er es hinterlassen hat. Relikte aus einer Zeit, die nun zu Ende ist.

Ich renne in die Eingangshalle, bin innerlich so zerrissen, dass das Bedürfnis, etwas zu zerstören, ungebremst aus mir herausbricht. Auf dem Weg zurück ins Wohnzimmer fegt meine Hand über Kommoden und Schränke, streift alles zu Boden. In der Küche verharre ich einen Moment vor dem Kühlschrank, reiße Jonas' »Raumschiff Enterprise«-Poster herunter und zerfetze es in Hunderte kleine Stücke. Dann greife ich nach der halb vollen Weinflasche, betrachte sie kurz, bevor ich sie am Tresen zerschmettere und der Zweigelt die Küchenfronten dunkelrot sprenkelt. Lorenz klingelt und klopft an meine Haustür. Es ist mir egal. Ich will ihn nicht sehen. Ich will nicht, dass er mich so sieht.

»Lass mich in Ruhe!«, brülle ich durch die geschlossene Tür. Meine Stimme hallt blechern durch das Haus. »Lass mich einfach in Ruhe!«, schreie ich wieder und sehe, wie Lorenz sich davonmacht, wie er mit dem Handy am Ohr zu seinem Wagen läuft. Ich warte, bis sich die Rücklichter seines Autos in der Dämmerung verlieren.

Mit beiden Händen katapultiere ich »Chanel Coco Mademoiselle« auf den Boden. Der Flakon zerbricht, und sein schwerer Duft strömt durch das Haus.

Der Kassenbeleg blitzt vor mir auf, und ich laufe hoch in Jonas' Büro. Reiße seine Dokumentenordner aus den Schränken, blättere hastig durch Versicherungspolicen, Mobilfunkverträge und Rechnungen. Dann finde ich, wonach ich gesucht habe. Eine kleine gelbe Karte. Die Kopie seiner Bankomatkarte, die dem Zweck dient, sein Konto bei Verlust oder Diebstahl schnell sperren lassen zu können. Ich starre auf die Kartennummer. Sie endet mit den Ziffern 1966.

Mein Magen zieht sich krampfartig zusammen. Mir wird schlecht. Ich stürme zur Toilette und setze mich auf die Klobrille, bis ich sicher bin, mich nicht übergeben zu müssen.

Ich will hier nicht mehr raus, will mich hier drinnen einsperren und langsam sterben. Ich weiß nicht, wie ich diesen nächsten Verlust ertragen soll, wie ich mich dem Draußen stellen soll. All den Sprüchen, dass das Leben weitergeht, dass auch andere Mütter schöne Söhne haben, dass die Zeit Wunden heilt. Ich weiß besser als jeder andere, dass es Menschen gibt, deren Verlust nie zu verkraften ist. Es ist meine Bestimmung, mein Fluch, die Sachen derer, die mir wichtig waren, in Säcke zu packen und mich für immer von ihnen zu verabschieden.

Ein leises Schlurfen lässt mich zusammenfahren. Ich ziehe die Tür zu, sperre sie ab, lausche. Es ist, als bewegte sich jemand durch den Flur, darum bemüht, seine Füße über die Fliesen gleiten zu lassen, um das Geräusch des Auftrittes zu vermeiden. Ist Jonas zurück? Wagt es dieser Mistkerl tatsächlich, noch einmal herzukommen? Das Ohr an die Tür gepresst, stehe ich da, kann eine leichte Vibration spüren. Jemand ist da draußen, nur wenige Zentimeter entfernt.

»Verpiss dich!«, brülle ich und erschrecke vor meiner eigenen Stimme. Ich könnte rausstürmen, könnte die Person, wer auch immer sie ist, in den Würgegriff nehmen, könnte ihr die Luft abschnüren, bis sie nur noch müde zappelt. Doch stattdessen weiche ich zurück, quetsche mich in die hinterste Ecke der Toilette, den Türgriff fest im Blick.

Meine Atmung wird zum rasselnden Keuchen. Meine Hände schlottern. Eine Speichelspur läuft aus meinem geöffneten Mund. Ich schmecke Galle. Ich muss zurück, noch weiter zurück, doch ich spüre bereits die kalte Wand im Rücken. Meine Knie geben nach. Ich werde ohnmächtig. Nein, ich darf jetzt nicht wegtreten. *Bleib da, Klara. Bleib da.*

Dann Dunkelheit. Ich fuchtle mit meinen Armen, um den Bewegungsmelder zu aktivieren. Das Licht geht an, und mein Verstand braucht eine Sekunde, bis ich glaube, was ich sehe.

Ein Schaben. Ich starre auf den Boden, die Augen vor Entsetzen aufgerissen. Etwas schiebt sich unter der Tür durch. Ein kleines weißes Dreieck, das Zentimeter für Zentimeter zu einem rechteckigen Blatt Papier heranwächst. Die Buchstaben darauf tanzen eine morbide Polka. Ich muss sie festhalten, muss sie in eine sinnvolle Reihenfolge bringen.

»DU BIST HIER NICHT SICHER.«

Nein, nein, nein. Das lasse ich nicht mit mir machen. Mit einem Sprung bin ich an der Tür, reiße den Schlüssel so heftig herum, dass ich befürchte, ihn abgebrochen zu haben. Mein Körper fährt mit einer Wucht nach draußen, dass ich mich nur mit Mühe vor dem Treppenabgang einbremsen kann.

Da ist niemand. Ich werfe einen Blick über die Schulter. Die Botschaft liegt noch immer auf dem Boden. »DU BIST HIER

NICHT SICHER.« Es war keine Einbildung. Er war hier, hier in meinem Haus.

Ein Knall. Er kommt von unten. Eine Tür wurde zugeschlagen. Ich stürze die Treppe hinunter, folge den Fluchtgeräuschen des ungebetenen Besuchers. Laufe ins Wohnzimmer. Nichts. Laufe in die Küche. Nichts. Laufe in Richtung Hauswirtschaftsraum, kann einen Luftzug auf meiner Haut spüren. Ich ziehe die Tür auf, stolpere hinein, durchquere den Raum und verharre vor der angrenzenden Garage. Das Tor steht offen. Das Monster ist dahin zurückgekehrt, wo es hergekommen ist.

»Fick dich! Fick dich! Fick dich!«, plärre ich über mein Anwesen.

Etwas in mir scheint sich zu aktivieren. Etwas klafft auf. Ein düsteres Loch. Ein Abgrund. Die schwarze Seite eines Buches, in dem ich nicht länger das Opfer bin.

Die Nacht kriecht über mein Haus. Erst als die Dunkelheit mich umschließt, wage ich mich nach draußen. Die Sträucher am Rand meines Grundstückes sind geisterhafte Gestalten vor dem Licht des Mondes. Ich sauge die kühle Abendluft ein, und mit der nachlassenden Wirkung des Alkohols werden meine Gedanken ganz klar, ganz unverfälscht.

Ich erkenne, dass ich keine Angst habe. Nicht vor den Geistern, die mich heimsuchen. Nicht vor der Person, die in mein Haus eingedrungen ist. Nicht vor der hageren Gestalt, die ich seit einer halben Stunde fest im Blick habe, während ich unbeteiligt dastehe und so tue, als starrte ich ins Leere. Ich habe ihre Bewegungen genau studiert, gebe ihr das Gefühl, unentdeckt zu sein. Bin zugleich Haifisch und Köder.

Ich weiß, dass die dunkle Silhouette, die seit einer halben Stunde auf einer der mittleren Terrassen am Steilhang ausharrt, nicht die Person ist, die vor meiner Toilettentür gestanden hat. Bald werde ich wissen, mit wem ich es zu tun habe. Ich lauere, warte auf den perfekten Augenblick, um ihr meinen Giftzahn in den Leib zu stoßen. Ich habe schon viele Schlangen auf der

Jagd nach Mäusen gesehen. Habe studiert, wie sie lautlos auf der Pirsch sind, wie sie sich ihrem Opfer in kaum wahrnehmbaren Bewegungen nähern und dann zubeißen. Noch fühlt sie sich nicht bedroht, das kann ich an der Art erkennen, wie ihre Arme schlaff nach unten hängen. Kein Funke Gespanntheit in ihren Muskeln. Kein Tröpfchen Adrenalin in ihrem Blut.

Dann ist es so weit. Auch die Silhouette hat sich in Bewegung gesetzt, läuft dorthin, wo ich sie haben will. Ich hechte los, renne wie von Sinnen, schneide ihr den Weg ab.

»Bleib stehen!«, brülle ich in die Dunkelheit.

Ich habe keine Angst mehr, und ich habe nichts mehr zu verlieren. Ich bin fest entschlossen, die Person zu stellen.

Ich renne. Halte an. Krümme mich. Ringe nach Luft. Dieser verdammte träge Körper.

Die Gestalt hat ihr Tempo ebenso reduziert wie ich. Ihr Brustkorb hebt und senkt sich wie ein Schiff bei Seegang. Unter ihrer Kapuze kann ich ein Augenpaar ausmachen, kann eine Haarsträhne erkennen. Ein dunkles Büschel, das im Zwielicht seine tatsächliche Farbe verbirgt. Versteckt sich Marisa unter der Kapuze?

Kurz dringt mir die Süße ihres Parfums in die Nase. Mein Kopf wird von Gedanken durchflutet.

»Wer bist du?«, frage ich. Meine Stimme ist zu einem erschöpften Flüstern geschrumpft. *Er liebt dich nicht*, ploppen die Worte vor mir auf wie eine neu eingegangene Nachricht. »Du hast mir die Whatsapp geschickt, und du bist auch die Person, die an meinem Fenster war. Sag mir, wer du bist.«

Ich pirsche mich weiter an, dränge sie Schritt für Schritt gegen die Grundstücksmauer. Ich fühle ihre Angst. Unsicher versucht sie, einen Blick über die Schulter zu werfen, um zu sehen, was sich hinter ihr befindet. Vom Mond beschienen steht sie nun da wie im gedimmten Scheinwerferlicht.

Dann sehe ich sie, sehe lange blonde Strähnen.

Oh Gott. Oh Gott. Oh Gott. Ich sehe meine Mutter. Sie ist es. Sie ist zurückgekehrt.

Nein, Klara. Lass dich nicht durcheinanderbringen. Deine Mutter ist tot.

Ich glaube nicht an Geister. Ich bin ein wenig schrullig, ein wenig verwirrt, aber ich bin ein rational denkender Mensch. Ich glaube nicht an Übersinnliches. Gläser rücken, Tote beschwören – das alles ist Humbug! Gleich werde ich hochschrecken, werde in meinem Bett liegen und über diesen abartigen Traum den Kopf schütteln.

»Halte dich von Jonas fern.« Ihre Stimme klingt dumpf und blechern in meiner nahenden Ohnmacht. Ich kann nicht ausmachen, ob es eine Drohung oder eine Warnung ist, die sie ausgesprochen hat.

Aus dem Dunklen kommt eine Hand und packt mich. Sie greift nach meinem Arm und zwingt mich nach unten. Ich schnappe nach Luft, spüre, wie sich die Wut in mir noch einmal entzündet, und schlage in Richtung meiner Angreiferin.

Vielleicht ist das meine letzte Chance.

Ein Büschel glattes Haar verfängt sich zwischen meinen Fingern, blond und seidig. Ich ziehe daran, rupfe sie ab und kreische.

Ich skalpiere meine Mutter, meine tote Mutter.

Sie schnauft, windet sich aus meinem Griff, schlägt nach mir. Fingernägel zerkratzen mir das Gesicht, verfehlen nur um wenige Millimeter meine Augen. Das Brennen lässt mich taumeln, verstärkt das Ohnmachtsgefühl, das ich in diesem Kampf zu verdrängen versuche.

Watte in meinen Ohren, ein Flimmern vor meinen Augen. Meine Beine geben nach, knicken ein wie morsche Tischbeine.

Der Boden empfängt mich wie ein Bett. Der dumpfe Aufschlag zieht Wellen in meinem Kopf, lähmt mich. Ich liege auf dem Rücken, starre in ein Meer aus leuchtenden Punkten am Himmel.

Früher konnte ich sie alle benennen, kannte jedes Sternbild. Orion mit seinem Gürtel. Rigel, sein hellster Stern. Kassiopeia, die sagenhafte Königin, die markanteste aller Nachtschönheiten.

Ein neues Bild tut sich über mir auf, starrt auf mich herab.

Eine furchteinflößende Konstellation aus Haaren, Augen und Händen, die tief auf dem Grund des Meeres liegen müssten.

Ihre Schritte entfernen sich. Ich schaffe es nicht, ihr zu folgen, schaffe es nicht, ihr nachzusehen, schaffe es nicht einmal, den Gelsenschwarm abzuwehren, der meine Haut zersticht.

30

Die schmutzigen Spuren an meinem Shirt kümmern mich ebenso wenig wie mein verfilztes Haar, als ich Lorenz sofort nach Dienstbeginn mit der Bitte überfalle, mich in die Stadt zu fahren. Ich hätte duschen sollen, hätte zumindest den Dreck unter den Fingernägeln entfernen und mir die Zähne putzen sollen. Aber von meinem Schamgefühl ist nicht mehr viel übrig. Klara in ihrer alten, feigen und zögerlichen Zusammensetzung ist am Verblassen.

Lorenz' Miene ist sorgenvoll. Und sie wird noch sorgenvoller, als wir an der blonden Perücke, die ich in den frühen Morgenstunden an der Auffahrt aufgelesen und am Weg abgelegt habe, vorbeirollen.

Der grüne Duftbaum, der am Rückspiegel baumelt, beschert mir Übelkeit. Ich muss mich auf einen fixen Punkt am Armaturenbrett konzentrieren, um den Brechreiz unter Kontrolle zu bekommen. Die Finger im Schoß ineinander verkeilt, sitze ich da, fühle mich fremd in diesem schmutzigen, von Schrammen und Kratzern übersäten Körper. Als würde ich ein Kleid tragen, das längst in den Altkleidercontainer sollte.

Auf halber Strecke hat noch immer keiner von uns ein Wort gesagt. Ich stütze meinen Kopf am Seitenfenster ab, würde dem Drang, die Augen zu schließen, so gern nachgeben. Doch der Schlaf würde nichts besser machen. Er würde mich hinabziehen, mich in Schwärze tunken, würde Traumgestalten wecken, die mich nicht wieder loslassen.

Langsam atme ich ein und wieder aus, klatsche mir auf die Wangen und wackle mit den Zehen, um die Durchblutung anzuregen.

Der kleine Spiegel auf der Sonnenblende entblößt mein armseliges Äußeres, und ich zucke erschrocken vor mir selbst zurück. Meine Wangen sind hohl. Mein Schlüsselbein und meine

Schultern heben sich knochig unter dem Shirt ab. Jegliche Farbe ist meiner Haut entwichen, und meine Lippen haben einen bläulichen Ton angenommen. Als ob ich tot wäre, denke ich.

Der Nebel über der Donau steigt gespenstisch auf, kriecht hoch zu den Bergen und legt sich wie ein Schleier über die Landschaft. Das Autoradio verkündet die Nachrichten zur vollen Stunde. Lorenz' Hand schnellt mit unnötiger Wucht nach vorne, um es auszuschalten. Ich fahre hoch, sitze kerzengerade da, bin wieder im Hier und Jetzt.

Angespannt betrachte ich Lorenz. Seine Finger umfassen das Lenkrad so fest, dass seine Knöchel weiß hervortreten.

»Ich weiß nicht, was bei euch los ist. Aber ich sehe, dass es dir miserabel geht. Wenn der Dreckskerl dich unglücklich macht, dann bringe ich ihn eigenhändig um. Das habe ich Ralf an seinem Grab geschworen. Ich werde nicht zulassen, dass sein Mädel ins Unglück rennt. Ich konnte dich schon einmal nicht beschützen, das wird mir nicht wieder passieren.«

»Der Unfall war nicht deine Schuld.«

»Ich meinte nicht den Unfall von Ralf und Nadja.«

Ich führe die Hand an den Bund meiner Hose, kann die schmale Narbe darunter ertasten. Ich hätte es nicht geschafft, das Kind aus mir herauszupressen, wollte es nicht freiwillig hergeben. Man musste es aus mir herausschneiden, um es mir zu entreißen. »Ich rede nicht darüber.«

»Genau das ist das Problem. Keiner hat je darüber geredet. Aber du hast ein Kind verloren, Klara. Das ist keine Sache, über die einfach so Gras wächst.« Lorenz atmet schwer. »Sie wollte dich zur Abtreibung zwingen.«

»Das hat sie nicht.« Doch, hat sie, aber das kann ich nicht aussprechen, denn spräche ich es aus, würde all der Hass wie Lava aus mir herausschießen und alles um mich herum vernichten.

Ich schlucke. Nichts hat den Verlust meines kleinen Mädchens je erträglicher gemacht. Keine der Selbsthilfegruppen, denen ich auf Facebook beitrat, kein Ratgeber, keine Träne und schon gar nicht die Zeit. An manchen Tagen spüre ich die Bewegungen meiner Tochter in mir. An anderen Tagen brennt der Schnitt, mit dem man sie aus mir herausgeholt hat, als würde die Naht gewaltsam von innen aufgetrennt. Der Schmerz vergeht nicht, das wird er nie.

»Gabi hat dich beim Einkaufen gesehen und sofort gemerkt, dass du schwanger warst.«

Ich schüttle den Kopf, möchte nicht daran denken.

Lorenz hat den Motor auf Schritttempo runtergebremst, fährt nun im Leerlauf und fasst sich immer wieder an die Brust. Ich habe Angst, dass er vor Aufregung einen Herzinfarkt bekommt.

»Du hast deine Schwangerschaft sogar vor Ralf verheimlicht. Du musstest alles allein ertragen … Die stille Geburt …«

Stille Geburt. Ich habe mich immer gefragt, warum man es so nennt, dieses Martyrium aus aufgeregten Stimmen und klapperndem OP-Besteck. Nichts war still, abgesehen von dem bläulich verfärbten, knittrigen Bündel Mensch, auf das zu lieben ich mich so sehr gefreut hatte. »Ich war zu jung, zu unerfahren. Die Schwangerschaft war ein Unfall. Und ich war gar nicht allein. Mutter war da.«

»Nadja«, schleudert er mir ihren Namen entgegen. »Sie hat dir diesen Dreck eingeredet. Du warst fast dreiunddreißig. Es war die Schuld deiner Mutter, dass du dein Kind verloren hast. Sie hat dein Herz gebrochen und auch das des Babys.«

Hätte der Herzschlag meines Babys nicht in der zwanzigsten Schwangerschaftswoche für immer ausgesetzt, würde meine Tochter nun Blumen pflücken, Briefe an das Christkind schreiben und mit ihren Zeichnungen unser Zuhause zum Leben erwecken. Und ja, es ist Nadja Adams Schuld. *Wir brauchen wirklich nicht noch einen Bastard in diesem Haus. Mit Marisa hat mir dein Vater schon genug zugemutet*, waren ihre Worte, als sie eines Tages den Bauch, den ich bis dahin unter weiten Shirts versteckt hatte, erspähte und realisierte, dass ich ihre Abtreibungstabletten nie geschluckt hatte. *Du willst dir wegen dieser Nacht mit diesem Taugenichts von Barkeeper wirklich deinen Körper und*

deine Karriere ruinieren? Und was ist mit unserem Ruf? Immer
denkst du nur an dich. Mit deiner Selbstsucht bringst du mich
dazu, Dinge zu sagen, die gar nicht meinem Niveau entsprechen.
Was tust du mir nur wieder an?
»Wem die Liebe seiner Eltern gewiss ist, der braucht sich
vor nichts zu fürchten«, las ich in einem meiner Bücher. Es gibt
Menschen, die haben dieses Glück. Sie werden in eine Welt geboren, wo man sie freudig erwartet. Sie werden eingehüllt in
den kuscheligen Mantel elterlicher Liebe. Sie haben eine Mutter,
deren Umarmung alles heilt, jeden Schmerz vertreibt, jede Träne
trocknet. Ich gehöre nicht zu diesen Menschen. Das habe ich
früh zu spüren bekommen. Irgendwann konnte ich mich sogar
damit arrangieren. Doch dieser Verlust änderte alles.

Als ich acht Stunden nach dem Kaiserschnitt wieder in
meinem Krankenzimmer lag, hörte ich meine Mutter am Flur
schluchzen, aber dieses Schluchzen galt nicht mir und schon gar
nicht meinem toten Baby. Es galt ihr selbst.

Angestrengt blinzle ich die Tränen weg, während ich meine
Hand auf Lorenz' Hand lege und das Grölen des Getriebes unter
dem Schaltknüppel spüre.

Im Stadtzentrum herrscht reger Verkehr in Anbetracht des
schlechten Wetters und der frühen Uhrzeit.

»Du kannst mich da vorne rauswerfen«, flüstere ich heiser
und streiche mir die Haare aus dem Gesicht, während Lorenz
das Auto in zweiter Reihe abstellt.

Ich scheue mich, aus dem geschützten Umfeld des Autos zu
steigen. Habe meinen Mut wieder verloren und verspüre Angst
davor, mein fragiles Ich den Blicken anderer zum Fraß vorzu-
werfen.

»Klärchen«, flüstert Lorenz wie früher mein Vater und umfasst meinen Oberarm, als ich die Wagentür aufdrücke. Seine
Augen sind glasig.

»Es ist okay. Ich komme klar«, sage ich, ohne ihn direkt anzusehen.

»Ich suche einen Parkplatz und warte hier auf dich, wenn du möchtest.« Es klingt eher nach einer Bitte als nach einem Angebot.

»Schon gut. Ich werde später den Bus nehmen.«

»Gib mir die Adresse von Jonas' Büro, dann werde ich dafür sorgen, dass du dein Auto zurückbekommst.«

Ich winke ab. Das Auto ist mir egal.

Ohne mich noch einmal zu ihm umzudrehen, steige ich aus und überquere die Straße.

Die Gassen sind mir eigenartig vertraut und zugleich fremd. Als befände ich mich an einem Ort, den ich bisher nur von Bildern kannte. Ich laufe über die mit Beetblumen bepflanzte Grünanlage, sperre die Außentür auf und betrete das Treppenhaus. Limettenähnlicher Duft dringt in meine Nase. Es ist schon eigenartig, wie sich dieser Geruch über Jahre hinweg hält, wohingegen bei den Bewohnern ein ständiges Kommen und Gehen herrscht.

Die vergangenen Tage haben ihre Spuren hinterlassen. Das Hinaufsteigen der wenigen Stufen bis in den ersten Stock gleicht einer Bergtour.

Kurz halte ich inne, bevor ich bei Moritz Wagner klingle. Er scheint keinen Blick durch den Spion geworfen zu haben, denn er reißt die Tür auf und blickt mich unverwandt an.

»Scheiße«, murmelt er und reibt sich den blonden Dreitagebart. Sein schlaksiger Körper stellt sich mir nicht in den Weg, als ich mich in die Wohnung dränge.

»Die Sache mit dem Rohrbruch –«, setzt er an, aber ich stoppe ihn mit einer Handbewegung.

»Deshalb bin ich nicht hier«, komme ich sofort zur Sache. »Ich muss mit Marisa sprechen.«

»Sie ist nicht da. Keine Ahnung, wo sie ist.«

Ich lasse ihn reden und laufe quer durch seine Wohnung, die in puncto Raumaufteilung ein vollgestopfter und staubiger Zwilling meines eigenen Apartments ist. Nach Marisa rufend, stoße ich eine Tür nach der anderen auf. Resigniert sehe ich ein, dass sie tatsächlich nicht da ist.

»Wo ist sie?«, frage ich.

Moritz blickt mich über den Rand seiner eckigen, mit unzähligen Fingerabdrücken versehenen Brille an. Ein Wunder, dass er durch das verschmierte Glas überhaupt etwas sieht. »Ich weiß es nicht. Das sagte ich ja bereits.« Die Art, wie er die Vokale in die Länge zieht, nervt mich, widert mich regelrecht an.

Alles an ihm stößt mich ab. Die schuppige Haut an seinen Unterarmen. Sein Silberblick. Das ungebügelte Shirt. »Hengst« steht in roten Buchstaben auf dem schwarzen Stoff. Unter anderen Umständen hätte ich darüber schmunzeln müssen.

Moritz sinkt auf die verschlissene Armlehne seines Ledersofas und zuckt mit den Schultern. »Ich habe sie seit einigen Tagen nicht mehr gesehen.«

Ich mustere ihn mit der Manier eines Kriminalbeamten. Dann reibe ich mir die Stirn, schaffe es nicht, weiterhin die Rolle des Bad Cops zu spielen.

»Kaffee?«, fragt er, und ich folge ihm nickend in die Küche.

Eine Kanne Filterkaffee steht bereits auf dem quadratischen Holztisch, der mit einer Plastiktischdecke in Häkelmuster überzogen ist. Ich hätte nicht gedacht, dass es noch Menschen gibt, die so etwas verwenden. Schon gar nicht Menschen in seinem Alter.

»Sorry wegen der Unordnung, aber das Hauspersonal hat heute ausnahmsweise frei.« Moritz lacht verlegen und deutet auf die schmutzigen Teller, die sich neben der Spüle stapeln. Zu spät verstehe ich, dass seine Aussage scherzhaft gemeint war.

Ich setze mich hin, halte mich an der heißen Tasse fest, die er mir reicht, und lege den Kopf in den Nacken. »Gibt es außer dir noch jemanden, bei dem sie untergekommen sein könnte?«

Moritz Wagner schüttelt entschieden den Kopf. »Nein. Nachdem Sie sie rausgeworfen haben, hat sie mich bekniet, sie bei mir aufzunehmen.« Nervös spielt er mit den Fingern. Meine Anwesenheit ist ihm sichtlich unangenehm. »Sie geht nicht ans Telefon«, fügt er hinzu.

»Ich erreiche sie auch nicht.« Als ich es ausspreche, spüre ich, wie die Sorge um sie wie verdorbenes Essen in meinem Magen rebelliert.

Auf der Arbeitsplatte liegt jede Menge Kram, für den Moritz offensichtlich keinen Platz in den Schränken gefunden hat. Suppenwürze, eine Schachtel Cornflakes, Fertiggerichte aus der Packung, Dosenbier vom Discounter und andere fragwürdige Nahrungsmittel und Getränke, die meine Augen nicht alle erfassen können. Zwischen dem ungesunden Zeug, das wohl gesetzmäßig zum Singledasein dazugehört, entdecke ich ein Glas mit Matcha-Pulver, das bestimmt von Marisa ist.

»Bitte denk nach. Wo könnte sie hingegangen sein? Hat sie irgendwas erwähnt? Wann war sie zuletzt hier?« Die Fragen strömen wie eine Flut aus mir heraus.

Moritz Wagners Blick wandert suchend hin und her, während er so fest an seiner Unterlippe herumbeißt, dass mir der bloße Anblick Schmerzen beschert. Unbeholfen stößt er mit dem Zeigefinger gegen das Glas seiner Brille, als er sich am Auge kratzen will. Bestimmt trägt er sie noch nicht lange. Ich kann mich jedenfalls nicht daran erinnern, ihn jemals zuvor mit Brille gesehen zu haben.

»Ich hatte die letzten beiden Tage frei und war ständig hier. In dieser Zeit habe ich Marisa nicht gesehen.«

Moritz fährt sich mit den Fingern über den kahl geschorenen Schädel. Seine Nägel, die dringend geschnitten werden sollten, hinterlassen blassrote Kratzspuren auf seiner Haut. Ich frage mich, was Marisa an ihm findet. Ist er nur Mittel zum Zweck, oder mag sie ihn tatsächlich? Ich kann mir die beiden nicht miteinander vorstellen.

»Es sei denn, sie war gestern Abend hier, um etwas zu holen. Da war ich nämlich kurz bei einem Kumpel und –«

»Ihre Sachen sind noch hier?«, falle ich ihm ins Wort. Heiße Flüssigkeit ergießt sich aus der Tasse über meine Finger. Ich springe auf. »Wo sind sie?«

Moritz führt mich in sein Schlafzimmer. Das Bett ein einziger Berg aus Decken, Kissen und Schmutzwäsche. Die Luft abgestanden, mit einem Hauch von Marisas Frische.

»Sie hat im Wohnzimmer geschlafen«, sagt er, als müsste er mir ihre Beziehung erklären.

Ich sehe mich um. Am hinteren Ende des Raums erkenne ich Marisas Reisetasche und einige Kleidungsstücke, die daneben liegen. Hastig stürze ich mich darauf und wühle darin herum. Dann halte ich einen Umschlag in meinen Händen.

»Ich denke, dass sie keinen Bock mehr auf Krems hatte«, höre ich ihn, aber seine Worte perlen an mir ab wie Wassertropfen auf einem Fettfilm.

Es sind die Fotos, die mir sagen, dass etwas nicht stimmt. Womöglich wäre sie gegangen, ohne ihre Kleider mitzunehmen, aber diese Fotos hätte sie nicht zurückgelassen. Dann fällt mir noch etwas ein. Wieder wühle ich mich durch Marisas Tasche.

Da ist es. Das kleine Buch unter dem Einlegeboden. Genau dort, wo ich selbst es auch versteckt hätte.

Ich lege den Umschlag mit den Fotos in das Buch und schiebe beides unauffällig in den Bund meiner Hose.

»Sag mir Bescheid, wenn du etwas von ihr hörst.« Damit eile ich aus der Wohnung und stürze so schnell die Treppe hinunter, dass ich Mühe habe, meine Schritte auf den schmalen Stufen zu koordinieren.

Mein Puls rast, während ich nach einer ruhigen Stelle Ausschau halte, an der ich Marisas Notizen ungestört durchschauen kann. Die Bank, auf der ich mich niederlasse, ist vom morgendlichen Regen nass. Ich bleibe dennoch sitzen und schlage das Buch auf meinen Knien auf. Mir stockt der Atem, als ich sehe, wie viele Informationen Marisa gesammelt und wie akribisch sie Buch darüber geführt hat. Ich finde Aufzeichnungen über János Oroszis Selbstmord und überfliege die detaillierte Schilderung von Marisas nächtlicher Entdeckung auf meinem Anwesen. Ihre Sprache wechselt zwischen Englisch und Deutsch, und ihr Schriftbild ist so gehetzt, dass ich nur mit Mühe alles entziffern kann. Zwischen den langen Texten finde ich immer wieder Stichworte, darunter auch »Oroszis Arbeiter für Adam?«. Aber woher wusste Marisa das? War es lediglich ein Zufallstreffer?

Bei der Durchsuchung von Jonas' Auto finde ich eine Packung Kondome im Handschuhfach. Unter dem Sitz liegt auch die Rechnung für ein Chanel-Parfum, das ich noch nie an Klara gerochen habe. Hat Jonas eine Affäre?

Ein paar Seiten weiter entdecke ich, wonach ich gesucht habe. Mein Blick haftet lange auf dem Datum, ehe ich den Text lese.

Die Sache mit dem Trackingsender hat super geklappt. Spüre Jonas mit einer Frau im Stadtpark auf. Es sieht so aus, als würden sie sich streiten. Sie versucht, ihn zu küssen. Er stößt sie weg. Ich folge der Rothaarigen ins Krankenhaus. Ich kann nicht viel von ihrem Gesicht sehen, aber eine Seite sieht aus, als wäre sie von jemandem geschlagen worden.

Ich lege einen Finger zwischen die Seiten und klappe das Buch zu. *Ich folge der Rothaarigen ins Krankenhaus.*
Ein Brocken Erinnerung löst sich vom Rest ab und sprudelt an die Oberfläche. Nein, denke ich. Es ist keine Verletzung. Es ist ein Feuermal.
Auf einmal beginne ich zu verstehen.

Das Wetter wechselt mehrmals zwischen Sonne und Regen, während ich unter dem Vordach des Foyers ausharre. Doch die Frau, auf die ich warte, kommt nicht vorbei.
Zögerlich betrete ich die Halle und reihe mich in die Schlange vor der Anmeldung ein. Die Krankenhausatmosphäre hat mir schon immer Unwohlsein verursacht. Weinen, lachen, sterben, auf die Welt kommen, gerettet werden, den Kampf verlieren. So viele Widersprüche, so viele Emotionen unter einem Dach. Alle zusammengefasst in Blumensträußen, in Karten, ob bunt oder schwarz. Ich hasse diesen Ort, verbinde nichts Gutes mit ihm,

was anders wäre, wenn ich hier mein Kind lebendig zur Welt hätte bringen dürfen.

Ein kleines Mädchen, das an der Hand ihrer Mutter vor mir steht, schaut zu mir hoch und mustert mich. »Mama, hatte die arme Frau einen Unfall, so wie der Papa?«

Die Frau, die das Mädchen »Mama« nennt, schaut mich verstohlen an. »Psst«, zischt sie und schiebt das Kind in Richtung Anmeldepult.

Ich wäre eine gute Mutter, durchfährt es mich. Und das namenlose Mädchen mit dem schokobraunen Teint ihres Vaters wäre das glücklichste Kind der Welt geworden. Ich hätte ein kleines Haus für uns gekauft, hätte die Wände mit ihren Zeichnungen und Basteleien geschmückt. Unsere Zwergkaninchen und Katzen hätten wir nach ihren liebsten Zeichentrickfiguren benannt, und jeden Abend wäre der Boden mit ihren Spielsachen übersät gewesen.

»Ja bitte?« Eine Frau Mitte vierzig mit gestresstem Lächeln schaut zu mir hoch. Ich mustere sie kurz. Alles an ihr ist ein Widerspruch. Weiche Locken um kantige Konturen. Zierliche Hände an speckigen Armen. Pralle Lippen in einem Gesicht, das bereits an Volumen verloren hat.

»Mein Name ist Klara Adam. Ich war vor einigen Wochen wegen eines Schwächeanfalls in der Ambulanz und möchte gern meinen Laborbefund abholen.«

Die Frau hackt eilig meine Daten in die Tastatur.

Ihr Blick gleitet fragend von mir zu den Informationen, die sie am Bildschirm abliest. »Waren Sie stationär bei uns?«

»Nein. Nach der Untersuchung und einer Infusion ging es mir besser, und ich habe das Krankenhaus wieder verlassen.«

»Wann soll das denn gewesen sein?«

Ich versuche, mich an das Datum zu erinnern, und nenne es ihr.

»Ich finde nichts in unserem System. Hat man sich nicht bei Ihnen gemeldet?«

»Doch«, sage ich. »Telefonisch. Gleich am darauffolgenden

Tag. Aber ich hätte gern den schriftlichen Befund für meine Akten.« Wie immer, wenn ich nicht ganz ehrlich bin, zittert meine Stimme.

Wieder klackert die Tastatur. »Es tut mir leid«, entschuldigt sich die Frau, deren Namensschild sie als Roswitha Hafner ausweist, »ich kann nichts finden, aber ich kann gern in der Ambulanz anrufen. Wissen Sie noch, wer der Arzt war, der Sie untersucht hat? Die Vorgehensweise ist sehr ungewöhnlich.«

Ich schüttle den Kopf. »Leider nicht. Aber da war eine zweite Ärztin. Doktor … Ach, ich habe so ein miserables Namensgedächtnis.« Ich senke meine Stimme und fahre fort: »Rotblondes Haar, Feuermal auf der rechten Wange.«

»Sie meinen Dr. Kovac.« Über Roswitha Hafners Gesicht huscht ein selbstzufriedenes Lächeln.

Ich schlage mir mit der Hand auf die Stirn. »Ja natürlich. Dr. Kovac.«

Die Frau sagt etwas, aber ich eile bereits hinaus auf die Straße.

Regentropfen klatschen mir auf den Kopf und laufen in meinen Ausschnitt. Eilig sehe ich mich links und rechts nach einem Unterschlupf um, während ich mich ins Krankenhaus-WLAN einlogge und überlege, was ich als Nächstes tue. Auf jeden Fall sollte ich Marisa suchen. Bestimmt folgt sie meinem Mann auf Schritt und Tritt und bringt sich womöglich in Schwierigkeiten. Mit ihrer unbedachten Art und der fehlenden Impulskontrolle ist sie ein Mensch, der Probleme geradezu anzieht. Davor muss ich sie bewahren. Jonas ist die Sache nicht wert.

Das iPhone vibriert in meiner Westentasche. Eine Whatsapp.

Hey, Schwesterherz. Halte mich jetzt nicht für feige, aber die ganze Sache mit deinem Toyboy wird mir ein bisschen zu viel. Außerdem hab ich einen sehr süßen Typen kennengelernt. Vielleicht bring ich ihn mal mit, wenn es zwischen uns beiden wieder entspannter ist. XOXO

Ich fasse es nicht, wie rasch Marisas Interesse einer völlig anderen Sache gilt. Ich fasse es nicht, wie ich mich schon wieder in einem Menschen irren konnte. An einem Tag ist sie so verrückt, einen Peilsender am Auto anzubringen, am nächsten stürzt sie sich in einen Flirt und lässt mich hängen. Ich tippe eine Antwort, breche dann aber ab.

Marisas Worte verschwimmen unter Regentropfen auf meinem Bildschirm. Rasch stelle ich mich unter das Dach der Rettungseinfahrt. Ein dunkler Himmel hängt über der Stadt. So schnell wird der Regen nicht aufhören. Angeschlagen, wie ich ohnehin schon bin, werde ich mir eine Erkältung holen. Ich sollte mich schleunigst nach einem Taxi umschauen, das mich nach Hause bringt. Nun weiß ich ja, was ich wissen muss. Um den Rest kann ich mich daheim kümmern.

Ich ziehe die Weste über meinen Kopf und trete aus meinem trockenen Unterschlupf. Der dünne Stoff bietet keinen Schutz, und ich überlege, einen Schirm aus der Eingangshalle zu klauen.

Plötzlich sehe ich sie. In dem viel zu weiten Oberteil sieht sie wie ein Teenager aus, aber vermutlich ist es gar nicht so einfach, in der Erwachsenenabteilung etwas Passendes zu finden, wenn man so klein und dünn ist wie sie. Sie läuft geradewegs an mir vorbei, und ich habe Zeit, sie eindringlich zu mustern, kann die Nässe ihrer Kleidung riechen und bin mir völlig sicher, wer sie ist. Mit dem nassen roten Haar und dem makellosen hellen Teint sieht sie aus wie Arielle, die Meerjungfrau. Ihr Gang zeugt von Stress, aber es ist auch ein Hauch von Anmut darin zu erkennen. Vielleicht hat sie früher Ballett getanzt oder ist auf Modeschauen gelaufen.

»Dr. Kovac!«, rufe ich ihr hinterher. Kaum merklich verschiebt sich ihr Oberkörper nach links, als dächte sie darüber nach, sich umzudrehen. Sie tut es jedoch nicht.

Ich setze mich in Bewegung. Sie ist einen Kopf kleiner als ich, aber ihre Beine sind lang und schlank und sie hastet in schnellen, großen Schritten in Richtung Haupteingang.

Wasserlachen spritzen mir an die Hosenbeine, und meine

Zehen sind durch das Leder meiner Ballerinas hindurch schon komplett nass.

Ich denke an die nächtlichen Nachrichten, die Jonas erhalten hat, und an das runde Profilbild mit der aufgehenden Sonne, das ich später auch auf meinem Handy entdeckt habe, bevor Jonas die Nachricht beseitigte.

»Sam!«, rufe ich.

Diesmal bleibt sie abrupt stehen, wie ein Auto, bei dem auf die Bremse getreten wurde. Sie dreht sich zu mir um. Ihre grünen Augen weichen meinem Blick keine Sekunde aus. Sie starrt mich an wie eine Katze, in deren Revier ich eingedrungen bin. Sie ist eigentümlich schön, trotz des Feuermals, wahrscheinlich sogar wegen des Feuermals.

»Was hast du hier zu suchen?«

»Dasselbe hätte ich dich heute Nacht fragen können.«

Sams Augenlider zucken wie die Flügel einer Biene, die sich aus dem Netz einer Spinne windet.

Erinnerungen schieben sich in mein Bewusstsein. Dr. Samantha Kovac, die ihren Kopf durch die Tür des Nebenzimmers steckte, als ihre Kollegin die Kanüle in meine Vene einführte.

Ich war so kurz vor der Ohnmacht, war so sehr mit mir selbst beschäftigt, dass ich nie mehr an sie gedacht hätte, wenn sie an jenem Tag nicht am Friseursalon vorbeigelaufen wäre.

Ich gehe auf Sam zu. Langsam, vorsichtig. Bin bereit, mich auf sie zu stürzen, sollte sie Anstalten machen, wegzulaufen. »Was habt ihr vor, du und Jonas?«

Ein Rettungswagen kommt angefahren, aber sie versteht mich trotz des Motorenlärms. Es ist, als hätte sich die Stadt auf uns beide reduziert. Sie und ich. Die Geliebte und die Ehefrau. Ein schlechter Film.

Einen Moment lang reckt sie angriffslustig das Kinn nach vorne, dann werden ihre Züge weich, fast zerbrechlich. »Das mit Jonas und mir ist vorbei. Ich will nichts mehr mit ihm zu tun haben.«

»Eure Affäre interessiert mich nicht. Ich möchte wissen, was euer Plan war.« Ich trete nahe an sie heran. In ihren weit aufgerissenen Augen vermischen sich Regentropfen mit Tränen. »Was hattet ihr mit mir vor?«

Die Fragen, die noch viel stärker nach draußen drängen, sind ganz andere. Wie oft hat er mich während unserer Ehe mit ihr betrogen? Wo hat er sie angefasst? Hat er ihr nach einer leidenschaftlichen Nacht die gleichen Worte ins Ohr geflüstert wie mir?

Jonas wollte mein Unternehmen und meine Psyche sabotieren, aber mein Denken ist nun, da ich vor dieser Frau stehe, auf das Primitivste reduziert.

»Was wirst du jetzt tun?«, antwortet sie mit einer Gegenfrage. Furcht zuckt in ihren Mundwinkeln. Ihr Blick schweift hektisch über das Krankenhausgelände.

Ich werde nichts aus ihr herauskriegen. Sie ist Jonas hörig, genau wie ich es war. Vielleicht kennt sie keine Details von seinem Rachefeldzug, war nur eine weitere Frau, die ihm blind verfallen ist. Die darüber kicherte, als Jonas ihr vorschlug, einer reichen Erbin ein paar Streiche zu spielen. Mit Kapuzenpulli vor meinem Fenster Michael Myers zu mimen oder mit blonder Perücke etwas noch viel Schlimmeres. Meine Mutter.

Als Ärztin hatte Sam womöglich Zugriff auf die Akten, die bei meinem Therapeuten über mich aufliegen. Das würde die Auswahl der psychologischen Waffen, die die beiden gegen mich eingesetzt haben, erklären.

Ich war blind. Doch Jonas' Plan ist nicht aufgegangen. Letztendlich bin ich die Heldin dieser Geschichte, habe die Fratze, die sich unter dem schönen Gesicht dieses Mannes verbarg, freigelegt und mich aus seinen Fängen befreit.

»Ich werde mich scheiden lassen«, sage ich, während ich mich zum Gehen wende und weiß, dass ihre Frage damit ebenso wenig beantwortet ist wie meine.

Ich presse die Hände auf meine Lippen, kann den Schrei, der in meiner Kehle steckt, nur mit Mühe unterbinden.

»Warte!«, höre ich sie hinter mir. Ich drehe mich im selben

Moment zu ihr um, als ihre Hand meine Schulter ergreift. Ihre Augen haben sich zu Schlitzen verengt, und ihr Brustkorb bebt vor Aufregung. »Lass dich untersuchen. Geh zu deinem Arzt und verlange eine Blutdiagnostik. Noch heute«, flüstert Sam. Ihre Hand schnellt zurück, als hätte ich sie gebissen. Dann macht sie kehrt und rennt weg.

31

Es kostete mich eine Menge Überwindung, Thomas Wagenknecht zu erzählen, dass mein treuloser Ehemann mich eventuell mit irgendwas angesteckt haben könnte. Aber es war notwendig, denn bei keinem anderen Arzt hätte ich so schnell, noch dazu an einem Samstag, einen Termin bekommen.

In gewohnt unnahbarer Manier zog er seine linke Augenbraue hoch, lehnte sich in seinem quietschenden Schreibtischstuhl zurück und klickte mit einem Kugelschreiber, während ich ihm die notwendigen Details schilderte.

Jetzt stehe ich im Treppenhaus des eleganten spätbarocken Hauses, in dem sich seine Praxis befindet, und drücke meine Hand an die Stelle, wo er mir soeben Blut abgenommen hat. Meine Gedanken kreisen zwischen HIV und Hepatitis. Die Wahrheit wird weniger dramatisch sein. Er wird mir Chlamydien eingebrockt haben. Deshalb werde ich gleich am Montag einen Termin beim Frauenarzt vereinbaren.

Thomas Wagenknecht hat versichert, meine Blutprobe sofort und höchstpersönlich ins Labor zu bringen. Im Laufe des Tages werde ich hoffentlich erfahren, dass ich gesund bin. Oder ich bekomme mitgeteilt, dass Jonas mich nicht nur betrogen, sondern auch krank gemacht hat. Und dann?

Ich kneife die Augen zusammen, ringe um eine Perspektive. Doch da ist keine.

Meine Zukunft liegt am Abgrund. So oder so.

Mit schweren, schmerzenden Beinen verlasse ich das Haus. Tauben werden aufgescheucht, als die Holztür hinter mir zuschlägt, und fliegen in Scharen über mich hinweg.

Nun stehe ich hier, bin wieder mir selbst überlassen. Vielleicht hätte ich das Angebot des Arztes annehmen und bei ihm bleiben sollen, bis ich mich besser fühle. Doch meine Scham war bereits groß genug. Wäre ich geblieben, wären alle Details wie schlechter

Atem aus mir herausgeströmt. Ich hätte ihm danach nie wieder unter die Augen treten können.

Ich sehe mich in alle Richtungen um, bin einen Moment lang orientierungslos. Irgendwo ruft jemand etwas aus dem Fenster, ein Hund drängt sich gegen meine Waden, die Sirene eines Feuerwehrautos heult. All das geschieht weit weg von mir, fühlt sich dumpf und unwirklich an. Ich befinde mich hinter einer Glaswand.

Ich bin kein Teil davon.

Bin kein Teil von irgendetwas.

Ein Schwarm statisch aufgeladener Menschen zieht mich mit sich. Ich spüre mitleidige und angewiderte Blicke auf mir, höre ihr Tuscheln. »Das ist die Adam-Tochter.« – »Schau nur, wie sie daherkommt, die Adam-Tochter.« – »Warum ist sie so heruntergekommen, die Adam-Tochter?«

Die Luft ist schwül und riecht nach frischem Schweiß, als ich geradewegs in Richtung Bahnhof laufe und nach den Bussen Ausschau halte. Eine Dreiergruppe ist dabei, mich zu überholen, die Spitzen ihrer Sneaker schon in meinem Blickfeld. Skinny-Jeans-Gören, kaum vierzehn Jahre alt, mit zu kurzen Tops, knallpinken Lippen und kleinen Bauchtaschen, wie man sie in den Neunzigern trug.

Aus einem Auto im Halteverbot dringt die Melodie, die die Nachrichten zur vollen Stunde ankündigt. Ein bekannter Jingle, der die stimmungsmäßige Abwärtsspirale einläutet.

Dort Hunger, Mord, Ertrinken, Flucht, drohender Krieg, Menschenleid quer verteilt über den Erdball. Hier mürrische Taxifahrer, zornige Dreijährige, ein Hakenkreuz auf dem Sockel einer Fassade, querulierende ältere Damen, eine Traube von Menschen, die sich um einen Eissalon drängelt, darüber streitet, wer zuerst in der Schlange gestanden hat. Eine Mutter, die ihren Kinderwagen mit einer Wucht vor sich herschiebt, als stieße sie ihr Baby von sich. Ein junger Türke, der von einem anderen seines Alters gegen einen parkenden Bus gerempelt wird, eine

Handvoll Wartende, die stur auf ihre Füße starren, als ginge es sie nichts an, solange sie nicht direkt hinsehen.

Geläster. Gier. Neid. Hass. Ein kollektives Wütendsein vor einem absurd blauen Himmel mit Schäfchenwolken. Als hätte der Bühnenbildner aus Versehen die falsche Hintergrundkulisse eingeschoben. Für jede Ecke auf der Welt ein eigenes Problem. Mal größer, mal kleiner. Mal nichtig, mal vernichtend. Mal unbedeutend, mal das eigene Ende einläutend. Eine mächtige Hand, die das Leid wie unheilvolle Saat auf uns streut.

Alles nur der Auswuchs der eigenen Wahrnehmung. Die Welt sei einfach, und jeder könne darin glücklich sein. Jeder erschaffe sich seine eigene Realität, sagte Alfred Adler. Leck mich, Adler!, will ich durch die Straßen brüllen.

Ich versuche, die Leute zu ignorieren, grabe meine Hände in die Taschen meiner Hosen und laufe mit gesenktem Kopf an ihnen vorbei.

Meine Kleidung ist so versifft, dass sie im Müll anstatt in der Wäsche landet. Es ist kurz vor Mittag, als ich duschnass ins Bett falle und mir ein Kissen auf das Gesicht drücke. Es riecht nach Jonas. Ich ertrage das nicht. Mit der Wucht eines Kugelstoßers schleudere ich es quer durch das Schlafzimmer, wo es ein Foto von mir streift, das jetzt als Persiflage auf mein Leben nur noch an einem Nagel baumelt.

Eine Traurigkeit, die es mir unmöglich macht zu weinen, verkeilt sich in meiner Brust, lähmt mich und lässt mich immer weiter ins Dunkel abgleiten. Ich darf mich nicht vollständig darin verlieren. Ich trage die Verantwortung für Adam, für so viele Mitarbeiter, für das Werk meines Vaters und meiner Großeltern.

Reiß dich zusammen, Klara. Sieh dich an, wie du dich wegen diesem Taugenichts gehen lässt. Da muss man sich ja schämen. Was tust du mir nur an?

»Halt dein dreckiges Maul!«, brülle ich dem Trugbild meiner Mutter entgegen. Ihr Körper und ihre Stimme lösen sich auf wie eine Fata Morgana. Sie ist nicht mehr da. Sie wird nie wieder kommen. Es war Sam, die mich nachts besuchte, die mich mit ihrer blonden Perücke und den dunklen Kleidern in den Irrsinn treiben wollte.

Mit etwas Abstand fügen sich die Bruchstücke der vermeintlichen Liebesgeschichte mit Jonas zusammen. Wie einzelne Perlen, die erst aufgefädelt werden mussten.

Wie groß muss Jonas' Hass auf meine Eltern sein, dass er ihn an mir ausleben wollte? Die Artikel und Blogbeiträge, die seine Mutter auf ihrer Website teilte, kommen mir in den Sinn. *Krank durch Pestizide. Moderne Sklaverei.*

Jonas hat seine Mutter verloren, und das wahrscheinlich nicht erst bei dem Unfall. Die versessene Inbrunst, mit der sie ihre Berichte verfasste, die als wütendes Vermächtnis auf ihrer alten Website ruhen. Der Hass, der sich in ihr gebündelt hat. So etwas geht nicht spurlos an einem Kind vorbei. Dann der Selbstmord des Vaters. Kein Wunder, dass die Wut ihn zerfressen hat. Die Wut auf Adam, die Wut auf das Leben, die Wut auf mich.

Kurz frage ich mich, ob es jemals Momente ehrlicher Zuneigung zwischen uns gab. Ich denke an die Küsse. An seine Hand, die zärtlich über meinen Rücken glitt. An seinen Blick, der so voller Liebe war. So schwer mir dieses Eingeständnis fällt, aber die Affäre mit Sam passt nicht dazu. Sie entreißt mir den Strohhalm, an den sich ein Teil von mir klammern möchte.

Die Hand fest am Geländer, gehe ich die Treppe hinunter.

Nur Echo, Hall und Scherben in meinem Zuhause. Wände mit teuer erstandenen Kunstobjekten, das expressionistisch lodernde Leben darauf plötzlich abscheulich. Die Metamorphose zu Nitschs »Orgien Mysterien Theater«. Tod. Blut. Rohheit. Designermöbel wie aus einem Katalog, klaffend leer. Alles grau und weiß und aus Materialien, an denen man sich kratzt, sich blaue Flecken und kalte Gliedmaßen holt. Ein Objekt, das nur für kurze Zeit ein Zuhause war, als mein Mann es mit dem falschen Schein einer Liebe flutete, die er gar nicht für mich empfand.

Der Abgasgeruch des Benzinmotors beißt noch immer in meiner Nase, als von Lorenz' altem Volvo längst nichts mehr zu sehen ist. Ich harre in der stinkenden Wolke aus, bestrafe mich damit für meine Naivität, dafür, dass ich meine innere Stimme immer wieder mundtot gemacht habe, wenn sie mich vor Jonas warnte.

Als junges Mädchen zerschnitt ich mir die Haut an den Innenseiten meiner Arme, wenn mein Kummer zu groß wurde. Andere hatten Sorgenpüppchen. Kleine Figuren mit dämlichen Gesichtern und dämlicher bunter Kleidung, die über Nacht jegliches Leid wegzaubern sollten. Ich besaß diese kleine Glasscherbe, die zwischen Matratze und Bettrahmen steckte. Wenn ich die oberste Schicht der Haut damit durchtrennt hatte, wenn zunächst gar nichts passierte und schließlich Blut herausquoll, übertünchte dieser Schmerz für wenige Stunden den Schmerz, den andere mir zufügten.

Diesen selbstzerstörerischen Anteil hat mein Psychotherapeut mir vor Jahren wie ein Exorzist ausgetrieben. Heute staple ich die schlimmen Gedanken in mir wie Jenga-Hölzer. Lautlos, mit ruhiger Hand. Doch ein falscher Stein an der falschen Stelle gelöst und der Turm gerät gefährlich ins Wanken, stürzt ein.

Ich habe das Bedürfnis, meinen Körper trotz der kalten Temperaturen in das Poolwasser zu tauchen. Will so lange darin bleiben, bis meine Haut vor Kälte brennt. Will Bahnen schwimmen, bis meine Lunge kollabiert, bis mein angestrengtes Keuchen alles andere übertönt.

Ich werde mich durchhangeln, Stunde für Stunde, Tag für Tag, bis es mir besser geht und sich meine Ehe irgendwann nur noch wie die dumpfe Nachwehe eines üblen Traumes anfühlt. Der Schmerz wird vergehen, wird schon im November gemeinsam mit dem Herbstlaub zumindest teilweise von mir abfallen.

Ich lasse mein Kleid über die Schultern gleiten. Meine Augen streifen die Überwachungskamera, die direkt auf den Poolbereich gerichtet ist. Die Linse fest im Blick, ziehe ich das Kleid wieder hoch.

Ein paar Minuten später habe ich die Stehleiter aus dem Geräteraum geholt und sorge mit einer Rolle Paketklebeband dafür, dass Jonas nicht die Chance hat, mich von wo aus immer zu beobachten. Kamera für Kamera klebe ich sorgfältig ab, vierundzwanzig Geräte insgesamt, wie ich zähle. Eine weitere Sache, die ich erledigen muss. Ich brauche einen Sicherheitsfachmann, der sich darum kümmert, dass Jonas keinen Zugang mehr zu meiner Überwachungsanlage hat.

Als ich fertig bin, wähle ich mich mit dem iPhone ins WLAN-Netz und rufe WhatsApp auf.

Ich habe die Frau, mit der du Jonas gesehen hast, ausfindig gemacht. Und ich war heute beim Arzt, um mich durchchecken zu lassen. Ruf mich dringend an.

Ich schicke die Nachricht ab, dann stelle ich mich an den Beckenrand des Pools und lasse mich samt Kleidung ins Wasser fallen. Ich tauche bis zum Boden, verharre dort, bis meine Lunge brennt und ich den Drang zu atmen nicht mehr unterdrücken kann. So ist es, wenn man ertrinkt, denke ich, als ich meinen Körper an die Oberfläche strample und gierig Luft einsauge.

Meine Eltern, der kahle Schädel von Marisas Mutter, Jonas, Sam und Eszter sind die Geister, die mich in diesem Moment heimsuchen, in mir den Wunsch erwecken, eine unsichtbare Kraft hätte mich unter Wasser gehalten.

Wind zieht auf, als ich aus dem Becken steige und die nassen Kleider ausziehe. Nackt und auf Zehenspitzen laufe ich ins Haus, um mich im Badezimmer trocken zu rubbeln. Das iPhone piept leise am Rand des Waschbeckens, und ich sehe Marisas Namen auf dem Display.

Weswegen warst du beim Arzt? Was ist los? Damn, was für ein Arsch, dieser Jonas.

Das ist eine lange Geschichte, die ich dir lieber persönlich erzähle.

Ich rufe dich später an. Bin gerade nicht allein, Schwesterherz.

Mit runzeligen Fingern tippe ich eine weitere Nachricht.

Ich war bei Moritz und habe dein Buch mitgenommen.

Okay. Ich habe sowieso keine Zeit zum Lesen. Also, wir hören uns. M.

Grübelnd wickle ich meine Haare in einen Handtuchturban.

Im Ankleidezimmer suche ich einen warmen Pulli, Jogginghosen und dicke Socken. Kleidungsstücke, die ich sonst nur im Winter trage und die ich erst aus einem der obersten Schrankfächer herauswühlen muss. Dann kehre ich zurück ins Schlafzimmer, lasse die Außenrollos herunter und wiederhole das in allen Räumen bis ins Untergeschoss. Ich sperre alles aus, was mich damit verhöhnt, dass das Leben dort draußen weiterläuft. Dass es der Welt egal ist, wie viel Ungerechtigkeit mir widerfährt. Dass ich so bedeutungslos bin, dass ich Jonas nicht einmal eine weitere Lüge wert bin, und dass Marisa ihre Zeit lieber im Bett eines Fremden verbringt, als an meiner Seite zu sein.

Mit dem Licht des Sonnenuntergangs, das keine Chance hat, durch das Aluminium zu dringen, verblassen auch das Gezwitscher der Spatzen, das Zirpen der Grillen und das Gemurmel der Bäume.

Mit zwei Schmerztabletten im Magen schlüpfe ich samt iPhone auf das Sofa, zwinge mich, die Augen zu schließen.

Das Flüstern der Stille kann so laut sein, wenn nichts anderes um einen herum existiert. Sie ist wie ein Tinnitus. Unaufhörlich, quälend, nervenzehrend. Als sie mich an die Grenze des Aushaltbaren drängt, schalte ich den Fernseher ein. Irgendeinen

Film, egal, was. Ich brauche einen Zufluchtsort, eine Scheinwelt, die mich aufnimmt. Brauche eine fiktive, abscheuliche Welt um mich, die abscheulicher ist als meine eigene.

Mit wirren Gedanken und verklebten Augen fahre ich hoch. Mein Puls rast, als hätte ich bis eben auf dem Laufband gestanden. Es ist das Klingeln meines Telefons, das mich geweckt hat. Benommen taste ich danach, finde es und kann die Nummer nicht zuordnen. Meine Finger wischen hektisch über das Display.

»Jonas?« Meine Stimme überschlägt sich vor Angst und Erwartung. Aber es ist nicht Jonas. Selbstverständlich ist es nicht Jonas.

»Klara, hier ist Thomas.«

Mein Atem reguliert sich langsam wieder. »Oh«, sage ich.

»Entschuldigen Sie, ich war eingenickt.«

Ein Zögern. Ein Räuspern. »Klara«, sagt er wieder. »Sind Sie zu Hause? Kann ich zu Ihnen kommen?«

Ich taste über meinen Kopf, spüre mein Haar, das sich während meines unruhigen Schlafes zum Nest verfilzt hat. Der Geschmack in meinem Mund ist widerlich, mein Atem vermutlich ebenso.

»Nein«, sage ich schnell. »Das ist gerade sehr ungünstig. Gibt es schon eine Auswertung vom Labor?«

Wieder ist es still.

Also doch. Jonas hat mir irgendeine Krankheit eingebrockt. Dieser verdammte Mistkerl.

»Genau darüber wollte ich mit Ihnen reden. Eigentlich hätte ich es lieber persönlich getan. Aber die Zeit drängt.«

Sein Tonfall ist ernst. Zu ernst. Nicht mehr wie der von dem Thomas Wagenknecht, der mich heute im lässig gelangweilten Ton in das Scheitern seiner Ehe einweihte. Der mir davon erzählte, wie er seine Ex-Frau mit dem Lehrer seiner Tochter im Bett ertappt hatte, während er mir die Nadel in die Vene schob.

Ich sitze kerzengerade da, strample die Decke von mir und

halte die Luft an. »Was bedeutet das?«, presse ich die Silben hervor.

»Klara …«

»Was?« Nun schreie ich, ertrage die Ungewissheit nicht länger.

Was dann kommt, ist zu viel. Zu viel für heute, zu viel für ein ganzes Leben. Ich taumle, stürze, hocke auf dem Boden meines einsamen Hauses und heule lautlos in meine Armbeuge.

Thomas Wagenknechts Stimme hallt lange, nachdem ich bereits aufgelegt habe, in meinem Kopf nach. *Die Blutwerte deuten auf eine akute Leukämie hin. Wir müssen uns so schnell wie möglich Ihr Knochenmark anschauen und noch weitere Untersuchungen durchführen. Wenn sich der Verdacht bestätigt, müssen wir sofort mit der Therapie beginnen, ansonsten könnte es zu spät sein.* Ein geschäftsmäßiger, neutraler Tonfall für Worte dieser Schwere.

Der Schock hat mir das letzte Stück Boden unter den Füßen weggezogen. Wo vorhin der Wunsch zu sterben war, wächst Panik. Panik vor der unheilvollen Krankheit, die mich langsam dahinraffen wird. Ich sehe Marisas Mutter vor mir. Das eingefallene Gesicht, die tief liegenden Augen, die sich um ein Lächeln bemühen, die aber schon zu tot sind, um so zu funkeln, wie sie es früher einmal konnten.

Oh Gott. Warum ich?

Ich rappele mich hoch, stehe auf. Nach drei Anläufen bringe ich meine Beine dazu, mich aus diesem Zimmer zu tragen. Ich laufe über die Überreste der Bilderwand, spüre, wie sich ein Glassplitter in meine Ferse bohrt. Ich starre an mir hinunter, sehe eine kleine Blutlache, die sich um meinen rechten Fuß bildet. Sehe darin Jonas am Leuchtturm, seine Hand mit dem schlichten Ehering. Das Foto saugt mein Blut auf, färbt unsere Gesichter rot. Rot wie die Liebe. Rot wie das Kleid, das ich an unserem Hochzeitstag trug. Rot wie das kranke Blut in mir.

Ich ziehe die Socken aus, reiße damit den Glassplitter aus dem Fuß, schreie vor Schmerz.

Tiefer als das Stück Glas dringt eine Ahnung in mein Bewusstsein.

Die Person, die ich anrufen möchte, finde ich in der Kontaktliste meines Messengers. Ich tippe auf das grüne Hörersymbol, und eine Verbindung baut sich auf.

»Ja bitte?«

»Hier ist Klara Adam«, sage ich, obwohl mir klar ist, dass sie das bereits weiß.

»Was wollen Sie von mir?« Piroska klingt mechanisch, wie ein unfreundlicher Roboter.

Ich schlucke. »Bitte sagen Sie mir nur eine Sache. Was ist mit Eszter passiert?«

»Warum fragen Sie das nicht Jonas?« Nun klingt sie schroff, und ich kann mich unter der Härte der Worte dieser fremden Frau nicht zusammenreißen.

»Bitte …« Meine Stimme wird von Tränen erstickt. Es schüttelt mich heftig. Verzweifelt kralle ich mich an der Rücklehne des Sofas fest.

»Es war Blutkrebs. Leukämie. Eine sehr aggressive Form.« Piroskas Stimme wird weicher. Dann stoppt sie sich selbst, als riefe sie sich wieder in Erinnerung, dass sie es mit einer Adam zu tun hat. Ihr Tonfall kehrt zur alten Härte zurück. »Ihre profitgierige Familie ist schuld daran, dass sie sich nicht einmal mehr um Jonas kümmern konnte. Eszter und János waren nicht die einzigen Arbeiter, die von euch ohne Schutzkleidung und ohne Warnung zum Spritzen in die Weingärten geschickt worden sind. So viele sind von eurem illegalen Gift krank geworden.«

Ich will ihr widersprechen, will sie anbrüllen, dass sie einer verdammten Verschwörungstheorie auf den Leim gegangen ist. Denkpfade sind ausgelatschte Wege, die man oft nicht mehr verlassen kann, wenn man ihnen zu lange gefolgt ist. Piroska ist der beste Beweis dafür.

Ja, vielleicht haben meine Eltern Pestizide eingesetzt, die

heute nicht mehr gutzuheißen sind. Aber was sich Piroska zu-sammenreimt, entbehrt jeglicher Rationalität.

Dann vermischen sich Piroskas Worte mit denen von Thomas Wagenknecht. *Es war Blutkrebs. Eine sehr aggressive Form. Die Blutwerte deuten auf eine akute Leukämie hin.* Kann es Zufall sein, dass ich der gleichen Krankheit erliegen werde wie Eszter? Ist das die Rache, um die es geht? Eingefädelt nicht von Jonas, sondern vom Schicksal selbst?

»Wann ist Eszter gestorben?«

Kurz herrscht Stille. »Was sagen Sie da? Eszter ist nicht tot. Sie hat es gerade noch geschafft, auch wenn sie sich nie vollständig von ihrer Erkrankung erholt hat. Sogar die Obsorge für Jonas hat der Krebs sie gekostet. Wie können Sie nur so geschmacklos sein und von ihrem Tod reden?«

Aufgelegt.

Eszter ist nicht tot. Der Satz brennt wie Säure auf meiner Haut. Jonas' Mutter lebt. Ich brauche Zeit, um diese Informa-tion zu verdauen, um sie einzuordnen. Alles, was er mir jemals erzählt hat, war eine einzige Lüge, darauf ausgerichtet, mich zu zerstören.

32

Im Vorratsraum, der an die Garage angrenzt, steht die Lebensmittelbox, die Lorenz jede Woche für mich in Empfang nimmt. Da ich es nicht leiden kann, wenn andere in den Sachen herumkramen, die ich essen möchte, kümmere ich mich normalerweise selbst darum, alles zu verstauen. In jahrelanger Selbsttherapie habe ich meine Mysophobie größtenteils abgelegt, und der Gedanke, dass jemand oder etwas mein Essen verunreinigen könnte, ist gemessen an früher nur noch ein Spleen.

Diesmal habe ich die Lebensmittel vergessen, und aus der Box dringt der üble Geruch einer verfaulten Ananas. Aber ich finde darin auch Orangen, die in Ordnung sind, und presse sie zu einem Saft.

Es ist schon merkwürdig, wie groß der Überlebensdrang wird, wenn man sich dem Tod geweiht fühlt, nach welchen irrationalen Strohhalmen man greift, um sich damit selbst zu retten. Sei es nur mit Vitamin C.

Ich verbringe Stunden damit, Suchmaschinen mit »Akute Leukämie«, »Chancen auf Heilung bei akuter Leukämie« oder »Lebenserwartung bei Leukämie« zu füttern. Es ist ernüchternd. Ich könnte schon in wenigen Wochen tot sein. Mein Körper hat mir Warnsignale geschickt. Die Bauchschmerzen, der Gewichtsverlust, der Nachtschweiß, das Nasenbluten, die geschwollenen Lymphknoten, die Schmerzen im Körper und die Müdigkeit. Ich habe sie alle ignoriert.

Nun sitze ich da, quäle mich mit den Erfahrungsberichten Erkrankter und Angehöriger und frage mich, wie meine eigene Geschichte aussehen wird. Nebenwirkungen der Chemo, der Verlust meiner Haare, meines Geschmackssinnes, meiner Würde, meines Lebens.

Ich schaue mich um, stelle mir vor, was aus alldem wird,

wenn ich nicht mehr bin. Ein verwaistes Haus. Meine Todesanzeige in den lokalen Zeitungen, Menschen, die darüber betroffen ihre Hände zusammenschlagen. *Mein Gott, sie war doch noch so jung, die Adam-Tochter. So eine arme Frau, die Adam-Tochter.* Dann gehen sie zur Tagesordnung über, leben ihre Leben weiter. So wie auch alles andere ohne mich seinen Lauf nehmen wird. Ich bin nur eine von vielen. Eine Ziffer in den Krebsstatistiken.

Aber eine Sache unterscheidet mich von den anderen. Mein Mann wollte mich leiden, vielleicht sogar sterben sehen. Inzwischen halte ich es für sehr wahrscheinlich, dass das auch im Sinne seiner Mutter war. Gemeinsam wollten sie Adam zerstören. Und als kleiner Bonus sollte auch ich selbst den Bach runtergehen. Ich werde alle Informationen an meinen Anwalt und ebenso an die Polizei weitergeben. Auch Sam muss bestraft werden. Aber alles zu seiner Zeit. Jonas ist fort. Jetzt geht es um mich, ausnahmsweise nur um mich.

Kurz überlege ich, Lorenz anzurufen. Er würde mir viele Fragen stellen, würde sich nicht mit ein paar knappen Informationen abspeisen lassen. Ich habe keine Energie dafür. Und wie sollte ich das, was mit mir geschieht, auf ein paar Sätze komprimieren? Wie sollte ich die tausend Gedanken und Empfindungen zusammenfassen, die auf mich niederprasseln?

Ich muss mich sammeln, muss selbst begreifen, dass das, was ich erfahren habe, wirklich geschieht. Ja, es ist wahr. Ich bin todkrank.

Ich schließe den Webbrowser, reibe mir die Augen und lege den Kopf auf die Marmorplatte des Tresens. Der Zeiger der Wanduhr springt von einer Minute zur nächsten. Die Krankheit macht das Ziffernblatt zu einer Schlinge, dich sich langsam um meinen Hals zusammenzieht. Nie war meine eigene Vergänglichkeit spürbarer als jetzt.

Ich will nicht sterben. Ganz egal, was noch kommt. Ich bin noch nicht bereit.

Nach wie vor kein Rückruf von Marisa. Ich hadere mit mir, ehe ich mich dazu durchringe, ihr zu schreiben.

Ich habe Leukämie.

Die Minuten verstreichen, aber es kommt keine Antwort. Ich bin allein. So allein wie nie zuvor. Nur ich, der Krebs und das leise Ticken der Uhr.

Die Erkenntnis dessen, was Dr. Wagenknecht mir mitgeteilt hat, überflutet mich wellenartig. Ein Gezeitenmix aus Panik und Ungläubigkeit.

Ich öffne alle Rollos, die ich Stunden zuvor geschlossen habe, und starre nach draußen. Das beleuchtete Poolwasser wirft tanzende Flecken auf die Überdachung der Terrasse.

Ganz plötzlich muss ich raus, habe das Gefühl, die Wände hier drinnen würden mich erdrücken, mich ausquetschen wie die Orangen in der Saftpresse.

Es riecht nach Sommer und nach Donau. Eine trügerische Mischung, die Normalität und Lebensfreude heuchelt. Eine Ambivalenz zwischen dem Leben um mich herum und dem Tod in mir.

Die offenen Bänder meiner Turnschuhe bewegen sich im Rhythmus meiner Schritte schlurfend über den Travertin. Jetzt, da ich weiß, was mit mir los ist, findet mein Körper zu neuer Kraft, scheint sich gegen die Diagnose aufzulehnen. Es ist eine stumme Wette. Schaffe ich es bis zur höchstgelegenen Weinterrasse, ohne einmal anzuhalten, liegt Thomas Wagenknecht falsch. Dann war das Laborergebnis ein Irrtum. Zügig marschiere ich darauf zu, nachdem ich meine Schuhbänder fest verknotet habe.

Ich muss es schaffen.

Ich werde es schaffen.

Und ich schaffe es.

Keuchend knie ich mich auf den klammen Boden. Eine Dokumentation, die ich vor einigen Jahren gesehen habe, kommt mir in den Sinn. Ein Gedankenexperiment. Wie sähe die Erde ohne uns Menschen aus? Die Wälder würden nachwachsen, die Natur würde mit all ihren Selbstheilungskräften gegen die jahrelange Verschmutzung durch uns Menschen aufbegehren. Die urbanen Bauwerke würden verfallen. Dort, wo blitzweiße Fassaden Hunderte Meter in die Höhe ragen, würde Blattgrün hochranken, und seltene Vogelarten würden sich darin ansiedeln.

In meinem eigenen Gedankenexperiment berücksichtige ich nicht die Folgen für mein Unternehmen. Ich denke an die Gefühle, mit denen ich meine Angestellten zurücklassen würde, aber vor allem denke ich an Lorenz. Was geschieht mit meinen Sachen? Ich besitze nicht viel Persönliches. Es waren fünfzehn Kartons, mit denen ich vor vier Jahren mein altes Leben in die Stadt verlegte. Es waren drei weniger, als ich letztes Jahr auf das Anwesen zurückkehrte. Wer wird meine persönlichsten und intimsten Besitztümer entsorgen? Die Schmutzwäsche im Keller, den Dildo in meiner Nachttischschublade, das Tagebuch in meinem Büroschrank? Kümmern sich Menschen, die ihren Tod erwarten, darum, solche Dinge zu beseitigen, um den Angehörigen Scham zu ersparen? Oder sollten gerade diese Sachen sichtbar bleiben, um daran zu erinnern, dass einst echtes, ungeschöntes, wildes Leben in uns war? Dass wir mehr waren als die leere Inszenierung in den Familienchroniken? Mehr als das Schwarz-Weiß-Foto auf unserem Partezettel?

Als meine Großmutter gestorben war, waren mein Vater und ich diejenigen, die sich um ihren Hausstand kümmerten. Die ordentlich sortieren Schränke und Schubladen erweckten den Eindruck, als hätte meine Oma alles für uns vorbereitet, uns alles Unangenehme abgenommen. Das Rote Kreuz holte Möbel und Kleider ab, Fotos und andere Erinnerungsstücke wurden sorgsam verpackt und stehen seither am Dachboden meines Hauses. Mein Vater wollte nichts von ihren Sachen sehen oder um sich haben. Es war seine eigene Art der Trauerbewältigung.

Das Tischset mit Hohlsaumstichen aus Leinen liegt seither ordentlich gefaltet in einem Fach in meinem Ankleidezimmer. Ein kirschrot umhäkelter Kleiderbügel, daneben ein Messeretui aus Bast, das meine Oma bei jedem Gang in den Weingarten in der Tasche ihrer Kittelschürze stecken hatte. Es sind die Erinnerungsstücke, die ich am meisten mit meinen Großeltern in Verbindung bringe. Lange Zeit verströmten sie den vertrauten Duft ihres Hauses, doch nach und nach ist er verblasst.

Die Sachen von meinen Eltern ließ ich abholen. Kurz und schmerzlos. Ich stand an der Türschwelle des Elternschlafzimmers, in dem das Räumungsteam zugange war, sah wie durch einen Schleier, wie die Anzüge meines Vaters in Kisten gelegt wurden. Vieles landete in einem Entrümpelungscontainer, anderes fand seinen Weg zu neuen Besitzern. Ich habe nie an diesen Dingen gehangen, war erleichtert, als der Ballast der Erinnerungen in einem Lkw von meinem Grundstück rollte.

Es gab nur ein Stück, bei dem ich es nicht übers Herz brachte, es wegzugeben oder auch nur von der Stelle zu bewegen. Es war das Rotweinglas, das mein Vater am Abend vor unserer Abreise nach Puerto Calero ins Spülbecken gestellt hatte. An seinem Rand ein einzelner Lippenabdruck, an seinem Fuß kaum sichtbare Fingerabdrücke. Dieses Andenken erinnerte so schmerzlich daran, wie falsch alles gelaufen ist, wie schnell die Grundmauern des Lebens erschüttert werden, ohne dass wir Einfluss darauf nehmen können. Lange Zeit stand dieses Glas an genau der Stelle, an der mein Vater es hinterlassen hatte. So als wartete es auf seine Rückkehr. Doch eine Rückkehr gab es nicht.

Bei den Sachen meiner Mutter fiel mir der Abschied leicht. Sie besaß nichts als eine Ansammlung gesichtsloser Schmuckstücke. Sie war kein sentimentaler Mensch, hing nicht an Rührseligkeiten und Überbleibseln vergangener Zeiten. Keine Basteleien aus meinen Kindheitstagen, keine Geburtstagskarte ihrer Mutter, kein Foto ihrer ersten großen Liebe. Es gab nur Schmuck und Designerkleider, die ich für einen guten Zweck versteigern ließ. Was sie sonst in den hintersten Teilen ihrer Schränke aufbewahrte, davon wollte ich nichts wissen. Und weil meine Mutter diesbezüglich auch kein Schamgefühl kannte, kümmerte es mich nicht, dass Fremde darin herumkramten.

Ich stehe da, sehe vor Dunkelheit kaum die Hand vor Augen. Die Blätter einer Rebe kitzeln meine Stirn. Vielleicht ist es auch eine Spinne oder eine Gottesanbeterin. Ich fürchte mich nicht vor diesen Tieren, das habe ich nie. Es sind die Menschen, die ich fürchte. Meine zwischenmenschlichen Beziehungen sind Martyrien, sind Gift. Und trotz der Kalenderweisheiten – jeder sei seines eigenen Glückes Schmied und ähnlichen leeren Phrasen – waren es doch die Menschen, die die Tür zu meinem Abgrund stets einen Spaltbreit offen hielten.

Ein heftiger Knall, gefolgt von einem Lichtblitz, scheucht mich auf. Hell erleuchteter Farbregen überzieht den Himmel. Ein Feuerwerk. Der Inbegriff von Glück und Lebenslust. Was für ein Hohn. Wie kann es sein, dass das Leben um mich herum so normal aussieht, wenn in mir drinnen alles zu Ende geht?

Ich lache auf. Zuerst leise, dann lauter. Dann mischen sich Tränen zu meinem Lachen, laufen salzig und bitter über meine Lippen.

Es ist spät geworden. Die Außenbeleuchtung hat sich auf wenige Lichter reduziert, und der Garten hüllt sich in Dunkelheit, als ich am Eingang meines Hauses ankomme.

Atemgeräusche. Sie stammen nicht von mir, denn ich habe meinen eigenen Atem angehalten. Stocksteif bleibe ich stehen, warte.

Vor meiner Tür sehe ich die Krümmung eines Buckels. Zuerst denke ich, die Person würde sich vor mir ducken, aber sie hat etwas abgelegt. Einen weißen Umschlag, der sich im Licht des Mondes als weißes Rechteck von den Pflastersteinen abhebt.

»Hallo, Paolo«, sage ich.

Er fährt herum. Sein Kopf schnellt hin und her, ehe er mich ausmachen kann. Ich habe im Dunkeln schon immer besser als andere gesehen. Man unterschätzt mich. Ich bin ein Raubvogel, ausgestattet mit Sinnen, die mir für viele Jahre das Überleben in dieser feindlichen Umgebung sicherten.

»Du hast wieder Post für mich, nehme ich an.« Ich trete so

nahe an ihn heran, dass ich ein Muskelzucken um seine Augen erkennen kann.

»Schön, dich zu sehen, Klara.« Seine Stimme ist heiser. Er weicht vor mir zurück, steht nun mit dem Rücken dicht an der Tür.

»Warum gehst du nicht hinein? Es wäre doch nicht das erste Mal, dass du bei mir einbrichst. Oder hattest du andere Pläne? Mich im Pool zu ertränken zum Beispiel, so wie du es mit der Katze getan hast?«

»Was? Aber woher …?« Er will etwas erwidern, kann aber nur stammeln.

Nach einem weiteren Schritt stehe ich so knapp vor ihm, dass sich die Spitzen unserer Schuhe berühren. Fast gleichzeitig blicken wir zu Boden, betrachten den Briefumschlag an meiner Türschwelle. Sein gebräuntes Gesicht wirkt im diffusen Licht düster und lässt das Weiß seiner Augen auf unwirkliche Weise hervortreten. So sieht er aus, wenn ich von ihm träume. Wenn ich im Schlaf die Reise nach Puerto Calero antrete, ihn dabei beobachte, wie er mich beobachtet.

Ich war fünfzehn, als ich in einem Buch den Begriff »pädophil« nachschlug. Ich war nicht sicher, was dieser seltsame, widersprüchliche alte Mann, der seine Augen nicht von mir lassen konnte, wollte. Aber es war nicht mein Körper, für den er sich interessierte. Er war kein Perverser, der darauf wartete, sich eines Tages an mir zu vergehen. Das habe ich sehr schnell begriffen. Vielleicht habe ich ihm gefallen. Vielleicht hegte er Vatergefühle für mich. Vielleicht war es ein Zwang, sich auf einen Menschen in seinem Leben zu fixieren. Vielleicht liegt die Wahrheit irgendwo dazwischen.

»Du hältst mich für deinen Feind? Ich hätte dir mehr Scharfsinn zugetraut.« Er klingt spöttisch, schleudert mir die Worte entgegen.

Ich weiche nicht vor ihm zurück, verspüre keine Angst. Auch nicht, als er mich am Arm packt und zudrückt. »Ich habe versucht, dich zu warnen.« Jetzt packt er meinen zweiten Arm, zieht mich an sich heran. Sein Atem ist abscheulich und hinterlässt Feuchtigkeit auf meiner Nasenspitze. Ich winde mich in seinem Griff, doch er ist stärker. »Hör mir doch zu, Klara.«

»Lass mich los«, zische ich und trete nach seinen Schienbeinen.

»Ich habe dem Tier nichts getan. Ich habe niemandem etwas getan. Nicht ich bin es, vor dem du Angst haben musst.«

»Du hast mich beobachtet, schreibst mir seit Jahren diese Briefe. Du bist verrückt.«

Die Zeiten heimlicher Besuche und hinterlassener Symbole sind vorbei. Mein stiller Beobachter ist laut und sichtbar geworden. Er will sich nicht mehr verstecken. Er will mir in die Augen sehen und mich erkennen lassen. Aber ich habe es bereits gewusst, habe es schon immer gewusst. Die Briefe, das kleine Segelboot vor der Tür, der Schatten am Flur, die Botschaften. Das war die eine Sache. Dass er jetzt vor mir steht, sich mir als das zeigt, was er ist, ist eine andere. Er mischt die Karten neu, gibt unserer seltsamen Beziehung eine neue, fremde Richtung vor.

»Ich wollte dir nie schaden! Hör dir meine Gründe an, weshalb ich das getan habe.«

Seine Finger scheinen meine Haut zu durchdringen, bohren sich bis zu meinen Knochen. Es war ein Fehler, ihn zu provozieren. Ich bin kleiner, schwächer und chancenlos. Brächte er es fertig, mir etwas anzutun? Wäre es vielleicht sogar der angenehmere Tod, mir ein Messer in die Brust rammen zu lassen? Es zuzulassen, dass er seine Hände um meinen Hals legt und zudrückt? Darauf zu warten, wie er eine Pistole zückt und eine Kugel meinen Schädel zerfetzt? Wäre all das besser, als langsam an Krebs zu sterben?

Ich kenne Paolo mindestens so gut wie er mich, habe seine Psyche in den letzten Jahren seziert, habe mich so intensiv mit ihm auseinandergesetzt wie mit keinem anderen Menschen.

Ich durchforstete seinen Instagram-Reiseblog, um zu sehen, wo er sich gerade aufhielt. Manchmal rief ich mit unterdrückter

Nummer im Yachthafen an. Ich besuchte sein Facebook-Profil, wusste immer, wann er in Österreich war, längst vor seinem ersten offiziellen Höflichkeitsbesuch bei mir. Ich behielt meinen Stalker im Auge. War ihm meistens einen Schritt voraus. Die Muster, denen er folgte, waren irgendwann vorhersehbar. Ausgetretene Wege, auf denen er sich bewegte und die er wie die meisten Menschen aus Bequemlichkeit nicht verließ. Das Rätsel um ihn konnte ich dennoch nicht vollständig lösen, aber ich weiß, dass er mir nicht wehtun würde.

Ich glaube es.

Ich hoffe es.

»Klara, ich –«

»Du bist immer wieder in mein Haus eingebrochen!«, fahre ich dazwischen. Ich lasse die Ereignisse Revue passieren, unterteile alles in die Zeit vor und in die Zeit mit Jonas. »Die Kerze, das warst auch du.«

Wir sehen einander an wie zwei Menschen, die mehr voneinander wissen, als gut für sie ist.

»Das ist nicht wichtig!«

Ich bin fassungslos. »Nicht wichtig? Ich sollte dich anzeigen.«

Meine letzten Worte verklingen, sind auch für meine eigenen Ohren kaum hörbar.

»Also gut, ich war in deinem Haus. Ich musste mit eigenen Augen sehen, musste erleben, musste riechen, dass Ralf und Nadja weg waren. Ich habe Nadjas Kerze angezündet. Dann habe ich ein Geräusch gehört und mich aus dem Staub gemacht, ohne daran zu denken, sie zu löschen.«

»Warst du auch im Gästehaus? Hast du mir die geschriebenen Botschaften zukommen lassen?«

Natürlich, es war Paolo, den Marisa auf meinem Anwesen gesehen hat.

»Ich wollte noch einmal Ralfs Gegenwart spüren, habe seine Platten gehört und seinen Whiskey getrunken.« Paolo senkt den Blick. »Ich weiß, dass ich dir mit meinen Botschaften Angst eingejagt habe. Aber es musste sein, verstehst du? Ich wollte dir doch nur ein loyaler Freund sein.« Er deutet auf den Brief zu seinen Füßen. »Das sind meine tiefsten Gedanken, Klara. Ich habe sie mit dir geteilt, ich habe sie dir geschenkt. Ich habe dich beobachtet, habe mit meinen Worten Bilder von dir gemalt, habe erkannt, wer du bist.«

Meine Augen tasten die Umgebung nach den geeignetsten Fluchtwegen ab. Die Haustür ist durch seinen Körper versperrt. Der Weg zur Straße hinunter ist zu weit.

Ich könnte in die Garage laufen. Wie lange würde ich brauchen, um den vierstelligen Code einzutippen? Wie lange würde es dauern, das Tor hochzufahren und wieder hinter mir zu schließen? Es würde nicht klappen, selbst wenn ich die Zeit auf meiner Seite hätte. Paolo kennt den Code, hat sich auf diese Weise Zugang verschafft. Die Garage und der Durchgang zum Haus sind die Schwachstellen meiner Burg. Mein ganzes Haus ist eine Schwachstelle, ist nicht das Fort Knox, für das ich es hielt.

»Ich liebe dich, Klara. Du bist wie mein Fleisch und Blut. Es macht mich wahnsinnig, dass du dich vor mir fürchtest. Mit diesem Brief«, erneut richtet er seine Augen darauf, »beweise ich dir, dass du mir vertrauen kannst. In diesem Brief gebe ich mich dir zu erkennen. Und leider wirst du darin auch unschöne Dinge lesen. Über deinen Mann …«

Ich sehe an Paolos Blick, dass er das Rascheln hinter uns ebenso wahrnimmt wie ich.

»Lass sie los.«

Ich fahre herum, während Paolos Hände erschlaffen und nach unten fallen.

Jonas. In seiner Hand kann ich die Klinge eines Messers ausmachen. »Geh zurück, Klara«, befiehlt er und bedeutet mir mit einer Kopfbewegung die Richtung.

Ich tue, was er sagt, als wäre in mir ein eigens dafür vorgesehener Reflex verankert worden.

»Na, sieh mal einer an. Der untreue Ehemann als Retter. Was sagt man dazu?« In jedem von Paolos Worten steckt Missachtung. Ich erkenne Lorenz in ihm wieder.

Hat alle Welt bereits erahnt, dass Jonas mich auf so viele Arten betrogen hat? Woher weiß Paolo davon? Aber warum frage ich mich das eigentlich? Natürlich weiß er es.

»Was für eine Ehre, den geheimen Briefeschreiber persönlich kennenzulernen«, gibt Jonas zurück. Er salutiert, während er auf Paolo zugeht.

Jonas weiß von den Briefen. Also war es keine falsche Erinnerung, als ich ihn in jener Nacht neben meinem Koffer am Boden hocken sah.

Paolos Kühnheit schwindet. Er weicht zurück. Diesmal nicht vor mir, sondern vor Jonas und vor der Klinge, die auf ihn gerichtet ist.

Ich könnte etwas tun. Ich könnte Paolo zubrüllen, dass er weglaufen soll. Könnte Jonas anflehen, es nicht zu tun. Ich könnte mich zwischen die beiden werfen und darauf vertrauen, dass dieser Akt der Courage das Schicksal von uns abwenden würde. Ich könnte die Polizei rufen.

Aber ich tue nichts dergleichen.

Dann reduziert sich die Welt auf die silbrig glänzende Klinge. Sie verschwindet in Paolos Bauch. Langsam. Geräuschlos. Widerstandslos. Alles steht für den Bruchteil einer Sekunde still.

Er krümmt sich. Kippt nach vorne. Liegt auf dem Boden.

Ich schlage die Hände vor den Mund. Paolos Blick gleitet ins Nichts ab, während er um Worte und Laute ringt.

Ein Gurgeln. Dann ein Schwall, der aus seiner Kehle schießt. Dunkles, dickes Blut.

Ich wende den Blick ab.

33

Jonas ist nun ganz mir zugewandt. »Schatz«, flüstert er. Die Hand mit dem blutigen Messer hängt schlaff nach unten. »Hat er dir wehgetan?«

Die Schockstarre macht mich handlungsunfähig. »Geh weg«, ist alles, was ich herausbringe.

Jonas blickt mich ungläubig an. Dann betrachtet er das Messer in seiner Hand, öffnet den Mund zu einem erstaunten »Oh«, als würde ihm gerade einleuchten, was er getan hat. Er legt es auf dem Boden ab und hebt beide Arme wie ein Bankräuber, der sich der Polizei ergibt.

»Klara, Liebes«, flüstert er so leise, dass ich ihn kaum verstehen kann, »alles ist jetzt gut. Du bist in Sicherheit. Lass uns reingehen. Wir müssen die Polizei rufen. Wo ist dein Handy?« Er mustert mich, richtet seinen Blick auf meine leeren Hände und auf die fehlenden Taschen an meiner Hose.

Entsetzt sehe ich ihm dabei zu, wie er die Tür öffnet. Ich widerstehe dem Drang, in mein warmes, schützendes Haus zu rennen. Widerstehe auch dem Drang, in Jonas' Arme zu laufen, mich von ihm festhalten zu lassen und darauf zu hoffen, dass alles, was passiert, lediglich meiner kranken Phantasie entspringt.

»Paolo kann dir nichts mehr tun.« Jonas' Stimme klingt so sanft, so vertraut und hypnotisierend, aber in seinem Blick sehe ich etwas anderes.

Er bückt sich, und zunächst denke ich, er würde Paolos Puls fühlen. Aber er hebt den Brief auf. Die Geschehnisse fügen sich Bild für Bild zusammen. Wie Jonas das Feuerzeug aus seiner Hosentasche zieht, wie er es entzündet, wie das Papier in Flammen aufgeht, schließlich erlischt. Wie dann nur noch Asche und der Geruch von kaltem Rauch übrig sind.

»Ich weiß von Sam. Ich weiß, dass ihr die Leukämie vor mir

verheimlichen wolltet, dass ihr mich mit euren Spielchen verrückt machen wolltet«, ignoriere ich seine Frage.

»Lass uns in Ruhe darüber reden.« Jonas wirkt abgeklärt und gefasst. Nicht wie jemand, der ertappt worden ist. Er bedeutet mir, ihm ins Haus zu folgen. Eine teuflische Einladung.

In langsamen Schritten bewege ich mich von ihm weg.

»Warum konntest du mir nicht einfach glauben?«, fragt er und fährt sich mit der Hand durchs Haar. Eine Geste, die mir so vertraut ist.

Ich schlucke, erteile meinen Beinen den stummen Befehl, mich jetzt nicht im Stich zu lassen. »Es tut mir leid, dass deine Mutter so schwer krank wurde. Aber eure Rache bringt euch nicht die verlorenen Jahre zurück.«

Jonas tritt über die Türschwelle heraus. Sein Gesicht liegt im Dunkeln, doch ich kann seine Zähne aufblitzen sehen. Eine Fratze. Sein Lachen schallt über mich hinweg. »Klara mit K. Du hast hervorragend recherchiert. Ich hätte nicht gedacht, dass du das herausfinden würdest.«

Ich weiche im selben Tempo vor ihm zurück, in dem er auf mich zukommt. Meine Hose verhakt sich an den Stacheln einer Rose. Ich zerre mich davon los.

»Du denkst, es geht mir um Rache?«

Wir verharren einen Moment. Er dort drüben, ich hier. Die Augen wachsam aufeinandergerichtet. Wie zwei Schachfiguren. Es geht um den nächsten Zug, um den nächsten Kniff und um das Matt des Gegners.

»Was hältst du nur von mir?« Er legt den Kopf zurück, fährt sich mit beiden Handflächen über das Gesicht. »Es geht mir doch nicht um Rache. Meine Mutter hat damit übrigens nichts zu tun. Sie weiß nicht, dass ich dich geheiratet habe. Sie ist froh, Adam und die Krankheit endlich hinter sich gelassen zu haben.«

Sein Ausdruck verändert sich. Ich erschrecke, als ich die Grimasse erkenne, die hinter dem schönen Gesicht meines Mannes zum Vorschein kommt.

Da steht Jonas. Jonas, der Mann, der zusammenzuckt, wenn man über seine Schulterblätter streicht. Jonas, der wie ein kleiner Bub strahlt, wenn er eine Waffel mit Schokoladeneis in den Händen hält. Jonas, der immer ungeniert singt, wenn er unter der Dusche steht.

»Es geht um Geld. Ganz schlicht und einfach und langweilig um Geld. Überrascht?«

Ich schüttle den Kopf. Ich muss Zeit gewinnen. Zeit, die ich brauche, um mir einen Plan zu überlegen.

Wieder setzen wir uns gleichzeitig in Bewegung, während ich einzuschätzen versuche, wie viele Schritte mir noch bleiben, bis ich rücklings in den Pool stürzen werde.

»Weißt du, Schatz, es hat einige Momente gegeben, in denen du mir wirklich leidgetan hast. Dass es zum Teil auch deine Schuld ist, dass meine Mutter an AML erkrankt ist, hat es mir leichter gemacht, meine Pläne durchzuziehen. Gerade du als Thriller-Liebhaberin musst doch zugeben, dass es der perfekte Mord gewesen wäre. Die Frau stirbt an einer zu spät erkannten Krebserkrankung, der Mann holt sich keine schmutzigen Finger, sondern nur das Erbe.«

Jonas' feixendes Lachen löst ein Schmerzgewitter in meinem Schädel aus.

»Es wäre jetzt dein Part, mich darum zu bitten, zu gehen, mir zu erklären, dass ich es nicht tun muss. Dass du natürlich niemandem verraten wirst, was ich getan habe. Komm schon, sag es!«, äfft er.

»Fick dich, Jonas!«

»Oh, Klärchen. So vulgär? Was würde dein Vater dazu sagen?«

Hass durchströmt mich. »Verpiss dich!«

»Na endlich. Das kann ich leider nicht, denn jetzt sind wir an der Stelle deines spannenden Filmes, an der du mir Fragen stellen darfst. Showdown.«

Ich atme schnell. Wohin soll ich laufen? Wo kann ich mich verstecken? Ich spüre die aufkommende Hysterie in mir. Jede

Fehlentscheidung könnte meine letzte sein. Ich spüre das Blut, das durch meinen Körper gepumpt wird. Schnell, heiß, adrenalingeladen. Mein Gott, ich muss hier weg.

»Keine Fragen? Gut, dann lass mich erzählen. Es war eine Aneinanderreihung sehr glücklicher Zufälle, sonst nichts. Ich hatte was mit Sam am Laufen. Sie war keine schlechte Partie. Einsam und vermögend, alles sehr vielversprechend, aber natürlich nichts im Vergleich zu dem, was du zu bieten hast.« Er breitet seine Arme aus und deutet um sich. »Ich habe dich sofort erkannt, als ich dich gesehen habe. Alle Ideen sind binnen weniger Minuten entstanden. Als Sam mir von deinen Symptomen erzählt hat, war das wie ein Sechser im Lotto. Wozu meine Zeit mit einer Mittelstandsfrau wie ihr vergeuden, wenn sich so eine Chance bietet? Eine verknallte Ärztin und ein IT-Fachmann sind ein gutes Team, wenn es darum geht, ein paar Laborberichte verschwinden zu lassen. Was für ein Plot, nicht wahr?« Jonas steht der Wahnsinn ins Gesicht geschrieben. »Am schwierigsten habe ich es mir vorgestellt, es in dieser knappen Zeit in dein Testament zu schaffen, aber hey …« Er lacht wieder auf. Seine Stimme klingt blechern. Die letzte Stufe der Entpuppung des wahren Jonas. »Das war der einfachste Teil. Du hast mir indirekt einen Heiratsantrag gemacht, als du deine Mutter zitiert hast, und das schon beim ersten Date!«

Meine Zunge klebt trocken am Gaumen. Ich würge.

Ich hielt mich für abgesondert, abgeklärt und distanziert. Doch in Wahrheit war ich das Gegenteil. Jonas führt mir nicht nur mein Ende vor Augen, sondern auch, wie bedürftig ich gewesen bin. Wie sehr ich nach Liebe und Zuneigung gehungert habe. Nach einem »Ich liebe dich«, das nicht aus dem Fernseher kam. Nach einer Umarmung, die ich nicht nur erhielt, weil ich Geburtstag hatte.

»Alles wäre so einfach gewesen, wäre deine verdammte Halbschwester nicht hier aufgetaucht. Und wäre Sam nicht irgendwann ausgeflippt. Aber in jedem guten Film gibt es diese

Störenfriede. Es braucht sie, sonst wäre es ja langweilig.« Jonas bleibt stehen, verharrt in seiner letzten Position. »Du warst allerdings auch eine härtere Nuss als erwartet. Aber ich hatte dich immer wieder schnell auf meiner Seite. Ein manipuliertes Video hier, eine paar gestreute Zweifel da. Die Rettungsweste im Pool, das Flüstern deiner Mutter über die Soundanlage, Sams Auftritte als deine Mutter und noch ein paar andere Spielereien. Nicht zu vergessen die schönen Pillen, die ich dir verabreicht habe. Nur dieses verdammte Parfum ruinierte gleich zu Beginn fast alles. Du hast mich dabei ertappt, wie ich den Duft im Haus versprüht habe. Alles zu deiner Destabilisierung. Alles für den Zweck, dich an deinen Mann und Beschützer zu binden.«

Jonas' Worte füllen die letzten Lücken in diesem hässlichen Puzzle. Es war notwendig, mich mental zu schwächen, um mich unter Kontrolle zu halten. Und natürlich musste er seine Mutter von mir fernhalten. Ihren Tod vorzutäuschen war unabdingbar, sonst wäre ich misstrauisch geworden, hätte in ihrem Gesicht womöglich die ehemalige Arbeiterin erkannt und in ihrer Krankheitsgeschichte meine eigene.

Meine Fersen stehen beinahe am Beckenrand. Das Wasser umspült meine Schuhe. Ein weiterer Schritt, und ich falle hinein.

»Du bist ein kleinkriminelles Arschloch, das mich braucht, um es zu einem ordentlichen Zuhause zu bringen.«

»Hey, das beleidigt mich jetzt aber. Ich bin ein unbescholtener Bürger, und das werde ich auch bleiben. Und mit dem Tod der Katze habe übrigens auch ich nichts zu tun«, ruft er plötzlich in gespielter Entrüstung. »Das arme Tier ist einfach ersoffen. Ich habe es in den Kameraaufzeichnungen gesehen. Ich habe auch das Drama gesehen, das deine verrückte Schwester veranstaltet hat. Dieses blöde Miststück. Hat ständig versucht, mir kleine Fallen zu stellen. Ich würde aber auch für Sam nicht meine Hand ins Feuer legen. Das mit Sam«, er fährt sich grüblerisch mit der Hand über das Kinn, »hat eine sehr unangenehme Eigendynamik entwickelt. Sie ist hier eigenmächtig herumgeschlichen, aber da war sie ja nicht die Einzige.« Seine Finger deuten auf Paolo, dessen Körper längst aufgehört hat zu zucken.

»Dass ausgerechnet du einen Stalker hast, der sich hier herumtreibt, ist etwas, worüber ich noch lange schmunzeln werde. Um Sam werde ich mich später kümmern.«

Ich möchte mir nicht ausmalen, was diese Worte bedeuten. Wie in Zeitlupe ziehe ich das Telefon aus meinem Hosenbund und verstecke es hinter dem Rücken. Dieses verdammte iPhone. Wie kann man damit einen Notruf absetzen, ohne es dabei entsperren zu müssen? Meine Finger nesteln daran herum, versuchen, das Entsperrmuster einzugeben, ohne damit Jonas' Aufmerksamkeit zu erregen. Ich schaue über meine Schulter. Im Augenwinkel sehe ich, wie ein Textfeld auf dem erhellten Display des Telefons erscheint. Vermutlich habe ich den Code zu oft hintereinander falsch eingegeben. Der Bildschirm verdunkelt sich wieder.

»Marisa weiß Bescheid. Sie weiß alles! Ich habe ihr geschrieben, was du gemeinsam mit Sam abgezogen hast. Auch Thomas Wagenknecht weiß von meiner Leukämie. Du wirst gar nichts bekommen. Du wirst ins Gefängnis gehen.«

Mit vorsichtigen Schritten bewege ich mich seitlich am Beckenrand entlang.

Jonas verdreht die Augen. »Thomas Wagenknecht ist kein Problem, aber dazu später mehr. Und Marisa«, sagt er und sieht beinahe fröhlich aus, »die liebe Marisa ist Geschichte. Verstehst du, Schwesterherz? She is gone.«

Ich erinnere mich an die letzte Nachricht, die ich von ihrem Handy aus erhalten habe. *Okay. Ich habe sowieso keine Zeit zum Lesen.* Jetzt erkenne ich, was mir daran so falsch vorkam. Diese Nachrichten waren nicht von Marisa. Oh Gott. Ich habe ihr nicht nur unrecht getan, ich habe auch Informationen an Jonas preisgegeben, die mich heute Nacht das Leben kosten werden.

»Was hast du mit ihr gemacht?«, frage ich und fürchte mich vor der Antwort.

»Ich? Ich habe gar nichts gemacht, abgesehen davon, dir ein paar Nachrichten zu schicken. Sam hat sich um Marisa gekümmert.«

»Noch ein Mord? Damit kommt ihr nicht durch.« Ich schleudere ihm die Worte entgegen, rümpfe dabei meine Nase. Er soll wissen, wie sehr ich ihn verachte.

»Nein, nein, nein. Du verstehst das falsch. Sie wurde nicht ermordet. Sie hat es einfach etwas übertrieben mit ihrem exzessiven Lebensstil. Ein goldener Schuss. Okay, Sam hat ein wenig nachgeholfen, aber letztendlich war das nichts, was Marisa nicht schon freiwillig getan hat.«

Die Trauer um Marisa überfällt mich, ringt mich beinahe zu Boden. Ich sehe sie vor mir, sehe die funkelnd blauen Augen und ihr Lachen. Nein, das darf nicht sein. Sie kann nicht tot sein.

»Du hast Paolo getötet.«

»Nope. Du warst das, Liebes. Er hat dich beobachtet, dich gestalkt, und du hast ihn umgebracht. Denn was hattest du nach dieser schrecklichen Diagnose noch zu verlieren? Du warst schon vorher kaputt, völlig durchgedreht. Selbst unsere Liebe konnte dich nicht retten. Jeder hat das mitgekriegt. Renate, Lorenz, all deine Mitarbeiter. Ein Drama, das im Selbstmord endet. Du siehst also, Herr Dr. Wagenknecht wird mir keine Steine in den Weg legen. Zugegeben, es hätte anders laufen sollen, aber für einen Plan B ist es nicht schlecht geworden.« Jonas blickt mich mitleidig an, bevor er seine nächsten Worte ausspricht. »Das größte Problem wären die Überwachungskameras gewesen. Solche Daten kann man nicht löschen oder manipulieren, ohne dass die Polizei es herausfindet. Aber du hast mit deiner Klebeband-Aktion gute Vorarbeit geleistet. Einfach perfekt. Ich dachte, ich traue meinen Augen nicht, als ich dich mit der Leiter gesehen habe.«

Jonas macht zwei große Schritte auf mich zu, klatscht prustend in die Hände. Dann stolpert er, ist für eine Sekunde nicht bei der Sache.

Das ist meine Chance. Vielleicht die einzige.

Ich renne los, schlittere mit nassen Sohlen über den Travertin. Wohin? Wohin nur? Ich umrunde den Pool, höre, wie nun auch Jonas rennt, vernehme sein Keuchen. Meine Beine schwingen durch die Luft, sodass sie den Boden fast nicht mehr berühren. Ich laufe, laufe, laufe. Wenn er mich kriegt, wird er mich töten. Er wird es tun, daran besteht kein Zweifel. Er muss es mit seinen Händen tun, muss es nach einem Unfall aussehen lassen. Leichtes Spiel für ihn. Ich bin eine Krebskranke. Mein Körper ist für die Flucht ungeeignet.

Ich kann den Windhauch seiner Bewegungen fast spüren, rechne jeden Moment damit, dass seine Hand mein Haar ergreift, mich zurückkreißt. Mein Blick flattert zwischen den Weinkellergewölben, der Garage, den Hecken und dem Tor hin und her. Es gibt keinen Unterschlupf, den er nicht auch kennt, kein Hindernis, das ich schneller überwinden könnte als er.

Ich kann nicht mehr, bleibe kurz stehen, rechne endgültig damit, von Jonas gepackt zu werden. Aber ich konnte mir einen kleinen Vorsprung verschaffen.

Jetzt, wo ich nicht mehr nachdenke, finden meine Füße ihren Weg von selbst. In großen Schritten kämpfe ich mich den Weingarten hoch, mitten durch die Rebstöcke. Bleibe stehen, tanke Energie im Schutz der Dunkelheit und laufe weiter, wenn die Schritte hinter mir zu nahe kommen. Meine Atemzüge sind hektisch, verirren sich ins Leere. Ich kriege kaum Luft.

Die Zauntür an der obersten Anhöhe steht ein Stück offen, hat sich in einem zusammengescharrten Erdhaufen verkeilt. Ich schlüpfe hindurch, spüre, wie der Stoff meiner Weste an einem abstehenden Stück Draht festhängt. Ich zerre sie mir vom Körper und renne weiter.

Die hohen Fichten schirmen das Licht des Mondes vollständig ab. Ich wische über das iPhone, leuchte mit dem Display den Weg aus, um nicht über Wurzeln zu stolpern. Der mächtige Stamm eines Baumes bietet mir Sichtschutz. Das Handy ist vom Schweiß meiner Hände so nass, als hätte ich es soeben aus dem

Wasser gefischt. Eilig streife ich meinen Zeigefinger an der Hose ab, konzentriere mich auf das Entsperrmuster. Meine Hände zittern wie ein Seismograf, als ich endlich 133 eintippe.

»Klara! Sei nicht albern. Was bezweckst du damit?«, höre ich Jonas.

»Klara Adam. Mein Mann will mich umbringen. Klara Adam. Ich brauche Hilfe«, flüstere ich immer wieder ins Telefon, wie eine Schallplatte, die hängen geblieben ist. Die Worte der Person am anderen Ende der Leitung dringen nicht bis zu mir durch. Aber jemand hat meinen Anruf angenommen. Nur das zählt.

Ich laufe weiter, spüre die beißende Schärfe von Brennnesseln durch den Stoff meiner Hose. Die Lippen auf das Mikrofon des Telefons gepresst, stolpere ich über den schwarzen Waldboden. Ich höre nicht auf zu sprechen, flüstere meine Adresse ins Telefon. Immer wieder dieselben Worte.

»Klara Adam. Mein Mann will mich umbringen.«

Ich weiß nicht, wie viele von meinen Worten man verstehen wird, ob die Informationen ausreichen, um bald das erlösende Heulen von Sirenen und das Flackern von Blaulicht vernehmen zu können. Selbst wenn sie zu spät eintreffen, Jonas wird nicht mit dem Mord an mir davonkommen.

Nach wenigen Schritten habe ich die Lichtung erreicht und stolpere in weiche Erde. Das Grab der Katze. Ich lasse das Telefon in die Vertiefung gleiten und bleibe stehen. Der Mond steht genau über mir. Nun bin ich Jonas' Blick ausgeliefert.

»Du verdammtes Miststück!« Jonas taucht vor mir auf. Im selben Rhythmus ringen wir nach Luft, starren einander an.

Der Spaten, den Paolo nach der Bestattung des toten Tieres hier oben gelassen hat, glänzt neben mir.

Es bedarf nur einer Bewegung, um seinen Stiel zu fassen. Es bedarf drei weiterer Bewegungen, um der Ehe mit Jonas für immer ein Ende zu bereiten.

Ein Schritt nach vorne.

Ausholen.

Zuschlagen.

Ein Ächzen dringt durch den Wald. Dann Stille. Alles erlischt, selbst die Bäume halten den Atem an.

Jonas steht da, schaut mich mit großen, ungläubigen Augen an. Ich schlage wieder zu. Schlage noch immer auf ihn ein, als er bereits auf dem Boden liegt und sein Blut mein Gesicht sprenkelt.

34

Sechs Monate später

Klirrende Kälte dringt durch das offene Fenster, und mit ihr werden Schneeflocken ins Zimmer geweht. Der jähe Winter hat mit seinen unfreundlichen nächtlichen Minusgraden den Herbst wie einen ungebetenen Gast vertrieben.

Ich sauge die Luft ein, blicke nach draußen, während ich meine Kleider zusammenfalte und in den Koffer lege. Die Bäume haben ihre Blätter abgeworfen, und die Birke unten im Park streckt ihre kahlen Äste zu mir herauf. Das murmelnde Menschengewirr, das ich seit Monaten von hier aus beobachte, hat die sommerlichen Hüte gegen warme Wollhauben getauscht, die Hände, die sich sonst um Smartphones legen, stecken tief in den Taschen von Daunenjacken.

In meinen Weingärten sind die letzten Arbeiter zugange. Nach einem turbulenten Sommer war der Ernteertrag besser, als ich erwartet hatte.

Ich denke an die behandschuhten Finger, die die Trauben vom Stiel trennen. Denke an den Geruch, wenn sie von den Tragbütten in die Sammelbehälter umgefüllt werden. Man könnte fast sagen, ich vermisse es, vermisse das Leben dort draußen.

Reflexartig rücke ich mir die Perücke zurecht. Es gibt Tage, da bevorzuge ich die blonde oder die rote, aber heute habe ich mich für die braune entschieden, die mir bis unter die Brust reicht wie früher mein eigenes Haar. Ich zähle die Tage, bis ich sie nicht mehr brauchen werde. Mit etwas Glück wird mein Stoppelhaar bis zum nächsten Sommer zur schicken Kurzhaarfrisur.

Ich lege die letzte Hose in den Koffer, quetsche meine Kosmetiktasche hinein und schließe den Reißverschluss. Mühsam hieve ich den Koffer neben einen anderen, der bereits am Fuß meines Krankenbettes steht.

Die letzten Monate laufen wie ein Film vor mir ab. Der Film heißt »Refraktäre akute myeloische Leukämie«. Ich werde mir beizeiten einen spannenderen, eingängigeren Titel einfallen lassen.

Ein letztes Mal blicke ich mich um in diesem kleinen, hellen Krankenzimmer, das seit dem Frühling neben Onkologie und Knochenmarkstation mein Zuhause gewesen ist. Knochenmarkpunktion. Chemotherapie. Bestrahlung. Hautausschläge. Kotzen. Magenspiegelung. Lungenentzündung. Diverse andere Entzündungen. Hände, die mich waschen. Infusionsnadeln, die in meinem Körper stecken, irgendwann so normal, als wären sie körpereigene Hornsubstanz. Das sind die prägnantesten Teile meiner Erinnerung.

Ein langer Weg liegt hinter mir, ein noch längerer vor mir. Aber fürs Erste habe ich das geschafft, was keiner für möglich gehalten hat. Ich habe überlebt, war der Überlebenswille selbst.

Ein Klopfen. »Guten Morgen, Klara. Willst du uns wirklich verlassen?« Tina runzelt die Stirn.

Ihr kurzes blondes Haar sieht heute zerzaust aus, und ihre sonst akkurat getuschten Wimpern sind zu kleinen Fliegenbeinen verklebt. Sie gähnt. Wie immer riecht sie nach Desinfektionsmittel und Kaffee.

»Ich werde dich auch vermissen«, sage ich und drücke ihre Hand. »Aber all das hier werde ich nicht vermissen.«

Ich erkenne das Lachen hinter ihrer FFP2-Maske. Wir haben in den letzten Wochen viel gelacht. Trotz allem.

Tina war mir die liebste von allen Krankenschwestern, ist zur Freundin geworden. Ich schätze ihre fröhliche, unkomplizierte und unvoreingenommene Art, wäre gern ein wenig wie sie. Egal, wie tief ich in den letzten Wochen gesunken war, wie sehr Überlebenswille und Selbstachtung verpufft waren, sie hat mich immer wieder hochgezogen. In einem Moment hielt sie mir die Nierenschale vor den Mund, im nächsten erzählte sie mir von ihren Dates und von den privaten Eskapaden der Stationsärzte.

Als sie mich an einem ihrer freien Wochenenden besuchte und mich spontan im Krankenbett nach draußen in die Herbstsonne schob, wusste ich, dass ich sie mochte. Wenn die Nacht wie ein Angreifer über mich herfiel, war Tina da. Sie vertrieb die Monster, die mich heimsuchten, mit ihrem ungezwungenen Lachen. Mit diesem Lachen ohne jegliches Schuldgefühl, obwohl sie gesund war und ich sterbenskrank.

»Komm mich bald besuchen.«

»Das werde ich«, verspricht sie und drückt mich an sich.

Der Abschied sollte Freude auslösen, aber ich habe Angst. Habe Angst davor, mich meinem echten Leben zu stellen, dem Leben davor. Alles ist so lange her, so surreal. Das hier ist zu meinem Leben geworden, zu meinem Refugium, das mich nun ausspeit. Zurück in diese Welt, in der mir alles zu laut, zu schnell und zu unvorhersehbar erscheint. *Bleib drinnen*, ruft mir das Leben zu. *Du hast hier nichts zu suchen.*

»Dein Taxi ist jetzt da«, sagt Tina, und wir sehen einander wehmütig an. »Denk ja nicht daran, dich hier noch einmal blicken zu lassen. Stammgäste sind bei uns eher unbeliebt.«

Meine Finger liegen zittrig und feucht in ihrer Hand.

»Alles wird gut gehen. Du bist eine Kämpferin«, beruhigt Tina mich, als könnte sie meine tiefsten Gedanken lesen. Wahrscheinlich kann sie das auch.

»Steht der Krankentransporter schon bereit?«

Tina hebt verschwörerisch die schmalen Augenbrauen. »Nein, deine Stammzellenspenderin wird dich kutschieren. Sie hat sich in den Kopf gesetzt, dich mit dem Rollstuhl rauszufahren.«

Wir verdrehen gleichzeitig die Augen.

»Aber sie sieht wieder zum Anbeißen aus.« Tina zwirbelt seufzend eine ihrer kurzen Strähnen zwischen den Fingern. Sie hat nie ein Geheimnis aus ihrer Vorliebe für hübsche Frauen gemacht.

Die Tür schwingt auf. »Hey, Schwesterherz.« Marisa kommt auf mich zu.

»Na, dann lass ich euch mal ziehen«, sagt Tina und verlässt

winkend das Zimmer, wobei sie vor allem meine Schwester nicht aus den Augen lässt.

Ich forme aus Daumen und Zeigefinger beider Hände ein Herz und blinzle Marisa zu. »Sie steht total auf dich.«

»Kein Wunder«, lacht Marisa und fährt sich in hochnäsiger Manier durch das Haar. »Aber leider habe ich schon ein anderes Objekt der Begierde im Visier. Dürfen wir uns umarmen?«

»Klar«, sage ich und drücke sie an mich. »Schön, dass du da bist. Und schön, dass ich nicht schon wieder in einen Rettungswagen verfrachtet werde.«

»Das hätte ich niemals zugelassen, schon gar nicht jetzt, wo ich ganz offiziell ein Auto lenken darf.«

Ich bin froh, dass Marisa Fuß gefasst hat. In der Marketingabteilung von Adam ist sie genau richtig, auch wenn Johann Huber sie von Zeit zu Zeit bremsen muss, wenn wieder einmal das Temperament mit ihr durchgeht.

»Zuerst verfrachte ich dein Gepäck nach unten, dann hole ich dich.« Marisa nimmt meine Koffer. Ich sehe, wie sie unter ihrem Gewicht ins Schwanken gerät. Sie verharrt. »Du siehst übrigens jeden Tag besser aus«, sagt sie, und ich erkenne Melancholie in ihrem Blick. Ich bin nicht mehr die, die ich war. Wir sind beide nicht mehr die, die wir waren.

»Meinen Plan, bei deinem Begräbnis als mysteriöse, schwarz gekleidete Frau auf einem Hügel zu stehen, werde ich wohl auf unbestimmte Zeit verschieben müssen.«

»Genau deswegen lasse ich mich sicher nicht mit dem Rollstuhl rausfahren. Diese Zeiten sind vorbei.«

»Dein Herr Doktor wird mich umbringen, wenn ich seinen Anweisungen nicht folge.«

»Das hat bisher doch niemand geschafft«, sage ich mit einem Lachen, das nicht ganz bis zu meinen Augen reicht. »Aber Moment mal«, begreife ich, »ich dachte, Thomas ist noch in der Praxis?«

Marisa stellt mein Gepäck wieder ab. »Oh shit, sind die schwer. Wie viel von diesem Krankenhauskram hast du heimlich mitgehen lassen?«, keucht sie mit einer Hitzeröte auf den Wangen. Verschwörerisch beugt sie sich zu mir nach vorne. »Versprich mir, dass du mich nicht verrätst. Sie warten unten auf dich. Thomas hat alle zusammengetrommelt. Seine Tochter, Lorenz, Gabi und Johann-The-Hottie-Huber. Er ist schon ganz aufgeregt, hat ein Catering für dich geordert. Also rate ich dir, etwas Appetit mitzubringen, denn Crème brûlée schmeckt durch die Magensonde bestimmt nur halb so gut.«

Die Aussicht auf dieses neue Leben verunsichert mich, aber es gefällt mir. Ich setze mich auf das Bett, berühre zum letzten Mal die kratzigen weißen Laken.

Marisa steuert in Richtung Tür, als sie ein weiteres Mal stehen bleibt und mein Gepäck abstellt. »Fast hätte ich es vergessen. Lorenz hat mir einen Brief für dich gegeben. Er hat ihn in Paolos Sachen gefunden. Irgendwie schräg, Post von einem toten Stalker zu bekommen.« Sie kramt in der Gesäßtasche ihrer Jeans und hält mir einen Umschlag entgegen.

Ich greife danach, bebe innerlich.

Als die Tür hinter Marisa ins Schloss fällt, reiße ich den Umschlag auf, ziehe das zusammengefaltete Blatt heraus und lese die Worte, die ich erwartet habe.

Liebste Klara,

dies werden meine letzten Worte an Dich sein.
Meine Diagnose lautet Bauchspeicheldrüsenkrebs, doch Du kennst mich. Ich bin ein Freigeist, werde mich weder einer Krankheit noch irgendwelchen Behandlungen ergeben. Mein Lebensstil war leider nicht vorbildhaft. Zu viele Zigaretten, zu viel Wein. All das lag in meiner Hand. Auch der Zeitpunkt meines Todes soll in meiner eigenen Hand liegen. Deshalb bin ich ein letztes Mal hergekommen. Um Abschied zu nehmen, von Dir, von meiner Familie. Mein Wunsch ist es, in meiner alten Heimat zu bleiben, meine

Asche in der Wachau zu wissen, wo die Menschen leben, die ich liebe. Das ist mein tödliches Geheimnis, mein Todesplan, den ich seit Monaten in mir trage.

Ich habe auch viele Deiner Geheimnisse in mir getragen, auch Dein größtes Geheimnis wird nun für immer in mir ruhen.

Wie oft habe ich an den Moment gedacht, als Du nachts über den Strand liefst. Habe nach Erklärungen gesucht, die Dich von allem freisprachen, aber zu vieles sprach gegen Dich. Dann sahen wir einander in die Augen, und ich konnte darin lesen wie in einem Buch.

Ich kenne nicht nur Dich, Klara. Ich kannte auch Ralf. Ich weiß nicht, wer von euch beiden alles in die Wege geleitet hat und was letztlich auf der Yacht schiefging.

Aber es gibt einiges, das ich weiß.

Ich weiß, dass Dein Vater niemals bei einer Sturmprognose wie in jener Nacht hinausgesegelt wäre. Ich weiß, dass Du als erfahrene Seglerin Deinen Eltern niemals ohne Begleitperson gefolgt wärst, wenn es nicht einen Grund gegeben hätte, es allein zu tun.

Ich weiß auch, dass Nadja eine grausame Frau war und eine noch grausamere Mutter.

In den Monaten nach ihrem Tod habe ich mir immer wieder die gleiche Frage gestellt: Wie viel Leid muss ein Mensch anrichten, dass der Mord an ihm gerechtfertigt ist? Wie viel Kummer muss eine Tochter verspüren, dass sie die eigene Mutter dem Meer überlässt?

Ich habe Dich nie verurteilt. Es war das Schicksal selbst, das über Dich gerichtet hat. Deine Strafe war die härteste Strafe von allen. Dir wurde Dein geliebter Vater genommen.

Lebe wohl,
Paolo

Ich schließe die Augen, atme tief durch. Dann zerreiße ich das Blatt in kleine Stücke, werfe es in die Toilette und betätige die Spülung.

EPILOG

In all den Jahren zuvor gab es keinen Augenblick des Zweifelns. Es gab nur dieses ersehnte Warten auf den perfekten Moment. Zu wissen, dass es nur eine Frage der Zeit war, bis wir erlöst wären, machte das Leben erträglicher, machte uns freier.

Ich quäle mich seit Stunden zwischen Finca und Strand hin und her, stemme mich gegen den Wind, stemme mich gegen den Drang hinauszufahren, warte auf die Rückkehr der Yacht.

Das Unwetter macht die Nacht noch dunkler, peitscht das Meer bis an die Scheiben unserer Fenster. Ich kann nichts dort draußen ausmachen, schwebe in Ungewissheit. Ein Zwischenstadium aus Hoffen und Bangen.

Dann halte ich es nicht mehr aus.

Als ich den Jetski starte, weiß ich, dass ich damit die Abmachung breche. Ich kenne die geplante Segelroute meiner Eltern genau. Dutzende Male bin ich sie mit meinem Vater abgefahren, habe jedes Detail mit ihm besprochen, wenn wir dort draußen allein waren.

Die Rettungsweste liegt so fest um meine Brust, dass mir das Atmen schwerfällt, während ich das Fahrzeug über die Wellen wuchte. Doch die Angst drückt noch viel fester zu, lähmt mein Denken und treibt mich hinaus auf das Meer. Immer weiter, bis ich die Yacht erreiche.

Es sind die argwöhnischen, missbilligenden Blicke meiner Mutter, die mich sofort in Empfang nehmen, während mir mein Vater auf das Boot hilft und der Jetski fortgetrieben wird. Der Seegang ist so heftig, dass ich meine, Übelkeit in ihrem Gesicht auszumachen. Aber alles, was sie hinausspeit, sind Worte.

»Dein Vater, dieser Trottel, kriegt es nicht hin, uns zurück an Land zu bekommen. Aber wozu bist du jetzt eigentlich hier?

Willst du uns etwa das Leben retten?«< Ihr Hohn peitscht mir wie der Sturm ins Gesicht.

Ich sage nichts, wechsle Blicke mit meinem Vater und stelle ihm stumme Fragen, denen er auszuweichen versucht.

»Ich kann es nicht«, heult er schließlich, sinkt auf den Boden und hält sich den Kopf.

»Ja, du kannst es nicht! Schade, dass du es erst jetzt einsiehst, wo du uns das alles bereits eingebrockt hast. Ich bin mit einem Schlappschwanz verheiratet.«

»Ich kann es nicht, Klara. Ich kann es einfach nicht.« Sein Klagen nimmt kein Ende.

Oh Gott. Wie sehr ich sie hasse. Wie sehr ich Nadja bereits mein ganzes Leben lang hasse.

»Narzisstischer Missbrauch« nannte es der Therapeut, zu dem mein Vater mich über einige Jahre hinweg heimlich brachte.

Doch für mich war es mehr als diese Diagnose.

Es war die unendliche Aneinanderreihung von Demütigungen, von denen niemand in ihrer Umgebung verschont blieb. Es war ihr tagelanges Schweigen, wenn wir uns nicht so verhielten, wie sie es erwartete. Es waren ihre kleinen Koboldstreiche, bei denen sie unsere Sachen verschwinden und an einem anderen Ort, zu einer anderen Zeit wieder auftauchen ließ. Es war ihre eisige Kontrollsucht, ihre Art, jeden Moment zu vergiften, der für uns von Bedeutung war. Es waren ihre Methoden, mit denen sie Selbstzweifel wie Myzelien in uns heranzüchtete. Es war die Hölle. Nein, es war schlimmer. Und es fand seinen bitteren Höhepunkt, als sie das Baby in mir tötete. Mein Baby. Meine Tochter.

In jener Nacht, als ich meinem Vater die Kaiserschnittwunde an meinem Bauch zeigte, lag auch seine Welt in Trümmern. Er wiegte mich im Arm, versprach mir, mich von ihr zu befreien, den Tod seines Enkelkindes zu rächen. Irgendwann würde der passende Zeitpunkt da sein.

Nun scheint dieser Zeitpunkt gekommen. Alles spricht für

diese eine Nacht. Das perfekte Wetter, der perfekte Alkoholpegel meiner Mutter, die manipulierte Patrone in ihrer Rettungsweste. Jetzt oder nie. Alles auf eine Karte.

Aber mein Vater versagt.

In diesem Moment hasse ich ihn fast so sehr, wie ich sie hasse. Ich hasse ihn für seine Feigheit – ja sogar für seine Moralvorstellungen hasse ich ihn. Ich hasse ihn dafür, dass er mich nicht vor ihr beschützt hat, wie es seine Aufgabe als Vater gewesen wäre.

»Ich kann es nicht, Klara. Verzeih mir.«

Er kann es nicht, aber ich, ich kann es.

Ich kämpfe mich über Deck zu der Frau hinüber, die mich geboren hat. Kämpfe nicht nur gegen den Sturm und den peitschenden Regen, sondern auch gegen das Brüllen meines Vaters an.

»Tu es nicht, Klara! Nein! Bitte, tu es nicht.«

Meine Welt reduziert sich auf diese Frau. Auf diese Medusa. Da steht sie, die unerbittliche Meeresgestalt. Aus ihrem Haar züngeln giftige Schlangen. Ihr Blick hat mich schon lange versteinert, vor allem mein Herz.

Ihr schmallippiges, spöttisches Lachen versickert wie Wasser in trockener Erde, als ich meinen Kopf in ihre Brust ramme und sie mit meinem gesamten Körpergewicht ins Wasser befördere.

Schreie.

Mein Vater krümmt sich, kriecht auf allen vieren zum Rand der Yacht, zieht sich an der Reling hoch.

»Nadja! Nadja!«, brüllt er.

Was dann geschieht, geschieht so plötzlich, dass ich es nicht fassen kann.

Er fällt. Taucht ins Wasser. Wird von der Rettungsweste zurück an die Oberfläche gerissen.

»Papa!« Ein erstickter, animalischer Schrei entfährt mir. Ich strecke meine Arme nach ihm aus, einfältig wie ein Kleinkind, das hochgehoben werden möchte.

Er ist schon zu weit weg.

»Papa!«

Ich brülle, bis meine Stimmbänder keinen Ton mehr hergeben und sein lebloser Körper von mir weggespült wird.

Es ist ein letzter Funke Hoffnung, der mich zum Heck des Bootes treibt, der kein Zögern und keine Schockstarre zulässt.

Ich sichere das Dingi-Boot mit dem Tau und lasse es ins Wasser. Mit einem Sprung lande ich darin. Dann löse ich das Seil, starte den Motor und suche nach meinem Vater.

Danksagung

»Deine Wahrheit ist der Tod« begleitet mich schon sehr lange. Es war die erste Geschichte, die den Weg von der Schreibtischschublade in eine Buchhandlung geschafft hat. Und nicht nur das. Was im Selfpublishing begann, schlug den Weg zum Emons Verlag ein.

Dieser Psychothriller ist für mich mehr als das erste Buchprojekt. Es ist mein Buchbaby, mein erster Schritt ins Leben als Schriftstellerin.

Ich habe keinen jener Menschen vergessen, die mir von Beginn an zur Seite gestanden haben. Einige wissen vielleicht gar nicht, welch großen Anteil ich ihnen anrechne, dass ich meinen Traum leben kann. Weil ich eine erste Chance im Buchhandel, Kritik, positiven Zuspruch, eine Bühne, einen Signiertisch, Presse, einen Schreibanreiz, eine Inspiration, eine Tupperdose mit Nervenkeksen (die ich noch immer nicht zurückgegeben habe), Wertschätzung oder einen herzlichen Empfang bekommen habe.

Aber auch ohne meine wunderbaren Kinder, meinen Partner, meine Eltern, meine Omas, sämtliche Verwandte und Freunde, von denen mich jeder auf seine eigene Weise unterstützt hat, würde dieses Buch heute nicht in Ihren Händen liegen.

Vielen Dank an: Teresa, Magdalena, Familie und Freunde, Georg Bischof (Autorentrainer und Partner), Norbert Donnerstag (Allererstleser), Stefanie Rahnfeld, Julia Lorenzer, Leslie Schmidt und das restliche Emons-Team, Judith und Thorsten (Betreiber meiner Fanseite), Angelica Pral-Haidbauer (Chefredakteurin »Niederösterreicherin«), meine FollowerInnen, RezensentInnen, KritikerInnen und BuchbloggerInnen.

Ganz besonders danke ich auch Ihnen, lieber Leser oder liebe Leserin. Dass Sie Ihre Zeit meiner Geschichte widmen, ist ein großes Geschenk.

Unter Pseudonym erschienen:

Fanny Svoboda
MARILLENKNÖDELMORD
Broschur, 224 Seiten
ISBN 978-3-7408-2212-5

Ein vergifteter Marillenknödel wird dem allseits verhassten Obst-
bauern Berti zum tödlichen Verhängnis. Blöd nur, dass die Polizei
den Falschen verhaftet. Das ruft den erfolglosen Krimiautor Horvath
auf den Plan, denn im Ermitteln kennt er sich aus, zumindest in der
Theorie. Gemeinsam mit seiner Freundin Mimi macht er sich in
dem kleinen Wachauer Provinzdorf auf die Suche nach dem wahren
Täter – und wirbelt dabei mächtig Staub auf.

www.emons-verlag.de